U0137534

天下胡辣汤

下

王少华　著

河南文艺出版社
· 郑州 ·

21. "你找我管啥用啊,恁爹他又不会听我的,恁爹那个闷劲儿,要跟谁真上起憋劲来,黄河水都得倒流。"

沙义孩儿相信石老闷所说的话,尤其是石老闷说到在凹腰村那一板儿的时候,不单是石老闷记忆深刻,那场景也能让沙义孩儿如同亲眼所见……

石老闷虚蒙着眼睛说完之后,沙义孩儿问道:"老闷叔,你的意思是,艾家的印度胡椒是压李慈民那里得到的,可李家人奄了,证实不了是真是假?"

石老闷:"不光是李家人奄了,艾家人也都有了,艾大大过世了不说,艾三压监狱里放出来,回寺门有几天,也奄得有影儿了,有了李家人,再找不着艾家人,印度胡椒咋说? 空口无凭,说了人家也不会相信啊。你说是不是?"

沙义孩儿默默地点头:"是这。"

石老闷:"所以呢,就像老话说的那样,瞎话说一千遍就变成了实话,他章兴旺说啥就是啥,他就说印度胡椒是东海老龙王送给他的,你明知是瞎话,又能咋着? 揭露章家瞎话的唯一办法,就是得找着李家的人,有一点儿章兴旺也认账,他承认印度胡椒是李慈民压西边带回来的。"

沙义孩儿："李慈民压西边带回来的，可以说清亮，后来咋又落到章家手里，可就不好说清亮了。"

石老闷："是这。"

沙义孩儿："老闷叔，你约莫着是咋落到章家手里的呢？"

石老闷摇着头："我约莫不出来。"

沙义孩儿："大概约莫一下。"

石老闷思索着："大概约莫一下，有两种可能……"

沙义孩儿："哪两种可能？"

石老闷："第一种可能是，章兴旺偷李慈民的；第二种可能是，李慈民送给章兴旺的。"

"这两种可能我估计都不太可能。"沙义孩儿摇了摇头，说道，"我听俺爹说过，每章儿俺爷爷压山东刚来祥符的时候，整条清平南北街上，别管是有钱的还是有钱的，别管是好人还是孬孙，家家夜不闭户，连个偷鸡摸狗的事儿都冇，虽说眼望儿不如每章儿，但住在一个院里的老门老户，出门上锁的也不多。不说别的，咱这条街上的人都爱养花喂鸟，一只好鹩哥都好几百块钱，都在院里和当街挂着，从来也冇听说过谁家的鹩哥被人偷了，你说是不是？更别说金银首饰，俺姐姐的房门见天四敞大开，戒指耳环都在梳妆台上搁着，一件儿也冇丢过啊。所以我约莫着，印度胡椒被偷的可能性不大……"

石老闷："那李慈民把印度胡椒送给章兴旺的可能性就更冇。俺这老一茬的人谁不知，当年他俩掂着大铁锤相互砸锅的事儿，俩人都恼到骨子里了，那就更不可能送，如果要送的话，只有一种可能，就是李慈民是被逼无奈，不送不中。"

沙义孩儿："这倒是有可能。但是，到底摊为啥被逼无奈呢？你给分析分析。"

石老闷："你让我分析分析，你可找着个会分析的家儿，傻孩儿，要分析去让恁爹分析，恁爹的脑瓜子比我灵光。"

沙义孩儿："拉倒吧，让俺爹分析，俺爹他要是想分析，他也不会让我来弄清楚这件事儿。"

石老闷："别管是咋着，反正我是觉着这里头有蹊跷，虽说俺石家的汤锅不支了，但我不认为印度胡椒就是他章家的。"

沙义孩儿："老闷叔，咋？恁石家汤锅里掌的不是印度胡椒，恁就俯首称臣，汤锅不支了？"

石老闷："这是另一码事儿，俺家支不支汤锅跟印度胡椒有关系。"

沙义孩儿："咋有关系，社会上都在传，石家汤锅挺不过章家汤锅，生意不中才不干的。"

石老闷一挥胳膊："拉倒吧，祥符城里的汤锅有几家掌的是印度胡椒？咋，汤锅里不掌印度胡椒汤就有人喝了？"

沙义孩儿："那恁家为啥把汤锅给撤了？"

石老闷："俺，俺家是另有原因。"

沙义孩儿："啥原因啊？"

石老闷："这个我不想说，反正不是摊为掌不掌印度胡椒。"

沙义孩儿："那是摊为啥啊？"

石老闷半烦地："中了中了，俺石家怵他章家中了吧，我眼望儿老了，俺家支不支汤锅我也不当家了，是恁小闷弟儿的事儿，你赶紧搞蛋吧，我瞌睡了，你别耽误我的瞌睡，赶紧搞蛋，搞蛋……"

被石老闷压家里撵走的沙义孩儿，一边走一边琢磨着，他觉得石家汤锅压西大街撤来，这里面肯定另有蹊跷。

第二天一大早，沙义孩儿干完自家作坊里的活儿，晃荡着粗胳膊来到了东大寺前院。每天早起，寺门跟儿的一帮年轻孩儿，都在这儿撂石锁，这也是石小闷最爱来的地方。夜个晚上压石家出来以后，沙义孩儿就想好了，只要能戳哄着让石小闷，把石家汤锅在西大街上重新支起来，继续跟章家挺头，他就有法儿让章家人不打自招，说出印度胡椒的来路。

一进东大寺前院门，沙义孩儿就瞅见头上还缠着纱布的石小闷，坐在墙根儿瞅着其他几个年轻孩儿在撂石锁。一见沙义孩儿来了,年轻孩儿们纷纷跟他打招呼,沙义孩儿一边回应着,一边直接走到石小闷的跟前。

沙义孩儿花搅道:"听好几个人跟我说,小闷开始练身子板了,咋,练好身子板再去跟章童挺头?"

石小闷:"义孩儿哥哥,你不是喜欢撂跤,不喜欢撂石锁吗,你咋来了?"

沙义孩儿:"我是来看你撂石锁的。"

石小闷:"别花搅我了,我这副模样还撂石锁?石锁撂我还差不多。"

沙义孩儿往石小闷身边的石礅上一坐,说道:"夜个晚上我去恁爹那儿了。"

石小闷:"被俺爹撵走的吧。"

沙义孩儿:"恁爹那个犟劲头,别说清平南北街上难找,祥符城里也不多。"

石小闷:"少找你还去找。"

沙义孩儿:"这不就来找你了嘛。"

石小闷:"我知你找俺爹啥事儿,你是想让俺家把汤锅重新支起来,是吧。"

沙义孩儿:"你是咋想的?"

石小闷:"那我得先问你是咋想的,你卖你的牛肉,为啥要操俺家的闲心?"

沙义孩儿:"别给脸你不要脸啊,操恁家的闲心,要不是恁两家打架,败坏了清平南北街熬胡辣汤人的名声,俺沙家才不管恁的闲事儿,恁就是打到血海里,也不碍俺的蛋疼。这下可好,瞅瞅你这副德行,去啊,接着跟章童凿啊,不分出个公母,还咋在清平南北街上混啊?眼望儿的祥符城,压南关到北关,到处都在说恁两家打架的事儿,不就是为了个胡辣汤嘛,恁丢人不丢人啊!"

石小闷被沙义孩儿数落得低着头,半晌才压嘴里挤出一句:"这事儿还不算拉倒。"

沙义孩儿:"不拉倒你还能咋喽?你还能把人家的蛋咬掉?我就奇了怪,恁石家弟儿仨,章家就章童自己,恁都不敢挺,你被打成这副德行不说,还把恁家的汤锅给撤了,恁输啥理儿啦?还是有啥短处搁在章家人的手里啦?"

石小闷咬着牙:"要不是俺爹拦着,你看俺弟儿仨能不能把章童给活剥喽!"

沙义孩儿:"那就是恁爹有啥不得劲的地儿,被章家人抓住尾巴了。"

石小闷:"俺爹有啥不得劲的地儿啊?"

沙义孩儿:"恁爹有啥不得劲的地儿,那要去问恁爹,反正咱这条街上的人,都觉着这事儿有点气蛋,都觉得是恁家有啥短处被章家抓住了。"

石小闷一脸无奈地:"我问罢俺爹了,他不跟我说,就是不让我再支锅。"

沙义孩儿:"我说句不该说的话,这一回恁两家打架,祥符人看的是清平南北街的笑话,清平南北街的人看的是七姓八家的笑话,咱这条街上的老一茬人咋说,你知不知?"

石小闷:"咋说?"

沙义孩儿:"老一茬人说,宋朝的皇帝可真是有长眼,每章儿要是不赐这七姓八家的姓儿,眼望儿也丢不了恁大的人。"

石小闷一听这就想恼,可又不敢跟沙义孩儿恼,他压住火,带着满脸尢睾地说:"俺两家挺瓤,碍七姓八家啥蛋疼,话又说回来,啥七姓八家不七姓八家,除了清平南北街上老一茬人,能说出这里面的袅细,出了这条清平南北街,谁知啥七姓八家不七姓八家,依我看,咱这条街上说这种话的老家伙们,就是故意在装孬……"

沙义孩儿:"那你就不会不让他们装孬?"

石小闷:"看你说的,我是个晚辈,我咋能管得住他们的嘴?"

沙义孩儿:"你可以让谣言不攻自破嘛。"

石小闷瞅着沙义孩儿的脸问："咋个不攻自破啊？你说给我听听。"

沙义孩儿："把恁石家的汤锅重新支在西大街上，只要把锅重新支起来，啥都不用说，大家立马就心知肚明，石家冇啥短处攥在章家手里，印度胡椒算个球，冇它汤照样熬，人照样做，祥符东城墙上的太阳照常升起，寺门的吃食儿照样招人喜欢。学学人家马家，再瞅瞅人家马胜，啥印度胡椒不印度胡椒，马家的汤不是照常卖，喝家不是照常喝嘛。"

石小闷："理儿是这个理儿，我冇问题啊，关键是俺爹……"

沙义孩儿："你要挺的就是恁爹，把恁爹挺败了，就冇人再敢跟你挺，不信你试试。"

石小闷不吭气了，目光压沙义孩儿脸上转向正在撂石锁的年轻孩儿们，然后站起身来，走到正在撂石锁的孩儿跟前，一把推开了那个孩儿。

"咋，小闷哥，你还想撂两下啊？"

"小闷，别逞能蛋，身子骨还不中，别再砸住你喽！"沙义孩儿大声喊道。

石小闷也不接腔，弯下腰，抓住地上的石锁把儿，直起腰，又开双腿站稳当后，开始把手里拎着的石锁在裆下前后晃动起来，只见他牙关紧咬，面色严峻，在积攒了一大口气之后，将石锁撂向了空中，随后又稳稳地将石锁接在手里。

"中！办事儿！厉害！不服不中，不服尿一裤！"随着沙义孩儿这一声吆喝，其他撂石锁的年轻孩儿跟着一起吆喝了起来。

"不服尿一裤！"

"不服尿一裤！"

…………

石小闷决定撇开他爹，把石家汤锅重新支回到西大街上。

沙义孩儿的如意算盘是这样打的，还是要用石家来打垮章家，不是用石家的汤锅来战胜章家，而是要利用祥符城里大多数汤锅的力量，来迫使章家汤锅递降表。只要能打掉章家汤锅里印度胡椒的气焰，这种做法，要比单纯搞清楚印度胡椒的来龙去脉更有价值，在这个过程中，很有可能捎带着就摸清了他爹沙玉山想知道的事儿，即便是在章家那里一无所获，也要达到一个目的，那就是逼章家就范，把印度胡椒改成"寺门胡椒"！

时隔有两天，石小闷背着他爹，又把汤行天下的牌匾挂在了西大街，除此之外，在牌匾两旁还请清平南北街上，近九十岁高龄的封先生写了副对联，刻在了桐木板上，上联是"石家汤锅通四海"，下联是"胡辣汤美誉三京"。用封先生的话讲，石家的石小闷这是要往大处上玩啊，祥符城里只有像"又一新"那样规模的大饭店，才敢挂类似这样的对联啊，再加上汤行天下的横批，恁这是想弄啥？让祥符城里的喝家们过不了嘴瘾过眼瘾吗？封老先生这话并不完全是花搅，从某些方面是在提醒石小闷，还是要进一步提高石家汤锅的质量。石小闷信心满满地对封先生说，放心，他绝不会让石家的汤锅有损于清平南北街的形象，更不能让石家汤锅挂七姓八家的蛋。

祥符人说的"挂蛋"，是指那种最让人看不起和最让人厌恶的人和事儿，也是祥符人常说的"操蛋"的意思。石小闷在西大街上重新支起石家汤锅的意思，不是要挂自己的"蛋"，他是想挂章家汤锅的"蛋"，在石家汤锅重新开张的第一天，果然就挂住了章兴旺的"蛋"。

石家汤锅重新开张的那天大早，章兴旺去西门外的孙李唐庄办事儿，他慢达似游地骑着自行车，压西大街路过的时候，一眼就瞅见了热气腾腾的石家汤锅，他立马扎住车，正当他满脸疑惑地瞅着新挂起的牌匾和对联的时候，被石小闷一眼瞅见，于是石小闷单门儿大声吆喝道："停住脚往前看，前面没有原子弹；站得太远瞅不着，尽看喝家后脑勺；后脑勺全是毛，汤碗你都瞅不着；不如过来喝一碗，管叫你喝罢还想第二碗……"

章兴旺知，这是石家的石小闷在装孬，他并不在意石小闷装孬冲他吆喝的顺口溜，他恼的是石老闷的出尔反尔，重新支起石家汤锅是要还章家以颜色。就在他为此恼怒之时，石小闷直接冲着他吆喝了起来："哟嗬，这不是俺兴旺爷们儿嘛，站在那儿瞅啥呢？不是瞅俺的汤锅吧？是不是在瞅，我身上被恁儿打的伤好了有吧？别瞅了爷们儿，伤好罢了。这不，汤锅又开张了，要不要尝一碗俺的汤啊？别管了，爷们儿，咱都是清平南北街上的老街坊，保准不收你的钱！"

章兴旺顿时气不打一处来，狠狠地哼了一声，调转自行车把，带着满身怒气返回了清平南北街。

章兴旺直接把自行车蹬进了石老闷家的院子里，冲着正在院子里拾掇花盆儿的石老闷，就是一通怒不可遏的吆喝，把石老闷吆喝得有点蒙顶。

石老闷："不会吧？我咋不知这事儿啊？"

章兴旺："你少装迷瞪，他是恁儿，你能不知？"

石老闷："我真的不知，他是俺儿不假，俺又冇住在一起，我咋会知他又把汤锅支起来了？"

章兴旺："事儿不大，你看着办吧！我把丑话先说头里，不是俺儿的汤锅挺不过恁儿的汤锅，还是那句话，别让恁石家的汤锅坏了七姓八家的名声！"

石老闷："我就不爱听这句话，且不说俺儿把汤锅支在哪儿，俺石家的汤锅咋就坏了七姓八家的名声？"

章兴旺："咋坏了七姓八家的名声你不知吗？西大街东大街就那么两步路，恁不嫌丢人，俺跟着恁还丢不起那个人呢！"

石老闷强压住内心的火，说道："中了中了，你别嗷嗷了，嗫住吧，眼望儿我就去西大街瞅瞅咋回事儿！"

石老闷丢下手里的活儿，便去了西大街，他一边走一边想，章兴旺说的肯定不会假，儿子石小闷已经有好些天冇来自己这儿了，一准是在忙活重新支汤锅的事儿。他又想，自己这会儿去到西大街咋弄？跟儿子翻脸？一是裹不着，二是不能让别人看笑话，爷俩当街撕破脸，丢人的还是石家人。他走着想着，这事儿该咋弄？不管咋弄，爷俩今个绝对不能撕破脸。

走着，想着，石老闷就来到了西大街儿子的汤锅前，搭眼一瞅，汤锅前稀稀拉拉的喝家不多，他也冇吭气儿，直接坐在了小桌子旁的木凳子上。

压瞅见石老闷来，到石老闷坐在了木凳子上，石小闷也冇说一句话。压他瞅见自己爹那一刻起，他就胸有成竹，其实他早就已经想好了，重新支汤锅，也不是啥背背藏藏的事儿，想藏也藏不住啊，自己爹知道也是早一天晚一天的事儿。其实在重新支锅前他已经想好，一旦他爹寻他的事儿，只要不掂着锤来砸锅，他就跟他爹使橡皮脸，阳奉阴违，把他爹的气性磨掉。你个老头儿家，总不能见天跟自己儿子的汤锅过不去吧，再说了，即便是你有啥短处攥在章兴旺手里，那是你们老头儿家的事儿，能不能拆洗开也是恁俩老头儿的事儿，恁儿被章童打成这样，要不是恁这俩老头儿在中间站着，这事儿能拉倒？咋着石家有仨儿，他章家只有一个儿，人被打伤再不让支汤锅，冇这个理儿啊，就连清平南北街上的街坊四邻对此都大惑不解。虽然自己能想到，自己爹不让他再支汤锅是有难言之隐，那是恁老一茬人的事儿，碍不着小一茬人的蛋疼。

石小闷把盛好汤的汤碗，搁在了他爹的面前，问了一句："吃啥？油馍头还是油饼？"

石老闷："啥也不吃，我吃罢饭了。"

石小闷："那就是专门来喝汤的？"

石老闷："你说呢。"

石小闷："我啥也不说，你老给汤拿拿味儿吧，看中不中。"

"拿啥味儿？吃饱撑的就拿不出啥味儿。"石老闷用手里的小瓷勺在汤碗里一边搅和一边说，"汤味儿不用拿，搭眼一瞅就知是啥味儿。"

石小闷："那你瞅瞅，这汤是啥味儿。"

石老闷冇接腔，掭起一勺汤送进了嘴里，然后抬眼瞅着石小闷。

石小闷问道："啥味儿啊？爷们儿。"

石老闷还是冇吭气儿，又掭起一勺送进嘴里。

石小闷："说啊，爷们儿，啥味儿？"

石老闷咂巴了一下嘴，然后抬眼瞅了瞅牌匾和对联，说道："中，词儿捅得不孬,谁写的?"

石小闷:"封先生写的。"

石老闷又掀了一勺汤送进嘴里,说道:"小儿,咱俩打个赌中不中?"

石小闷:"打啥赌?"

石老闷:"咱爷俩也别说恁些废话,打赌要是我输了,你把咱石家的汤锅支在哪儿我都不管。你要是打输了,我叫你干啥你干啥,你必须听我的。"

石小闷眨巴着俩眼:"老头儿,你又想玩啥花胡哨? 打啥赌啊,你想弄啥你就直说,中不中?"

石老闷脸上带着微笑,一边用勺掀着汤喝,一边平静地说:"不中,今个必须打赌,咱爷俩都文气点儿,别让外人说咱清平南北街上的人粗鲁,冇文化。你今个要是不打这个赌,恁爹不但要打人,还要砸锅,你不让砸锅,恁爹今个就跟你拼上这条老命。"

石小闷瞅着他爹那张呲眉带笑的脸,一时半会儿不知说啥是好。

石老闷脸上依旧带着微笑,说道:"人家为啥都管恁爹叫老闷啊? 就是觉得恁爹平时不太爱说话,做事儿闷歹。"

石小闷有点儿想恼,压住嗓门说道:"爸,你能不能不这样,啥事儿咱回家说不中吗?"

石老闷:"我说了,不中,今个这个赌必须打,必须是愿赌服输。"

石小闷:"你是俺爹,我跟你打啥赌我也打不赢啊,你这不是故意装孬吗?"

石老闷:"小儿,你可别就这说,我可不是倚老卖老,咱爷俩打赌,就是围绕这口汤锅,又不是打别的啥赌,打的一定是咱爷俩都熟悉的赌,恁爹说到做到,认赌服输,绝不仗势欺人倚老卖老。"

石小闷一脸的无奈和半烦,说道:"打吧打吧,你可说了,围绕这口汤锅,不能说到别的上啊。"

石老闷:"君子一言驷马难追。"

石小闷叹道:"唉,支个汤锅咋恁些幺蛾子啊,说吧,我听着呢。"

石老闷又掠了一勺汤,喝罢后用手抹了一把嘴,指着封先生写的对联问道:"封先生这上联写的是,'石家汤锅通四海',这个四海指的是哪四海?"

石小闷:"上小学我就知,黄海、南海、东海、渤海。"

石老闷:"就算是你对。"

石小闷:"啥叫算是我对,本来就是我对。"

石老闷:"咱说不抬杠,你又想抬杠不是?"

石小闷:"啥叫我又想抬杠不是,我看是你想抬杠吧。"

石老闷:"你要就这说,那恁爹就跟你抬抬这个杠。小儿,你说的黄海、南海、东海、渤海也对,可在针对汤锅上就应该换一种说法。"

石小闷:"换一种啥说法啊?"

石老闷:"小儿,你别忘了,恁爹还学过两天中医啊。"

石小闷:"你爷们儿就是学过两天西医,四海就是四海,就是毛主席说过的,我们都是来自五湖四海的那个四海。"

石老闷:"那好,恁爹今个就给你上上课,你给老子听好,孩子乖。好的胡辣汤,讲究的是喝罢后浑身气血通畅,主要体现在人体内的四海,髓海、血海、气海、水谷之海。封先生是咱清平南北街上最有文化的人,他不会不知,胡辣汤对人体内这四海的作用,我要是冇猜错的话,封先生给你写的这副对联,是指人体内的四海,而不是毛主席说的五湖四海的那个四海。"

石小闷俩眼瞅着他爹,有点犯傻。

石老闷接着说:"中吧,上联就算你说得对,咱接着说下联,下联是'胡辣汤美誉三京',我问你,这三京指的是哪三京?"

石小闷眨巴着俩眼:"这还用问,不就是西京、东京、南京嘛。"

石老闷:"西京是哪儿?"

石小闷:"西安啊。"

石老闷："东京就是咱祥符对吧？"

石小闷："对啊。"

石老闷："这么说，南京就是江苏那个南京了，是吧？"

石小闷："是啊，哪儿还会有南京啊？"

石老闷笑了，用手指头点着石小闷的鼻子说道："上联咱不算打赌，下联才是咱今个要打的赌，可以说你已经输罢了。"

石小闷："我咋就输罢了？我说错了吗？"

石老闷："孩子乖，你给老子听好了。西京你可以说是西安，东京你也可以说是咱祥符，南京当然你也可以认为是江苏那个南京。但我可以明确地告诉你，封先生这副下联里指的三京都在咱河南，东京是咱祥符你说的冇错，西京指的是洛阳，南京指的是商丘，宋代的时候，咱祥符也叫汴京，商丘也叫归德，封先生下联里的这三京，都是宋代的三京，明白了吧，小儿。"

石小闷一脸懵懂："宋代的三京？"

石老闷："当然是宋代的三京，胡辣汤是压哪儿来的？封先生也同意一些老一茬人的说法，胡辣汤就是胡人喝的汤，胡椒就跟咱七姓八家一样，是压西域外国来的，这些你冇听封先生说过吗？封先生这个下联上写的三京，就是指咱河南宋代的三京，所以说，这个赌你打输了。你要是不服气，可以去请封先生来给咱当个裁判，要是判我输了，还是那句话，愿赌服输，你小子继续在这儿支锅，要是判你输了，你小子立马三刻撤锅走人，就这么简单个事儿，咱爷俩也不必伤和气。事儿不大，你看着办！"

石老闷把话说完后，端起汤碗，几口把碗里的汤喝完，重重地把空碗往木桌子上一搁，一抹嘴，起身离开了他儿的汤锅。

石小闷站在汤锅前，瞅着封先生给他写的那副对联，癔症了好半天，待他缓过劲儿来之后，还是不服，决定去找封先生一趟，落实一下他爹说的这些话。其实，他要去找封先生，也不是为证实他和他爹谁对谁错，而是想让封先生给他出主意，咋样才能说服他爹，把石家汤锅继续支在西大街上,好跟章家汤锅挺头。为了这口汤锅,自己付出了惨重的代价,恨不得被章童给打柴坏,别管自己爹出于啥样的考虑,这口气他咽不下。咋?有印度胡椒就不支汤锅了?这不是让人笑话嘛。

下晚(近黄昏),石小闷来到了封先生家,一进封家的门,还冇等他开口,鼻梁上架着高度老花镜的封先生,放下手里正在看的报纸,先开口问道:"小儿,恁爹寻你的事儿了吧?"

石小闷:"咋?你老听说了?"

封先生:"我就知恁爹会去寻你的事儿。"

石小闷:"你咋知?"

封先生:"我咋知,是不是摊为我给你写的那副对联啊?"

石小闷:"俺爹他是冇窟窿繁蛆(没事找事)。"

封先生:"说说,咋个冇窟窿繁蛆啊?"

石小闷把他爹去西大街寻事儿的过程,向封先生讲述了一遍,封先生听罢呵呵地笑出了声,还把眼泪都笑了出来,他摘掉老花镜,用手擦了擦眼角笑出来的眼泪,那种开心是一种情不自禁的开心。

石小闷:"你笑啥呢,封先生,这有啥可笑的啊,我眼望儿哭都哭不出来。"

封先生依旧笑着说道:"恁爹可真气蛋。"

石小闷:"俺爹他咋气蛋啊?"

封先生用衣服角擦拭了一下老花镜,重新架在了鼻梁上,说道:"依我看啊,西大街你的那口汤锅就别再支了。"

石小闷脖子一梗:"为啥啊?我偏得支!"

封先生:"打赌你打输了,你还支啥。"

石小闷:"你的意思是说,俺爹他说的那三京还真是宋代的三京?"

封先生:"别看咱清平南北街上,像恁爹这样的老一茬人,大字不识几个,喷起历史,眼望儿的大学生也不一定有他们知得多。"

石小闷:"就这吧,封先生,咱就不说啥历史不历史,你就给我出出点儿,咋样才能说服俺爹,让他别管我的事儿,西大街上的那口汤锅,说啥我也要把它支下去。"

封先生:"我给你出不了点儿。说句难听话,就恁爹那个闷劲儿,让我都奇怪,他咋会不让你支汤锅了呢?我觉得这里头可能另有蹊跷。"

石小闷:"我觉得也是。"

封先生:"我看啊,解铃还须系铃人,你先得摸清楚恁爹心里是咋想的,到底摊为啥,把这个摸清楚了,再说支不支西大街上的汤锅。"

石小闷:"我要能知到底摊为啥,我也不会再来找你老人家了。"

封先生:"你找我管啥用啊,恁爹他又不会听我的,恁爹那个闷劲儿,要跟谁真上起憋劲儿来,黄河水都得倒流。"

石小闷:"我的意思是,你老人家帮我分析分析,俺爹的船到底在哪儿弯着,不管咋说,恁都互相把底,你老人家跟俺爹他们还不一样,你老识文断字,肚里有墨水,解铃还须系铃人,你老就帮我想想,这个给俺爹解铃系铃的那个人是谁呗?"

封先生淡淡一笑:"那还用想吗?不用想就知是谁,傻子都能想到。"

石小闷一愣怔,立马反应过来:"我知了,你说的还是那个谁吧?"

封先生反问了一句:"还是那个谁啊?"

石小闷默默认同地点着头:"冇错,解铃还须系铃人……"

封先生:"不过,我有句话要提醒你,冤家宜解不宜结,所谓的'人争一口气,佛争一炷香'是不对的,那是一时之快,人要的是底气,佛要的是久香,逞一时之快,不如稳扎稳打,一劳永逸。我说句不该说的话,不就是支一口汤锅嘛,就是挺头也要稳当着来,沉住气不少打粮食。"

石小闷在封家坐的时间可不短,直到中央电视台的《新闻联播》结束,他才起身离开了封家,这个点儿是他每天晚上按时睡觉的点儿,要不大早熬汤就爬不起来。不管咋着,今个他压封先生这儿又学到了精细(稀罕),封先生告诉他,不光是宋朝有三京,唐朝和东汉也有三京,历史上的祥符还被称呼过南京呢,别管啥称呼,就跟支胡辣汤锅一样,再过一百年一千年,别管锅里的汤发生啥变化,只要胡辣汤这个称呼不变,它在祥符人心里的位置和分量就不会变。

22. "人家不了解你,我还不了解你? 撅屁股我就知你要屙啥屎。"

冤家宜解不宜结? 不是,对石小闷来说,是小不忍则乱大谋,他只要主动去给章家递个降表,承认是自己的错,不应该去砸章家的汤锅,估计这事儿就算完了,他爹也就不会再说啥,只要石家汤锅还支在西大街上,别管生意好孬,他都会让章家人心里犯隔意。尽管他拿定了主意,但他爹为啥怵章家,还是让他百思不得其解,走一步说一步吧,先跟章家和解了再说。西安话说就是"他大舅他二舅都是他舅";用祥符话说就是"咸汤锅甜汤锅都是汤锅";用封先生的话说就是"三京都四京都都是京都";用石小闷自己的话说就是"东大街西大街都是大街",哼,谁怵谁啊……

第二天晌午头收罢摊儿,石小闷拎着二斤果敲响了章家的门。章家和石家一样,老一辈还住在清平南北街上的老房子里,晚辈们基本都已经单独住,尤其是那些成罢家立罢业的晚辈,不少已经搬离了清平南北街。章家也一样,章兴旺老两口还住在老院子里,只不过青砖老房已经翻修过了,在原先的基础上又增加了一层,变成了个二层小楼,那层红砖盖起来的小楼,跟周边的青砖老房子很不协调。在清平南北街上,章家这也是头一家这么改造院子的,老门老户都可清亮,章家人能蛋呗,多搭起一层住得比别人宽敞呗。也就是七姓八家里的章家了,祖宗是犹太人,比别人能蛋,眉毛都是空的。

章兴旺对石小闷的到来十分惊讶,他大惑不解地瞅了瞅石小闷的脸,又瞅了瞅石小闷手里拎着的二斤果,撮巴个眉头问道:"你这是弄啥?"

石小闷脸上堆着笑:"不弄啥,来看看你老人家,这不快国庆节了嘛。"

章兴旺:"你别吓住我喽,国庆节还得几天呢,我咋觉得,你这是黄鼠狼给鸡拜年啊?"

石小闷："看你老说的啥话，一个门口好几辈人，俺爷爷在的时候，就经常说，咱清平南北街上的七姓八家，不管到几儿（何时），咱都是最亲的。"

章兴旺："恁爹把我当最亲的了吗？忘恩负义，我在凹腰村还救过他的命。"

石小闷："你老人家大人大量，别跟俺爹一般见识，他有啥文化。"

章兴旺："说恁爹冇文化，你有文化？你要有文化也不至于要去砸俺章家的汤锅。"

石小闷："骂够了冇，爷们儿，冇骂够继续骂。"

章兴旺："摊为个汤锅，瞅瞅你噎胀的，去砸俺家的汤锅，还把俺儿给打伤……"

石小闷："中啦，爷们儿，别得了便宜还卖乖，是恁儿把我打得重，还是我把恁儿打得重啊？瞅瞅，到眼望儿我这只右胳膊还抬不起来呢。"

章兴旺："那是你活该。"

石小闷："中中，我活该中了吧，你老就别再摊为这事儿生气了中不中？"

瞅见石小闷一个劲儿媆软蛋，章兴旺的气性也就冇恁大了，问道："你给我说实话，今个掂着果来俺家弄啥？"

石小闷："咱进屋说中不中，俗话说，抬手不打笑脸人，你老骂了我半天，总不能还让我掂着果站在院子里吧。"

"小卖尻孙，进屋吧。"态度缓和下来的章兴旺，领着石小闷进到了屋里。

俩人坐定之后，章兴旺开口就直截了当说道："小儿，你也别跟我绕，直说，找我啥事儿？"

有备而来的石小闷，瞬间把嘴一撇，呜呜哇哇地哭出了声，那个伤心劲儿一下子把章兴旺给哭蒙了。

章兴旺："咋啦吗？这是咋啦吗？哭啥哭，有啥你就说，别哭中不中？

别哭啦,说,到底啥事儿?"

石小闷抹了一把脸上的眼泪,说道:"旺叔,我知俺爹对不起你,当年你在凹腰村救过他的命。我也知我对不起俺童哥,不该去砸怎章家的汤锅,不管咋说,都是俺石家人的错。可是眼望儿事儿已经都过去了,你拉倒了,俺爹他却还不拉倒。"

章兴旺:"怎爹不拉倒? 那中啊,我看怎爹他是活够了吧,他不拉倒咱就接着挺,就述让他来砸俺章家的汤锅,俺等着他!"

石小闷:"他不是这个意思。"

章兴旺:"那他是啥意思啊?"

石小闷:"他不是要砸怎章家的汤锅,他是要砸俺石家自己的汤锅。"

章兴旺:"啥意思?"

石小闷:"就是压我跟俺童哥打罢架之后,他说啥也不让我把汤锅支在西大街上。"

章兴旺:"这也不是砸自家的锅啊,他是让你换个支锅的地儿。"

石小闷:"换个支锅的地儿弄啥,当初我把支锅的地儿选在西大街,就是摊为我愣中了那个地儿,要不是我觉得那个地儿风水好,适合支锅,我也不会把汤锅支在那儿。"

章兴旺:"西大街那儿风水好? 快拉倒吧,西大街的风水比东大街差远了,你瞅俺章家的汤锅,就是摊为支在了东大街上,要是支在西大街上,冇准也和怎石家汤锅一个样儿,去球了。"

石小闷:"爷们儿,你说这话我就不爱听了。"

章兴旺:"咋就不爱听了?"

石小闷:"上茅厕还有个先来后到是不是,俺石家汤锅是先支在西大街上的,怎章家汤锅是后支在东大街上的,在怎章家汤锅冇来之前,俺石家汤锅的生意有目共睹,好得很。就是摊为怎石家汤锅支在东大街以后,俺石家汤锅才不中的,要不我咋会把气儿撒到俺童哥身上,跑到东大街去跟俺童哥火拼啊。"

章兴旺点了点头，认同石小闷的说法，问道："既然是西大街的生意不中，换个地儿应该是好事儿啊？人挪活树挪死，跟挪汤锅是一个道理，为啥你就不愿意把汤锅挪到别的地儿去呢？"

　　石小闷："旺叔，我跟你实话实说，我不愿意离开西大街，不是想要跟俺童哥继续挺瓢，我是觉得，在哪里摔倒就在哪里爬起来，石家汤锅挺不住章家汤锅不碍着，各是各的锅，各是各的味儿。说句大道理的话，有恁章家汤锅在，反而能激励俺把石家汤锅里的汤熬得更好，咱两家比翼双飞，那不是更得劲嘛，就是喝家们认为，还是有恁章家的汤好，俺石家也能帮帮（沾沾）恁章家的光不是。"

　　章兴旺："帮（沾）俺章家啥光啊？我不明白。"

　　石小闷："爷们儿，我问你，恁章家住在哪儿？"

　　章兴旺："住在清平南北街啊。"

　　石小闷："那不妥了，清平南北街是啥地儿？是寺门，是祥符人最认可吃食儿的地儿，也就是说，有清平南北街就有恁章家，这就又要说到咱七姓八家上了，有清平南北街也就有咱七姓八家，有寺门就有祥符城里最好的胡辣汤，咱七姓八家的老祖宗，大轱远压中东审到祥符来，不就是把家安在这里了吗？"

　　章兴旺："我明白你要说啥了，你的意思是说，不管汤好汤孬，咱是一伙的。"

　　石小闷："对呀，汤好汤孬，咱都是清平南北街上的人啊，都是七姓八家一个祖宗啊。一个爹妈生八个孩儿，不能都长成一个模样吧，就是十个指头不一般齐，那也是长在一双手上吧，你说是不是。"

　　章兴旺："理儿是这个理儿，可生意毕竟是生意啊，亲兄弟还得明算账不是，俺章家的生意比恁石家的生意好，恁会愿意？恁会甘心？恁会有想法？"

　　石小闷："你看你，我说了半天白说了，你又绕回去了。我刚才说，不管汤好汤孬，咱是哪儿的人？"

章兴旺一拍大腿："别说了，我彻底清亮了。你的意思是，恁石家的汤再不如俺章家的汤，咱都是清平南北街上的人，再咋着，七姓八家里头的人，熬出来的汤，就是祥符最好的汤。西大街的胡辣汤就是不如东大街的胡辣汤，但只要是咱七姓八家里的人熬的，祥符城其他的汤锅就比不了！对吧？"

石小闷冲章兴旺竖起了大拇指。

章兴旺也确实被石小闷的话打动了，此刻他的心里波涛汹涌，他想到的已经不是胡辣汤，他想到的是，当年他章家摊为卖杂碎，遭清平南北街上的人白眼儿，听七姓八家人的邋撒话，这一回石家跟章家摊为汤锅挺瓢，清平南北街上的人还是向着石家说话的人多。如果这一回石家汤锅又离开了西大街，章家还不定会挨清平南北街上多少人骂呢，想都能想到他们会骂啥。这条街上的人对章家有偏见，这一回正好是扭转他们偏见的机会，章家有因为自家的汤好，就非得把石家压西大街撵走，不但不撵走，还要恰到好处地帮助石家，让清平南北街上的人都瞅瞅，虽然章家和石家摊为支汤锅发生了剧烈冲突，但章家高风亮节，深知"本是同根生，相煎何太急"的意义所在，章家和石家是七姓八家里的两家，都是同一个祖宗，又是地地道道的祥符人，用一句祥符人常说的话就是，"自家的肉，烂在自家的锅里"。

想到这儿，章兴旺脸上显出了一副高风亮节的表情，对石小闷说道："回去跟恁爹说，就说是我说的，别管是章家的汤锅还是石家的汤锅，说到底都是清平南北街上的汤锅，也别管把汤锅支在哪儿，你就是支在耶路撒冷，也是咱清平南北街的汤锅，别丢清平南北街的人就中。"

章兴旺的表态，让石小闷心里那块石头落了地，压章家出来之后，他直接就去了他爹那儿。

正在院子里喂鸟的石老闷，一听儿子的话，立马就瞪起了眼，把手里的鸟食儿往罐子里一扔，厉声问道："咋？你去章家了？"

石小闷："啊，刚去罢。"

石老闷顿时吼道:"你是闲得蛋疼,还是吃饱了撑的,咋？他章兴旺是工商局局长啊,你支不支汤锅还得去请示他章兴旺吗?"

石小闷:"你不是说不想跟章家挺头吗?"

石老闷:"我不想挺头,那也不能去跟章兴旺说软话啊？好像咱多怯他章家似的。"

石小闷:"中了中了,说到底,咱跟章家挺头,这事儿都怨我,是我先要去砸人家锅的,要不也不会打这场架,人家冇让公安局追究咱的刑事责任,是看在都是七姓八家的面子上。"

石老闷:"让公安局追究咱啥刑事责任啊？他儿把你打成这个鳖孙样儿,冇追究他的刑事责任,就算便宜他的了!"

石小闷:"这不是咱先寻到人家汤锅去砸场子的嘛,要追究刑事责任那也先追究咱啊。"

石老闷:"冇那个金刚钻,就别揽那个瓷器活儿! 这可好,被人家打成这个鳖孙样儿,还得去给人家说好话,你丢人不丢啊!"

石小闷:"丢人不丢钱不算破财。啥也别说了,只要你老同意我继续支汤锅,我就敢跟你老打个包票,早晚有一天,我一定会让他章家的汤锅,灰溜溜地离开东大街,你信不信?"

石老闷一脸的鄙视:"快拉倒吧,我还不知你那本事,你还打包票,你别再灰溜溜地窜了,再把咱石家人的脸丢尽。"

石小闷:"老头儿,你要是不信,我今个把话给撂这儿,你看是咱石家的汤锅离开西大街,还是他章家的汤锅离开东大街。"

石老闷不再想说啥了,一脸的半烦又拿起鸟食儿罐子,一边喂鸟心里一边在想:只要章兴旺不再提凹腰村淹水那一板儿,支不支汤锅都无关紧要,自己的岁数也不小了,有生之年也就是养养花喂喂鸟了,就是两家再发生矛盾,谁家的汤锅把谁家的汤锅挺翻,那是他们晚辈之间的事儿。只要自己不揸头,躲得远远的,让章家掰不着小脚儿(找不着理由),他章兴旺就不太可能再拿凹腰村发水的事儿做文章。不管咋着,七姓八家都是一个祖宗,真要是摅为一口汤锅丢人,那丢得可是七姓八家的人。

石老闷和章兴旺想到一块儿去了,不能摅为一口胡辣汤锅,丢了七姓八家和清平南北街的人。

此时此刻,石小闷想的可不是这,啥七姓八家,啥清平南北街,想法儿把章家汤锅撵出东大街,不光是出了自己心里的一口恶气,更重要的是,他要让祥符城所有支汤锅的人清亮,他石家胡辣汤锅,才是祥符城里最牛的胡辣汤锅。

…………

石小闷心里清亮,要想成为祥符城里最牛的胡辣汤锅,就必须打败章家的汤锅,可如何才能打败章家的汤锅,他还没找到最好的办法。但有一点他心里可清亮,那就是必须弄到印度胡椒,压印度胡椒下手,并不是非得把汤锅弄成和章家同样的味道,而是要另辟蹊径,出奇制胜。想是这么想,石小闷心里却可清亮,那可不是轻而易举能做到的。俗话说,心急吃不了热豆腐。石小闷就是心急,每天除了按时按点出摊儿之外,他的心思全用在了如何用一种新的配方来打败章家。就此,石小闷背地里按自己的想法,研究了一些配方,研究来研究去,咋着都不满自己的意,最后得出了一个结论,还是要在胡椒上做文章。

这天,收罢摊儿的石小闷,蹬着装满杂物的三轮车回清平南北街,压理事厅街拐进清平南北街的北口,路过沙家门口的时候,瞅见穿得一展二展(整齐,干净)的沙玉山,压自家的门里走了出来。

石小闷一边蹬着车一边主动打着招呼:"二伯,穿恁展样弄啥去啊?"

沙玉山:"去市民委。"

石小闷:"去市民委弄啥啊?"

沙玉山:"申请指标。"

石小闷:"申请啥指标啊?"

沙玉山:"去麦加朝觐的指标。"

石小闷一愣,马上就反应过来,自改革开放以来,国家的民族政策调整放宽,中央人民政府对宗教信仰非常尊重和重视,允许中国的穆斯林去麦加朝觐。但指标有限,能申请到指标的人少之又少,就连东大寺里的阿訇们想得到一个指标,也不是那么轻而易举的。这样就形成了每年都有很多寺门跟儿的穆斯林,加入了申请指标的行列,用寺门跟儿穆斯林的话说:"我们不是在朝觐就是在去朝觐的路上。"清平南北街上的穆斯林,几乎每年都有申请去麦加朝觐的指标,这个指标很难弄到手,要经过市民委和省民委两级机构来批,头一年申请批第二年的,尤其是东大寺这一片,那些重伊斯兰教义的老年人,他们把能去麦加朝觐,当成了生命中最重要的事情。

自打一千年前,宋朝皇帝赐给七姓八家的姓氏之后,一直到中华人民共和国成立之初,先人们大辖远压耶路撒冷窜到祥符来,留下了这些后人,在战乱和自然灾害不断的中原,能够生存下来,已经是一件很不容易的事儿了。这七姓八家生活习性跟回民十分相似,志愿加入回族行列的七姓八家的后人也越来越多……也就是摊为这些历史原因,清平南北街上的七姓八家中,也有不少人有前往耶路撒冷的愿望。

瞅见浑身上下穿得一展二展的沙玉山后,石小闷脑子里突然蹦出一个大胆的想法,在他支汤锅做卖汤生意之前,他曾听他爹说过,章家汤锅里掌的印度胡椒,是压李家那儿弄来的,是当年李慈民跟着东大寺去麦加朝觐的阿訇,去西边捣鼓生意,中途碰见一个印度人,那印度胡椒就是压那个印度人手里弄到的。石小闷想,自己何尝不可以用同样的办法,跟着寺门的穆斯林去一趟耶路撒冷,然后取道去一趟印度,弄一点儿印度胡椒回来,这样岂不是可以摆脱长此以往的困扰,直接把印度胡椒压印度移植到祥符来。人啊,有时候一瞬间闪现出来的想法,会比蓄谋已久的念想更有力量。石小闷心中灵光一闪的同时,又想起他爹曾经无意中对他说起过,他爹曾经想过去印度弄胡椒,后来放弃,是觉得成本太高,为支一口胡辣汤锅,再窜到印度去有点不太划算,或许正是有这种成本意识,才导致李家汤锅消失了以后,章家汤锅能在祥符城里称王称霸。

舍不得孩子套不着狼。石家汤锅要想在东西大街上打败章家汤锅，还得在胡椒上想办法，只要是胡辣汤锅，离开胡椒不说事儿。就在这个闪念掠过之后，石小闷暗下决心，花钱，破本，去一趟印度，把印度胡椒弄回祥符，便可一劳永逸。想到这儿，他冲着沙玉山喊道："二伯，我想问你个事儿！"

沙玉山停下脚步，回头问道："问我啥事儿啊？"

石小闷："恁去麦加朝觐，是不是要办护照啊？"

沙玉山："白脖，冇护照咋出国啊。"

石小闷："我的意思是说，护照好不好办啊？"

沙玉山："护照好办，能不能去麦加不好说。咋？小儿，你也想去麦加？"

石小闷："是嘞，爷们儿，我很向往麦加，想跟恁一起去瞅瞅。"

沙玉山蹙了蹙眉头，半信半疑地问道："你也想去麦加朝觐？"

石小闷："咋啦，爷们儿，看不起人不是，我咋就不能去麦加朝觐啊？"

沙玉山急忙说道："不是，不是，小儿，你别误会，我的意思是说，护照好办，去到公安局就可以办，可去麦加朝觐却不太容易，去年我的护照就办好了，结果还是冇去成。"

石小闷："为啥冇去成啊？"

沙玉山："申请去麦加朝觐的人多，指标有限呗。今年要是再去不成，我这个岁数，恐怕以后就真去不成了，今年要不是民委照顾我，也难心。"

石小闷："那我就学你爷们儿，只管先把护照办好，民委啥时候有名额，我啥时候去麦加。"

此时，石小闷心里已经盘算好了，以去麦加朝觐的名义办个护照，去成去不成麦加两说，能去就去，今年去不成就明年去，说是去麦加，他的目的是要拐到印度，主要是靠那本护照走出国门，然后搞回那个神秘又渴望已久的印度胡椒。

石小闷这个主意确实是个好主意，让他万万冇想到的是，他压市公安局办罢护照,去到民委的时候,大大出乎了他的意料,民委领导对他进行了高度表扬,说他是清平南北街上七姓八家里的典范,之所以高度表扬他是典范,就是在祥符城的七姓八家中,清平南北街上的石家,是第一个申请要去麦加朝觐的皈依伊斯兰教。撇开七姓八家的历史渊源不说,就凭他这种精神就具有民族团结的伟大意义,用市民委领导表扬他的话说,此举动"具有国际意义",这种国际意义不单单感动了市民委的领导,也感动了沙玉山。当沙玉山得知,市民委在今年为数不多的指标中,批给了清平南北街上石家的石小闷一个指标的时候,沙玉山万分感叹地对封先生说道:"咱东大寺门,好就好在,不光是有回民,有七姓八家,还有像你这样知书达理学识渊博的汉民。我知足了,这辈子去不去麦加,我都知足了……"

封先生笑着,半开玩笑对沙玉山说道:"老二,别看我不是穆斯林,有些事儿你也瞒不住我。"

沙玉山:"我啥事儿瞒你了啊?"

封先生:"那我问你,去麦加朝觐最基本的条件是啥?"

沙玉山:"必须身体健康,有能力履行朝觐的各项功课。"

封先生:"你比我小不了几岁,且不说履行朝觐的各项功课,就这长途旅行,乘坐恁长时间的交通工具,你这个岁数就够呛。"

沙玉山:"我是练武出身,卖了一辈子牛肉,吃了一辈子牛肉,就这身子板,不怵长途跋涉。"

封先生:"你不怵,市民委还怵呢,我今个实话告诉你吧,俗话说旁观者清,你申请去麦加,连续两年冇被批准,不能不说人家市民委也有这方面的考虑。"

沙玉山叹道:"唉,俺穆斯林,一生中最少要朝觐一次,这是理所当然的主命,咱中国的情况特殊,这不是刚刚改革开放嘛,我也冇法儿嘛。"

封先生:"有法儿。"

沙玉山:"有啥法儿?"

封先生："你可以出资，请石家的小子陪你去朝觐啊。"

沙玉山颇为吃惊地瞅着封先生，然后向封先生伸出大拇指："中，办事儿，不愧是东大寺门最了解回民的汉民，连请人陪着朝觐都知。"

不料这次市民委还真通过了沙玉山的申请。

石家石小闷陪沙玉山去麦加朝觐的消息，很快就在东大寺门传开了，也很快就传到了石老闷耳朵眼里，这让石老闷颇为震惊，恁大的事儿，儿子石小闷咋从冇跟他说过，一个字儿也冇提过啊？咋说去就要去呢，而且是一路绿灯，还受到市民委领导的表扬，说是为民族团结做出了榜样。一头雾水的石老闷，第二天一早，就去到西大街的汤锅，他要向儿子问个究竟，汤锅也重新支起来了，章家也不寻事儿了，一切都已经风平浪静了，儿子咋就突然撂下汤锅的生意，要去麦加朝觐呢？

百思不得其解的石老闷来到西大街，他问儿子到底是咋想的，还说，去不去麦加跟咱冇一点关系，把自家的汤熬好，才是你要做的事儿。

石小闷："我去麦加为的就是要把咱家的汤熬好。"

石老闷："快拉倒吧，小儿，你是俺儿，压小到大，人家不了解你，我还不了解你？撅屁股我就知你要屙啥屎。"

石小闷："那你说说，我要屙啥屎啊？"

石老闷："屙啥屎？你压小在清平南北街上长大，经常听朝觐的事儿，都说朝觐罢回来，家族兴旺，生意红火，可是你别忘了，只有真心信奉真主的人去朝觐才管用，像你这一号，心里的杂念太多，越想发财越难，你以为去了趟麦加，咱石家汤锅就能兴旺发达了？发迷吧你，还让我说说你撅屁股要屙啥屎，你就是屁股不撅我也知你要屙啥屎……"

石小闷正要反击他爹，只瞅见一个中年喝家，把手里的汤碗重重地蹾在了桌子上，吼道："恁还让不让人喝汤了，撅屁股屙屎不撅屁股屙屎，恶心不恶心啊，还要夫麦加朝觐呢，就凭恁这满嘴的屙屎，真主也不会保佑你！"

中年喝家吼罢站起身，愤愤地走了。石家爷俩傻愣着脸，瞅着那个嘴里骂骂咧咧地离开的中年喝家。石家爷俩被骂之后冇敢还嘴的原因,是他爷俩心知肚明,在祥符城有个约定俗成的规矩,吃食儿的时候不准说跟茅厕有关的人和事儿,一来恶心,二来不吉利,凡是在吃食儿时候说跟茅厕相关的事儿,一定会遭到责骂。这个约定俗成的规矩,石家爷俩当然懂,可今个咋就给忘了呢? 而且还是在自家的汤锅。

石老闷抬起手在自己嘴上扇了一巴掌,懊恼地说:"瞅瞅我这张老不主贵的嘴!"

石小闷:"中了,谁还冇说话说呲的时候啊。我跟你说爷们儿,我也不想跟你解释恁多,麦加我这次是去定了,有些事儿我眼望儿也不便说,但你可以把心放到肚里,恁儿也是个有家有口的人了,不会再去干那些不打粮食的事儿,等我压麦加回来,你就知道为啥我非得去麦加了。"

石老闷压儿子的话音儿里,听到他势不可挡的决心,也就不再劝说啥了,带着一丝沮丧地问:"你这一走,可不是一天两天的事儿,这汤锅咋弄? 不支了?"

石小闷的眼睛里带着希冀,对他爹说道:"小时候看得最多的电影,就是《南征北战》,里面有句台词让我记得很清楚。"

石老闷:"啥台词啊?"

石小闷:"我们今天大踏步地后退,就是为了明天大踏步地前进……"

…………

西大街上的石家汤锅,再次挂牌暂停营业了。石小闷在家全力以赴准备着去麦加朝觐的功课。沙玉山给他送来一沓用绿绸子包着的人民币,这是"代朝"的费用,石小闷自然也就收下了,并向沙玉山保证,他一定会在朝觐的时候,向真主祈求自家和沙家,还有整个清平南北街的平安和吉庆。

临走的前一天,章兴旺领着章童也来到了石小闷家,一进门章童就向石小闷鞠躬道歉,对那次俩人因汤锅血拼表示歉意,石小闷也一个劲儿道歉,说打架那事儿主要怨自己,不该听了人家一句话就那么冲动,过后想想,那极有可能是人家别有用心,故意挑唆。章童说自己也有责任,应该冷静,不管咋着都是一个门口长大,又有七姓八家这样特殊的关系。章兴旺在一旁瞅着俩孩儿不计前嫌地相互道歉,很是心满意足,冲着俩孩儿大声说道:"做生意,咱亲是亲,钱上分;不做生意,咱亲是亲,打断骨头连着筋。恁弟儿俩同族同种,七姓八家不管到几儿都是七姓八家,就是再过一千年,那也是最亲的。啥也不说了,孩子乖,等你朝觐回来,俺章家和恁石家好好聚上一次,我来做东……"

就这,石小闷在清平南北街上的人们欢送下,离开了祥符城,尽管他最初是为了印度胡椒,可当他得到这个难得的去麦加朝觐的指标之后,顿时觉得自己身上有了一种使命感。且不说东大寺门跟儿,老一辈前往麦加朝觐的人都屈指可数,他这一辈人他算是第一个,他心里可清亮,所有穆斯林,不论国家和地域,都会尽最大努力,争取一生至少要前往麦加朝觐一次。他这个汉族穆斯林,原本只是抱着争取一下试试的念头,并冇太大的信心,谁知这块天上掉下来的馅饼,偏偏砸到了他的头上,就像他爹对他说的那样,这是老祖宗的安排,他压麦加回来之日,就是石家时来运转之时。

石小闷陪着沙玉山,跟着豫东地区另外几个去麦加的人,在郑州会合之后,便正式踏上了去麦加朝觐的路途。

23."行家一出手,便知有没有。看来你老不是一般二般的喝家啊。"

就在石小闷走罢冇几天,突然有个消息传到了章家人的耳朵里,说是大南门外的菜市场里支起了一个新汤锅,喝家每天早起排大队不说,每天上午超不过十点,汤就能被喝家们喝完,那汤锅的汤好喝得冇法儿说,用喝家们的话说,绝对跟东大街章家的汤有一拼。章兴旺把听到的这个消息告诉了儿子,章童却不以为然地说:"说句难听话,祥符城里每天都有新汤锅支起来,很正常,裹不着大惊小怪。再说,大南门外的菜市场离东大街远着呢,各是各的锅,各是各的味儿,各是各的生意,八竿子打不着。"可是,当章兴旺又告诉儿子,那家汤锅自称掌的是印度胡椒时,章童有点坐不住了,他们压哪儿来的印度胡椒?祥符城里除了章家的汤锅,还有听说有第二口锅里掌印度胡椒的。章童心里开始闹和了起来,祥符城里只要有第二口锅里掌印度胡椒,就会出现第三口锅、第四口锅,印度胡椒就会越来越不主贵。真要是出现那种情况,章家汤锅再把印度胡椒作为出奇制胜、号称祥符城汤锅老大的说法就会越来越苍白无力。生意倒无所谓,不会受啥大影响,一南一北各是各的回头客,城北边的喝家,不会摊为印度胡椒之说,再窜到城南边去喝。但是,有一点是回避不了的,那就是,会不会由此而引起印度胡椒的泛滥?章家汤锅不再受喝家们的追捧,时间一长还是会受到影响,最起码不会再有人压心里承认章家天下无汤这块招牌了。

心里闹和了两天的章童,终于按捺不住,决定"暗访"一下大南门外的菜市场。

这天大早,章童让他爹支应着自家汤锅,他骑着自行车窜到了大南门外的菜市场。这个菜市场就在南关百货大楼对面,地理位置应该和东大街不差上下,大早起上班上学的人很多,买菜的人也很多,菜市场里除去菜摊儿,还有不少卖早饭的摊儿。章童把自行车扎在南关百货大楼跟儿后,穿过马路进了菜市场。

章童一进菜市场的口,打眼一瞅,只见一个摊儿跟前有挤哄不动的人,他便知道那就是自称也掌了印度胡椒的汤锅。

走到跟前,章童一瞅,好家伙,汤锅前的五六张桌子,坐了满满当当的喝家不说,不少喝家还端着汤碗站在那里喝。再瞅掌勺的那位老板,头上戴着礼拜帽,脖子上挂着毛巾,盛汤的木勺上下翻飞,忙得不亦乐乎,再瞅那些还在排队的喝家,眼睛全部盯在热气腾腾的汤锅里,生怕赶不上自己那一碗。章童心想:不中,自己要是一老本等(老老实实、规规矩矩)去排队,汤锅里剩下那半锅汤,恐怕轮不上自己那一碗,于是,他脑子一转,想

天下胡辣汤

了一招儿。

章童走到热气腾腾的汤锅跟儿,冲正在盛汤的那位,与自己年龄差不多大小的掌勺人说道:"你瞅瞅我这脑子,你叫啥来着?我记不起来了。"

掌勺人瞅了章童一眼:"咱俩好像不认识。"

章童:"咋不认识,你忘了吧。"

掌勺人又瞅了瞅章童:"咱俩真的不认识。"

章童:"你去过东大寺冇?"

掌勺人:"去过啊。"

章童:"那不妥了。你是朵斯弟,我也是朵斯弟,咱俩在寺里见过面。"

掌勺人打量着章童,说道:"你要说这有可能,古尔邦节的时候吧?"

章童借坡下驴,说道:"就是古尔邦节的时候,你都忘了吧。"

掌勺人琢磨了一下,说道:"好像有点儿印象,你是不是那个帮我把宰好的羊,绑在自行车后座的那个老表啊?"

章童连连点头说道:"你想起来了吧,俺家就是寺门的。"

掌勺人:"恁家是不是寺门的我冇印象了,那天要不是你帮我,那两只宰好的羊,我还真绑不到车后座上。"

章童:"那有啥,举手之劳。"

掌勺人:"咋,今个压寺门窜到这儿来弄啥啊?"

章童:"还能弄啥,都说恁家的汤好,咱朵斯弟不就好这一口嘛。"

掌勺人:"哦,来喝汤的啊。"

章童:"可不是嘛,酒香不怕巷子深,汤好不怕路途远嘛。"

掌勺人冲坐在桌边的一个熟悉喝家说道:"伙计,委屈一下,来了个老表,给他腾个座。"

"冇问题,冇问题。"那个熟悉喝家,急忙端起汤碗站到了一旁。

章童:"你看这多不得劲啊……"

"这冇啥不得劲的,都是见天来喝汤的老熟人。不像你,见了一次面还冇记住,下一回你再来我就记住了。"掌勺人把盛好的汤递到章童手中,说道,"这碗汤不要钱,算是老表之间的回报。"

章童:"那不中,一码归一码,俺寺门跟儿的人,早起谁坐谁家的摊儿,都不能吃白食儿。"

掌勺人把脸一整,说道:"这儿是大南门,不是寺门,吃不吃白食儿你说了不算,我说了算,要喝就白喝,付钱你就走人。"

章童一瞅,这个货还是个讲义气的主儿,也就不好再推辞,于是说道:"天下朵斯弟是一家,那我就不外气了。"

掌勺人正着脸回应道:"天下朵斯弟也不一定是一家,国外的朵斯弟,打得头破血流有的是,只有咱中国的朵斯弟才是一家。"

章童冲掌勺人竖起大拇指:"你老兄这话说得地道。照!"

在桌子跟儿坐下来的章童,并有抓起勺子就喝汤,而是仔细瞅了瞅汤的颜色,他似乎觉得这家的汤色有点儿不一样。一般来说,胡辣汤的基本颜色,应该都是一种酱油色,别管放的是啥酱油,只不过是颜色的深浅不同,而这家的汤色却有点偏黄。看罢汤色之后,他下勺子在汤碗里转了两下,捞了捞汤里的物件,豆皮、木耳、面筋、海带、黄花菜、羊肉,也就是这些内容。他掐起一勺汤送进嘴里,拿了拿味儿后,眉头轻轻地蹙动了一下,接着又掐起一勺送进嘴里,又拿了拿味儿,眉头又蹙动一下,这碗汤里的所有配料的味道,都被他品了出来:花椒、胡椒、干姜、八角、桂皮、辣椒、青果、小茴香、小磨油,除此之外,他有品出还有其他啥作料啊。

章童一边继续掐着汤喝往嘴里送,一边继续在琢磨着,他突然想起他爹说过的一句话:胡辣汤里面只要有你喝不出来的味道,这个味道就会成为汤的特点,做胡辣汤的成败,就在这个味道上。

章童边喝边琢磨着,这家汤的那股子别致的味道,来源于啥作料呢?直到他把一碗汤喝完,他也有琢磨出这个味道来源于啥作料。于是,他拿出事先准备好的一个手提饭盒,起身对掌勺人说:"老表,你的汤中,好喝,我要是再捎走一碗付钱的,中不中啊?"

"饭盒拿来。"掌勺人压章童手里接过饭盒,咣咣几勺将饭盒盛满,递给章童:"拿一碗的钱。"

章童:"这可不止一碗啊?"

掌勺人正着脸说:"少说废话,就拿一碗的钱,你要是不愿意,我就倒回锅里。"

章童:"中中,就拿一碗的钱,你老兄真是个朗利人。"

掌勺人:"明个你再来喝,咱该是啥是啥。"

章童:"别管了,下次再来,喝汤打汤钱,吃馍打馍钱,不吃不喝不打钱。"

掌勺人和章童一起笑了。

离开大南门外的菜市场,章童蹬着自行车一路飞奔回到了东大街自家的汤锅,对正在给喝家们盛汤的他爹说道:"汤我来盛,你歇会儿,尝尝这汤。"

章兴旺把手里的木汤勺交给章童,接过儿子手里的饭盒,问道:"咋样?"

章童:"咋样不咋样等你来品品。"

章兴旺坐到一旁,将饭盒打开,端起来就喝了一口,跟章童喝第一口时的表情一样,蹙了一下眉头后,一连又喝了两口,蹙起的眉头一直冇松开。

章童一边给喝家们盛汤,一边瞅着他爹,问道:"你觉着咋样啊?味道是不是怪怪的?"

章兴旺把饭盒盖好,说道:"回头再说吧。"

章童冇再多问,他已经压他爹脸上的表情里看出,他爹有话要说,那要说的话还不只是一两句。

晌午头过罢,喝汤的人稀落了起来,显得空闲了一点儿的章童,坐到了一直坐在那儿冇动势的他爹身边,伸手要了他爹一支烟,点燃,深深地吸了一大口后,问道:"爸,你觉着他家汤咋样?"

章兴旺又接上了一支烟,还是冇吭声,眼里飘着的云雾和嘴里吐出的烟雾交织在了一起。

章童催促道："你咋不吭啊,说说,他家的汤咋样? 有啥不一样的地方?"

仍旧处于琢磨中的章兴旺,点了点头,说道："确实不一样。"

章童："咋个不一样法儿啊?"

章兴旺："一嘴说不上来。"

章童："咋叫一嘴说不上来啊?"

章兴旺："就是一嘴冇喝出来。"

章童："你都喝不出来,我才喝不出来。先不评价他家的汤咋样,还是那句话,内行喝门道,外行喝热闹,内行喝不出门道的话,外行喝的那个热闹,也能说明他家的汤被人待见。"

章兴旺把手里抽了一半的烟,往地上一扔,用脚跐(踩)灭,然后一拍大腿站起身,冲章童说道："走,收摊儿回家!"

章童压他爹这句"收摊儿回家"的话里,明白了他爹不是冇话要说,而是有些话必须回家再说。于是他把手里的烟卷扔在地上用脚跐灭,随他爹说了一句："收摊儿回家!"

爷俩把收了摊儿的物件拉回家后,章兴旺去到厨屋棚里取出两瓶酱油,一瓶老抽,一瓶生抽,然后分别倒进两个碗里,又不吭声了。

章童不解地问："你这是弄啥啊?"

章兴旺想了想,说道："你觉得,这老抽和生抽不一样在哪儿?"

章童："生抽比老抽咸点儿,颜色浅点儿,味道鲜点儿。"

章兴旺："还有呢?"

章童："还有就是老抽比生抽稠点儿。"

"他家的汤色和咸淡,我觉得是这样。"章兴旺边说边将两只碗里的生抽和老抽倒进了一个碗里,将合二为一的生抽和老抽晃动了一番之后,把碗伸到儿子的眼前,"你瞅瞅,是不是有点靠?"

章童仔细瞅了瞅碗里合二为一的生抽和老抽,点了点头："是有点靠。"

章兴旺:"不光是颜色靠,熬出来汤的酱油味儿也会比较靠。"

章童想了想:"我在喝他家汤第一口的时候,就觉得他家汤的酱油味儿不大一样,原来是生抽和老抽掺和到一起的啊。"

章兴旺:"酱油的用法都不是啥大问题,咱可以琢磨出来,关键问题还是在胡椒上。"

章童:"就是。他家汤里掌的确实是印度胡椒,这才是最让我犯隔意的地方,他家是压哪儿弄来的印度胡椒? 这不是要呛咱的茬嘛!"

章兴旺:"呛茬说不上,就是让人心里隔意,用印度胡椒熬汤的,在祥符城里已经不是咱独此一家,生意倒不一定会受影响,他家锅支在城南,咱家锅支在城北,各自挣各自的钱,受影响的有可能是声誉。"

章童:"声誉?"

章兴旺:"对啊,天下无汤的招牌会不会遭别人笑话,都很难说。"

听了他爹的这句话,章童不吭声了。章童觉得他爹这话确实有道理,章家敢挂天下无汤的牌匾,不光是自认章家汤锅在祥符城里有人挺头,就连寺门马家的汤锅也自愧不如,马老六恁喳胀个人,跟谁家汤锅都敢支膀(比试)的一个人,在章家汤锅面前他也得喟住。章家汤锅敢挂天下无汤这块牌子,不就是因为有印度胡椒嘛,眼望儿可好,祥符城里又冒出一个掌印度胡椒的汤锅,可怕的是,冒出了第二家,就保不准冒出第三家、第四家来,一旦印度胡椒成不了祥符城胡辣汤的"镇锅之宝",压"第一锅"的宝座上摔下来,时间一长,很难说章家汤锅会是个啥样儿。原因很简单,不管是东大街还是西大街,说到底都冇法儿跟寺门相比,别看人家马家汤锅里掌的不是印度胡椒,马家的锅只要在寺门跟儿一支,就凭东大寺那仨字,就要比印度胡椒的号召力和影响力大得多。恁以为马家汤锅的那些回头客,是冲着马家的汤味儿去的? 用封先生的话说,来东大寺门吃食儿的人,吃的不光是食儿,那些食客,大多是来享受穆斯林的生活方式和伊斯兰教文化的。话再说回来,章家汤锅要是支在寺门,就是借他八个胆,他也不敢挂出天下无汤的牌匾来。

章童知他爹心里想的是啥,因为他爹曾经说过一句话:只要是共产党的天下,别管李慈民是死是活,他就不敢回祥符来,只要李家不支汤锅,章家汤锅在祥符城里就是名副其实的天下无汤,底气就是章家汤锅里掌的是印度胡椒。这下可好,大南门外的菜市场里又冒出来一家掌印度胡椒的汤锅。这家汤锅里的印度胡椒是压哪儿来的呢?章家爷俩心里同时在想,不管咋着,天下无汤这块牌子一定要保住。

章兴旺:"以不变应万变吧,咱也别去管人家压哪儿弄来的印度胡椒,咱把咱自家的汤熬好,对得起咱这块牌匾就中了。"

章童赞成地说:"是这,眼望儿是改革开放,别说印度胡椒,外国啥东西咱这儿见不着啊?吃的、用的,外国货还少吗,别说印度胡椒,夜个晚上的晚间新闻你看了冇?"

章兴旺:"夜个晚上我一早就睡了,晚间新闻里说啥了?"

章童:"美国的肯德基有可能要进入中国。"

章兴旺:"美国啥鸡?"

章童:"肯德基,美国人的吃食儿。"

章兴旺:"是不是就跟咱寺门的烧鸡、桶子鸡一样的吃食儿?"

章童:"差不多吧。"

章兴旺:"美国的鸡要进入咱中国又咋啦?"

章童:"我的意思是说,肯德基能进入中国,其他的东西也能进入中国。啥叫改革开放啊,就是敞开国门,把外国的好东西都弄进咱国来,印度胡椒算啥,保不准大南门外那货汤锅里的印度胡椒,就是改革开放进到咱国来的呢,这可不好说。"

听罢儿子这话,章兴旺心里有点儿扑腾,虽然他觉得儿子说的话有道理,不是冇这种可能,但章兴旺除了心里不踏实,还有不甘心,他决定亲自去大南门外的菜市场,一探那家汤锅的究竟。在去之前,需要做一些功课,起码要摸摸那个支汤锅的人的底,知己知彼,有备无患吧。

第二天,天麻麻亮,章兴旺头上戴着礼拜帽,穿着一身可展样的盘扣对襟白布衫,骑着自行车就去了大南门外的菜市场,他要尝尝那一家的头锅汤。

此时,天刚亮,菜市场里的人还不多,那家汤锅的喝家也不是太多。章兴旺把自行车扎在汤锅旁边,在汤锅跟儿的木桌子旁坐了下来。

掌勺人一边给章兴旺盛汤一边问道:"北头的,爷们儿?"

章兴旺:"咋? 你认识我?"

掌勺人:"瞅你老这个岁数和这身打扮,不是东大寺就是北大寺的。"

章兴旺:"也不是东大寺,也不是北大寺,是文殊寺的。"

掌勺人:"别管哪个寺,都是一个教门里的人。"

章兴旺:"你是不是以为,只要头上戴礼拜帽的人,都是一个教门里的人啊?"

掌勺人:"那是肯定的啊,不是朵斯弟能戴礼拜帽吗?"

章兴旺:"爷们儿,你还是年轻啊。"

掌勺人:"咋啦,我说的不对吗?"

章兴旺:"你认为,不是一个民族就不能有同样的打扮了吗?"

掌勺人:"那当然是。"

章兴旺:"你就是个白脖。我问你,新疆的维吾尔族是不是跟咱一样,清真?"

掌勺人:"那当然是。"

章兴旺:"维吾尔族人头上,戴的那个小花帽,是不是跟咱的礼拜帽有点儿接近?"

掌勺人:"是一个意思吧,跟咱朵斯弟的礼拜帽一样,他们平时戴,碰到重要活动和重大节日,他们都要戴那个小花帽。"

章兴旺:"有一张照片,我不知你见过冇?"

掌勺人:"啥照片啊?"

章兴旺:"毛主席他老人家,头上戴了个维吾尔族人的小花帽。"

掌勺人一愣，眨巴眨巴眼睛，想了想，说道："好像有点儿印象……"

章兴旺："不要好像有点儿印象，那张照片上，毛主席头上戴的小花帽，就是维吾尔族人给他老人家戴上的。咋？毛主席他老人家是维吾尔族吗？"

掌勺人卡壳了。

章兴旺："年轻人，支汤锅卖汤是件好事儿，但不能冇知识文化，礼拜帽只能做礼拜的时候戴吗？那你咋在卖汤的时候也戴啊？民族服装它只是一个民族的穿戴，别的民族喜欢的话，同样可以穿戴，要是咱祥符城里的人，都喜欢咱朵斯弟，人人头上都戴一顶礼拜帽，那是个啥劲头啊，不把老祖先穆罕默德的鼻子笑歪，才叫怪。"

听章兴旺这么一说，掌勺人捂着自己的鼻子咯咯地笑了起来，对章兴旺说道："中，爷们儿，今个我长知识了，以后不能只顾支锅卖汤，不学知识文化。"

章兴旺："这就对了，汤熬得好，再有知识有文化，那才是真正的豪豪。中了，不说了，赶紧给我盛碗汤。"

掌勺人一边盛汤一边问道："爷们儿，你大轱远跑来喝俺的汤，我得把你老伺候好喽，你老是喜欢喝稠一点儿，还是喜欢喝稀一点儿？"

章兴旺："面筋少一点儿。"

掌勺人："那就是稀一点儿。"

章兴旺："上年纪了，不能跟年轻人比了。我这个人，一辈子就好这一口，只要听说哪有好汤，就一定要去尝尝。"

掌勺人把盛好的汤端到章兴旺跟前，说道："汤好不好我不敢说，但我一看你老就是个喝家，你老今个就给俺的汤拿拿味儿，多提宝贵意见。"

章兴旺瞅着碗里的汤，问道："我要冇说错的话，恁家的汤色，用的酱油，既不完全是生抽，也不完全是老抽，是生抽和老抽合二为一的吧？"

掌勺人一怔，瞅着章兴旺问道："你咋知？"

章兴旺："我咋知，不管是啥酱油，都掺不得水，掺水能改变颜色不假，但掺罢水的酱油,别管生抽还是老抽,都会串味儿,别看汤就是水,水就是汤,酱油在下锅之前掺水,和不掺水下锅,那是两个概念。"

掌勺人向章兴旺点了点头,说道:"行家一出手,便知有没有。看来你老不是一般二般的喝家啊。"

章兴旺一边喝汤一边接着说道:"你这锅汤最大的优点,就是胡椒好。"

掌勺人:"那当然,印度胡椒。"

章兴旺:"冒昧问一句,你的印度胡椒是压哪儿弄来的啊?"

掌勺人满脸神秘地说:"那可不能说。"

章兴旺:"你的印度胡椒压哪儿来的我不知,可你汤里那股清香味是啥我可知。"

掌勺人:"是啊,你说说。"

章兴旺:"要不咱俩打个赌?"

掌勺人:"打啥赌?"

章兴旺:"我要是能说出来恁家汤里这股清香味儿是啥,你就告诉我,恁的印度胡椒是压哪儿弄来的,中不中?"

掌勺人一脸不屑地说道:"中啊,我的汤锅在这儿支了也不少日子,内行喝家喝过的也不少,还右一个人能说出那股清香味儿是啥呢。"

章兴旺:"我可是一把岁数了,我要是说准了,你可别不认账啊。"

掌勺人:"别管了,只要你说准了,我就告诉你,俺汤里的印度胡椒是压哪儿来的。"

章兴旺站起身来,走到紧挨着汤锅边的那张桌子旁,伸手压放荆芥的盆里捏出一小撮荆芥来,说道:"爱喝汤的人都知,荆芥的吃法,就是盛罢汤后掌在汤碗里,但右人知荆芥还有一种吃法。"

掌勺人脸上挂着的微笑消失了,显现出一丝紧张。

章兴旺继续说道:"我说的第二种吃法,就是你发明的吃法儿。"

掌勺人:"我,我发明的吃法儿?啥吃法儿啊?"

章兴旺："装迷瞪不是。"

掌勺人脸上的紧张加重，说道："装啥迷瞪啊，我不知你说的是啥意思，啥第二种吃法儿啊？"

章兴旺面带微笑地说："我要是说出来，你可别不认账。"

掌勺人："认账，你说吧。"

章兴旺从容不迫地说道："第二种吃法就是，把荆芥熬进酱油里。这跟把荆芥掌进盛好的汤里是两码事儿，荆芥熬进酱油里的那种香味儿，效果非常独特，喝汤的时候，你就是再掌多少荆芥在汤里，也达不到那种别致的效果，我说的对不对啊？"

掌勺人有点儿犯傻，急忙对章兴旺说道："别说了中不中，今个这碗汤我不收你的钱。"

章兴旺哈哈笑道："说话要算数，就说你的印度胡椒是压哪儿来的吧？"

掌勺人："印度胡椒压哪儿来的？那还能压哪儿来啊，压印度来的呗。"

章兴旺："你去印度了？"

"我有去过印度，就不兴有印度胡椒了？我还有去过瑞士呢，不照样戴瑞士手表。"掌勺人说罢伸出胳膊，让章兴旺瞅了瞅他手腕上戴的瑞士手表，说道，"就这跟你说吧，胡辣汤能不能提味儿，关键是胡椒，印度胡椒在咱这儿是稀罕物，在大西北早已经不是啥稀罕物了。你再去大西北兰州、西宁那边的菜市场瞅瞅，就有印度人和巴基斯坦人在那儿摆地摊，卖的就是印度胡椒，眼望儿是改革开放，别说印度胡椒，我这儿还有蒙古胡椒呢，只不过蒙古胡椒的味儿有印度胡椒的味儿正就是。"

章兴旺被掌勺人的这番话给说蒙了，半天才缓过劲儿来："按你说的意思，你汤锅里的印度胡椒是压大西北那边来的？"

掌勺人："说实话，我不想说我的印度胡椒是压那边来的，这是怕时间一长，有人抢我的行，咱祥符城里的汤锅多了去了，保不住哪一天，这印度胡椒就不是啥稀罕物了，这种思想准备我是有的。压本意上来说，我不想把印度胡椒是压大西北那边来的告诉别人，但我心里可清亮，纸里包不住火，早晚这不是啥秘密。倒是你老今个说出把荆芥搁进酱油里熬，把我给吓住了，原想这个我自己的发明比印度胡椒主贵，眼望儿看来，啥都已经不是啥秘密了，咱祥符城里像你老这样的高寿人太多，别说是熬胡辣汤的，像你老这个岁数的喝家，一搭眼，一张嘴，一琢磨，就能把俺这些熬汤的惊一吓瑟……"

…………

24．"你懂个屁！不折腾，哪来的好汤！你瞅瞅咱清平南北街，哪一家不在折腾。"

章兴旺推着自行车，昏昏沉沉离开了大南门外的菜市场，他觉得今个来有点两败俱伤，他点出了对方把荆芥搁到酱油里熬的发明，却又知了印度胡椒已经快成为不是秘密的秘密，在不远的将来，很可能满大街都支着用印度胡椒熬的汤锅。

晚上，当章兴旺把今个去大南门外菜市场的情况告诉了儿子之后，章童似乎冇啥太大的反应，坐在那里埋头吸烟，沉默不语。

章兴旺："别吸烟了，我说了半天，你咋不吭气儿啊，说句话，你是咋想的？"

章童："说啥？啥咋想的？"

章兴旺："印度胡椒有第二家，就会有第三家、第四家，就这样下去，祥符城里的汤锅都会有印度胡椒，竞争力越来越强，你说呢？"

章童："这我早就想到了。"

章兴旺："早就想到了？早到啥时候？我咋冇听你说过啊？"

章童掐灭手里的烟，说道："有些事儿，我一直冇跟你说，既然今个咱说到了印度胡椒，那我就跟你说实话吧。"

章兴旺不解地问:"啥事儿啊? 早就想跟我说,你说给我听听。"

章童面带严肃地说道:"你以为石小闷跟着一帮穆斯林,就是去麦加朝觐吗?"

章兴旺更加不解地问:"啥意思啊? 他不是说要去耶路撒冷寻根去了吗?"

章童:"他去寻根也不假,可他真正的目的是,寻罢根以后去印度。"

章兴旺瞪大了眼睛:"去印度?"

章童:"你以为。他去印度弄啥? 他去印度就是为了弄印度胡椒。"

章兴旺的俩眼瞪得更大了:"你咋知?"

章童:"我当然知。你忘了冇,石小闷临走之前,咱俩去他家,跟他和解的时候,我说我冇见过护照是啥样,他把他的护照拿给我看,你还记不记得?"

章兴旺:"记得啊,咋啦?"

章童:"我无意中一瞅,他的那本护照上,写着的国家,除了有沙特阿拉伯之外,还有印度,你说,他寻罢根不回来,又去印度弄啥?"

章兴旺愣在那里,癔症了半晌,才说了一句:"不会吧……"

章童:"不会吧? 别傻了爷们儿,我要冇猜错的话,他去印度就是为了印度胡椒!"

章兴旺不再吭声,蹙起眉头,陷入了沉思。

章童:"你想想,石小闷明知他石家汤锅挺不住咱章家汤锅,即使在西大街上硬撑,也撑不了多长时间,我不是说他石家汤锅冇印度胡椒就不能再支下去,而是他石家汤锅生意不中,他丢不起那个脸,毕竟喝家们都知,咱两家都是清平南北街上的人,咱章家生意中,他石家生意不中,换成我也不愿意再将就下去,咋着也得打个平手吧。可是,石小闷心里清亮得很,就是想打个平手,也得先弄到印度胡椒,冇印度胡椒,他啥事儿也别说。你老想想,他咋会这么日急慌忙地要去寻根啊,用俺沙二伯的话说,第一是他赶上个好时候,七姓八家里头有人申请去朝觐,正好符合民族团结的政治需要;第二就是,俺沙二伯年纪太大,身体条件已经不太符合去朝觐的要求,把指标让给了石小闷,等于说是让石小闷拾了个漏。"

章兴旺觉得儿子说得在理,分析得也很透彻,与此同时,他也能压他儿的情绪里感受到同样的担忧,这种担忧就是,即便石小闷去耶路撒冷寻罢根,又去了印度,即便是他扛着一布袋印度胡椒回来,又能咋样? 冇准等石小闷压印度回来以后,祥符城里还不知又冒出多少家掌印度胡椒的汤锅了呢,一旦印度胡椒在祥符城里泛滥成灾,章家的汤锅也就会被埋没在一片印度胡椒之中,再有特色也就变成了大路货。

章兴旺:"不中,咱得想招儿。"

章童:"想啥招儿?"

章兴旺:"想大南门外菜市场那口汤锅的招儿,那货把荆芥搁到酱油里熬就是一招儿。"

章童:"咱也可以把荆芥搁到酱油里熬啊。"

章兴旺:"有可取之处,但是我觉得,咱还得想出一个新招儿,一个出奇制胜的招儿,让喝家们今个喝罢还想明个。"

章童:"说是这么说,想出一个新招儿,可不是一件容易的事儿。"

章兴旺:"不容易也得想,要不,咱那块天下无汤的牌子就挂不住!"

章童:"你老先别提恁大的劲儿,这可不是一件容易的事儿,稳扎稳打吧。"

章兴旺提着劲儿说道:"这事儿你别管了,你该弄啥弄啥,招儿我来想,不管咋着,咱不能坐以待毙,要是等到祥符城里的胡辣汤锅,都掌印度胡椒的时候,黄花菜都凉了……"

章童知他爹是个爱较劲儿的人,不服输,别看眼望儿已经一把年纪,人老心不老,不管做啥事儿,要不不做,要做就要做成最好。章童心里可清亮,章家这口汤锅的勺把子如今交到自己手里,这口汤锅已经不单单是全家人赖以生存的活计,还是章家人的脸面和精神寄托。每当那些喝家喝罢汤后,抹着嘴发自内心地说一句"汤中"的时候,章童就能感到有一种精神上的满足,这种满足不是人民币能换来的。

瞅着脸上爬满皱纹的章兴旺,章童说道:"爸,悠着点儿,别恁提劲儿,大年三十打只兔,有它冇它都过年,权当是玩,真要是玩不成,那也冇啥,咱就改章儿,不支胡辣汤锅了,再去右司官口找个地儿,干你的老本行,支口杂碎汤锅,日子照样过。"

章兴旺把俩眼一瞪,骂道:"小兔崽子,冇出息孙,你以为杂碎汤锅就好支啊。在祥符城,别管是啥汤锅,冇一口汤锅是好支的,人往高处走,水往低处流,别一说想新招儿,费脑子,费心事儿,你就想往下秃噜,这可不是咱七姓八家人的个性。咱就不说别的,别管人家石小闷出于啥目的去耶路撒冷,就凭人家石小闷那个胆量,那个劲头,就值得你好好向人家学习。"

章童:"别不知好人心中不中,我这不是怕你累着嘛。"

章兴旺:"你别管我累不累着,我就是累死,也不能眼瞅着咱章家汤锅,支到最后啥也不是!"

章童不再吱声了,他知他爹这个拗劲儿,别看平时遇事儿心可贼,一旦认上了死理儿,几头牛也拉不回来。章童心想,随他老人家去折腾吧,说句不打粮食的话,就凭章家眼望儿的这口汤锅,就是满祥符城里的汤锅全掌了印度胡椒,再过一百年,天下无汤这块牌匾,也能成为一块老字号的招牌。正因为章童这么想,所以他并冇他爹那样的危机感,其实他爹也不是啥危机感,说白了,他爹较这个劲儿,还是为了能挺着腰杆昂着头在清平南北街上走路。

已经弯腰驼背的章兴旺,开始动劲儿了,他和老伴儿高银枝一起收拾出了一间屋子,把两块长木板拼在一起,支上架,然后把新买来的、他认为有用的调试作料,摆满在两块长木板上,再把那些新买来的调试作料按类分开:干调,辣椒、花椒、大料等是一类。南料,胡椒、麻椒、草果、荜拨、桂皮、香草、豆蔻、肉豆蔻、白芷、山奈等。北料,枸杞、孜然、甘草、党参、人参、小茴香等。在这些调试作料当中,有一些是参考、试验用的,需要经过多次多种组合、反复熬制才能决定可用不可用。在两块长木板旁边，还搁着一张小方桌，上面搁着研制熬汤的必需品：盐、酱油、蚝油、醋、料酒、味精、芥末油等。尽管这样，还是显得屋子太小，摆放不下长木板了，于是，老两口索性把屋里那张老木板床腾空，摆放上熬汤的另一部分必需品：木耳、香菇、素鸡、豆皮、面筋、粉条、红薯淀粉等。

归置完了以后，章兴旺用手捶着自己的腰，长出一口气感叹道："咱这是万里长征义开始走第一步，任重道远啊……"

老伴儿高银枝在一旁嘟囔道："折腾了一辈子，到老还有折腾完，你这是活到老折腾到老啊。"

章兴旺："你懂个屁！不折腾，哪来的好汤！你瞅瞅咱清平南北街，哪一家不在折腾，有瞅见沙家牛肉又折腾出来南味儿的酱牛肉了吗！"

高银枝依旧嘟囔着："人家沙家牛肉折腾，是人家沙义孩儿在折腾，又不是和你一般大的沙玉山在折腾。"

章兴旺："那你说，沙玉山想去麦加朝觐，算不算是折腾？只不过他是有折腾成罢了。"

高银枝："沙玉山有折腾成，你就能折腾成了？我看你折腾到最后，也跟沙玉山一样，歇菜。"

章兴旺："歇菜就歇菜，这叫啥你知不知？"

高银枝："这叫啥？"

"这叫生命不息，折腾不止。"章兴旺说罢这句话，自己咯咯地笑了起来。

高银枝："你别笑，这一回咱俩把丑话先说到头里，你要是熬不出你想要的汤，你就彻底给我歇菜，我可不想我一辈子就这样过。"

章兴旺："那你还想咋过啊？嫁鸡随鸡嫁狗随狗，你嫁到章家就得随我走！"

高银枝抬手在章兴旺佝偻的后背上，狠狠拍了一巴掌，骂道："我算是倒了八辈子霉，人家说千年的媳妇熬成婆，我是千年的媳妇还有熬成汤！"

怨气归怨气,老伴儿高银枝到老还是伴儿。在老伴儿高银枝的配合下,章兴旺开始了他新一轮研熬胡辣汤的工作。他首先要做的就是,咋样才能摆脱印度胡椒,也不单单是印度胡椒,他要找到另一种提味儿的物品来超越印度胡椒,他是压荆芥搁到酱油里熬得到的启发,但他必须要找到另一种配方,不能像他喝大南门外菜市场那个汤锅,第一嘴就被他喝出来里头掌的都是啥了,他所要研发的这个配方,得是只要他不说,老天爷也不知这个配方是咋配出来的。在他的苦思冥想和经验积累及总结中,他就这样一小锅一小锅地熬,这料配那料,这计量配那计量,一次次地品尝,琢磨,再品尝,再琢磨,他那模样还真有点像个老学究,戴着老花镜,手里捏着根铅笔,一边熬制,一边在一个小本本上,记录着每一次熬制的各种数据。

一晃一个多月过去了,章兴旺从早到晚,把十几种作料颠倒来颠倒去,不计其数地搭配熬制,也有熬制出一款令自己满意的新配方来,把他熬得筋疲力尽、满头是火不说,几次他都想放弃。面对章兴旺那副越来越沮丧的模样,高银枝也不敢吱声,俩人在一起生活了一辈子,老伴儿高银枝知章兴旺这个货,是一个认死理儿的货,咬着屎橛儿打提溜(固执)的货,再这样熬下去,别再把老命给熬进去了。于是,老伴儿高银枝就让儿子来劝说他爹,可还有等儿子章童说上两句,章兴旺就一通臭骂,把儿子骂得个灰头土脸的,然后压那间熬制的屋里,把儿子给搡了出去。

章童压那间熬制的屋里出来后,对他妈说:"别管他,这老扁壶(老家伙)是不见棺材不掉泪,非得吃了苦头,他才知锅是铁打的。"

说是这么说,这个老扁壶真要出点儿啥事儿,倒霉的还是全家,高银枝越想越觉得必须马上终止章兴旺再这样熬制下去。于是,高银枝想出了一招儿,这一招儿保证能让那个犟筋头老扁壶,主动放弃这种惨无人道、无休无止的熬制。

第二天,高银枝像往常一样,该干啥干啥,她把洗好的荆芥切碎掌进了酱油里,搅拌好之后,按照章兴旺的要求,搁到火上熬了半个钟头之后,盛进盆里,端给了章兴旺,心想:今个就是最后一天,你就是哭死,明个就让你自己不再瞎折腾。

高银枝眼瞅着章兴旺,把盆子里熬好的酱油倒进了汤锅里,说道:"这会儿冇我啥事儿了吧?"

章兴旺:"这会儿冇你啥事儿了。"

高银枝:"那我就去黑墨胡同一趟。"

章兴旺:"你去那儿弄啥?"

高银枝:"那个谁,要给咱儿介绍个对象。"

章兴旺:"那个谁呀?"

高银枝:"就是黑墨胡同里头,百货公司批发部的那个娘们儿,原先是唱二夹弦的。"

章兴旺:"你说的是陈子丰他老婆吧?"

高银枝:"就是她,于倩倩,退罢休了,见天冇事儿干,就喜欢给人家拆洗这事儿,她爱去东大街喝汤,知咱儿还冇对象,非得给咱儿介绍黑墨胡同幼儿园的一个女老师,咱儿那个犟筋头,不愿意去见面,非得让我先去瞅瞅那妞儿长得咋样,要是我愣中了,再说他俩见面的事儿。"

章兴旺摇着头:"我看难心,咱儿那个劲儿,三十大几了,还挑三拣四的,我看离打一辈子光棍不远了。"

高银枝:"人家于倩倩这不是好意嘛,咱儿那个犟筋头不愿意去见面,非得让我先去把握把握,我就先去把握把握呗,也许中呢。"

章兴旺:"让你去把握,你去给咱儿把握过多少个了,你不都是猫咬尿胞——空欢喜,我看这次也难心。"

高银枝:"那咋弄,总不能让咱儿永远是个孤闲章(单身)吧。"

章兴旺不吭气儿了。这些年,给章童拆洗女朋友的人可不少,冇一个拆洗成的,大多是章童愣不中人家,别看章童是卖胡辣汤的,可就凭他那个模样和个头,一般来说,同意跟他见面的女孩儿,一眼就能愣中他,可他总是愣不中人家。有的女孩儿在旁人看来真是不错,可不知咋着,章童总是以这理由那理由拒绝,这可好,一晃不显眼,奔四十的人了,他不急,可把他爹妈急得不轻,用章兴旺对他儿说的那句话就是:"我看能不能让我等到一百岁,你才能让我抱上个孙儿。"每当章童听到他爹说这话,心里也都不是个滋味儿,不是他不想早点结婚成家,而是那个叫周洁的初恋,一直还在他心里住着,赶也赶不走,他知这样下去也不是个事儿,可自己不当自己的家,或许是还冇遇见个能与周洁旗鼓相当的姑娘吧。

高银枝在去黑墨胡同的路上,心根本就不在去瞅幼儿园那个女老师身上,她对这次去瞅那个妞儿并不抱太大希望,介绍人于倩倩嘱咐她,悄悄瞅上一眼,愣中愣不中都冇关系,反正那个妞儿也不知。她去的理由是,介绍人于倩倩让她找那个女老师,咨询她孙子上幼儿园的事宜,她自己都可笑,儿子连婚都冇结,哪来的孙子,又咨询哪门子事宜啊。高银枝走着想着,心全在今个那盆荆芥熬制的酱油上。

黑墨胡同那个幼儿园,也是在中华人民共和国以后成立的,跟百货公司那个批发部入驻黑墨胡同的时间差不多。幼儿园紧挨着信昌银号那座老楼房,改革开放以后,书店街已经不再是以经营图书为主的街道,黑墨胡同口跟儿,原先章家支汤锅那个位置,眼望儿已经变成了一个卖糖炒栗子的摊位。高银枝每次走到这里,心里都有些恋旧,今个也一样,她在卖糖炒栗子的摊位前停住脚,站了一小会儿之后,买了一包糖炒栗子,才走进了黑墨胡同。

由于心里惦着那盆荆芥熬的酱油,高银枝在黑墨胡同幼儿园里待的时间并不长,和幼儿园那个老师一照头(见面;露面),她装腔作势地简单跟那个女老师喷了两句,把买的那包糖炒栗子,往那个幼儿园女老师的手里一塞,就匆忙离开了黑墨胡同,如果幼儿园女老师被她愣中,可能她还会多喷上几句,在她眼里,幼儿园女老师,还不胜上一次别人给他儿介绍的那个女裁缝呢。不管咋着,那个女裁缝人家长得不算出众,但至少是个白净子(皮肤)吧,瞅瞅这个幼儿园女老师,皮肤红里发黑不说,脸上还有不少青春痘,她都愣不中,就别说她儿了。

高银枝离开黑墨胡同后,日急慌忙地就往家回,此时此刻,她很难想象出章兴旺在家会是一副啥模样,她一边快步地往家走一边在想,不管家里发生了啥,哪怕是章兴旺暴跳如雷,发现了她在那盆荆芥熬出的酱油里做了手脚,她也要不顾一切来结束这场根本看不到啥希望的新款胡辣汤熬制。想当祥符城里胡辣汤锅的老大就恁容易吗? 发迷,别再把老命给搭进去喽。高银枝已经做好了充分准备,今个说啥也不能妥协,为了这个家,说啥也要跟章兴旺死拼到底。

高银枝揣着忐忑不安的心情回到了家,当她推开那间熬制的房门时,面前的景象把她给吓住了,只见坐在小马扎上的章兴旺,一边抽着烟,一边在擦着满脸的眼泪,当他瞅见老伴儿高银枝进屋,他"哇"地哭出了声,那模样像个受了多大委屈的孩子。

高银枝顿时被吓孬了,急忙上前问道:"咋啦这是? 你这是咋啦? 出啥事儿了呀?"

章兴旺只是一个劲儿地哭,而且是越哭越伤心。

高银枝彻底慌了神儿,不管她咋询问,章兴旺只是哭就是不说话。

高银枝朝四下里瞅了瞅,也冇发现屋里有啥异常啊,所有配料和物件都是原样。就在高银枝为此大惑不解的时候,她无意之中瞅见,原先搁在灶台上那个盛酱油的盆子被扣在了地上,她神色一惊,心里顿时清亮是咋回事儿了,一切正如她所料,正是那盆荆芥熬的酱油出了她意料外的叉劈。于是,高银枝的神情瞬间淡定下来,她淡然自若地走到灶台跟儿,拿起了那只挂着酱油底儿的盆子,搁到自己鼻子上闻了闻。

恢复平静的高银枝,把空盆子搁到灶台上,不紧不慢地说道:"有些事儿吧,不是我非得这样做,我是冇法儿,我要是不这样做,这个家就被你毁了,我也不想再说啥,说多了也冇用,你要认为我是在故意装孬,那就算是我故意装孬吧,我装孬的目的其实也很简单,就是不想让你把这个汤再熬下去。都说人争一口气,佛争一炷香,你这口气争得太让人受不了,你还真的以为,只要咱章家汤锅支在祥符城,就天下无汤了? 天下有汤冇汤,你也不能把命搭进去啊……好了，我啥也不说了，我这样做的目的，就是不想眼瞅着你把这条老命搭进这口汤锅里……"

此时此刻的章兴旺，已经平静了许多，他用他那双干瘪的手，把脸上的泪痕拨拉干净，问道："这汤我可以不再熬下去，我就问你一句话，你必须老老实实地回答我。"

高银枝："只要你答应我以后不再熬汤，你问啥我都告诉你。"

章兴旺俩眼死死地盯着高银枝："你可不兴说瞎话。"

高银枝："谁说瞎话出门让汽车撞死。"

章兴旺："我信你。"

高银枝："你问吧。"

章兴旺："你搁在那盆酱油里的是不是荆芥？"

高银枝淡定自若地："不是荆芥。"

章兴旺："不是荆芥是啥？"

高银枝不吭气儿了。

章兴旺："我问你话呢，你搁进酱油盆里的不是荆芥是啥？"

高银枝："我说出来你不兴急。"

章兴旺："我要急出门就让汽车撞死我。说吧。"

高银枝低头沉默了一小会儿，然后抬起头，坦然自若地说道："我搁进酱油盆里的是大烟壳。"

章兴旺瞪大俩眼："你再说一遍！"

高银枝抬高了嗓音："我拌进酱油里的，不是切碎的荆芥，是切碎的大烟壳，听清了冇？你今个熬的那盆不是酱油和荆芥，是酱油和大烟壳！"

面对惊讶无比的章兴旺，高银枝更加显得从容不迫，此时此刻，她已经无所顾忌，也已经做好了挨死打的思想准备。可是，接下来发生的，是她做梦也想不到的，只见坐在小马扎上的章兴旺腾地站起身来，一步跨到她的面前，张开俩胳膊将她紧紧抱住之后，狠狠地在她脸上亲了一大口，这一大口顿时就把高银枝给亲傻了。

被章兴旺这一举动搞傻了的高银枝,木呆呆地瞅着章兴旺,她不知发生了啥,只瞅见章兴旺抓着她两只胳膊,使劲儿地摇晃着大声说道:"我这辈子,干得最正确的一件事儿,就是娶你当老婆,我前世积德,娶了你这个福星,你是俺章家的大功臣啊!"

高银枝彻底蒙圈了,她就是把自己的脑袋想劈也想不到,她这种"恶意"之举居然适得其反,歪打正着,成全了章兴旺的梦想。

…………

25. "一致都说好的汤,才算是真正的好汤,就像一件好的艺术品,雅俗共赏才是最高境界,是这样吧?"

这天晚上,好些年冇和老伴儿睡在一个被窝里的章兴旺,钻进了高银枝的被窝里,虽说老两口早就已经干不了那事儿,当章兴旺钻进老伴儿被窝之后,两人却紧紧地搂抱在一起,无比幸福地说着悄悄话。

章兴旺:"你记不记得,当年俺爹拎着果去恁家说咱俩的事儿,恁爹还好不愿意呢。"

高银枝:"可不是嘛,要不是咱俩压小一起长大,我也不会愣中你。"

章兴旺:"这叫有福之人不在忙,老了老了,大富大贵还来了,我这辈子,值了。"

高银枝:"看把你给美的。"

章兴旺伸出俩手捧着老伴儿高银枝的脸,问道:"哎,我问你,你是压哪儿弄来的大烟壳啊?"

高银枝:"杏花营老七家。"

章兴旺:"老七家咋会有这玩意儿啊?种这玩意儿可是犯法的啊。"

高银枝:"懂啥,种十棵以上犯法,院子里种上几棵当花养不犯法。"

章兴旺知老伴儿高银枝说的那个老七,解放前那会儿,那个老七就是个种花的,经常来右司官口给省府几个机关送花,送罢花拿到钱后,就跑到章家的杂碎汤摊儿喝杂碎汤,一来一往就成了朋友。解放后,人民公社不让老七靠种花为生了,让他给生产队喂牛,可他爱种花的习惯改不了,闲暇之余,在自家小院里养花,时而进城去右司官口喝杂碎汤的时候,都会带上几盆花搁到杂碎汤摊儿。改革开放以后,那个老七重操旧业,在杏花营搭起个种花的大棚,全家靠卖花为生,日子过得还挺滋腻,在自家院子里种上几棵罂粟花,纯属为了欣赏。正因为高银枝知罂粟花就是大烟,是毒品,是祥符人说的老海,所以才让她想出了这么个孬点儿(坏点子),用模样长得和荆芥相差不多的罂粟叶子,切碎了掌进酱油里,用它那种怪味儿来刺激一下筋疲力尽的章兴旺,也是向这个不撞南墙不回头的老家伙发出警告,再这样无休无止地把胡辣汤熬制下去,就是死路一条。

章兴旺在老伴儿高银枝耳边轻声地问道:"你就不怕毒死我吗?"

高银枝:"搞蛋吧,大烟壳要是能毒死人,那些吸大烟的人不早就死绝了,我就想用大烟壳的那股子怪味儿,来打你的兴头,警告你,再这样熬制下去才是死路一条。"

章兴旺:"你就不怕我中毒?"

高银枝:"我问罢老七了,老七说这玩意儿中不了毒,反而还能以毒攻毒,谁知以毒攻毒有做到,还把你给成全了。"

章兴旺感叹道:"不是把我给成全了,是把咱章家的汤锅给成全了,把咱的儿子给成全了。我敢这么说,就凭咱今个发明的这个配方,章家汤锅在祥符城里再支一百年,也绰绰有余……"

这一夜,老头儿老婆儿俩人,在一个被窝里睡得可滋腻。第二天一早,章兴旺用新发明的配方熬了一小锅汤,装进保温桶里,和老伴儿高银枝一起拎到了东大街让儿子品尝。起先,章童并有太在意,在这之前,他爹已经拎过好几桶来让他拿过味儿,都被他一勺一口给否定掉了,所以,他对今个他爹他妈又拎来的这桶汤,依旧有啥信心。在他爹的催促下,章童用勺子压保温桶里掠出一勺子汤送进嘴里，他顿时一愣怔，紧接着又掠了一勺子，一连掠了几勺子后，满脸放光难以置信地问道："这是你刚熬出来的？"

章兴旺不动声色地说道："废话，不是我熬出来的，还是你熬出来的啊。"

章童抑制不住满脸的兴奋，瞅瞅他爹，又瞅瞅他妈，感叹不已地说道："功夫不负有心人啊，爹，你真了不起，祥符城里我谁都不服，就服你！"

章兴旺："不是我了不起，是恁妈了不起，要不是恁妈，还熬不出这样的汤。"

章童："俺妈？"

章兴旺："对呀，军功章有我的一小半，还有恁妈的一大半。"

高银枝急忙说："军功章还是恁爹的，我只是个敲边鼓的。"

章兴旺："恁妈这个边鼓敲到正地儿了。"

章童一头雾水地问："咋回事儿啊？"

"咋回事儿，要不是恁妈去给你相对象，我还熬不出这样的汤来呢！"章兴旺全身心舒坦地对儿子说道，"你先忙着，收罢摊儿回家后，我再告诉你具体是咋回事儿。"说罢捞住老伴儿高银枝的手，俩人离开了东大街的汤锅。

章童真是有点儿蒙顶了，在他压小到大的印象里，从来冇见过他爹他妈扯着手一起走，今个的太阳真是压西边出来了，老两口搞得像谈恋爱一样，这其中的奥妙，一定跟这个新配方熬出来的汤有关系。

晌午头过罢，收摊儿之后，章童就马不停蹄地窜到了他爹妈那儿，一进屋门就大声询问到底是咋回事儿，章兴旺老两口就把夜个事情的来龙去脉告诉了章童，听罢爹妈你一嘴我一嘴的叙述之后，章童更是难以置信了，同时也不免担心了起来。

章童："大烟壳掺进汤里，不会出啥事儿吧？"

章兴旺："出啥事儿啊，啥事儿也不会出，大烟壳还能入药呢，你可以问问老中医,大烟壳是不是中医药方子里的一味药。放心吧,小儿,大烟壳吃不死人不说,还对人身体有益呢,咱保密,心知肚明就中。每章儿我就听老人们说过,大烟这玩意儿,就看你会抽不会抽,会抽的养身,不会抽的杀身,何况咱掌进汤锅里的是大烟壳,就冇啥毒,只是能让那些喝罢咱家汤的人上瘾,今个喝罢还想明个,留个大念想而已。"

章童觉得他爹说的话有点儿在理儿,微微点着头,说道:"只要不违法,咱就掌大烟壳,凭咱这个新配方,就能打败祥符城里所有的汤锅,让咱的天下无汤名副其实!"

章兴旺笑着说:"是不是要感谢恁妈啊?夜个要不是恁妈去给你相亲,可能还不会有这档子事儿。"

高银枝:"别瞎说,这跟相亲不相亲有啥关系。再说,我也冇愣中那个妞儿。"

章兴旺:"你说冇关系就冇关系了?当然有关系,这都是老天爷在冥冥之中安排好的,这就是命,懂不懂,这就是咱章家的命。"

高银枝:"我不懂,你懂,你懂你咋不操心给恁儿找个媳妇啊?还冥冥之中老天爷给安排好的,老天爷咋不冥冥之中给恁儿安排个好媳妇啊。"

听到这话,章童随口问道:"妈,夜个你去黑墨胡同,见的那个幼儿园老师咋样啊?"

高银枝连连摆手:"不咋样,不咋样,根本就不中,比上两回见的那俩妞儿差多了,皮肤黑不说,脸上还有糟疙瘩。"

章童:"皮肤有多黑啊?像非洲人?"

高银枝:"那倒不是,我就是觉得你不会喜欢那种类型的人。"

章童:"我喜欢哪种类型的人啊?我喜欢能改变我命运的人,我觉得,今个喝罢俺爹新配方熬出的汤,就很可能是对我命运的一种改变,夜个那个妞儿,很可能就是老天爷安排给我的。见,让我见见那个幼儿园的女老师。"

听儿子这么一说,章兴旺和老伴儿高银枝都愣在了那里……

章童要见见那个幼儿园女老师,是不是一时兴起,就连他自己也说不清,或许还真像他自己说的那样,那个幼儿园女老师出现的这个时间点儿,正是一个能改变他命运的时间点儿。

第二天黄昏,在于倩倩的安排下,章童和那个叫小敏的幼儿园女老师,在马道街新开张的一家咖啡馆见了面。章童要了两杯咖啡,俩人坐在那里聊天聊了半个多钟头,章童杯子里的咖啡都喝得见底,那个叫小敏的妞儿却一口也有喝。

章童:"你咋不喝啊? 咖啡凉了就不好喝了。"

小敏:"本来就不好喝。"

章童:"咋? 你不喜欢喝咖啡?"

小敏:"我喜欢喝胡辣汤。"

章童笑道:"喝胡辣汤跟喝咖啡是两回事儿,胡辣汤是当饭吃的,咖啡是当茶喝的。"

小敏:"那你咋不把我约到茶馆里啊。"

章童:"这里不是显得高雅一点儿嘛。"

小敏一撇嘴:"装洋蛋。"

章童一下子就被小敏"装洋蛋"这一句话给逗乐了,禁不住地哈哈笑出了声,随后瞅着小敏说道:"你这妞儿咋恁好玩啊。"

小敏:"我咋好玩了?"

章童:"咱俩今个是头一次见面,我把你约到这儿,是想冒充一下高雅,谁知你这个小姐儿不领情,让我这个洋蛋还有装成,早知是这,应该把你约到俺家汤锅那儿见面,一碗胡辣汤就把你给打发了。"

小敏:"就是啊,还花这个冤枉钱,这一杯咖啡的钱,贴住好几碗胡辣汤的钱,杯子还恁小。"

章童:"别管了,下一回见面,我就把你约到俺家汤锅,中了吧。"

小敏面带着一点儿羞涩,轻声问道:"下一回见面是啥时候啊?"

章童:"你说。"

小敏:"明个一早中不中?"

章童:"中!"

第二天正好是个星期天,早起,天刚麻麻亮,小敏就来到了东大街,跟章童一照头,啥废话也不说,扎上围裙、套上袖头,就帮着干活儿,那个麻利劲儿,把章童都给看傻了,也就在这个早起,章童做出了自己的决定,别管小敏长的啥样儿,就凭她愿意为章家汤锅下身份这个劲儿,就能当章家的儿媳妇。

尽管章兴旺和老伴儿高银枝,对小敏的长相不是太满意,但老两口也挺高兴,不管咋着,他们在小敏身上看到了章家汤锅的前景,儿子就是找个脸白漂亮的儿媳妇又能咋着,还不如找个像小敏这样既勤快又舍得下身份的,过日子靠的又不是一张脸,靠的是顾家能干,靠的是朴实实在,就凭这一点,老两口就已经相当满意了。为了表示对媒人于倩倩的感谢,老两口掂着果,去了于倩倩的家。

于倩倩的家,在市委家属院那栋老楼的四层楼上,章兴旺和老伴儿高银枝俩人呼呼歇歇(累得不轻)地爬上四楼,敲响房门时,开门的正是于倩倩的丈夫陈子丰。

陈子丰打开房门,推了一把鼻梁上的老花镜:"哟,稀客啊。这是弄啥,来就来呗,还提着几大兜果弄啥,爬四楼不累吗,赶紧进屋,进屋……"

此时,退休多年的陈子丰,虽说早已是满口的祥符话,不注意听还罢,稍微细听,他的祥符话里时不时还有湖南湘西话的味道。

章兴旺两口进到了屋里。

陈子丰:"老于冇在家,她去工人俱乐部,教一帮老头儿老太太唱二夹弦去了。"

章兴旺:"她不在家你在家就中。"

陈子丰:"我听老于说了,这条大鲤鱼她吃成了,积德行善的好事儿啊,不管咋着,咱也算是老朋友了,听老于一说,我也挺高兴的。"

章兴旺:"可不是嘛,这都多少年了,当年要不是你在黑墨胡同口跟儿挨那么一枪,你也不会留在祥符,对吧。"

陈子丰感慨地:"可不是,这还要感谢那个不知窜到哪儿去了的李慈民,要不是他把汤锅支在黑墨胡同口跟儿,我也不会挨那一枪。"

章兴旺:"你为喝李家的胡辣汤,挨了一枪,成了俺祥符的女婿,可俺听你夫人说,你到眼望儿对胡辣汤还是不感冒啊。"

陈子丰:"对胡辣汤不感冒不碍事儿,对祥符城感冒不就妥了。其实,眼望儿也谈不上感冒不感冒,在祥符待了一辈子,爱不爱喝胡辣汤又咋着,这个城我爱的东西多着呢,你说是不是?"

章兴旺:"那是那是。但话又说回来,我的理解是,不是你不爱喝胡辣汤,是祥符城里冇对你胃口的胡辣汤,真要有对你胃口的胡辣汤,你照样爱喝,不知我说的对不对?"

陈子丰:"一点也不假,祥符城里的汤锅,我也喝过不少,喝了恁多年,说实话,就冇喝中过一家汤锅,包括恁家的。"

章兴旺:"老首长,我今个来,不光是要感谢老嫂子给俺儿介绍了个对象,我有一个小小的请求。"

陈子丰:"啥请求,你说。"

章兴旺:"想请你这位老首长,去尝尝俺家新研制出来的胡辣汤,喝中喝不中不碍着,就是想请你去拿拿味儿。"

陈子丰不以为然地:"说句不中听的话,你别介意,我来祥符恁些年,经常有人对我说,哪哪哪又支了个新汤锅,汤咋咋咋好喝,非拉着我去喝不中,结果去喝罢以后,哼……"他摇了摇头。

章兴旺:"老首长,你听我说两句中不中?"

陈子丰:"你说。"

章兴旺:"我也会吹,俺家新研制出来的胡辣汤,有多么多么好喝,自吹自擂是全祥符最好喝的汤。我说句话你别介意,别看老首长你在祥符待了这么些年,喝胡辣汤你是外行,我就想请你这个外行,去尝尝俺家新研制出来的胡辣汤。有句话说得好,叫'外行领导内行',我理解的就是,汤好不好，不只是内行说了算，而是外行说了算。祥符城里喝汤的内行要比外行多，但是我觉得，汤好不好，首先要由外行来说，外行喝中的汤，内行不一定喝中，但是，如果内行喝中的汤，外行也能喝中的话，那一定就是好汤。"

陈子丰："你的意思就是说，真正的好汤，不管是内行喝还是外行喝，一致都说好的汤，才算是真正的好汤，就像一件好的艺术品，雅俗共赏才是最高境界，是这样吧？"

章兴旺冲着老伴儿高银枝说道："瞅瞅，领导就是领导，说出的话就是有水平，听见冇，雅俗共赏，把胡辣汤比作艺术品，我还是头一次听说，有水平，高，实在是高！"说罢跷起了大拇指。

老伴儿高银枝说道："那咱就请老首长，明个去尝尝咱家的胡辣汤，能不能算上艺术品呗。"

章兴旺和老伴儿高银枝，同时把目光投向了陈子丰。

陈子丰呵呵地笑了起来，说道："不就是尝尝恁章家新研制出来的胡辣汤嘛，别搞得那么严肃中不中。别管了，明个一早，我和俺家老于一起去东大街，喝恁章家新研发的胡辣汤，中了吧。"

说话算话的陈子丰，第二天一大早，就和老伴儿于倩倩俩人来到了东大街，哟嗬，他俩一瞅，大早起章家的汤锅前已经是挤哄不动的人了。天下无汤的牌匾下面，又多出了一块牌子，上面醒目地写着"欢迎品尝新口味"，章童掂着木勺在汤锅里上下翻飞着给喝家们盛汤，小敏身上扎着围裙，戴着袖头，正忙得不亦乐乎。

坐在给陈子丰和于倩倩预留位置上的章兴旺，冲着陈子丰两口子喊道："赶紧坐吧，位置早就给恁留好罢了！"随后冲正在忙碌的小敏喊道："妞儿，给恁陈叔和于姨端汤！"

坐到位置上的于倩倩，纳闷地瞅着把汤端到跟前的小敏，问道："乖，你今个咋冇去上班啊？"

小敏："这不是在上班吗？"

于倩倩："我问你咋冇去幼儿园上班啊？"

小敏朗利地说："我把幼儿园的工作给辞掉了。"

于倩倩颇带吃惊地："你把幼儿园的工作给辞掉了？为啥要辞掉啊？"

还冇等小敏接腔，章兴旺抢先说道："俺都不让她辞职，她非得辞职，她说在幼儿园上班冇前途，还不如卖胡辣汤，自家的生意，再忙再累，干着心静，她爹妈也不用操心冇钱给她置买嫁妆的事儿了。"

于倩倩更加惊讶地问道："这么快？都准备结婚了吗？"

章兴旺脸上带着满足的微笑，说道："俩孩子的事儿，俺当老的插不上嘴，只要他俩觉得中，愿意结婚，早一天晚一天就那么回事儿吧。"

于倩倩还想说啥，话茬儿被陈子丰接了过去："就是，俩孩儿只要对上眼，晚结婚不如早结婚，俺都当好些年的爷爷了，兴旺老兄能不急？"

章兴旺："不是我急，是俺老伴儿急。"

陈子丰："别口是心非了，瞅瞅你的嘴，都快笑歪了。"

章兴旺的嘴还真是笑歪了，说道："别花搅了，赶紧喝汤吧，尝尝俺家新熬制的汤，看能不能把恁的嘴喝歪……"

认识陈子丰的人，都知他是个老八板（耿直），说起话来有一是一，有二是二，从来不怕得罪人，用于倩倩的话说，他要不是这副德行，也不至于到退休还是个处级干部，就凭他在黑墨胡同口跟儿挨的那一枪，至少也得混上个正厅级。俗话说"好胳膊好腿不如张好嘴"，还是用于倩倩的话说：老陈这个货，就是骡子卖了驴价钱，吃嘴上的亏。当初受伤转业到信昌银号，后来信昌银号改制后，他完全可以留在金融系统，可他非说自己不懂金融，非要去文化部门工作，用于倩倩的话说，他懂文化吗？每章儿二夹弦虽然是他俩婚姻的媒介，可直到眼望儿，也冇听他嘴里唱出过一句二夹弦。其实说到底，陈子丰还是军人的秉性，别看他会说祥符话了，骨子里还是个湖南湘西人。

陈子丰在喝汤的时候，一旁的章兴旺一直在留意着他脸上的反应，尽管于倩倩咧着嘴，一个劲儿地在夸比原来章家的汤好喝，但陈子丰始终冇吭一声,直到他把碗里的汤喝完。

章兴旺问道:"咋样,老首长?"

陈子丰抬起脸,冲着正在忙碌的小敏喊道:"妞儿,再给我端一碗汤来!"

于倩倩和章兴旺都十分惊讶地瞅着陈子丰,觉得他好像变了个人。

陈子丰问道:"恁俩都瞅着我弄啥?"

于倩倩反问:"你说弄啥?"

陈子丰:"我不知啊?"

于倩倩:"装得怪像。"

陈子丰:"我装啥了?"

于倩倩:"你说你装啥了?"

陈子丰:"我真不知我装啥了。"

于倩倩:"咱俩来的时候,你是咋对我说的?"

陈子丰:"我对你说啥了?"

于倩倩:"你不是说,你在祥符生活大半辈子了,从来冇喝完过一碗胡辣汤,这话是不是说刺(过)了?今个的这碗汤,不但被你喝完了,还要再来一碗,咋回事儿啊?是不是神经错乱了?"

陈子丰瞅着小敏又搁到自己面前的一碗汤,眨巴着眼睛说道:"不是我神经错乱了,是这碗汤把我的神经给搞错乱了。"说罢用小瓷勺搲起一勺填进嘴里,咂巴着的嘴里蹦出了俩字:"得劲!"

就这俩字,印证了章兴旺的那句话,汤好不好,不光是内行说了算,外行和内行都说是好汤,那才是真正的好汤。陈子丰这个不爱喝胡辣汤、湖南与河南的"杂交人",能发自内心地说这碗汤得劲,这碗汤那就是真得劲,真中,让内行和外行都口服心服。

这一整天,章兴旺都处在兴奋之中,他心里满是自信,章家这个新配方熬制出来的汤,绝对能打遍祥符无敌手,别说是大南门外菜市场里的那口汤锅,就是再冒出几个掌了印度胡椒的汤锅,也不在话下。石老闷家的少爷不是要去印度吗,他就是把地球窜个遍,找到全世界最好的胡椒,也熬制不出章家这样的汤味儿来,只要配方的秘密不泄露,祥符城支汤锅的人,就是把脑袋想劈,也不会想到章家汤锅里掌的有大烟壳。

晌午头过罢,帮着章童收罢摊儿的小敏,走到章兴旺跟儿,说道:"爸,咱走吧。"

章兴旺一愣:"你叫我啥?"

小敏:"我叫你爸啊。"

章兴旺顿时神采飞扬,一时说不出话了。

章童笑着对小敏说:"瞅瞅你,把咱爸吓成啥了。"

小敏捂住自己的嘴笑出了声。

章兴旺结巴着嘴,冲小敏说道:"你,你,你再,再叫我一声……"

小敏抬高了音量,冲着章兴旺笑着喊道:"爸,咱回家吧!"

章兴旺已经彻底晕了,他把手伸给了小敏,让小敏把他压凳子上捞起来后,说道:"中,中,咱回家,回家,咱回家把恁俩办事儿的日子给定下来!"

要说章童和小敏算闪婚吧,又觉得不算闪婚,用章童自己的话说,他俩是有缘分,恁多长得好看的妞儿他冇愣中,偏偏愣中了这么个相貌平平的女人。用章兴旺和老伴儿高银枝的话说,小敏这个妞儿是章家祖先派来的,就是要让章家更好地繁衍生息,让章家的香火旺盛,让章家的汤锅后继有人。

章兴旺老两口子开始为儿子忙活婚礼。这天,老两口子正准备去马道街,买一台进口的大电视机,他俩刚压家里出来,就碰见沙义孩儿。

大轱远,沙义孩儿就给章兴旺打着招呼:"爷们儿,听说东大街汤锅的生意火爆啊。"

章兴旺脸上带着得意:"一般般,俺儿自己捣鼓出来的新配方,谁知还不孬。"

沙义孩儿:"何止不孬啊,咱清平南北街上不少人去喝罢了,都说中。"

章兴旺面带灿烂,谦虚地说了一句祥符歇后语:"两个老头儿亲嘴——凑胡(合)吧。"

沙义孩儿:"夜个,马老六跟他儿隔气,马老六还骂马胜,你瞅瞅人家章童,一门心思都在自家的汤锅上,眼望儿章家的汤锅,不外气地说,在祥符拔尖。马胜还不服气,跟他爹拌了几句嘴,马老六恼了,掂起一块砖头,就撂进他马家的汤锅里了。"

章兴旺:"你瞅瞅,你瞅瞅,这是弄啥,裹着裹不着啊……"

沙义孩儿:"还不是摊为恁章家的汤锅嘛。"

"你瞅瞅,你瞅瞅,这还得罪人了……"章兴旺脸上歉疚的表情里头,抑制不住藏着的得意,说道,"等我闲了,抽空去给老六赔个不是,都是俺的错,都是俺的错。"

沙义孩儿:"你这叫装孬不打脸啊。"

章兴旺实在是憋不住了,"扑哧"笑出了声。

沙义孩儿也笑了,随后收起笑脸,脸上带着一丝神秘,小声说道:"爷们儿,你知不知?"

章兴旺:"知不知啥啊?"

沙义孩儿:"老闷的少爷小闷,压麦加回来了。"

章兴旺瞬间睁大眼睛:"啥时候?"

沙义孩儿:"回来好几天了。"

章兴旺不解地思索着:"夜个我还碰见老闷,咋冇听他说啊?"

沙义孩儿:"说啥,这两天老闷跟小闷正闹不得劲呢,他不想说。"

章兴旺:"他爷俩摊为啥闹不得劲啊? 小闷刚压国外回来。"

"具体闹啥不得劲我也不太清亮,老闷就撂了一句,好像也跟他家的汤锅有关系。"沙义孩儿抬起手瞅了一眼手表,"中了,有空咱再喷吧,市里头要成立餐饮协会,我要去开个会。"

瞅着沙义孩儿走开之后,章兴旺琢磨了一下,对老伴儿高银枝说:"你自己先去马道街瞅瞅吧,我有点事儿要办。"

高银枝:"你啥事儿要办啊?眼望儿咱童童结婚的事儿,是头等大事儿。我可警告你啊,你可别去掺和石老闷家的事儿啊。"

见高银枝猜透了自己的心事,章兴旺有点儿恼,把眼一瞪,怒斥道:"你娘们儿家懂个屁啊,石小闷回来跟谁也不照头,这不是件啥好事儿,我不得去摸摸底吗?小闷压国外回来,很有可能就是对咱家的一个威胁!"

高银枝:"对咱家威胁个啥啊?"

章兴旺:"你这个傻娘们儿,你以为石小闷就是去了耶路撒冷啦?"

高银枝恍然大悟:"噢,我知了……"

章兴旺又来了一句:"你就是个傻娘们儿。"

高银枝彻底清亮了,自己的老头儿要不去石家把底儿摸清楚,真的很难说,石小闷这次压国外回来,会不会给章家蒸蒸日上的汤锅造成威胁。

章兴旺怀着忐忑不安的心情,往石家走去,一边走一边在回想石小闷俩月前陪同沙玉山离开清平南北街时的情景,那天清平南北街上那么多人给他俩送行,特别是七姓八家的人,几乎是一个不卯。尽管只有石家人心里清亮,石小闷这次陪同沙玉山去朝觐,并不是他真正的目的,他是要拐弯去印度,而陪同沙玉山去麦加朝觐就是一个幌子,去印度弄胡椒才是他的真实目的,一旦他真把印度胡椒弄回来了,会出现啥情况?尽管眼望儿印度胡椒在祥符已经不是章家独有,万一石小闷弄回来的印度胡椒,和祥符现有的印度胡椒不一样,或者是石小闷去印度对胡椒又有了啥新发现,这都很难说。最让章兴旺感到不安的就是,按正常情况下,以往清半南北街也有人去朝觐,回来的时候和去的时候一样,欢迎和欢送同样热烈,为啥这次石小闷回来之后无声无息,听说也冇参加街坊四邻为沙玉山接风的盛宴,回来好些天了却始终不露面,这里头肯定有啥蹊跷。别管有啥蹊跷,据沙老爷子讲,朝觐完了之后,石小闷就带着他直接回国了,也冇啥异常啊,为啥石小闷会闭门不出呢?是在操心自家的汤锅?如果是的话,会不会与印度胡椒有关?章兴旺觉得,必须要知己知彼,绝对不能让他对章家的汤锅形成任何威胁。

推开石家门,章兴旺并有瞅见石小闷,只瞅见石老闷坐在那里发呆,他瞅见走进屋来的章兴旺,似乎也有啥太大的反应,只是淡淡地说了句:"来了。"

"啊,来了。"章兴旺一边应声,一边四下里瞅了瞅,问道,"你自己给家啊?"

石老闷:"啊。"

章兴旺发现石老闷有些反常,见他来了连个座都不让,好在都不是外人,章兴旺自己坐到了椅子上。

章兴旺:"我听说,小闷回来了?"

石老闷:"啊。"

章兴旺:"听说回来好几天了?"

石老闷:"啊。"

章兴旺朝屋里那个水泥板搭成的楼梯上瞅了瞅,问道:"小闷是不是还在楼上睡觉呢?"

石老闷:"啊。"

章兴旺:"这都几点了还睡觉。"

石老闷:"啊。"

章兴旺有点半烦:"你别光'啊'中不中,把小闷叫下来,我想问他点事儿。"

"啊。"石老闷起身走到水泥板楼梯跟儿,冲着楼上声音不高不低地喊道,"小闷,你下来,恁兴旺叔来了,想问你点事儿。"

不一会儿,石小闷手里抱着一本厚厚的书,压水泥板楼梯上走了下来。

石小闷面无表情地冲章兴旺叫了一声:"叔。"

章兴旺:"孩子乖,真爱学习,看的啥书啊?恁厚。"

石小闷:"《古兰经》。"

章兴旺:"我的乖,真中,能看懂《古兰经》,我都看不懂,恁爹看懂看不懂?"

　　冇等石小闷开口,石老闷就说道:"别说看懂看不懂,我压根就冇看过。"

　　石小闷:"所以我说啊,咱七姓八家里有几个人读过《古兰经》?更别说读懂了。当年穆罕默德在麦加传教的时候,他的启示录都是被人记录在皮革、石片、兽骨和椰枣叶肋上,后来被搜集整理成书,定为'奥斯曼定本',全世界的穆斯林都通过了这个定本。奥斯曼定本的《古兰经》共有114章,长短不一,最长的有286节,最短的只有3节。我可以说,咱七姓八家里冇谁能说出《古兰经》是咋诞生的。兴旺叔,你知不知?"

　　章兴旺瞪着俩眼瞅着石小闷,整个人好像都傻了,半晌才说道:"孩子乖,你这是咋啦?"

　　石小闷:"啥咋啦?"

　　章兴旺盯着石小闷手里捧着的古兰经,问道:"去了一趟麦加,你就开始研究《古兰经》了?"

　　石小闷:"咋啦,不能研究吗?"

　　章兴旺眨巴着俩眼:"我,我咋好像不认识你了?"

　　石老闷接了一句:"别说你好像不认识他了,我这个当爹的好像也不认识他了。"

　　章兴旺:"孩子乖,你这是咋回事儿啊?"

　　石小闷:"啥咋回事儿啊?"

　　章兴旺:"你入伊斯兰教了?"

　　石小闷:"兴旺叔,你这句话问的就不对,啥叫我入伊斯兰教了?我读读《古兰经》咋啦?值得那么大惊小怪吗?我还读过基督教的《圣经》呢。"

　　章兴旺:"我知,我知,你爱学习,我只是不明白,你这次陪沙老爷子压麦加回来,咋,咋好像变成另外个人了……"

　　石小闷:"你老说的冇错,我自己也有一种脱胎换骨的感觉。"

章兴旺:"咋回事儿啊?你能不能给叔讲讲。"

石小闷:"中,叔,你愿意听我就给你讲讲。"

坐在一旁的石老闷,站起身对章兴旺说道:"你听恁侄俩给你喷吧,我是听他喷罢了。早起我还有吃食儿,我去东大街恁家汤锅喝碗汤去。"说罢冲章兴旺摇了摇头,满脸无奈地走出了自家的房门。

石老闷走后,石小闷开始给章兴旺讲述,他这次历时两个多月的麦加和耶路撒冷之行。他说他和其他中国的朝觐者,乘坐中国民航的包机去到麦加的第二天,他就把沙老爷子送到坐落在麦加市中心的禁寺,去做被伊斯兰教称为"五功"之一的朝觐。他在禁寺外等候着老爷子,从早上一直等到过罢晌午头,才见到老爷子精神抖擞地走出禁寺大门。老爷子的那股子精神头让石小闷感到十分惊讶,八十多岁的老人,气宇轩昂的模样一点儿不输年轻人,老爷子见到他后,便开始神采飞扬喋喋不休地给他讲述朝觐的壮观场面。老爷子告诉他,禁寺是伊斯兰教第一大寺,再加上周围的广场,可容纳百余万朝觐者同时礼拜,老爷子说,禁寺的神圣真是令人难以想象,除虔诚的朝觐者之外绝对禁止非朝觐者进入,即便是国家元首也不中。那百余万的朝觐者确实把老爷子给震撼了,同时也把听完讲述的石小闷给震撼了,老爷子给他描述禁寺"五功"之一朝觐的场面,仿佛让他身临其境看见了那种难以想象的壮观,在那一刻,他好像觉得自己身临其境,整个身躯腾云驾雾进入禁寺之内,跟随着老爷子一起参加了朝觐……

在陪同沙老爷子麦加朝觐这段日子里,压沙老爷子身上,石小闷突然意识到,自己这一辈子,要是能像沙老爷子一样,就值了。

石小闷冇去印度,他压麦加又去了耶路撒冷,压耶路撒冷回到祥符后,白天他把自己关在自己接搭的小二楼上,开始认真阅读《古兰经》,晚上窜到东大寺后院马阿訇的住处,向马阿訇请教《古兰经》。用马阿訇的话说,这是真主把超时代的真理交给人类的同时,也注入给了他,让他去认识、去研究、去奋斗,并说在他的身上,看到了清平南北街上七姓八家和穆斯林世代友好下去的前景。

也就是这一趟麦加和耶路撒冷之行，洗礼了石小闷的灵魂，让他认清了生命的方向，于是他决定放弃纷乱的社会生活，放弃石家人对他寄予厚望的胡辣汤技艺，他要全身心投入信仰的怀抱。

听罢石小闷的述说，章兴旺瞅着面前这个晚辈，老半天才缓过神儿来，问道："爷们儿，你说的这些我完全能理解，也觉得你很了不起，但是，我就想知恁爹同意你这样做吗？"

石小闷："他同意不同意又能咋着，他当不了我的家，俺爹他永远也不会明白，石家的胡辣汤锅，对我已经不是那么重要了，生命对我来说是一种精神，而不是胡辣汤锅。"

章兴旺点了点头，说道："爷们儿，我赞成你的说法，就是觉得，你说的那种精神，和支胡辣汤锅并不矛盾啊？就像东大寺里那个赵阿訇，除了信仰之外，他不是还给人家当武术教练吗？"

石小闷翻开手里捧着的《古兰经》，坦然地说道："爷们儿，你听听圣书里是咋说的，'看风的不必撒种，看云的不必收割'，圣书里还说，'不像那无知的骡马，必用嚼环辔头勒住它，不然，就不能顺服'，还有……"

章兴旺急忙："中了中了，别再读了，我已经清亮了，你是不想再搅和到这个复杂的社会里，再去支胡辣汤锅，跟这个争，跟那个争，要不，你这趟寻根问祖之行，就失去意义了，对吧。"

石小闷依旧显得平静，说道："圣书上还说：'愚蒙人得愚昧为产业，通达人得知识是冠冕……'"

章兴旺啥也不再说了。

压石家出来之后，章兴旺深深出了一口气，他在庆幸自家汤锅少去一个对手的同时，仿佛又掉进了另一个让自己无法自拔的深渊，那就是，黄土都快埋到他的脖子上了的，啥道理都明白，但让他像石小闷这样的年轻人去做，那已经是不太可能的了……

今个的天气很好，万里无云，太阳可毒，章兴旺抬起脸，在阳光的刺激下,他打了一个大喷嚏,他揉揉自己的鼻子,恢复了常态,然后快步朝清平南北街南口走去……

扫码查看
• 天下胡辣汤
• 中原美食汇
• 中华文化谈
• 走近王少华

下部

改革开放至二十一世纪

扫码查看
●天下胡辣汤
●中原美食汇
●中华文化谈
●走近王少华

26."看你这身打扮可真不像祥符人,你瞅瞅, 来俺这儿喝汤的,冇一个是穿西装的。"

东大街章家汤锅的生意越来越火,原先每天卖两锅汤,就算是祥符城里的好汤锅了,眼望儿每天三锅汤还不够他们卖的,尤其是在章童和小敏结罢婚之后,生意火得让小两口掉进了钱眼里,结罢婚的第二天,婚装都舍不得脱掉,小两口就又站到了汤锅前。嗬,那个喜庆劲儿,在排队喝汤那些老喝家的一通臭花搅声中,小两口眉开眼笑。

喝家甲:"今个穿的这一身,可真中,小美他娘老美啊。"

章童:"这不是让恁沾沾喜气儿嘛。"

喝家乙:"夜个晚上睡好冇,我咋瞅着,你手里盛汤的勺子都快掂不动了?"

章童:"光盛汤的勺子掂不动了,我的腰还快直不起了呢。"

喝家们都嘎嘎地笑了起来。

喝家丙:"老板娘今个更好看,你是让俺喝汤还是让俺看你啊?"

小敏:"看我恁不是可以多喝两碗吗?"

喝家丁:"多喝两碗是多喝两碗的钱,又不给俺打折。"

小敏:"看到眼里拔不出来,我可冇多收恁一分钱啊。"

又是一阵嘎嘎的笑声。

在排队盛汤哄笑的人当中，只有一个年纪在五十多岁模样，穿着可排场的男人冇笑，当轮到这个人盛汤的时候，他用普通话问了章童一句："章先生是晚婚吧？"

章童瞅了一眼这个喝家，反问一句："这位先生是头一次来喝汤吧？瞅着眼生。"

"是的，我的祖籍是祥符，但我冇喝过你们家的汤，都说你们家的汤好喝，被誉为祥符城里最好的胡辣汤，我就慕名而来了。"

章童："眼力头中，一眼就瞅出俺是大龄青年，咋？瞅着我面老？"

"那倒不是，我是觉得，你这身婚装反而把你给衬老了。"

章童不解地："啥意思？反而把我给衬老了是啥意思？我这身衣服不中吗？"

"你这身婚装太嫩，跟你的面容有距离，猛一看你，就像我这个年龄的人。"

小敏插了一句："你多大了？"

那人反问："他多大了？"

小敏："他过罢年就三十了。"

"我今年都五十出头了。"

小敏惊讶地瞅着那人："一点儿都看不出来，真的假的？"

那人："这有什么真的假的，实事求是。"

章童把盛好的汤递到那人手里，问道："瞅你这身行头，像是外地来祥符出差的吧？"

那人："也算是出差吧。"

章童："也算是是啥意思啊？"

那人："你是不是看我穿这身西装像是外地人，其实，我是地地道道的祥符人，只不过我离开祥符的时候还不到二十岁。"

章童："那才是祥符人呢。"

小敏:"看你这身打扮可真不像祥符人,你瞅瞅,来俺这儿喝汤的,有一个是穿西装的。"

那人:"喝汤跟穿啥衣服有关系吗?"

小敏:"关系倒是有啥关系,就是跟胡辣汤锅有点儿不搭,你说是不是?"

那人又反问:"你们两口子今天这一身,跟胡辣汤锅搭吗?"

一听这话,小敏和章童笑出了声,老喝家们也跟着一起笑出了声。

那个穿西装来喝汤的人,一口气连喝了两碗汤,喝得他是满头大汗,他扯去了领带,解开了衬衣纽扣,一边用手绢擦着汗一边说:"久违的胡辣汤,真是好喝,再来喝我绝不再穿西装了。"

章童:"穿西装也有啥,穿啥是次要的,只要能喝中俺家的汤就中。"

"不但能喝中,我还要打个包再带走一碗,晚上吃夜宵的时候喝。"

章童:"中,我给你多盛点儿,让你喝得劲,喝罢这一回不想下一回!"

"是喝罢这一回还想下一回吧。"

章童和小敏都笑了起来。

那人临走之前,压随身带的手提包里拿出一张名片递给了章童,并说来日方长,他还会来喝汤的。章童瞅了一眼那张名片,只见名片上面印的全是外国字儿,只有一行中国字儿:枫桦西湖湾房地产开发公司总经理——李枫。

章童对小敏说:"我知这货是谁了。"

小敏:"这货是谁呀?"

章童:"有瞅见这段时间,祥符电视台见天在播祥符西区开发的事儿吗,他就是那个外国来的开发商,还是个总经理。"

小敏:"外国开发商总经理,咋是个中国人啊?"

章童:"这有啥稀罕的,改革开放引进外资,华侨回来做生意的可多,不都是中国人嘛,你有听他说,他还是祥符人呢。"

小敏:"不光是祥符人,还是个老喝家,跟那些上年纪的人的喝法一满似样,溜着碗边喝。"

章童:"就是,我每章儿也是溜着碗边喝,跟咱爸学的。"

小敏:"要不那货还以为恁俩是同龄人。"

章童:"他说他离开祥符时还不到二十岁,就算是二十岁呗,今年五十出头,就算五十岁呗,在国外喝了三十多年牛奶、咖啡,脸嫩得就像牛奶咖啡,俺是喝了一辈子胡辣汤,脸越喝越像老味儿胡辣汤。"

小敏:"看你说的,喝胡辣汤就面老啊。"

章童:"那当然,瞅瞅咱爹,再瞅瞅石小闷他爹,面老不老? 跟那些同龄的外国老头一比,就跟他爹一样。"

小敏琢磨一下,说道:"你别说,咱爸脸上的颜色,还真有点儿像胡辣汤的颜色……"

章童:"我像不?"

小敏:"你也有点儿像。"

晚上,章童两口子坐在家里看电视,祥符电视台又在播放西区开发的专题片,那个叫李枫的总经理在电视上出现的时候,在两口子的眼里已经成了熟人。

小敏瞅着电视说道:"看来这一回咱祥符要动大劲儿,要不也不会请来外国的开发商。"

章童:"可不是嘛,开发西区,就等于再建一个新城市,规模可不小,建一座新城需要大量的钱,咱祥符穷得跟啥一样,外国公司有钱,你冇听电视里说嘛,这叫双赢。"

小敏:"要就这说,等新城建好了,咱去西区再支个锅咋样?"

章童:"当然中,不光支个锅,我想了,咱还得在西区买个房,说实话,清平南北街上的老房子,我住得够够的,尤其是每天大早起来,去街上的公共茅厕蹲坑,经常还要排队。"

小敏:"那倒是次要的,说句心里话,我嫁到恁章家,我就一直在想,咱章家有这么好的汤锅,完全可以说已经形成了自己的品牌,咱就应该多支上些汤锅,支到西区,支到省城,甚至支到北京去,别只是满足于现状。把胡辣汤的生意做大,我觉得不是冇可能,胡辣汤的名气那么大,就是把汤锅支到国外去,也不是冇这种可能,你说是不是?"

章童:"我可冇你恁大的野心,我就想在西区支个锅,买套房,换个生活环境。"

小敏:"这不是啥难事儿,等西区建得差不多了,咱去找找那个李枫,买房的时候给咱打打折。"

章童:"我也是这么想的。"

小敏:"到时候咱要去找他,他认这壶酒钱不认啊?"

章童:"你放心吧,只要他喝中了咱家的汤,就跑不了他。"

小敏点点头,她心里明白章童说的"跑不了他"是啥意思,她也问过章童,汤的配方里有大烟壳,真的就能让人喝上瘾吗?章童说他自己也不清楚,但实践证明,章家汤锅的回头客目前来说是最多,压马老六手里接过汤勺的马胜,就曾半花搅地对章童说:"都说恁章家的汤喝罢一回想八回,跟吸老海差不多。"为此,马胜还专门去东大街喝过一回章家的汤,之后,章童又碰见马胜的时候,还花搅了马胜一句:"俺章家的汤你喝罢一回了,想冇想八回我不知,我知的是你连第二回也冇去喝过。"马胜很服气地回应道:"说实话,俺马家的汤锅就是占了个位置好,恁章家的汤锅要是支到东大寺门,那可就真的是天下无汤了。"据说,马胜喝罢章家的汤以后,跟他爹马老六也开始研发新配料,爷俩关着门在屋熬制了小半年,马家的汤也冇啥改变,最终只得放弃。但有一点可以肯定,不只是马家,祥符城凡是带着目的来喝章家汤的同行们,冇一家熬制出能跟章家汤挺头的汤来,这是不争的事实。越是这样,越是让别人耿耿于怀,这也是章童想把汤锅支到西区去的一个理由,不管咋着,西区远离老城,至少不会跟其他支汤锅的抬头不见低头见吧,也就是眼不见心不烦。

小敏嘴里嗑着瓜子,看着电视屏幕上正在介绍着的枫桦公司在西区的新项目,对章童说:"别管了,等枫桦公司把这个叫'西湖湾'的地方盖好,咱就去买一套房,然后再把咱家的汤锅支到西区去……"

章童:"那都是后话,这个枫桦西湖湾啥时候能盖好还不一定。早点儿睡吧,明个一早咱还要出摊儿呢。"

小敏突然想起了啥,说道:"明个你要辛苦一点儿,我支好摊儿后,要去一趟黑墨胡同。"

章童:"去黑墨胡同弄啥?"

小敏:"我不是辞职了嘛,幼儿园还欠我一个月工资呢,我要了多少回,他们今个推明个,明个推后个,前几天,新上任的园长不是来咱汤锅喝汤了嘛,喝罢汤后向我保证,就凭能喝上这么好的汤,也不能不把那一个月工资给我。今个回话了,让我明个去领那一个月的工资。"

章童笑着说:"瞅见冇,还是咱家的汤管用吧。"

小敏:"那是。所以啊,只要枫桦西湖湾的房子盖好,咱就去找那个李枫,买一套打折的新房子,照样冇问题。"

第二天,小敏把摊儿支好后,就去了黑墨胡同。

幼儿园的事儿办得很顺利,小敏去到就把那一个月的工资领到了手。幼儿园的同事们见到小敏都乱花搅,说她掉进了福窝里,章家汤锅是祥符城里最挣钱的汤锅,哪还差这一个月的工资啊。听到这话小敏立马就用话怼了回去,说章家汤锅是不差钱,但这个世界上有两难,挣钱难,吃屎难,欠她的这一个月的工资,折合成胡辣汤,至少能卖七八十碗,挣的是辛苦钱……

小敏压幼儿园领罢钱刚走出来,就瞅见了一个穿西装的男人的背影儿,虽然只是个背影儿,但她一眼就判断出,那个穿西装的男人,就是夜个去东大街喝汤的李枫,于是她叫了一声:"李总!"

听到叫声的李枫转过身,惊讶地说道:"咋会是你啊? 你咋会在这儿啊?"

小敏把自己来黑墨胡同的原因,对李枫说了一遍后,问道:"你咋来这儿了呢?"

李枫笑着反问道:"你咋一眼就认出我了呢?"

小敏:"俺夜个不是说了嘛,你身上穿的西装,一看就和俺祥符男人穿的不一样。"

李枫:"啥不一样?"

小敏:"你这种款式的西装可洋气,俺祥符男人穿的西装可土气。"

李枫:"土气不叫土气,叫老扎皮。"

小敏瞪大了眼睛:"你祥符话说得恁好啊?"

李枫:"我夜个不是说了嘛,我就是祥符人啊。"

小敏:"祥符人是祥符人,'老扎皮'这样的话,不是老祥符人,一般是不会说的。"

李枫:"我就是老祥符人啊,虽然离开祥符的时候还不到二十岁,但是,只要我会说的祥符话,都已经刻在我的骨子里了。"

小敏:"你原先在祥符,咋会跑到外国去了?"

李枫:"小孩儿有娘,说来话长,以后有机会我再跟你说吧。"

小敏:"今个在这儿碰见你,有点儿出乎意料,你咋会跑到黑墨胡同来了呢?"

李枫停住了脚,转过身去,看着信昌银号的旧址,说道:"我就是想来瞅瞅它,当年我就是压这里离开祥符城的⋯⋯"

小敏:"我明白了,你离开祥符之前,在那个银号里上班,对吧?"

李枫一愣,有点含糊地说道:"哦,对,我在那里上过班⋯⋯"

小敏:"那你一定喝过黑墨胡同口跟儿那家的胡辣汤吧。"

李枫带着感慨地说道:"何止是喝过啊⋯⋯"

小敏:"你不知吧,黑墨胡同口跟儿那家的胡辣汤锅,是俺老公公支的。"

李枫蹙了蹙眉头,问道:"你老公公贵姓?"

小敏:"姓章,不是弓长张,是文章的章。"

李枫停住了脚,侧过脸,大为惊讶地瞅着小敏。

小敏也被李枫这般惊讶给惊讶住了，说道："咋啦？你不相信？"

李枫满眼带着回忆地说道："我记得，在黑墨胡同口跟儿支汤锅的那家，不姓章，是姓李呀？"

小敏连连摇头："不对不对，不姓李，姓章，文章的章，是俺老公公。"

李枫打量着小敏，问道："你是哪年生人？"

小敏："1956年啊，咋啦？"

李枫："按年龄说，咱俩不是一辈人，我比你大得多，有些事儿你可能并不了解。黑墨胡同口跟儿那个汤锅，抗日战争的时候就有，我还经常去喝，支汤锅的那家姓李，经历过抗战的祥符老人们都知道，咋会姓章呢？绝对不可能姓章，你要不相信，今个你回家可以问问你的老公爹，看我说的对不对。"

小敏也发蒙了，在她跟章童结婚之前，章童就一板一板把章家的历史告诉了小敏，之后自己的老公公又给她讲过一些章家的事情，其中就讲到过，章家咋压杂碎汤锅转换成胡辣汤锅的整个过程，支起的第一口胡辣汤锅，就在黑墨胡同口跟儿，咋会又变成了李家的汤锅了呢？可是她瞅着李枫振振有词的那个样子，又不像是在说瞎话，而且李枫最后还说，如果她不信，可以回家去问问她的老公公。还有，最让她费解的是，这位李枫还说，最早在黑墨胡同口跟儿支的那口汤锅，里头掌的就是印度胡椒，祥符城里汤锅最早掌印度胡椒的，不是只有章家的汤锅吗？

一头雾水的小敏，决定要把这段历史搞清楚，在她跟李枫告别之后，带着满脑子的疑问回到了东大街。

已经过罢忙活点儿的章童，坐下来刚点着一支烟，见小敏回来，他问："你咋去了恁长时间啊？可把我给忙活得劲了。"

小敏神秘兮兮地："你猜我碰见谁了？"

章童："我哪儿知你碰见谁了。"

小敏："夜个晚上咱俩还说起的那个人。"

章童："夜个晚上说起的人多着呢，咱俩还说电视里的江总书记呢。"

小敏："别胡扯中不中,我说的是咱认识的人。"

"咱认识的人?"章童回想着,随后半烦地说道,"别这么神神鬼鬼的中不中,有话就说有屁就放,你到底碰见谁了?"

小敏："我碰见咱准备去买他们房子的那个人。"

章童："你是说枫桦西湖湾的那个李总经理?"

小敏神秘地点了点头。

章童不解地问道:"你咋会碰见他了? 在哪儿碰见的啊?"

小敏："在黑墨胡同。"

章童："他去黑墨胡同弄啥了?"

小敏把在黑墨胡同碰见李枫的前前后后叙述了一遍,随后说道:"你猜,他还跟我说啥了?"

章童："他答应枫桦西湖湾盖好后,卖便宜房子给咱?"

小敏摇摇头:"不对,再猜。"

章童又开始半烦:"别叫我再猜了中不中,盛了一早起的汤,累得跟啥一样。"

小敏把脸一整(摆脸色),推了章童一把:"不愿猜拉倒,一会儿回家我让咱爹猜!"

章童："咋,你让猜的这事儿,跟咱爹有关系?"

小敏脸上的表情更加神秘了:"当然有关系,还是大关系。"

章童坐不住了,立马转变态度,哀求道:"娘子辛苦了,我给你盛碗汤喝吧?"

小敏笑了,推了章童一把,说道:"枫桦西湖湾那个李总说,祥符城里最早掌印度胡椒的汤锅,不是咱章家。"

章童："听他胡说,他知啥?"

小敏："他还说,最早在黑墨胡同口跟儿支汤锅的,也不是咱章家。"

章童："他说的是个球! 不是咱章家是谁家? 别听他一个外国华侨信口开河,咱爹要是听了这话,非去撕他的嘴不中。"

小敏思索着:"虽然他说的这话我不相信,但我总觉得,这个李总不是个凡人,知道可多每章儿祥符城的事儿。"

章童:"他还说啥了?"

小敏:"他还说,咱家的汤锅要是支在东大寺门,天下无汤那块牌子才能真正名副其实,支汤锅跟开发房地产一样,地点很重要。"

章童:"他这句话说的还算是一句大实话。"

小敏依旧思索着:"我咋觉得,他说的其他话,也不像是在说瞎话啊……"

章童:"今个收摊儿回家问问咱爹,祥符城里第·口掌印度胡椒的汤锅,到底是不是咱章家,再问问咱爹,咱章家的第一口胡辣汤锅,是不是支在黑墨胡同口跟儿的。"

小敏:"对,回去问问咱爹!"

收罢摊儿,章童和小敏去了章兴旺那儿,小两口把见到李枫的事儿,以及李枫说的那些话,原原本本向章兴旺复述了一遍,章兴旺认真听着,在听的过程中眉头紧锁满脸严肃。

待小两口把话说完后,章兴旺问道:"恁说的这个人有多大岁数?"

小敏:"他说他离开祥符的时候还不满二十岁。"

章童:"眼望儿看,他也就是五十来岁的样子吧。"

章兴旺掰着指头算了算,似在自言自语:"按这个岁数,差不多。"

章童:"啥差不多啊?"

章兴旺:"岁数差不多。"

小敏:"啥岁数差不多啊?"

章兴旺:"他离开祥符的时候不到二十岁,就算他十八呗,今年是1985年,祥符解放是1948年,他今年的岁数应该是五十五岁左右,对吧?"

小敏点了点头:"应该是。"

章童带有不解地问:"爸,你算他的岁数弄啥?"

章兴旺冇吭气儿,老眼之中飘着思索的云雾,半晌才说了一句:"难道真是他……"

小敏:"真是谁啊? 爸?"

章童盯着章兴旺,问道:"咋? 爸,你认识他?"

章兴旺有吭气儿,依旧在思索着。

小敏:"咋回事儿啊,爸? 瞅你这个模样,你好像是熟悉这个人?"

章童:"就是,爸,你想说啥你就说,我觉摸着你认识这个人。"

章兴旺依旧有吭气儿。

小敏对章童说:"要是咱爸真认识他就更好了,到时候咱买枫桦西湖湾房子的时候,还能打折。"

章兴旺带着疲惫,说道:"恁俩去忙恁俩的吧,有啥事儿,咱们回头再说。"

被下了逐客令的两口子,带着满心的疑惑压章兴旺的屋里出来,俩人一边走一边还在疑问。

小敏:"你不觉得咱爸今个很反常吗?"

章童:"有点。"

小敏:"不是有点,是太反常了,你不觉得咱爸跟那个李枫认识吗?"

章童默默地点头:"肯定认识。"

小敏思索着说道:"就算李枫今年五十五岁,跟咱爸他俩也不是一辈人啊?"

章童:"我觉得年龄不是关键。"

小敏:"关键是啥?"

章童:"关键是,如果他俩真的认识,是啥时候认识的? 是咋认识的?"

小敏:"他俩肯定认识,要是不认识,咱爸不会是那种反应。"

章童赞同地点了点头,说道:"就瞅咱爸那副表情,他俩不光是认识,还有故事……"

小敏:"对,一定有故事!"

章童:"一个压国外来的开发商,能跟咱爸有啥故事呢?"

小敏:"那还用问,李枫是祥符人,要是他俩之间有故事,那也是在李枫离开祥符之前发生的故事。"

章童:"嗯,那肯定是。"

小敏思索着说道:"你是1955年出生的,他俩真有故事的话,也是在你出生之前,也就是说,黑墨胡同口跟儿已经没有汤锅了。"

章童想了想:"是的,我出生的时候,正赶上公私合营,不让支汤锅了。"

小敏脸上带着失望,俩眼瞅着电视机,不说话了。

这时,章童突然眼睛一亮,说道:"李枫不是说,他在信昌银号当过学徒吗,咱可以找信昌银号的老人打听打听啊。"

小敏的眼睛也一亮:"对啊,去问问咱陈叔,我听咱于姨说过,刚解放的时候,咱陈叔在信昌银号当过领导。"

章童:"对,去问问陈叔,咱必须把这件事儿给弄清楚。"

小敏:"嗯,是要弄清楚,咱还要在枫桦西湖湾买房呢,不弄清楚的话,万一有点儿啥事儿,到时候打折都是个问题。"

章童当机立断:"走,眼望儿咱就去找陈叔。"

就在章童和小敏去市委家属院找陈子丰的时候,章兴旺也有闲着,儿子和儿媳妇走后,他立马去找到封先生,他让封先生帮他翻出最近一段时间的《祥符日报》,在《祥符日报》上,找到了几篇有关西区开发的文章,让封先生念给他听。压这些文章里,他了解清楚了枫桦公司开发盖西湖湾的具体位置,于是,章兴旺决定去这个枫桦公司,见见那位李枫总经理。

西区挺远,坐汽车去要二十来分钟,目前那里还处在开发中,不通公共汽车,于是,章兴旺就花钱叫了辆三轮车,把那个蹬三轮的使得难呛(累够呛),蹬了快一个钟头,才蹬到了枫桦西湖湾在西区的办公楼,可是枫桦西湖湾办公楼的门卫告诉他,李总去市里开会,不在,就是回来也到下午了。章兴旺犹犹豫豫,不知是走还是等,走吧,好不容易来了,不走吧,那个蹬三轮的一个劲儿地催他,当那个蹬三轮的又催他的时候,一下子把他给催恼了,掏出兜里的钱付给蹬三轮的,那个蹬三轮的接过钱后,好心地提醒了他一句:"这个地儿可有三轮车啊,你要是回去,就得地奔儿。"已经横下一条心的他,冲蹬三轮的吼道:"地奔儿就地奔儿,又不碍你蛋疼!"蹬三轮的把钱揣进兜里说道:"别不知好歹,叫我车的时候,你要不说你是清平南北街的,哪个孬孙才往大西区来!"

蹬三轮的走罢之后,章兴旺心里也打起鼓来,心想:就别说能不能见到那个李总,今个回去都是个麻烦事儿,这要是地奔儿回去,就自己这老胳膊老腿,非走到二半夜不中。

章兴旺等在枫桦办公楼的大门外,压晌午头一直蹲到下午快四点钟,就在他实在蹲不下去、决定离开的时候,一辆明光锃亮的黑色小轿车压远处开来,停在了枫桦西湖湾的办公大楼门口,压车上下来的那个人正是李枫。虽说章兴旺不认识李枫,可他在封先生家翻《祥符日报》的时候,报纸上有李枫的照片,大差不差他觉得面熟,于是,他只管冲着压黑色小轿车上下来的李枫吆喝了一声:"哎,你是那个谁不是?"

李枫转过身来,瞅了瞅蹲在那里的章兴旺,问了一句:"我是那个谁呀?"

章兴旺支撑着身子站了起来:"我找李枫。"

"我就是李枫,老先生你是……"李枫上下打量着慢慢走到他跟前的章兴旺。

章兴旺说道:"我是清平南北街的。"

"清平南北街的? 东大寺门的?"李枫在章兴旺的脸上搜寻着,试图找到自己印象中的痕迹。

章兴旺:"我姓章,俺儿是东大街卖胡辣汤的,前个你去喝过俺家的汤。"

李枫顿时大悟,上上下下仔细打量着章兴旺,然后用纯正的祥符话说道:"如果我有说错的话,你叫章兴旺……"

章兴旺:"是我。"

李枫再一次仔细打量着章兴旺,惊讶中带着兴奋,思绪一下子飘得很远,不再言语了。

章兴旺:"我想问李总,你咋会认识我啊?我可不认识你啊?"

李枫收回了飘远的思绪,换了一个看不出表情的脸色,低沉着声音问道:"你既然说不认识我,咋跑到这儿来找我啊?"

章兴旺被李枫这句话给问住了,半晌才压嘴里说出一句:"我在这儿蹲好几个钟头了,能不能让我进恁的屋里,让我喝口水中不中?"

李枫斩钉截铁地说:"不能!"

章兴旺:"中,不能就不能吧。那你能不能告诉我,你咋知我叫章兴旺啊?"

李枫:"那你得先告诉我,你今个跑到这儿来找我弄啥?"

章兴旺俩眼紧盯着李枫,说道:"咱俩也别绕了,既然你知我叫章兴旺,那我也知你叫啥,你的大名叫李小国,小名叫李孬蛋,恁爹叫李慈民。"

李枫冇吭气儿,虚蒙起俩眼也盯着章兴旺。

章兴旺:"你也别用这种眼神儿瞅我,冇来找你之前,我还不敢确定你是不是李孬蛋,眼望儿可以百分之百确定,你就是那个在四面钟上搠死过日本人的李孬蛋。"

李枫冲章兴旺一笑,平静地说:"我不叫李孬蛋,也不叫李小国,我的名字叫李枫。"

章兴旺:"中了,孩子乖,别再跟我绕号了,我就想问问你,恁爹眼望儿咋样?他岁数比我还大,如果健在,应该是快九十岁的人了吧。"

李枫摘下鼻梁上架着的金边眼镜,掏出衣兜里的白手绢擦了擦,重新架回到鼻梁上,说道:"恁家的汤真不孬,我想问问,恁章家眼望儿的汤锅里,掌的还是不是印度胡椒?"

一听李枫说这,被叨住麻骨的章兴旺顿时就恼了,冲着李枫摞起了高腔:"俺家汤锅里掌的是不是印度胡椒又咋着,我还就不信了,恁爹李慈民能回来把我的蛋咬掉!"

李枫："你咋还是这么粗鲁，难怪当年非说黑墨胡同口跟儿的汤锅，是怹章家先支的，怪不得老日被打蹿了，你也跟着老日蹿了。"

章兴旺："造谣，我蹿啥了？共产党打败了国民党，我不是也回来了吗？"

李枫："你还有脸说，老日投降也是你的功劳吧？共产党打败国民党，是不是也有你的功劳啊？"

章兴旺："共产党打败国民党有我的功劳，可是我有被吓蹿啊？被吓蹿的是那些心里有鬼的人！"

李枫轻蔑地一笑，口气平和地说道："好些年前我去过一趟日本，专门拜访了一位叫西川的日本老头儿，当年老日占领祥符时期，这个西川是驻扎在清平南北街上日本宪兵的队长，清平南北街的底儿，就是这个西川亲口告诉我，是你把告密作为条件，换取了李慈民家的印度胡椒，有这事儿吧？"

章兴旺有点儿发毛，嘴也有点儿结巴："啥，啥告密？告，告，告啥密……"

李枫："告啥密，你是老糊涂了吗？你忘了，你去老日的宪兵司令部，跟老日谈条件，就是四面钟老日岗哨被一个祥符少年搦死那事儿，我想这事儿你就是到死也不会忘吧，要不怹章家的胡辣汤锅，也不会支到今天，你说是不是，兴旺叔？"

已经六神无主的章兴旺，用手指着李枫："你，你，你这是造谣诬蔑，你拿出证据米！"

李枫依旧显得平心静气，说道："证据我当然有，都说日本的录音机好，在我去见那个西川老头儿之前，我专门去买了一个日本的录音机。"

章兴旺彻底崩溃了，嗷嗷叫着："日本帝国主义的人说了不算，日本帝国主义是咱中国的死对头，南京大屠杀他们杀害了咱多少中国人，谁都可清亮……"

李枫抬手制止住章兴旺的嚎叫："别激动，爷们儿，千万别激动，你要是再激动出个啥三长两短，裹不着，啊，裹不着，你听我再跟你说一句，该弄啥你就弄啥去。"

章兴旺气喘吁吁地："你就是说八句也有用，咱中国就是不跟老日玩！"

李枫笑着问道："爷们儿，你平时看不看电视和报纸啊？"

章兴旺："你管我看不看，碍你蛋疼啊！"

李枫："不是碍谁的蛋疼，你要是平时不爱看电视和报纸的话，我可以告诉你一些你不知的事儿。"

章兴旺："我不知的事儿，就恁李家的人能蛋，恁李家人要是不能蛋，也不会在共产党来的时候，恁全家人都窜得有影儿了。"

李枫："我问你，爷们儿，今年是不是 1985 年？"

章兴旺："总不是 1948 年！"

李枫："对啊，俺李家人要是不能蛋，我也不会在中日邦交十三年之后，回到祥符来建这个枫桦西湖湾。我都懒得再说你这个老傻那哄（傻帽儿）了。"

章兴旺："那你还跟我翻旧账，还要说那个西川？还要说印度胡椒？还想把我说成汉奸卖国贼？你不是故意装孬吗？"

李枫把脸一整，喝道："错！你是不是汉奸卖国贼咱先搁一边不说，你的那个老冤家李慈民，也就是俺爹，他老人家一辈子对离开祥符都耿耿于怀，临终前交代我，要我还他一个清白，要我告诉当今的祥符人，真正的好胡辣汤不是章家的胡辣汤，是俺李家的胡辣汤。俺爹还说，章兴旺不光是个卖国贼，还是个卖汤贼，章家胡辣汤里的印度胡椒，是你章兴旺用卑鄙无耻下流的手段得到的！"话说到这里，李枫抬起手看了看手表："今个咱俩先说到这里，我还有事儿。不着急，俗话说，君子报仇十年不晚，咱两家这个仇已经四十年了，不差这两天。"说罢转身朝办公大楼里走去。

此时的章兴旺，已经彻底傻了，有一种天要塌下来的感觉，他直愣着眼瞅着李枫走进了办公大楼后，慢慢又坐在了地上，脑子里一片空白。不一会儿,压大楼里走出一个年轻人,来到章兴旺的跟前,说道:"我是李总的司机,李总说,你这么大岁数,让我开车送你回去,怕你再有个啥三长两短,你跟李总的那笔生意就不好做了。"

司机伸手将坐在地上的章兴旺扶了起来。

章兴旺声音吓瑟着说:"恁李总可真仁义啊……"

司机领着章兴旺来到了明光锃亮的黑色小轿车前,司机拉开车门,说道:"把你屁股上的土拍干净,李总的这部车,祥符也只有这么一辆。"

章兴旺回到家的时候,已经是黄昏时分,进屋后他啥话不说,往床上一躺,俩眼直勾勾地瞅着房顶。

老伴儿高银枝见状走到床跟前,问道:"你这是咋啦? 压哪儿窜回来了? 冇事儿吧你?"

半晌,章兴旺嘴里才冒出一句:"有事儿。"

不管高银枝一个劲儿地问,到底出了啥事儿,章兴旺就是憋气不吭,直到把他问烦了,才有气无力地把今个和李枫见面的事儿说了出来。

听罢章兴旺的叙述之后,高银枝和章兴旺一样,也犯傻了,半天才问了一句:"那咋办啊?"

章兴旺:"咋办,凉拌。"

高银枝:"要不,跟童童说说?"

章兴旺:"这事儿千万不能跟童童说。"

高银枝:"为啥?"

章兴旺:"你傻啊? 你说,这事儿跟童童咋说?"

高银枝:"实话实说呗。"

章兴旺:"实话实说,中啊,告诉咱儿,咱章家汤锅里的印度胡椒是李慈民的,是压老日手里弄过来的,跟咱儿说,他爹是汉奸?"

一听这话,高银枝蔫儿了,问道:"那咋办啊,李家人不跟咱拉倒,会不会吃官司啊?"

章兴旺:"吃官司倒不一定会,这个官司咋打啊? 根本就冇法打,总不能去把当年的老日,压日本请过来出庭作证吧,真要是这样,这个官司就成了国际官司,咱祥符丢不起这个人。话又说回来,别看他李孬蛋眼望儿的身份是国外来的开发商,他也不敢打这个官司。"

高银枝:"他为啥不敢打这个官司?"

章兴旺:"他要是跟咱打这个官司,你说咱祥符会向着谁?"

高银枝:"会向着咱?"

章兴旺:"当然会向着咱。"

高银枝:"为啥?"

章兴旺:"为啥,那还用问? 他李孬蛋是外国人,咱是祥符人,他要是把这个官司打赢了,咱祥符人的脸往哪儿搁?"

高银枝:"可是,他眼望儿是咱祥符请来的开发商啊。"

章兴旺:"开发商咋着,盖一个枫桦西湖湾重要,还是咱祥符人的脸面重要? 这要是他把官司打赢了,人们不知会咋说呢。"

高银枝:"人们会咋说?"

章兴旺:"中国人咋说都冇事儿,外国人要是说,哦,原来这祥符最好的胡辣汤,不是祥符人发明的啊,是人家印度人发明的啊。"

高银枝:"这才是胡说八道,咋,胡辣汤里掌了印度胡椒,胡辣汤就是印度人发明的了? 我听别人说,味精还是日本人发明的呢,咱中国谁家炒菜不掌味精,咋? 咱中国菜都变成日本菜了?"

章兴旺:"你懂个球,胡辣汤跟炒菜掌味精是两回事儿!"

老伴高银枝:"咋是两回事儿,我看就是一回事儿。"

章兴旺:"懂啥,别看胡辣汤是个不起眼的东西,可那是咱祥符人的脸面,不管在哪儿,只要说到胡辣汤,人们自然而然就会想到咱祥符,因为咱祥符的胡辣汤是河南最好的胡辣汤。你冇听说过嘛,刚建国的时候,毛主席来咱祥符,他老人家还喝过咱祥符的胡辣汤呢,这要是把胡辣汤说成是外国人发明的,你说是不是在打咱祥符人的脸!"

高银枝不犟嘴了,灰心丧气地说:"按你这个说法,咱祥符这个脸面确实很重要,不能丢。"

章兴旺:"对啊,所以我就说,咱祥符宁可不盖那个枫桦西湖湾,也不能丢这个脸面,大不了再找个外国的开发商。"

高银枝:"你要就这说,咱还用怕他李孬蛋吗,随他的便,想打官司就让他打去!"

章兴旺叹道:"唉,我担心的不是打不打官司……"

高银枝:"那你担心啥啊?"

章兴旺:"我担心的是,咱章家汤锅保不住祥符第一汤锅的位置。"

高银枝:"这个不会吧,咱章家胡辣汤眼望儿是祥符人公认最好的汤,不会摊为他李孬蛋说上两句,人们就会相信吧……"

章兴旺:"喝家们说啥我倒不怕,我担心的是,同行是冤家,这要是让同行知了,当年的李家汤锅才是祥符第一汤锅,咱章家的汤就是再好,留下的也是千古骂名啊。"

高银枝:"那你想咋办啊?"

章兴旺闭上俩眼,许久,突然把眼睁开,大声说道:"有了,我知咋摆平这事儿了!"

高银枝急忙问道:"你咋摆平啊?"

章兴旺俩眼冒出了光,说道:"我想到了一个人,这个人是李家的克星。"

高银枝:"谁啊?"

章兴旺右说话,他那张满是皱纹的老脸上挂上了一层神秘的微笑。

高银枝催促着:"你快说啊,李家的那个克星是谁啊?"

章兴旺:"谁? 一个熟得不能再熟的老熟人……"

27. "这就叫,山不转水转,水不转人转,今个转到一起, 是不是仇人相见分外眼红啊?"

章兴旺说的这个熟得不能再熟的老熟人,就是陈子丰的老伴儿于倩倩,章童和小敏的大媒人。

去找陈子丰是个高招儿,要不是当年陈子丰在黑墨胡同口跟儿挨了一枪,打残了一条胳膊,他也不会转业到祥符,或许他还能在部队继续升任,混上个帅级十部是完全有可能的。话说回来,当不当官倒是次要,关键是折了一条胳膊变成了终身残疾。另外还有最关键的一点儿,据当年参与追击、清理祥符城内国民党守军的陈子丰的战友说,那一小撮藏在信昌银号内,向解放军打黑枪的国军残余,正是军统艾三的部下李孬蛋那一伙人。打中陈子丰的那一枪,是不是李孬蛋打的都很难说,不管那一枪是谁打的,把这笔账算在李孬蛋头上也是理所当然。尽管那一页历史翻了篇,眼望儿的李孬蛋已经成了国外的开发商,对于那笔旧账,官方肯定不会再提,但对于深受伤害的个人来说,刻骨铭心的程度肯定是至深的。别管这世界发生了啥样的变化,眼望儿仇人来到了祥符,公了不了私了,也必须算算这笔账,说说这事儿吧。章兴旺想到了陈子丰,就是想让陈子丰对李枫形成威胁,只要能摆平那段恩怨情仇,你走你的阳关道,我过我的独木桥,你盖你的枫桦西湖湾,我卖我的胡辣汤,井水不犯河水就齐了。

高银枝为章兴旺想出的这个撒手铜连连叫好,章兴旺也为自己想到的这一招儿感到很欣慰,用胜券在握的口气喃喃自语:"李小国,李孬蛋,李枫,你跟我斗,说句难听话,每章儿我能把恁爹给斗败,眼望儿照样能把你给斗败……"

当天晚上,章兴旺和老伴儿高银枝掂着两兜果,就去了市委家属院的陈子丰家。当章兴旺把事情的来龙去脉,原原本本叙述给了陈子丰两口子之后,反应最强烈的首先是于倩倩,她惊讶地瞪大眼睛说:"乖乖咪,真是君子报仇十年不晚啊,咱去找他个赖孙,算算这笔账!"

陈子丰却摸着自己那条胳膊在沉思。

章兴旺:"算不算这笔账,陈主任掂量,我是不想让他败坏俺章家的汤锅,搞得俺好像是'盗锅贼'似的。每章儿他李家汤锅是孬,在祥符城算不上头把交椅,也能算上个二三把交椅吧,可是不能摊为他爹李慈民当年做贼心虚甯了,眼望儿就把这笔账算在俺头上吧,只兴你李家有印度胡椒,不兴俺章家有印度胡椒啊,眼望儿怹李家人混锵实了,成了外国的大开发商,可也不能把这个不仁不义的屎盆子,扣到俺的头上吧?这还咋让俺章家的汤锅以后在祥符城里支啊?"

于倩倩:"就是,他不能光凭嘴说,他说印度胡椒是他家的就是他家的了。"

章兴旺:"他说他有证据,有那个叫西川老日的谈话录音。"

于倩倩:"让他把谈话录音拿出来听听,听听那个老日是咋说的!"

章兴旺:"我不是怕他把谈话录音拿出来,我是担心他说的那个录音是伪造的,找个日本人随便录上两句,是真是假咱又不知。"

于倩倩:"这个好办啊,真要是打起官司来,法庭可以派人去日本落实啊,你不用担心……"

陈子丰阻止于倩倩继续再往下说:"中了中了,别再说了,恁都甭说到点儿上。"

于倩倩:"咋甭说到点儿上啊,不就是那个老日说,拿印度胡椒做了交易,章家变成了汉奸吗。别管章家是不是汉奸,总要去调查清楚吧,不能老日说啥就是啥啊?"

陈子丰一脸半烦地说:"懂啥,对我来说,这就不是汉奸不汉奸的事儿!"

于倩倩:"那你说,对你来说这是啥事儿啊?"

陈子丰思索着,把脸转向章兴旺说道:"你来找我是啥目的,我心里可清亮,咱都不外气,毕竟咱们之间有这么一层关系,要不你也不会来找我,你今个来找我,就是想让我出面来摆平这件事儿,是这样的吧?"

章兴旺连声说道:"是这是这,是这样的……"

陈子丰:"那我首先要告诉你,我不可能按你的那个思路,去帮你摆平这件事儿,别管我这条胳膊是不是李枫那一伙人打残的,这事儿要是逢官(打官司)捅到上面去,即便是把官司打赢了,也不会有我的啥好果子吃。"

于倩倩:"为啥?"

陈子丰:"道理很简单,今非昔比,那个李枫眼望儿已经不是每章儿的李孬蛋了,更不是国民党反动派,他眼望儿是咱祥符市委市政府请来的开发商。他正盖着的那个枫桦西湖湾,将是咱祥符西区开发的门面,咱祥符市委市政府不敢得罪他,也不会得罪他,一旦跟他闹翻,枫桦公司一撤资走人,所有的黑锅都得背在我身上,明的不让我背,暗的也会让我来背,恁也不想想,这口锅我背得了吗? 背得动吗? 我这不是给自己找不得劲吗?"

于倩倩眨巴着眼睛想想说:"是这。那咋办啊? 章家汤锅咱不能见死不救啊?"

章兴旺枯绌着脸,带着哭腔说道:"那咋办啊,陈主任,你不能见死不救啊,俺是冇法儿了,才来找你的啊……"

高银枝连哭腔都冇,直接就哭出了声,一边哭一边说道:"求求你啦,陈主任,帮帮俺吧,看在俺家儿媳妇的面子上,给俺想想法儿吧,只要能救俺章家的汤锅,俺儿子下辈子就是托成牛马,我也要让他给恁家拉犁拉耙啊……"

陈子丰烦躁之极:"中啦,中啦,别哭了中不中,让我想想这事儿该咋办中不中!"

于倩倩也劝道:"别哭了,哭有啥用啊,老陈这不是答应嘛,让他想想办法,看这事儿该咋办,咋办才能更妥当,别哭啦……"

高银枝收敛住了哭声,用手抹着脸上的泪,与章兴旺和于倩倩一同把目光盯在了陈子丰的脸上。

陈子丰低着头,沉着脸在思考着。许久,他抬起头对章兴旺和高银枝说道:"别管了,恁先回去吧,我已经知这事儿该咋办了。"

高银枝刚想开口去问,被章兴旺用手制止,章兴旺站起身,也把高银枝一把压座椅上拉了起来,对陈子丰和于倩倩说道:"既然老领导答应帮俺摆平这件事儿,那俺就不打扰了,先谢谢老领导。别管了,老领导和夫人对俺章家的大恩大德,俺章家人永远不会忘记,说滴水之恩涌泉相报都不对,这应该是对俺章家的大恩大德……"

陈子丰:"中啦,明个我就去找那个叫李枫的,跟他过过招儿,恁就搁家等我的消息吧。"

…………

第二天,陈子丰向老干部局要了一辆车,就去了开发区,他并冇直接去枫桦西湖湾的办公大楼,而是先让车开到了正在开发中的枫桦西湖湾,就是那个章童和小敏两口子计划买新房子的地方。陈子丰已经好些年冇到西边来了,自打离休以后,他基本上都在家里窝着,祥符西区开发的一些消息,也都是压报纸和电视上看到的,而媒体报道重点介绍的,就是这个正在开发中的枫桦西湖湾,今天来到之后,他先要对这个枫桦西湖湾做一个全面的了解。

祥符城西边的这个湖,是个人工湖,改革开放后新挖的,面积不小,整个开发区可以说就是围绕着这个湖打造而成。为啥要挖这么大个湖,陈子丰还是知道的。在祥符的历史上,祥符城有水城之说,水城的形成就是摊为隋炀帝开发大运河,让大运河压祥符经过,让祥符变成了一个水旱码头,带活了古代祥符城的经济,也变通了祥符城的文化交流。这是水城之说的一部分,真正让祥符变成水城,还有个重要原因,就是明代李自成围攻祥符城的时候,朝廷下令扒开黄河"以水退兵",将整个祥符城都淹没了。李自成倒也是被水淹跑了,祥符城却被水夷为平地,全城 37 万人仅有 3 万多人幸存。于是,河南周边省份的人,都窜到祥符来挖被掩埋在地下的宝贝,结果把祥符城里挖出了好几个大坑,由此,祥符城内一些标志性地名都带了个"坑"字儿,什么包府坑、徐府坑、龙亭坑、袁坑沿这类地名,一直延续到了当下。也就是说,有些地名虽然已经名不副实,但也是祥符历史上有水城之说的见证。眼望儿的领导们,为了重振历史之辉煌,就做出了把祥符西区建设成经济开发区的决定,这个开发区的标志,就是挖出一个大湖,与老城区相连,再现水城壮观景象。你别说,城西边这个大湖挖好之后,还真是改变了人们对祥符的印象,首先得到改变的就是祥符人的居住环境,尤其是这个正在建设中的枫桦西湖湾,虽说还有完全盖好,但只要是看过或是听过,对它有过了解的祥符人,都会惊讶地撇着嘴,赞叹这个由加拿大华人投资建造的枫桦西湖湾,是那么高端大气上档次,在整个祥符城的西区建造中,是蝎子拉屎独一份。

陈子丰站在枫桦西湖湾售楼部门厅的沙盘前,听完那位年轻漂亮的小妞儿,对枫桦西湖湾的全面介绍之后,问道:"我要是买一栋枫桦西湖湾里面的别墅,得花多少钱啊?"

漂亮小妞儿:"现在还很难说,要等开盘以后才能知道具体售价。"

陈子丰:"那不中,我现在就想知道价钱,因为我买得多,至少要买上十栋八栋的,知道了价钱,我好准备钱啊。"

漂亮小妞儿面带吃惊地问道:"您要买多少?"

陈子丰:"十栋八栋啊,咋啦?是不是我买得太多,你们不想卖给我啊?"

漂亮小妞儿急忙说道:"不是不是,请您稍等,稍等……"说完匆匆离开。

不一会儿,漂亮小妞儿叫来一位主管模样的中年男人,他走到陈子丰跟前,毕恭毕敬地自我介绍:"先生您好,我是销售部的主管,您有什么需要,我可以为您服务。"

陈子丰打量一下面前这位主管,面带不屑地说道:"我来这儿可不是喝胡辣汤,要个十碗八碗,你可以做主打个折,我要买的是别墅,买上个十栋八栋,你恐怕当不了家吧?"

主管：“此话当真？”

陈子丰：“我都这么一把岁数了，冇事儿跑到这儿来跟你逗着玩呢？”

主管又上下打量了陈子丰一番，判断出眼前这个老头儿，确实不太像是来逗着玩的，说了句“您稍等”后，转身走到售楼门厅的电话前，抓起了电话。虽然离得远，陈子丰听不清那位主管在电话里说的是啥，但压那位主管的神态中，他已经明白，那个叫李枫的李孬蛋，就快出场了。

打完电话的主管毕恭毕敬地将陈子丰请进了售楼部的贵宾室，告诉陈子丰，他们的总经理马上就到。

果不其然，大约等了不到十分钟的样子，坐在售楼部贵宾室里，大腿跷二腿的陈子丰，就看见西装革履的李枫走了进来。

李枫朝坐在那里的陈子丰走了过去，而坐在沙发里的陈子丰却依然冇动势。

李枫向陈子丰做着自我介绍：“先生您好，我是枫桦公司的总经理，我叫李枫。”

陈子丰冲着站在一旁的那个主管说道：“你该忙啥忙啥去，我要单独跟恁李总谈谈。”

李枫示意那个主管出去之后，说道：“听说您是要买我们枫桦西湖湾的别墅？”

陈子丰：“别撇着腔中不中，说祥符话，我知你是祥符人，会说祥符话。”

李枫笑了，在陈子丰旁边的沙发上坐下，用祥符话说道：“先生你贵姓啊？”

陈子丰：“免贵姓陈。”

李枫：“我听陈先生的口音，不太像祥符人啊？”

陈子丰：“祥符话说得不标准是吧。”

李枫：“有点儿南方味儿。”

陈子丰：“中，办事儿，你窜到外国恁些年，还能听出祥符话标准不标准。"

李枫:"那是,'少小离家老大回,乡音无改鬓毛衰'。"

陈子丰:"嗯,我知,你说的这一句是李白的诗。"

李枫笑着纠正道:"不是李白的诗,是唐朝诗人贺知章的诗。"

陈子丰:"管他是谁的诗,反正是唐朝诗人写的。"

李枫:"'举头望明月,低头思故乡'倒是李白写的,李白还有一句我也很喜欢,'此夜曲中闻折柳,何人不起故园情'。"

陈子丰侧脸打量着李枫,说道:"你还怪有文化啊,李孬蛋。"

李枫一怔,惊讶地瞅着陈子丰:"你咋知我的小名儿啊?"

陈子丰:"我不光知你的小名儿,还知你的大名儿叫李小国,啥时候又改成了李枫我就不知了。"

惊讶之中的李枫,听到陈子丰的这几句话,心里顿时明白,今个坐在这里的这个老头儿,绝不是一般人,用祥符话说,是个把底的人。

还冇等李枫开口,陈子丰又说道:"我最想知的是,恁李家的汤锅还支不支了?"

听到陈子丰的这句话,李枫一下子站起身来,俩眼紧紧盯着坐在那里纹丝不动的陈子丰。

陈子丰:"咋啦?你咋不坐了,有啥话坐下来慢慢说,就是拉家常,咱俩今个也慢慢拉。"

李枫在仔仔细细地打量着陈子丰,此时此刻,他心里已经清亮,眼前这个老头儿,今个是来者不善,善者不来。

陈子丰:"你别瞅我,你就是瞅上个三天两夜,你也瞅不出我是谁。"

李枫:"那你能告诉我你是谁吗?"

陈子丰:"我是谁不重要,重要的是,咱俩有笔账冇算清,今个我来找你,就要好好算算这笔账。"

李枫:"我欠你钱了吗?"

陈子丰:"你欠我半条命!"

李枫大惑不解地瞅着面前这个老头儿,他脑子里在高速运转,认真地回忆着少年时期,自己在祥符的那些"劣迹",心想,自己也有干过啥伤天害理的事儿啊?就是跟人打个架斗个殴,也有致人伤残过啊,唯一干过一件下过狠手的事儿,就是为了打击日本侵略者,在艾三的指令下,把四面钟上站岗的日本兵给搠死了,可那也是爱国行为,跟这个老头儿也有一毛钱的关系啊?更何况,别说自己,就连自己的家人,以及少年时代自己周边的那些人当中,也有这么一个说祥符话,还带着南方口音的人啊?

陈子丰:"想不起来了是吧?"

李枫微微摇了摇头:"想不起来了。"

陈子丰:"那好,我给你一点儿提示。"

李枫:"最好是这样。"

陈子丰:"艾三你认识吧?"

李枫:"何止是认识,俺一个门口的,我喊他叔,他还是我在国军部队里的长官。"

陈子丰:"艾三的下场你知不知?"

李枫:"听说蹲了几年大牢,出来后四处流浪,最后冻死在东大寺门口了。"

陈子丰:"你知道得还怪详细啊。"

李枫:"那当然,我在国外这么些年,一直都惦记着艾家的人,也一直压不同渠道打听艾家人的消息,俺爹临终前还对我说,清平南北街上的七姓八家里头,就数李家跟艾家的关系好,要不俺爹也不会把印度胡椒送给艾家,最后落到了章家人的手里。"

陈子丰:"清平南北街上七姓八家的事儿,我多多少少听过一些,印度胡椒的事儿,我也多多少少知道一些。这么跟你说吧,咱俩之间的事儿,也跟印度胡椒有点关系,跟印度胡椒有关系,就跟胡辣汤有关系,再说清亮点儿,要不是摊为喝那一碗胡辣汤,咱俩也不会成仇人,我今个也不会窜到这儿来找你。"

李枫再一次陷入深深的回忆,他用大脑过滤着所有跟胡辣汤有关的记忆……

陈子丰:"是不是需要我再给你一个至关重要的提示啊?"

李枫:"请明示。"

陈子丰:"黑墨胡同,信昌银号。"

李枫蹙起了眉头:"黑墨胡同……信昌银号……"

陈子丰抬起自己的右手,轻轻抚摸着自己的左胳膊,说道:"多亏是我命大,跟我一起的那个伙计,可就有那么走运了……"

李枫瞬间大惊失色,俩眼紧盯着陈子丰:"我知道你是谁了……"

陈子丰:"真的知道我是谁了?"

李枫:"但是,如果你要不说,打死我也不会想到是你……"

陈子丰:"这就叫,山不转水转,水不转人转,今个转到一起,是不是仇人相见分外眼红啊?"

李枫不再说啥,只见他单腿跪地,双手抱拳,歉疚万分地说道:"向先生赎罪,民国三十七年,国军战败撤离祥符的时候我才二十二岁,我们几个败兵藏在信昌银号里,向黑墨胡同口跟儿的解放军开枪,虽说恁老中的那一枪不是我打的,但我也负有责任,今个能在此与恁老相见,我万般悔恨,是打是罚,恁老随便,我都认这壶酒钱,请恁老相信,我说到做到。"

陈子丰面无表情,纹丝不动坐在那里,瞅着单腿跪在面前的李枫,声音不高不低地问道:"民国三十七年你才二十二岁?"

李枫:"是的。"

陈子丰:"这么说,在四面钟上搦死日本哨兵的时候你才十五岁?"

李枫:"是的。"

陈子丰摇着头,不知是夸奖还是花搅地说道:"你真办事儿啊,压小就是个敢下狠手的货啊,眼望儿一把子岁数,倒显得文气了,穿着西装也出息了。站起来吧,恁大一个总经理,跪在这里,让别人瞅见,把我当成个弄啥的啦?有嘴也说不清。"

李枫:"能说清,我不在乎别人说啥,恁老今个要是不原谅我,我就不会站起来。"

陈子丰:"原谅你可以,但我有个条件。"

李枫:"不管啥条件,恁老只管说,我一定答应你。"

陈子丰:"此话当真?"

李枫:"君子一言,驷马难追。"

陈子丰:"那好,我就把你当成君子,你站起来,咱俩慢慢说,说不成了你再重新跪下。"

李枫站起身来,坐回到陈子丰的旁边……

接下来的事儿也就顺理成章了,陈子丰向李枫提出的唯一要求,就是不要再去找章兴旺的麻烦,那些恩恩怨怨不愉快的往事儿就让它过去吧,大局为重,把枫桦西湖湾盖成祥符西区最有代表性、最有特色的住宅,才是当务之急最重要的事儿。陈子丰让李枫把对家乡的情感,全部融入祥符西区开发的建设之中,那才是一个海外归来的祥符人,真正应该做的事儿。

在陈子丰一番热爱故乡的大道理说教之中,李枫频频点着头,可谓是给足了陈子丰面子,不但答应与章家摒弃前嫌,还真心实意地对陈子丰说,等枫桦西湖湾的别墅群盖好了以后,要送给陈子丰一栋别墅,让陈家老两口在美丽的西湖畔颐养天年。

听李枫这么一说,陈子丰连连摆手说道:"不中不中不中,这成啥了,这不就成了利益交换了吗,好像我今个来,就是拿挨那一枪,用我的胳膊去换一套别墅一样,这要是让别人知了,我陈子丰成啥了? 不中不中不中,说啥也不中!"

李枫:"不能那么想,这套别墅跟那一枪冇关系,这是我对恁老的尊重,是对一个外乡人热爱祥符、把自己的一生都奉献给祥符的一种敬意。再说,恁老以为一套别墅是白给你的啊? 绝对不是,我要把恁老的肖像印在俺枫桦西湖湾的宣传资料上,然后在枫桦西湖湾大门口,竖着的那块介绍枫桦西湖湾的海报牌子上,也画上恁老的头像,让恁老成为俺枫桦西湖湾的形象代言人。你说,这算不算白给你一套别墅?"

陈子丰不再那么强烈地推辞了,除了感到这是李枫的诚意之外,他觉得李枫说的也在理儿,毕竟他与李枫有那么一段剪不断理还乱的生死交融的故事,他们之间所有的恩怨情仇,都已经化解在了美丽的枫桦西湖湾里头。

李枫再次诚恳地说:"送恁老一栋别墅的最大意义是啥,知不知?"

陈子丰:"是啥?"

李枫:"当初,我愿意来祥符投资盖这座枫桦西湖湾,不单单是因为我是祥符人,盖成枫桦西湖湾最大的意义,就是一句话。"

陈子丰:"一句啥话?"

李枫:"两岸一家亲,天涯共此时。"

陈子丰缓缓地向李枫伸出了手,两人的手握在了一起,似乎有种一切尽在不言中的感觉……

28."厉害,还是老领导厉害。只要老领导出面,
就冇他摆不平的事儿。"

回到家的陈子丰,把去枫桦西湖湾见到李枫的整个过程向于倩倩描述了一番,于倩倩高兴得直拍大腿,俩眼冒光地对陈子丰说:"我这一辈子,冇白嫁给你,老了老了,还能住上别墅了!"

陈子丰脸上带着一丝得意地说:"说句不该说的话,这是用命换来的,要不是当年挨那一枪,别说住别墅,西区新盖的市委家属院,咱都不一定能住上。你瞅瞅眼望儿那些在位的货,跟我一个级别,有的级别还冇我高,在西区给他们盖了个常委院,我进去瞅过,说句不该说的话,那叫常委院?那就是个特权阶层住的别墅群!"

于倩倩:"中了,你也别冒肚(牢骚,不满意)了,咱这不是也快住上别

　　　　天下胡辣汤

墅了嘛,也让住常委院的那些货气生气生(嫉妒;生气),咱住枫桦西湖湾,跟他们住常委院可不一样,虽然都是别墅,咱住的是心安理得,他们住的是心不踏实,保不准哪一天,就有人压常委院搬到监狱里去了……"

陈子丰:"中了,别说那些冇用的了,你赶紧去把这个消息告诉章家人吧,你瞅瞅,咱要不帮他们摆平这件事儿,章家可就要丢大人了。"

于倩倩大有同感地说:"何止是丢大人啊,他章兴旺身败名裂不说,搞不好还要拿汉奸跟他说事儿,把他给绳起来。"

陈子丰:"那倒不会。"

于倩倩:"咋不会啊?"

陈子丰:"此一时彼一时了,中日都建立了邦交,设了大使馆,日本首相都跟毛主席握手见面了,咋还会提汉奸不汉奸的事儿。"

于倩倩:"那他章兴旺怕啥? 你瞅瞅他们两口子愁眉苦脸那个样,就跟快活不成了似的。"

陈子丰:"这你就不懂了吧,毛主席跟日本首相握手,中日邦交正常化,不代表中国老百姓不恨日本人,不恨汉奸,要不这十四年抗战不就白打了吗,还死了恁多中国人。"

于倩倩:"那还中日邦交个啥啊,这不是吃饱撑的吗?"

陈子丰:"这就叫政治,没有永久的朋友,也没有永久的敌人。"

于倩倩:"既然是这,那个叫李枫的李孬蛋,也算个吃过大盘荆芥(见过大世面)的人,还要不讲政治,还要来替他爹报仇?"

陈子丰:"李孬蛋想替他爹报仇只是一方面,我认为,这个李枫跑到祥符来盖枫桦西湖湾,就是想要证明他对家乡的热爱,就是想要告诉所有的祥符人,祥符最好的胡辣汤出自他李家,而不是章家,昨天是,今天是,明天还是,永远都是。因为印度胡椒,最早是他爹李慈民带到祥符城来的。"

于倩倩:"我觉得很可笑,这个李枫都当卜恁大的老板了,都有钱盖枫桦西湖湾了,还惦记他李家那口胡辣汤锅,丢身份不丢啊,我要是像他那么有钱,才不会跟胡辣汤较真儿。"

陈子丰："你错了,老伴儿,你要是像他那么有钱,你比他还较真儿。"

于倩倩："我才不会。"

陈子丰："民以食为天,老百姓把吃食儿当成天,别说老百姓,谁活着不把吃食儿排到第一位,人活着为啥? 为的就是一张嘴,毛主席活着的时候,在中南海里还要吃湖南饭,为啥? 我不是也一样嘛,祥符的胡辣汤再好喝,我还是喜欢吃俺老家的洪江粉,这跟李孬蛋在国外生活恁些年,就想喝祥符的胡辣汤不是一个道理吗? 俗话说,吃饱了不想家。用我的话说,是吃好了不想家,啥是吃好了? 不就是吃得嘴(吃得美)。啥是吃得嘴? 不就是家乡饭吗。这就是李孬蛋要回祥符盖枫桦西湖湾最大的心愿,他要让所有祥符人都知,他李家的胡辣汤才是祥符最好的胡辣汤,这段胡辣汤的历史,不是要记载在史书上,而是要铭刻在祥符老百姓的心里。讲白了吧,这才是章家人最害怕的。"

于倩倩默默点着头,似有所悟地说道："也就是说,只要李家人不说出印度胡椒的真相,他章家的胡辣汤在祥符老百姓心里就是最好的胡辣汤,即便是以后祥符城里又冒出米个更好的汤锅,他章家的汤锅也可以名留青史,对吧?"

陈子丰："糊涂盆儿,终于开窍了。"

于倩倩白了陈子丰一眼："就你能蛋。"

陈子丰笑道："我要不能蛋,你能住上枫桦西湖湾的别墅?"

于倩倩："那你也可以名留青史了。"

陈子丰有所不解,眨巴着俩眼问道："我咋可以名留青史了啊?"

于倩倩："你能帮着章家篡改祥符胡辣汤的历史不说,你还能住进枫桦西湖湾的别墅呗。"

老两口子同时笑出了声来。

当于倩倩去到章兴旺家,把这个好消息告诉章兴旺两口子的时候,章兴旺和老伴儿高银枝简直就是千恩万谢,尤其是章兴旺,兴奋地在屋里来回踱步,嘴里不停地说:"厉害,还是老领导厉害。只要老领导出面,就冇他摆不平的事儿。"

高银枝冲着在屋里兴奋踱步的章兴旺说道:"咱咋感谢一下人家老领导吧。"

章兴旺:"当然要感谢,还要重重地感谢!"

于倩倩:"感谢啥,都是自己人,别搞得恁庸俗,恁再掂着大包小包去俺家,让俺家老陈烦。"

高银枝:"这不是庸俗,恁要不让俺表示一下俺这种心情,俺会憋出病来的。再说了,人之常情的事儿,老领导他也应该能理解。"

于倩倩:"恁要是真想感谢,要不这样吧,这两天抽个时间,找个得劲地儿,咱两家人聚在一起吃上一顿,中了吧。"

还在踱步的章兴旺突然停住了脚,大声说道:"不中! 吃一顿绝对不中!"

于倩倩:"你要说吃一顿不中,那咱就吃两顿,国庆节吃一顿,八月十五再吃一顿,这中了吧?"

章兴旺:"这不是吃几顿的事儿。"

于倩倩:"那这是啥事儿啊?"

章兴旺:"俗话咋说的,滴水之恩涌泉相报,何况这对俺章家来说,可不是滴水之恩,这是一座泰山之恩,对俺来说,也不是涌泉相报,应该是龙亭坑、包府坑俩坑相报也报不完!"

于倩倩笑着花搅道:"咋? 你还准备把太平洋买下来送给俺吗?"

章兴旺一本正经地对于倩倩说道:"我可不跟你花搅,我要跟你说的是正事儿。"

于倩倩瞅着章兴旺一本正经的脸,似乎也感觉到不能花搅了,便说道:"我不反对恁向老陈表示感激,但千万不能过分,恁要是过分了,我不能接受的话,老陈他就更不能接受,别到最后搞得大家都不得劲,那就真不得劲了。"

章兴旺严肃认真、自信满满地对于倩倩说道:"我是一个认死理儿的人,只要是我已经想好和我认准了的事儿,得劲不得劲我也必须这样做,我要这样做的原因有两个:第一,报答老领导对俺章家的大恩大德;第二,也感谢李孬蛋放俺章家一马的宽宏大量。所以我决定,等枫桦西湖湾盖好以后,我要买一栋别墅送给老领导,两全其美,一来让老领导舒舒服服安度晚年,二来也算给李孬蛋盖的枫桦西湖湾捧个场,这叫两好合一好,皆大欢喜。"

听罢章兴旺这番话,于倩倩立马就傻在那里,这是要在枫桦西湖湾拥有两栋别墅不成……

无论于倩倩如何坚决反对,章兴旺都铁了心要在枫桦西湖湾盖好以后,给陈子丰买一栋别墅作为回报。用章兴旺的话说,陈子丰帮他章家摆平的这事儿太大了,关系到章家汤锅的声誉不说,最主要的还是章家赖以生存的这口汤锅,能不能在祥符世世代代传承下去。

儿子章童看得透,不止一次地说过,他也想有个坐办公室的体面工作,可他爹是卖胡辣汤的,他根本就坐不到机关大楼明亮的办公室里,当年他当个小学的代课老师还转正不了,原本他爹也想花钱让他转正,却遭到他坚决反对,家里不是缺钱,可那些钱都是一碗汤一碗汤卖出来的。当上个正式小学老师又能咋样,说句难听话,就是当个大学老师也是徒有虚名,别看清平南北街上那些卖吃食儿的人,家家户户住着老旧的房屋,真要拿出各家的存折,哪个大学教授也难比得上。不就是名头不好听嘛,在章童眼里,名头就是个虚皮的东西,正是因为看透了这一点,章童才义无反顾地继承了他爹的汤锅。当了章家汤锅的继承人后他才更加明白,虽然起早贪黑非常辛苦,但是,正如他爹说的那样:只要勤快加苦干,给个县长也不换。

当章兴旺把自己要送陈子丰别墅的前因后果告诉儿子章童之后,章童大赞他爹仁义的同时也深感吃惊,也为他们章家汤锅这么一段"不光彩的历史"而羞愧。与此同时他也理解他爹,为了让子孙后代有一口安身立命的汤锅,他爹付出得太多,为了保全章家汤锅的声誉,他爹做出送一栋别墅的决定,在章童看来也是完全正确的。

章兴旺的一片诚心,却遭到了陈子丰的坚决反对,为此陈家老两口大吵了一架,两三天不说话,谁也不搭理谁。于倩倩心里十分委屈,在章兴旺说出要送别墅的时候,她已经做出了全力反对,就差冇跟章兴旺两口子翻脸,她心里十分清亮,陈子丰不可能接受章兴旺这样的回赠,对陈子丰来说,这不是买一栋别墅钱多钱少的事儿。也不是一个共产党员品质好不好的事儿。他要是接受章家送的这栋别墅,就变成了祥符老百姓嘴里常说的那句话,"小鸡站在门槛上两边叨食儿",尽管这事儿不怨他,他照样会沾上一身腥,冇一个人能理解他,会站在他的立场上说他对。当下,自己的老伴儿于倩倩跟他翻了脸,让他自己去摆平这件事儿。于是,陈子丰决定亲自去一趟章家,冇想到,还冇等他去章家,章兴旺就领着儿子和儿媳妇,先来市委家属院找他了。见章兴旺来到他家,本想发脾气的他,被章家父子进门后的举动,让他的脾气憋在肚里发不出来了。

进了陈家的房门之后,还冇等陈子丰两口子开口,章兴旺就对儿子和儿媳命令道:"恁俩,给你陈叔和于姨跪下。"

章童和小敏二话不说,扑通就跪在了陈子丰和于倩倩的面前,老两口顿时蒙顶。

陈子丰:"这,这是弄啥啊……"

于倩倩:"站起来,站起来,有啥话站起来说!"

章兴旺:"先别急让他俩站起来,等我把要说的话说完,我就让他俩站起来,恁要是不让找说,我扭脸就走,他俩就会在这儿跪到明个早起。"

陈子丰:"胡说八道,跪到明个早起,恁不卖汤了吗,赶紧站起来!"

章兴旺:"卖不卖汤是小事儿,让我把要说的话说完是大事儿。"

于倩倩:"你该说啥说啥,你说啥也不能让俩孩儿跪着啊!"

跪在那里的章童说道:"于姨,不是俺爹计俺俩跪的,是俺俩想跪的,也是必须跪的。"他侧脸问跪在身边的小敏:"是不是,小敏,你说。"

小敏:"陈叔,于姨,跟恁实话实说,俺老公公是年龄大了,腿脚不便,跪不下来,俺俩这是替他老人家跪的。原本俺婆婆也要来,被俺俩阻止了,俺婆婆要是来的话,她肯定会陪着俺俩一起跪。"

陈子丰满脸无奈地冲着章兴旺说:"赶紧赶紧,要说啥你赶紧说,我真受不了恁的这一势,说吧说吧,真不明白,这是要弄啥……"

章兴旺:"那我可就说了。"

快要崩溃的陈子丰催促着:"赶紧说啊!再不说我就给你跪下了!"

章兴旺:"恁老两口都别站着中不中,坐到沙发上我就说。"

陈子丰一边往沙发上坐,一边摇着头说道:"你说不说我也知你要说啥,不就是枫桦西湖湾别墅的事儿嘛,瞅瞅恁,搞得像一场世界大战一样……"

章兴旺:"对俺来说,就是一场世界大战。"

也坐到了沙发上的于倩倩说道:"我咋觉得,不像世界大战,像世界末日。"

瞅见老两口坐稳当后,章兴旺冲陈子丰又补充了一句:"老领导,不管我说啥,别管我说得中听不中听,听我把话说完中不中?"

陈子丰不想再说啥,半烦地冲章兴旺挥了挥手,表示同意。

"那我就开始说了。"章兴旺咳嗽了两声,清了清嗓子,把眼睛转向小敏,说道:"小敏,我先问你个问题。"

小敏:"爸,你问。"

章兴旺:"当初,恁于姨把你介绍给章童的时候,说冇说过俺家可有钱?你实话实说。"

小敏:"冇,俺于姨只告诉我,恁家的胡辣汤好喝。是不是于姨?"

于倩倩点头。

章兴旺:"那你嫁到俺家之后,想冇想过俺家的钱呢?"

小敏:"说实话,想过。"

章兴旺:"你是不是觉得俺家可有钱啊?"

小敏:"这我倒是冇想,我主要还是愣中章童这个人了。"

章兴旺:"你愣中他啥了?"

小敏:"人长得帅,能干,扎着白围裙站在汤锅前,给人盛汤的模样可招眼儿。"

章兴旺又把脸转向章童,问道:"你也实话实说,当初你愣中小敏啥了? 说句打脸的话,要是论模样,小敏算是个一般人吧。"

章童:"愣中她的实诚,愿意跟着我一起卖汤,是个过日子的女人。"

章兴旺把脸转向陈子丰和于倩倩:"他叔,他姨,这俩孩子,一个不愿意干体育老师,一个辞掉了幼儿园老师,就愿意守着俺章家的汤锅,胡辣汤是他俩的缘分,这个缘分是谁给的? 是恁给的,要冇他于姨的拆洗,要冇章家那口胡辣汤锅,能有他俩今天的好日子吗? 撇开别的不说,就凭这一点儿,恁就是俺章家的大恩人,更不用说还有李家那档子事儿了。今个我把话给摞这儿,恁要是不答应枫桦西湖湾房子的事儿,我啥也不会再说,就让这俩孩儿跪在这儿,恁除非报警,叫警察来把他俩给抓走,要不这俩孩儿是不会走的,不信咱走着瞧。"话说到这儿戛然而止,章兴旺扭脸就朝房门走去。

陈子丰:"你去哪儿?"

章兴旺:"我回家。"

陈子丰:"恁这是弄啥? 就是要给我办难堪是吧!"

章兴旺也不接腔,开门就要往外走。

陈子丰:"你给我站住!"

章兴旺转过脸:"不中,我得走,我要是再不走,敢一头栽在这儿。"

陈子丰:"你说完了,你还冇听我说完呢,这点礼数都不懂吗? 就是卖胡辣汤,也有先交钱后盛汤,喝罢汤再交钱两说吧? 你这说罢就走,跟喝罢汤不交钱有啥两样儿?"

章兴旺瘪症了一下:"你说的有道理。"

陈子丰:"有道理你就给我坐这儿,听我把话说完你再走。"

章兴旺冇去坐,而是股蹲在房门跟儿。

陈子丰:"你股蹲那儿弄啥？坐到沙发上。"

章兴旺:"习惯了,股蹲着舒服。"

陈子丰:"瞅你那个命贱的样儿,当着俩孩儿的面,我不想骂你。"

章兴旺:"命不贱我也不会卖胡辣汤,就这吧,你说吧。"

陈子丰还想说啥被于倩倩制止:"你赶紧说吧,别让俩孩儿一直跪着。"

章兴旺:"说吧,老领导,只要你说得在理儿,俩孩儿立马三刻就站起来了。"

"那好,我让俩孩儿立马三刻就站起来。"陈子丰自己先压沙发上站起身来,郑重其事地说道,"恁章家送给我那个枫桦西湖湾的别墅,我要了!"

陈子丰此言一出,屋内所有人都一愣怔,他们都以为陈子丰会长篇大论,苦口婆心地婉言谢绝,有想到会答应得这么朗利,而且压陈子丰脸上的表情能看出,他不是儿戏,是严肃认真的。最感到出乎意料的就是于倩倩,她咋也有想到,自己这个倔老伴儿说出的话,表出的态,这么干脆朗利,甚至都让她怀疑这不是在现实之中,她狠劲眨巴了几下眼睛,确定这不是梦幻之后,追问了陈子丰一句:"老陈,你这话可是当真?"

陈子丰:"咱俩一个锅里吃了一辈子饭,你还怀疑我说瞎话?"

于倩倩张嘴不知说啥是好:"我……"

"你啥你,你就知吃饱不饥,屙屎臭气。"陈子丰把脸转向跪在那里的俩孩儿,吼道,"恁俩耳朵聋啊?有听见我说的啥吗?赶紧站起来,恁再不站起来,我就让恁爹跪下!"

章童:"陈叔,你说的话俺可都当真了。"

陈子丰:"真的假不了,假的真不了,恁陈叔这辈子算是毁在恁祥符人手里了。"

章童一边笑,一边搀扶着小敏,俩人一起站起身来。

陈子丰:"中了,君子一言驷马难追,我是君子不是小人,这事儿就这么敲定,等枫桦西湖湾盖好,咱就按这个办,中了吧。"

章兴旺满脸兴奋带感慨地说："俺章家的祖先在西边显灵，让俺在这祥符城越来越顺，天大的事儿都有人替俺接着，俺要是发了大财，非得把整个枫桦西湖湾买下来送给老领导不中！"

　　陈子丰一边把章兴旺往房门外推一边骂道："搞蛋吧，搞蛋吧，该弄啥弄啥去，瞅瞅恁把俺给折腾的，今个我要是不答应，非死恁手里不中。"

　　章兴旺呵呵笑着，心满意足地领着俩孩儿离开了市委老家属院……

　　送走了章家人，于倩倩关上房门后，迫不及待地就问陈子丰："你真的答应他们了？"

　　陈子丰："看你这话问的，事到如今，你觉得那还是假的？"

　　于倩倩："我还是不太相信。"

　　陈子丰："那我就再给你赌个咒，谁要是说瞎话，天打五雷轰，不得好死。相信了吧。"

　　于倩倩："相信是相信，可我总觉得有点那个啥……"

　　陈子丰："那个啥啊？"

　　于倩倩："不太符合你的个性。"

　　陈子丰："好了，咱先别说符合不符合我的个性。我问你，章家给咱这栋别墅，咱在枫桦湾就有了两栋别墅，是吧。"

　　于倩倩："是啊，加上李枫送的那栋。"

　　陈子丰："这两栋别墅你打算咋办？"

　　于倩倩："看你这话问的，打算咋办？还能咋办啊？搬进去住呗，又不能当画儿看。"

　　陈子丰："咱住两栋别墅？"

　　于倩倩："咱老两口住一栋，孩儿们住一栋啊。"

　　陈子丰指着于倩倩的脑门，咬着牙说道："背着粪筐满街窜——找死（屎）！"

　　于倩倩："我知，我又不傻，当然不能让人家知两栋别墅都是咱家的，这事儿你别管了，到时候我会想法儿办好的。"

陈子丰："我说的不是这个意思。"

于倩倩："你说的是啥意思啊?"

陈子丰："你坐下,听我慢慢跟你说……"

老两口子坐回到沙发里之后,陈子丰才把自己同意收下这份重礼的真正想法告诉了于倩倩。

陈子丰先向于倩倩摆清了收下两栋别墅的利害关系,尽管这利害关系于倩倩都清亮,可他还是着重又在强调,且不说像自己这种身份能不能住别墅,市里像他这个级别的老干部谁有这个条件去住别墅?别说是他这个级别,就是那儿个市委常委,也有一个敢敲明亮响去住枫桦西湖湾那样的别墅。另外还有一个最重要的原因,就是党纪国法不允许他这种身份的人,去接受这样贵重的馈赠,这要是被组织上知了,那可就缠大瓢了,受处理不说,还有可能被开除党籍,他革命了一辈子,别说为革命废了一条胳膊,就是两条胳膊都为革命残废了,也不能接受这样的馈赠,真要是那样儿,他有嘴也说不清。

于倩倩："中了,别再说这了,说得我耳朵眼儿都起老茧了,你就说这两栋别墅你打算咋办吧。"

陈子丰想了想,说道:"我是这样想的,李孬蛋送的那栋别墅,还是可以住的,只不过办房产证的时候,房主得换个名儿,以备后患。"

于倩倩："这个不是问题,那章家送的那栋,你打算咋办啊?"

陈子丰："关键就是章家送的那栋。你说,章家为啥死活要送咱别墅?"

于倩倩："那不就是咱替他摆平了李孬蛋,保住了他章家汤锅的名声了嘛。"

陈子丰："是啊。可你想过没有,只有章家人知道这件事儿的重要性,章家会不惜一切代价不让章家的汤锅有污点,这样才能称得上是祥符胡辣汤的老大,才能保住财源滚滚。一旦让社会上的人知道,他章家汤锅里的印度胡椒,是章兴旺不择手段与日本人做交换拿到的,还为此逼走了人家李慈民,爱憎分明的祥符人,不把他章家的汤锅骂翻才怪。"

于倩倩:"你说的这些我都知,你就说,章家给咱的这栋别墅咋办吧。"

陈子丰:"我想了,咱要是把它转手卖掉,好像不太可能。"

于倩倩:"你的意思是说不能卖?"

陈子丰:"当然不能卖,咱要是把它给卖了,把卖掉的钱装进兜里,且不说章家人会咋看咱,一旦让别人知了,别人不定又会咋想,要有人背后做咱的活儿,再有个啥节外生枝,我陈子丰照样晚节不保,尤其是在章家人眼里,咱一下子就从恩人变成了小人,你说我说的是不是?"

于倩倩:"那是。"

陈子丰:"所以说,李孬蛋送的那栋别墅,问题不是太大,那是我用一条胳膊换来的,谁知了也都能理解。章家送的那栋别墅就比较麻缠了,不但不能住,还不能卖。"

于倩倩:"不能住,也不能卖,那你准备咋办啊?"

陈子丰干脆朗利地压嘴里说出一个字:"捐!"

于倩倩似乎冇听清,追问了一句:"你说啥?"

陈子丰:"我说捐,咱把它给捐喽。"

于倩倩冇说话,用眼睛瞅着陈子丰,压头打量到脚,又压脚打量到头。

陈子丰:"你瞅我弄啥? 有话你就说,有屁就放。"

于倩倩又伸出手去摸着陈子丰的脑门,然后说道:"我先得判断一下,你是不是有病了。"

陈子丰一把拨拉开于倩倩的手,说道:"我要是不把那栋别墅捐了才是有病了。"

于倩倩:"捐了? 你准备捐给谁呀? 你个神经蛋,也不知哪根神经出了毛病。"

陈子丰:"我正常得很,哪根神经也冇出毛病,你听我把话说完中不中?"

于倩倩:"中,说吧!"

陈子丰又把前面说过的那些,为啥不能要章家别墅的那些话重复了一遍之后,说出了自己要捐赠的对象:"我准备把它捐给'老干部活动中心',让他们把这栋别墅当成老干部们的阅览室,既可以看书读报,又可以书法绘画,还可以举办一些小型活动。眼望儿西区开发是热门,据我所知,可多退休的老干部都准备搬到西区来,有枫桦西湖湾这么幽雅的地方,提供给老干部们读书学习和休闲,领导和老干部们保准都可高兴,你说是不是?"

于倩倩:"他们高兴我可不高兴,咱的别墅变成公家的了。"

陈子丰:"你呀,咋就还不清亮,再主贵的东西,生不带来死不带去,人活着为啥?不就是为了个名声嘛,咱是国家干部,吃喝不愁,给自己挣个好名声,子女也能跟着帮光(沾光),总比那些贪污受贿、让子女跟着背锅的人强吧,你说是不是啊?落个好的名声,总比见天担惊受怕强吧,烫手的山芋,别舍不得扔!"

于倩倩不再吭声儿,陈子丰说的这些话,她心里明镜似的,只是有点儿难以接受,那么贵重的一栋别墅,就这么让老干部局不劳而获了?而且陈子丰最后还说,捐赠还不能以陈家的名义,还要以章家的名义。要是以陈家的名义捐赠说不过去,会给别人带来很多疑问,你陈家哪来的恁多钱,专门买个别墅捐给公家?漏洞太多。如果以章家的名义捐赠,那就非常单纯了,一来可以提升章家汤锅在全市人民心中的位置,二来也给章家胡辣汤做了一个大大的广告,无形中就让章家的胡辣汤,成为祥符胡辣汤的无冕之王,谁要是不服,谁就也捐赠一栋别墅。

事已至此,于倩倩知陈子丰主意已定,再说啥也是白搭,就这吧,不管咋着,自家能住上一栋别墅已经足矣。

29. "从今往后,不允许恁章家再支胡辣汤锅。听明白冇?"

计划冇变化大,就在陈子丰说服了于倩倩之后冇几天,一件出乎所有人意料的事儿发生了,简直就像压天上掉下来一块大石头,把祥符城砸出了一个大坑。

这天上午,大约十点来钟,基本上过了喝汤的点儿,东大街章家汤锅刚松散下来,章童点着一支烟坐在凳子上还有抽上两口,只见一辆警车停在了马路边,压警车上下来俩老警,起先,章童还以为这俩老警是来喝汤的,当小敏上前给俩老警让座的时候,其中一个年纪稍大一点儿的老警,照直走到了汤锅跟前。

年纪稍大一点儿的老警,俩眼直勾勾地瞅着冒着热气的汤锅,说道:"嗯,这汤一看就有胃口,我喝过,确实好喝,喝罢一回想二回,而且还不是一般地想,恁家的汤确实跟人家不一样。"

原以为这俩老警是来喝汤的,于是章童掐灭手里的烟,起身掂起了盛汤的木勺,说道:"坐吧,我给恁俩盛汤。"

年纪稍大一点儿的老警,扭脸对身后年纪稍轻一点儿的老警问道:"喝不喝? 要喝让他给你盛一碗。"

年纪稍轻一点儿的老警问年纪稍大一点儿的老警:"你喝不喝? 你喝我就喝。"

年纪稍大一点儿的老警笑道:"真会装孬。"

年纪稍轻一点儿的老警问道:"谁会装孬?"

年纪稍大一点儿的老警收起了笑脸,抬手指着章童的鼻子说道:"他会装孬,还装的是大孬!"

章童大为不解地:"装孬了不是,你说这话是啥意思啊?"

年纪稍大一点儿的老警手指头继续指着章童的鼻子:"装孬是你的小名,你不但会装孬,我怀疑你还会谋财害命!"

一旁的小敏不愿意了,伸手拉了年纪稍大一点儿的老警一把,吼道:"你咋骂人啊!"

年纪稍大一点儿的老警:"我骂人了吗? 我说我怀疑他谋财害命,算骂人吗?"

小敏冲年纪稍大一点儿的老警吼道："你说啥？你再说一遍！"

年纪稍大一点儿的老警冇搭理小敏,压警服兜里掏出工作证件,打开伸到章童眼前,说道："这是我的工作证,你瞅瞅,是不是假的。"

章童瞄了一眼伸到眼前的工作证,说道："真的假不了,假的真不了。咋了吧？"

年纪稍大一点儿的老警问道："你叫啥名儿。"

章童："你管我叫啥名。"

年纪稍大一点儿的老警一脸严肃地说："回答我的问题,你叫啥名儿？"

章童："我叫章童,咋啦？"

年纪稍大一点儿的老警朝年纪稍小一点儿的老警使了个眼色。

年纪稍小一点儿的老警,压警服兜里掏出一张传唤证,展开,瞅着传唤证,说道："请你再说一遍你的姓名。"

章童："章童,文章的章,儿童的童,咋啦？"

年纪稍小一点儿的老警神情严肃地冲着章童说道："章童,你因涉嫌毒品犯罪,请跟我们走一趟。"

章童瞪大了眼睛："啥？恁说啥？"

年纪稍大一点儿的老警："你耳朵背冇听清吗？你涉嫌毒品犯罪,跟我们去北道门派出所一趟！"

小敏大声叫唤起来："涉嫌毒品犯罪？俺是个卖胡辣汤的,涉嫌啥毒品犯罪啊！恁装孬了吧？"

年纪稍大一点儿的老警："涉冇涉嫌犯罪,你说了不算,我说了也不算,得经过调查才能知道,带被传唤人去派出所,就是让配合调查。"

章童："调查啥？我是守法公民,我咋觉得恁是在故意装孬啊？"

年纪稍小一点儿的老警："请你说话招呼(注意)一点儿,俺这是在执行公务,你必须配合,如果不配合的话,你是要负法律责任的。"

小敏："负啥法律责任啊,俺又冇犯法！"

年纪稍大一点儿的老警:"我不是说过了吗,传唤恁去派出所,就是要对你进行调查,犯法不犯法你说了不算,别再跟俺缠嘴了,赶紧走,跟俺去派出所!"

章童一边用手解着腰里的围裙,一边说:"去派出所就去派出所,我还怕恁不成! 身正不怕影子歪,我倒要瞅瞅,我是咋涉嫌毒品犯罪的!"

小敏:"我跟你一块儿去!"

章童:"你去啥,你给这儿看住摊儿,我要是回不来了,你再去不迟。"

满脸不在乎的章童跟着俩老警上了警车。

警车开走后,小敏赶忙把摊儿收拾完后,就去找章兴旺了。

此时,章兴旺和老伴儿高银枝正在小院子里拾掇刚栽种的几盆花,匆匆走进院门的小敏冲着俩老人说道:"爸妈,出事儿了。"

章兴旺丢下手里的活儿:"出啥事儿?"

小敏:"刚才去到摊儿上俩老警,说童童涉嫌毒品犯罪,把他抓到北道门派出所去了。"

章兴旺震惊之余大惑不解地:"啥? 涉嫌毒品犯罪?"

小敏点头:"是的,老警是这么说的。"

高银枝:"我的个娘哎……"

小敏:"我也不知是咋回事儿,但我觉得要出大事儿,那俩老警一看就是来者不善。"

章兴旺沉默不语,认真地思索着。

高银枝:" 定是老警弄错了,俺家童童压小就是个老实孩儿,不可能去干违法乱纪的事儿。"

小敏:"那是肯定,俺俩一起过日子,从早到晚都在一起,他干啥事儿我能不知? 他压根就不可能去干违法的事儿,汤锅他还忙不过来呢。"

高银枝:"就是啊,俺家的孩儿啥劲儿我能不知,根本就不可能,一定是搞错了。"

小敏:"我觉着也是,我跟童童过恁些年的日子,他啥劲儿我还能不知。"

高银枝："是哪个派出所啊？"

小敏："北道门派出所。"

高银枝撑着腿,压花盆跟儿站起身："走,妞儿,咱去瞅瞅。"

章兴旺制止道："先别去,情况不弄清楚恁去了也白去,冇用。"

高银枝："你说就跟冇说一样,咱把情况弄清楚？咱咋把情况弄清楚啊,我是怕俺儿去到派出所里遭罪,听说派出所里打人打得可厉害。"

章兴旺："听说,听说的事儿多着呢。恁俩先别瞎吵吵,让我想想再说,我知,公安局传唤人不得超过十二个小时,就是特别重大案件,传唤人也不得超过二十四个小时,急啥急,让我好好想想再说……"

一看章兴旺那个劲儿,高银枝和小敏都不吭气儿了,俩人回屋里去了之后,章兴旺独自一人坐在小马扎上,一边抽着烟,一边仔细在思考,公安局咋会冒不透(突然)地说儿子有毒品犯罪嫌疑呢？这里头肯定有弯弯绕,他必须弄明白船在哪儿弯着,可这船在哪儿弯着呢？在一口一口吸进吐出的烟雾中,想着想着,他一下了把手里的烟卷扔在了地上,豁然开朗,猜出了儿子被传唤去派出所的原因。

果然就是章兴旺猜到的那个原因,章童被公安局传唤走,就是摊为他章家汤锅胡辣汤的配料中,有大烟壳。可是章兴旺咋想也想不明白,他章家胡辣汤的配方,只有他章家人知啊,咋会被公安局发现了呢？话又说回来,即便是公安局能压章家的汤里化验出有大烟壳,这要冇人点眼,公安局也不可能冲着他章家的汤锅去啊,谁又能想到胡辣汤的配料中会有大烟壳呢？不是知根把底的人不可能知道啊。最关键的是,这个知根把底的人,还是跟他章家有仇恨的人,跟他章家有仇恨的人祥符城里不是冇,还是有一些的,远的不说,就说七姓八家里不待见他章家的人就不少,这还算离自己比较近的人,即便是这样,七姓八家里的人,都不可能知道章家胡辣汤配料里的秘密,谁又有可能对他章家下这样的狠手呢？这种手段,是要彻底砸了他章家的汤锅啊!

别管他章家汤锅是不是前途未卜，也别去猜是哪个孬孙对他章家汤锅下的这个狠手，当务之急是，要知公安局会把自己的儿子咋着，说一千道一万，先得去北道门派出所摸摸情况，瞅瞅儿子咋样了，会不会在派出所里挨打，儿子会不会被打得架不住，说出章家胡辣汤配料里有大烟壳的成分。想到这儿，章兴旺决定，必须马上去一趟北道门派出所，别管传唤时间是十二个小时还是二十四个小时，去到派出所摸摸情况才是当务之急。与此同时，他也想好罢了，如果儿子扛不住派出所的严刑逼供，把大烟壳的事儿招了出来，他就挺身而出，承认大烟壳的事儿跟儿子无关，是他的个人行为，要杀要剐都冲着他来，不能让儿子跟着受牵连，反正自己也这把岁数了，就是落个被枪毙的罪名，自己也认，决不能牵连自己的儿子。

临去北道门派出所之前，章兴旺把家里的事儿都安排了一遍，特别嘱咐小敏，一定要把老伴儿高银枝招呼好，事儿既然已经出来了，就要做最坏的打算。老伴儿高银枝听了章兴旺对小敏的这番嘱咐和交代，忍不住抹起了眼泪，哭着对章兴旺说，二十四个小时以后如果见不着他爷俩回来，自己也不想活了。听到老伴儿这话，章兴旺一下子恼了，用手指着小敏说道："我把丑话说头里，恁妈要是有个啥三长两短，咱俩不拉倒！"听了这话，小敏也哭了，对章兴旺说道："爸，既然我嫁进了章家，生，我是章家的人，死，我是章家的鬼，只有我走在俺妈头里，绝不会让俺妈走在我头里……"

章兴旺带着一种"壮士一去不复返"的劲头去了北道门派出所。当他来到派出所的时候，已经是下午两点来钟，在派出所的门口，他站了好大一会儿，有直接进去的原因，是他在考虑，进去之后自己该咋说，得找到一个充分的理由才中，否则，派出所是不会让你随便进去，更不会让你见到正在接受传唤的儿子。他在派出所门口蹲了大约有两支烟的工夫，想出一个能见到儿子的办法。

农业银行在北道门有一家储蓄所，那个储蓄所里的负责人是个年轻姑娘,就是当年在双龙巷伺候李老鳖一那个侄倌的女儿,这个姑娘就是在李老鳖一死后,侄倌领着一起去埋李老鳖一骨灰的那个女孩儿,那时候还是个小妞儿,眼望儿已经是个大妞儿了。别看那个妞儿年龄不大,能力却很不一般,年纪轻轻就当上了储蓄所的负责人。摊为跟李老鳖一这层关系,前些年那个妞儿在当业务员的时候,章兴旺还帮她拉过几家客户,章家汤锅还曾经把一部分资金,存到过北道门这个储蓄所,后来觉得这个储蓄所有点儿小,章兴旺心里有点儿不太踏实,也就不在这里存了。这个小储蓄所就在北道门派出所斜对面,章兴旺想,北道门派出所肯定跟这个储蓄所关系很熟。于是,章兴旺扔掉手里的烟卷,穿过马路,朝街对面的农行储蓄所走去。

别说,还真让脑袋瓜管用的章兴旺给猜着了,李老鳖一侄倌的那个女儿,见到章兴旺显得格外热情,听罢章兴旺讲完事情的原委,她一口答应帮这个忙,她说北道门派出所的小金库就在她这里,派出所里的上上下下,她冇一个不认识的。她让章兴旺稍等片刻,于是便去了派出所。大约不到十分钟的样子,她就压派出所回到了营业点,爽快地对章兴旺说:"叔,你去吧,直接去找尚所长,他在办公室等你呢。"一听这话,章兴旺顿时觉得有望,对李老鳖一侄倌那个女儿说:"妞儿,别管了,只要冇事儿,我还让俺儿把俺章家汤锅的钱存在恁这儿……"

章兴旺直接去了派出所尚所长的办公室,进到屋里一瞅,胖墩墩的尚所长,办公桌上铺着毡子正在练毛笔字儿,听到章兴旺自报家门后,尚所长冇吭气儿,只是示意了一下让章兴旺先坐,他继续认真地练他的毛笔字儿。

坐下来后的章兴旺冇话找话,瞅着尚所长正写着的毛笔字儿,说道:"尚所长的字儿写得真好,不当书法家亏材料了。"

尚所长瞅着自己写的字儿,一边欣赏一边说道:"恁章家卖胡辣汤也亏材料了。"

章兴旺:"啊?"

尚所长："啊啥啊，我说话你有听懂吗？"

章兴旺："……"

尚所长抬起脸，瞅着章兴旺又说了一遍："我说，恁章家卖胡辣汤也亏材料了。"

章兴旺急忙站起身来："请所长明示，我真的不太明白是啥意思。"

尚所长搁下手里的毛笔，说道："你是对面农行储蓄所的小李主任介绍来的，小李主任跟俺所不外气，咱俩说事儿也就朗朗利利，我也就不跟你绕号，事儿不大你看着办。"

章兴旺谦恭地说："你说吧，尚所长，你说咋办咱就咋办。"

尚所长："恁章家汤锅的胡辣汤，说实话我冇喝过，不过俺所里有不少民警去喝过，都说好喝，我不好喝胡辣汤，再好的胡辣汤我都冇兴趣，所以啊，我就冇中毒，别说恁家汤锅里掌了大烟壳，就是掌了砒霜，我也不会被毒死。"

章兴旺："尚所长，恁可能有点儿误会……"

尚所长："你别吭，听我把话说完。"

章兴旺："中中，我不吭，我不吭。"

尚所长："说实话，你吭不吭我都知你想说啥，你无非是想说，大烟壳毒不死人，对身体伤害不大，对吧。冇错，我们在传唤恁儿来所里之前，已经咨询罢专家了，专家说，大烟壳入药冇问题，大烟壳本身就是中药配方里的一味，搁进中药配方里，不但对人身体冇伤害，还可以救人一命。问题是，胡辣汤配方可不是中药配方啊，先别说能不能救命，能不能害命都很难说，中医爱说偏方治百病，胡辣汤可不是偏方啊。别说咱祥符人，胡辣汤在咱河南，都可以说是家常饭，咱先别说大烟壳能不能作为胡辣汤的配方，喝罢对人身体有没有害，就目前来说，有害冇害谁也不知。但是，既然有人举报，俺公安机关不是科研机构，俺没有义务从科学的角度去研究恁章家的胡辣汤，俺只有义务从刑事犯罪的角度去理解，至于胡辣汤里能不能掌大烟壳，等专家们做出进一步的研究再说。目前的情况，恁章家胡辣汤疑似是触犯了刑法,所以才传唤恁家汤锅的法人来派出所,如果眼望儿的营业执照上是你的名字,今个传唤到俺这儿来的就不是恁儿,是你,明白了吧。"

章兴旺:"明白是明白了,恁准备咋办啊?把俺儿送进监狱?"

尚所长:"目前情况来看,还不至于到那一步,但也不是冇这种可能,大烟壳毕竟属于毒品,能不能掺进胡辣汤里,还要经过科学论证。但有一点是肯定的,胡辣汤里掺大烟壳,已经触犯了国家法律,要受到严厉惩罚,在这一点上,冇任何质疑。"

章兴旺:"咋,咋个严厉惩罚法儿啊?是要罚俺的款吗?"

尚所长:"款当然要罚,除了罚款之外,还要有更加严厉的处罚。"

章兴旺:"啥更加严厉的处罚啊?"

尚所长伸手又抓出了桌子上的毛笔,舔了舔墨汁,一边继续练字儿一边说道:"在你进这屋之前,我刚跟工商局通罢电话,工商局和公安局达成一致意见,取缔章家胡辣汤在祥符城的营业资格,也就是说,从今往后,不允许恁章家再支胡辣汤锅。听明白冇?"

章兴旺傻眼了,张嘴说不出话来。

…………

章兴旺是咋回到家的,连他自己也记不得了,他是在昏昏沉沉中,被儿子章童扶上一辆三轮车,一路上他的脑子里一片空白,只觉得自己是在腾云驾雾,如同梦境,在他的梦境中,似乎是早年黑墨胡同口跟儿那口汤锅,很模糊,记不清是章家的汤锅还是李家的汤锅,又似乎是东西大街上的那口汤锅,记不清是石家的汤锅还是章家的汤锅,咋又似乎不是胡辣汤锅,又像是回到了早先右司官口支的那口杂碎汤锅……

回到家后的章兴旺,压黄昏一直睡到第二天上午,当他把眼睛睁开的时候,瞅见自己床跟儿围着好些人,定神一瞅,全是清平南北街上七姓八家的街坊四邻,还有沙家的老爷子沙玉山、寺门跟儿学问最大的封先生,除此之外,还有跟自己面和心不和的石老闷和独霸东大寺门前支汤锅的马老六……可以说,一夜之间所有清平南北街上的人都知,章家在东大街上的汤锅被政府取缔了。

年纪最长的沙玉山老爷子,第一个说话了:"这一觉睡得劲了吧,能睡上个好觉比啥都强,啥重要啊,身体最重要,其他都是有用,支不支汤锅又能咋着,随便干点儿啥都饿不死人。"

封先生:"二哥哥说得对,咱这个岁数都是过来的人,明白事理儿比啥都重要。孔子咋说的,'富与贵,是人之所欲也;不以其道得之,不处也',孔子的意思就是,财富和地位,都是人们想要的,如果不是通过正当的途径得到,君子是不接受的。我这可不是批评你,我的意思是说,以后要接受教训。"

石老闷:"俺家人是看开了,汤锅俺也不支了,眼望儿俺家小闷,除了每天在家看书,哪儿也不去,我想想也是,啥是个够啊,有口饭吃就中,精神食粮比胡辣汤锅重要得多,这不是我说的,是俺家小闷说的。"

马老六叹了口气说道:"俺儿马胜今个一大早就让我来瞅瞅你,让我安慰安慰你,俺儿马胜说,真不中,恁章家也在寺门跟儿支上口汤锅,有钱大家赚。"

石老闷斜了一眼马老六,撇着嘴说道:"说得比唱得好听。老六,你别再说好听话了中不中? 你明知政府已经下罢命令,彻底不让章家再支汤锅,所以你才这么说,早前你咋不说,让俺把汤锅支在寺门跟儿啊?"

马老六:"……"

章兴旺有气无力地说:"从今往后,章家要是再支汤锅,俺全家都是孬孙。"

东大街章家汤锅那块天下无汤的牌匾,被章童两口子摘掉了。小敏瞅着被摘掉的牌匾,俩眼含着泪问章童:"不让咱卖胡辣汤,咱以后干啥啊?"

章童咬牙切齿地说:"咱卖杂碎汤!"

小敏:"你别说气话。"

章童："这不是气话。这段时间,电视和报纸上不是一直在说,市里正在对九道弯进行改造,准备建成祥符城里最大的食品街。我已经想好了,咱去九道弯支个杂碎汤锅。"

小敏满脸沮丧、毫无信心地说："中不中啊? 你不是跟我说过,咱爸咱妈每章儿在右司官口不就是支杂碎汤锅的吗?"

章童："重操旧业也冇啥不中,不管支啥汤锅,只要饿不死人就中。祥符城从古到今,最饿不死人的就是支汤锅,胡辣汤锅不让咱支,咱就支杂碎汤锅,如果杂碎汤锅也不让支,咱就支大肉汤锅!"

小敏："别说气话了,事到如今,不认也不中,咱只有认了。至于往后该咋办,咱还是回去问问咱爸,让咱爸给咱拿拿主意,不管在哪儿支锅,不管支啥汤锅,咱爸毕竟是过来人,要比咱经验丰富。"

此时此刻,闷在家里不愿出屋的章兴旺,脑袋里想的,不是接下来章家该咋办,他压北道门派出所回到家之后,一直在苦思冥想,到底是谁举报了章家的胡辣汤配料里有大烟壳。他把所有的怀疑对象都过滤了一遍后,又统统将这些怀疑对象一一排除。在这些怀疑对象当中,最值得怀疑的,还是那个跟章家有仇恨渊源的李家,不管咋说,那个枫桦西湖湾的总经理李枫,心里还是装着"杀父之仇"的。虽然这事儿已经被陈子丰摆平了,但谁能保证,那个李孬蛋不在背地里做他的活儿? 可是他很快又把这个怀疑给否定了,李孬蛋他就是再孬,再能蛋,也不可能喝罢两次汤,就能喝出章家汤锅里掌的有大烟壳啊,这是根本不可能的事儿,别说他李孬蛋,就是石老闷、马老六那号支了一辈子汤锅的大喝家,也冇这个本事,端起汤碗一搭嘴,就能把配方喝出来,特别是配方里的大烟壳,别说了解,有的人连见过都冇见过大烟壳长啥样儿。

章兴旺的心里坐下了病,就是死他也要死个明白,不把这个举报他的人查出来,他死不瞑目。他也已经在儿子面前发过了毒誓,有生之年他啥都不干,只有一件事儿,那就是一定要把毁掉他章家汤锅的那个"阶级敌人"给挖出来。

当章童、小敏两口子来跟章兴旺商量,是不是可以在九道弯支杂碎汤锅的时候,听罢儿子的话,章兴旺半晌有啥反应。

章童:"你说句话呀,爸,在九道弯支杂碎汤锅中不中啊?"

章兴旺:"啥中不中啊,你说中就中,你说不中就不中。"

小敏:"爸,俺俩来找你商量,就是想听听你老的意见,不管咋说,无论是社会经验还是支锅经验,你老都比俺俩强,不管咋着,你老是一家之主,大事儿上俺俩还得给你老商量不是。"

章兴旺:"商量不商量也就是这了,九道弯那个地儿,既然是市里要搞食品一条街,市里一定有市里的想法,政策上也会有一些优惠,那就盯住九道弯吧,早点下手。"

章童:"在九道弯支杂碎汤锅中不中啊?"

章兴旺:"我刚才不是说罢了吗,啥中不中啊,只要下身份去干,干啥都中。咱章家不就是靠支杂碎汤锅起家的吗?"

章童点了点头,沉默了一小会儿,语重心长地对章兴旺说道:"爸,你放心吧,不管咱章家支啥锅,俺一定会把锅支好,不会给咱章家丢脸。虽说这一回大烟壳的事儿闹得沸沸扬扬,让咱有点儿抬不起头,但你老尽可放心,就是九道弯那个地儿不中,小敏俺俩也不会让咱章家人饿肚子。"

章兴旺:"这个你就是不说我也信,我也不会为恁担心。"

章童:"你不为俺担心,可俺却为你担心啊。"

章兴旺:"恁为我担心啥?我这不是好好的。"

章童:"好好的啥,别以为你嘴里不说俺就不知,俺就看不出来。"

章兴旺:"恁知啥?恁看出来啥?咸吃萝卜淡操心,把恁自己的事儿干好,把恁的孩儿带好,把恁的生意做好,别操我的心,我一个老头儿家,啥事儿也冇!"

章童还想说啥,却被小敏拦住,小敏说道:"放心吧,咱爸是个清亮人,见过大世面,是吃过大盘荆芥的人,不会跟自己过不去的……"

章兴旺冇等小敏说完,就往外轰人:"走吧走吧,别在我这儿叨叨了,把恁该干的事儿干好，别瞎操心，走吧走吧，赶紧走，让我耳朵眼里清闲会儿。"

压老爷子屋里出来，小敏把章童拉到一边，说道："我觉得咱爸有点儿不对劲儿啊，估计他是腻歪上大烟壳的事儿了，不中，我得去找找咱陈叔和于姨，让他们来劝劝他，咋样？"

章童："快拉倒吧你，咱于姨还好点儿，咱陈叔是个老八板，他要是再说点儿咱爸不愿意听的话，很难说会咋着呢。"

小敏："可你瞅瞅咱爸那张脸，都成绿色了，他嘴里说冇事儿，心里事儿可大了去，这要是有个啥三长两短，可咋办啊？"

章童叹道："他要是找不出那个去派出所下他药的人，谁劝也不中，我可知他那个劲儿。"

小敏："找着那个装孬的人又能咋着，咱又不占理儿，派出所已经下罢处理结论了，还有咱家汤的化验报告。说句难听话，不让咱再支胡辣汤锅，已经是很给咱面子了……"

章童："话是这么说，理儿也是这个理儿，可咱爹那个劲儿，劝也有用，他要是不找到那个装孬的人，他会死不瞑目的。"

小敏："那你也得劝劝他啊，不能腻歪在这件事儿上，这样下去可不中啊。"

章童："我要是他爹，那中，我说啥他就得听啥，可他是俺爹，我说话管用吗？我要是说多了，他还敢掂拐棍夯我呢。"

小敏："他眼望儿不是还冇拄拐棍吗。"

章童："咋？你还巴望着他拄拐棍啊？"

小敏："我巴望着你拄拐棍，装孬孙！"

章童叹道："唉，就这吧，咱也别再劝他了，他都这把岁数了，想弄啥就让他弄啥去吧，咱俩能在九道弯把杂碎汤锅支起来，我也就心满意足了……"

接下来的这段日子，闲在家里的章童和小敏，冇事儿就往九道弯窜，实地考察，看到底能不能在九道弯支杂碎汤锅。在去考察的时候，他俩发现，打九道弯主意的人还不少，包括一些外地的人。通过攀谈了解，那些外地人都是准备来祥符做吃食儿生意的，当然那些所谓的外地人也都是河南人，有豫东的，也有豫西的。那些人当中的大部分人盯住祥符，都是准备来九道弯支汤锅的，大多支的还都是胡辣汤锅。在那些准备来九道弯支胡辣汤锅的人当中，压周口西华县逍遥镇来的居多，还有一部分来自漯河舞阳县北舞渡镇。章童和小敏心里可清亮，那些地方都是河南主产胡辣汤的地儿，他们盯上了九道弯，就是想要占领祥符的市场。毕竟祥符的喝家多，懂汤、爱汤的人也多，只要在祥符站住了脚，就是在河南乃至全国站住了脚。

　　就在儿子和儿媳考察九道弯的期间，章兴旺也有闲着，他下定决心，要找到举报他章家汤锅的那个人。这件事儿已经成了他的一块心病不说，还彻底砸了他章家的胡辣汤锅，这就跟要他的命差不多，他在心里暗自发誓，此仇不报，誓不为人。

30. "老话说，撑死胆大的，饿死胆小的。既然你胆小，那咱就不挣这五万块钱吧……"

　　解铃还须系铃人，农行北道门储蓄所那个小妞儿李主任的面子大，章兴旺决定先去找小妞儿李主任她爹，不管咋说，她爹是李老鳖一的亲侄倌，要论起祖宗，都是一千年前宋朝皇帝赐的姓，七姓八家中的那个李家。

　　早年，章兴旺在右司官口支杂碎汤锅的时候，李老鳖一那个侄倌就经常去，后来在黑墨胡同口跟儿支起胡辣汤锅就更不用说，李老鳖一那个侄倌每次喝罢汤，鼻涕眼泪一个劲儿流的那个模样，让章兴旺还记忆犹新，每次喝罢汤，就数那货扯卫生纸擦鼻涕扯得最多。记得有一回，老伴儿高银枝嫌他扯卫生纸扯得太多，说了他一句，他嘴里骂着嘟噜壶说："瞅怹老抠的，多扯一点儿卫生纸怹都不愿意，要不是俺叔说怹家汤好，我才不来恁这儿喝,祥符城哪冇汤锅啊……"可是压那以后他不是不来了,反而来得更勤了,章兴旺还花搅过他一句:"不是说不来了吗?咋又来了啊?"用他的话说就是,他是看在他叔李老鳖一的面子上,要不他永远不会再来喝章家的汤。

章兴旺叫了一辆电三轮,买了在寺门跟儿卖的一大堆东西,什么沙家牛肉、白家花生糕、双麻火烧、五香花生仁之类的吃食儿,恨不得把那辆电三轮给塞满。他坐着电三轮去了双龙巷,李老鳖一原先住的那座老宅院,当李老鳖一那个侄俉认清来者是章兴旺的时候,有点儿发蒙。

李侄俉:"真稀罕,我冇看走眼吧,章老板,今个的太阳是压西边出来的吧?"

章兴旺满面带笑地说道:"太阳该压哪边出来就压哪边出来,今个就是压西边出来一回,也冇啥奇怪的。多天不见啊,大兄弟,都还好吧?"

李侄俉瞅见搁在面前的这一大堆吃食儿,问道:"咱平时冇来冇往的,顶多也就是碰面时打个招呼,你今个这是咋啦?有啥要用着我的地儿啊?"

章兴旺:"当然是无事不登三宝殿,想请老弟帮我拆洗个事儿。"

李侄俉:"我能帮你拆洗啥事儿啊,我又不像俺叔,在信昌银号当过襄理,有能耐。我一个人不搭理狗不待见的小老百姓,能帮你拆洗啥事儿啊,还让你破费。说实话,压俺叔走了以后,就冇人再来过俺这儿。说吧,你今个找我有啥事儿啊?"

章兴旺:"恁那个妞儿不错啊,前些天我见恁那个妞儿了,年纪不大都当上银行的主任了。"

李侄俉:"咋啦?你恁有钱,还准备压俺妞儿那儿贷款吗?"

章兴旺四下里瞅了瞅,问道:"妞儿冇给这儿住吧?"

李侄俉:"看你说的,她能住这么破的房子?好孬她也是个银行的小主任吧。"

章兴旺夸奖道:"恁李家真中,世代都是跟钱打交道,恁叔在世的时候，他就是个宝贝，每章儿的信昌银号多牛啊，一般二般人是坐不到襄理那个位置上的，恁那个妞儿也中，一看就是个有材料的人，说话、办事儿、待人接物，都中。"

李侄倌："说那有啥用，再有材料，银行里的钱又不是她的。咱俩长话短说，一会儿我还有事儿，今个你来找我有啥事儿，你就直说。"

章兴旺："你也别催我，今个我来找你，也是经过一番思想斗争的，虽说一千年前，咱的先人都是压西边过来的，都是宋朝皇帝给赐的姓，可地球转到眼望儿，七姓八家都是各过各的日子，不咋来往，不咋走动，基本上是谁也不搭理谁。"

李侄倌："别说互不来往，谁也不搭理谁，能不互相拆台就不错了。俺叔当年在清平南北街住得好好的，为啥后来挪到双龙巷来住了？还不是摊为有人给俺李家下药嘛，是谁我就不说了，每章儿的事儿了，过去就让它过去吧，再说也有啥意思。咱说咱的事儿吧。你说吧，今个来这儿有啥事儿。"

章兴旺："我说的意思，就是从今往后，咱七姓八家要抱膀，虽然祖先把咱扔在了这里，这是咱的命，咱得认这个命，咱得把日子过好，才能对得起咱的祖先，你说是不是？"

李侄倌："中啦，你也别再唱高调了，绕来绕去的，赶紧说吧，今个来找我到底有啥事儿？"

章兴旺："那中，我就直截了当说了，你能帮我就帮我，不能帮那也冇啥，我也不会跟你计较。事情是这样的……"

李侄倌跷着二郎腿，一边晃着，一边面无表情地听章兴旺说着，直到章兴旺把话说完，他那只跷着的二郎腿还一个劲儿地晃荡着。

瞅着一言不发的李侄倌，章兴旺有点儿沉不住气了，问道："老弟，你就给个朗利话，能不能让妞儿去派出所，把给俺章家汤锅下药的那个人，帮我问出来？"

李侄倌跷着的二郎腿不晃荡了，说道："我先问你一句话，你要实打实地告诉我。"

章兴旺："保证实打实，你说。"

李侄倌："恁家胡辣汤里掌的大烟壳，到底对人有没有伤害？"

章兴旺伸出两只手，把右手掌和左手掌叠在一起，做出一个老鳖的造型，说道："我要说一句瞎话，我就是个这。派出所尚所长的原话就是，他们已经咨询过医学专家，大烟壳既然能入中药方子治病，入胡辣汤配方也冇问题，能不能治病咱不说，但对人身体绝对不会有啥伤害。这是医学专家说的，要不他们能把俺爷俩压派出所里放出来吗？"

李侄倌："冇你说的那么简单吧，总不会随随便便就把恁放出来吧？"

章兴旺："这不是付出惨重的代价了吗，永远不准俺章家再支胡辣汤锅了。"

李侄倌："我问你的不是这。"

章兴旺："那你问的是啥？"

李侄倌："据我所知，别说北道门的派出所，全祥符城的所有的派出所，冇一个会这么好说话，砸了恁章家汤锅就算拉倒了？鬼才相信。"

此刻的章兴旺，已经明白李侄倌想说的是啥了，于是便说道："当然，人家派出所找这个专家找那个专家，也不是一件容易事儿，办案的老警们也很辛苦，俺也得有点儿眼色不是，我当然要给派出所意思意思，人之常情嘛。"

李侄倌："不是意思意思吧，是交了罚款吧？"

章兴旺："那也就是意思意思嘛。"

李侄倌："意思了多少啊？"

章兴旺："冇多少。"

李侄倌："冇多少是多少啊？"

章兴旺不吭气儿了，明显是不想说。

李侄倌不依不饶地："你要是不说意思了多少，我可冇法儿跟俺妞儿说啊，知己知彼才能百战百胜不是，最起码要让俺妞儿心里有数，要不俺妞儿去找那个尚所长,心里也有底气啊,你说是不是?"

章兴旺一瞅李佺倌这个架势,要是不说实话恐怕是不中了,再仔细一想,李佺倌问的也有道理,不把实情告诉他,他妞儿去找尚所长的时候,也很难游刃有余,想到这儿,他向李佺倌伸出四根指头。

李佺倌:"罚了四百?"

章兴旺:"咋可能。"

李佺倌:"四千?"

章兴旺冇吭气儿。

李佺倌:"四千可不少啊。"

章兴旺一恼,说道:"四千啥四千,四万!"

李佺倌大吃一惊:"乖乖唻,恁多?"

章兴旺长出了一口气:"破财免灾吧。"

李佺倌:"这财破得也太多了点儿吧。"

章兴旺压椅子上站起身来,冲李佺倌底气十足地说道:"老弟,别管派出所罚了俺多少钱,哥哥今个把话给你搁到这儿,只要恁家小妞儿能把那个给我下药的人挖出来,别管了,我给你的数,跟派出所罚我款一般多!"

李佺倌瞅着章兴旺,难以置信地问道:"真的假的,你不会说了不算吧?"

章兴旺再次把俩手伸出来,将右手压在左手上,做出一个老鳖造型,大声说道:"谁要说了不算,谁就是个这!"

听罢章兴旺这话,李佺倌也压椅子上站起身来,他把章兴旺做出老鳖造型的手往下一摁,说道:"赌咒许愿冇用,还是你刚才说得对,咱七姓八家是一个祖宗,和尚不亲帽子亲,但是,咱亲归亲,钱上分,不是我不人物,是这件事儿确实有难度。你想想,公安局是要保护检举揭发人的,派出所咋会轻而易举就把实底儿交给咱,妞儿也是要煞费苦心的。咱七姓八家人的身体里,都有咱犹太先人的基因,做生意谈价钱,对咱来说是人之常情,还是那句话,亲不亲,钱上分,咱俩也别说那些了,按做生意的路数走,你出价,我还价,四万不中,一把手得这个数。"

当李佀倌把五根指头伸到章兴旺面前的时候,章兴旺俩眼眨都冇眨,一把捞住李佀倌的五根指头,干脆朗利地说道:"成交!"

这一回章兴旺是泼上了,不惜花血本也要弄清楚那个给他下药的人是谁,五万块的人民币啊,也把李佀倌给惊住了,但李佀倌明白,越是这种觉得不费吹灰之力就能挣到的钱越不好挣,尤其是自己那个精明过人的女儿,她会不会让自己挣这五万块钱,都很难说。章兴旺走后,李佀倌就一直在琢磨,咋样才能让自己的女儿,帮他把这五万块钱挣到手里。

李佀倌压家里出来,朝双龙巷口跟儿那个公用电话亭走去,他准备给女儿李蕾蕾打个电话。其实双龙巷到北道门农行储蓄所很近,出了双龙巷往北也就是两步路,他本想走过去,可转念一想,这事儿在储蓄所里说不合适,还是打个电话,把妞儿叫回到家里说比较好。妞儿说了几次,眼望儿家家都安装电话了,也给他住的老宅里安装一部电话,可他死活也不同意,说自打他叔李老鳖一走罢以后,家里几乎就冇啥亲戚朋友走动,他自己也冇啥事儿,就是安装一部电话,也很少会有人给他打,他也冇啥人可以联系,家里真要有啥事儿,地奔儿不了几步,到北道门农行储蓄所跟妞儿一说就齐了。女儿也冇和他打别(生气),在女儿李蕾蕾眼里,她爹就是一个社会外头的人,除了一日三餐看看电视,几乎是与世隔绝。

李蕾蕾接到她爹的电话,问有啥事儿?她爹就说了一句"回到家再说",就把电话给挂了。李蕾蕾觉着有点蹊跷,于是就把储蓄所里的事儿安排了一下之后,就去了双龙巷的老宅。

蕾蕾进门就问:"啥事儿啊,电话里还不肯说,非得让我回来。"

李佀倌:"坐那儿,我问你个事儿。"

李蕾蕾坐到了椅子上:"说吧,啥事儿?"

李佀倌:"我想问你个事儿,你得实打实跟我说,我是你爹,别跟我打官腔。"

李蕾蕾:"看你说的,跟你我还敢打啥官腔啊,我又不是啥官。"

李侁倌："谁说你不是啥官啊，手底下就有一个兵你也是个官。"

李蕾蕾："烦人，照你这么说，那你也是个官，我是你手底下的兵。"

李侁倌呵呵地笑了起来，说道："花搅恁爹是不是，你要是我手下的兵，那好，把你储蓄所里的钱，给我扛一布袋回来。"

李蕾蕾也笑了："中啊，你去扛呗，只要你能扛得动。"

李侁倌："玩笑归玩笑，我给你说个正事儿，如果你能办成，我还真能扛一布袋钱回来……"

当李蕾蕾认真听罢她爹跟章兴旺的交易之后，也冇吭声，俩眼死死地盯着她爹，把她爹盯得有点发毛。

李侁倌不高兴了，说道："别用这种眼神儿瞅我中不中，我这不也是为咱家好嘛，又不是干啥违法乱纪的事儿，你想说啥你就说，中就中，不中就拉倒，大不了我不挣这五万块钱。"

李蕾蕾："爸，不是我不想让你挣这五万块钱，也不是这五万块钱挣得不干净，我知，章家也是愿打愿挨的事儿。"

李侁倌："对嘛，这也是生意嘛。"

李蕾蕾："对你来说是生意，对我来说也能算是生意，愿打愿挨的生意，可是，对派出所的尚所长来说，就不是生意了，就是徇私枉法，就是违反职业道德，你明白吗？"

李侁倌："我当然明白，这不是咱爷俩关着门说话嘛，只要尚所长能给咱点个眼（明确）就中，哪怕是给咱指一个方向，又不是让他写材料，摁手印，留下啥把柄，就是让他点细一卜罢了。"

李蕾蕾："爸，你咋恁糊涂啊，你也不想想，尚所长可能不可能给咱点细，这事儿你想都别想，一旦出事儿，后果就难以设想。"

李侁倌："你给我说说，一旦能出啥事儿，咋个难以设想？"

李蕾蕾："你也不想想，俺那个章叔为啥舍得花恁多钱，计咱去尚所长那儿打听？你再想想，一旦让俺那个章叔知了实情，是谁告发他章家胡辣汤里有大烟壳，章叔会咋样？"

李俚倌："他咋样不咋样是他的事儿，跟咱无关，就是问到咱脸上，咱也不会承认啊。"

李蕾蕾："爸，你说得轻巧，一旦俺那个章叔失去了理智，去找那个告发他的人进行报复，出了人命，你说公安局会不会调查？一旦公安局调查清楚，是尚所长透露给咱的，咱和那个章叔之间又有这种交易，你说咱要不要负法律责任？尚所长、我、你，谁都脱不了干系。"

李俚倌："拉倒吧，冇有你说得那么吓人，恁章叔是啥人？用清平南北街上老人们的话说，七姓八家里头就数恁章叔最能蛋，眉毛都是空的，放心吧，恁章叔不可能掂着菜刀去找告发他的那个人拼命，他不知轻重啊，他又不是傻屌。"

李蕾蕾："他不是傻屌，公安局就是傻屌了？他再能蛋，他也能蛋不过公安局。你信不信，一旦把俺那个章叔给抓起来，他交代出来的第一个人就是你，然后你再把我交代出来，我再把尚所长交代出来，然后就是一锅端，咱谁也跑不掉。"

李俚倌："看你说的，他就是把我交代出来，我就承认了吗？"

李蕾蕾："别异想天开了，真把你往公安局里一抓，你根本不当家。"

李俚倌："你的意思是，这五万块钱咱不挣了？"

李蕾蕾："爸，你听我的，我觉得这是不义之财，咱还是离他远点儿。"

李俚倌重重叹了一口气儿，说道："老话说，撑死胆大的，饿死胆小的。既然你胆小，那咱就不挣这五万块钱吧……"

李蕾蕾在她爹的满脸遗憾中，走出李家的老宅，在出了院门的时候，她停住了脚，转过身瞅着那个破烂不堪的门楼头，原先院门口的那块拴马石也冇了，听她爹说，好像是被文物贩子给偷走了，她爹闲暇时去鬼市溜达的时候，在地摊上见过那块拴马石，在拿不出任何证据的情况下，她爹也冇敢跟那个卖家理论，她爹心里清亮，理论也冇用，那个卖家会以一百种说法，让她爹冇话可说。

压双龙巷老宅院里走出来的李蕾蕾，脚步很慢，她一边走一边在想，她爹为啥不愿意离开双龙巷这个老宅院，其实并不是舍不得这个"老古董"，而是舍不下对老一辈的那份情感，若不是那个被人称为李老鳖一的爷爷，她也不会跨进金融这个行当，虽然她小时候很少来双龙巷的老宅，可她爹经常伺候李老鳖一爷爷。李老鳖一爷爷说过的一些话传进她的耳朵里，在她读高中的时候，放暑假来双龙巷老宅住过两天，让李老鳖一爷爷帮她补习功课，李老鳖一爷爷对她说过一句话，令她印象深刻，大概意思就是：金融不管在哪个朝代，都是每个人的生命线，挣钱的机会是留给每一个有准备的人的，每个人都要掌握机会，只要有准备，就能挣着钱。

李蕾蕾回到储蓄所的时候，下属对她说，刚才北道门派出所的尚所长来了，让她回来后去派出所一趟，有事儿要和她商量。于是，她在储蓄所里点了个卯，便去了北道门派出所。

胖墩墩的尚所长，正在办公室里写毛笔字儿，见到李蕾蕾进屋，他满脸自喜地说道："来，李主任，瞅瞅，我的字儿有长进冇。"

李蕾蕾走到桌前，瞅着铺在毡子上宣纸上的字儿，说道："每次来你这儿，你都让我看你写的字儿，说实话，我又不懂书法。"

尚所长："啥懂不懂啊，有几个人真正懂书法的啊，你就说看着顺溜不顺溜吧。"

李蕾蕾瞅着宣纸上的字儿："可好看。"

尚所长："咋个好看法儿啊？"

李蕾蕾："这字儿写的，就跟跳芭蕾舞一样。"

尚所长哈哈大笑起来，说道："我还是第一次听有人这样说，我写的字儿像跳芭蕾舞。"

李蕾蕾："写得怪工整，每个字儿都支支棱棱的，像苗条少女在跳芭蕾舞，你自己看像不像。"

尚所长仔细瞅了瞅自己的字儿，说道："你别说，你这个形容还可形象，真是有点儿像，如果把它形容成少女跳芭蕾舞，那也是宋朝的少女。"

李蕾蕾："为啥是宋朝的少女啊？"

尚所长:"我写的这是瘦金体,这个字体是宋朝的皇帝宋徽宗发明的,知了吧。"

李蕾蕾:"宋徽宗不就是那个在樊楼上,跟李师师一起喝花酒的皇帝吗?"

尚所长:"就是他。那可是个大才子啊,琴棋书画样样都中,当皇帝都亏他的材料了啦。"

李蕾蕾:"我看你当所长也亏你的材料啦。"

"我咋能跟人家宋徽宗比啊,人家是皇帝,咱是个小所长。"尚所长说这句话的时候,脸上的表情却显现出一副得意扬扬的样子,随后说道,"你知我去找你弄啥吗?"

李蕾蕾:"我哪知啊,有啥事儿吗?"

尚所长放下手里的毛笔,说道:"晚上有空吗?我想请你吃个饭。"

"咱俩还搞得恁外气,有事儿说事儿,吃饭就免了吧。"李蕾蕾嘴里这么说,心里却在想,或许这还是个机会,在吃饭的时候套套尚所长的话,看能不能套出一点儿章家汤锅的事儿。

尚所长:"恁储蓄所和俺派出所两家关系不错,我就实话实说。不瞒你,俺派出所在今年全市公安系统评先中垫底儿了,垫底儿的原因我就不说了,等晚上咱吃饭的时候我再跟你说。"

李蕾蕾:"非得要吃饭吗?"

尚所长:"看你说的,越是关系好越是要吃饭,你也知,俺公安系统对吃吃喝喝管得可严,一般二般的关系,俺才不会一起吃饭。再说了,要是些鸡毛蒜皮的小事儿,我也裹不着请你这个大主任吃饭啊,你说是不是?"

李蕾蕾装出有些为难的样子:"晚上我一般都不出来啊……"

尚所长:"跟着俺公安局的人出来怕啥,还有人敢咋着你吗?"

李蕾蕾:"倒不是这……"

尚所长:"不是这是啥?"

李蕾蕾:"我是觉得,我一个小妞儿家,晚上出来喝酒有点儿不得劲吧……"

尚所长："啥小妞儿家啊,明明是个小媳妇。"

李蕾蕾捂住嘴扑哧笑出了声。

尚所长："中了,啥也别说,今个晚上你想吃啥你就说,在咱辖区里你随便选一家馆子,保准让你吃得不比国宴差。"

李蕾蕾似乎在心里有了点儿数,她估计着今个晚上能压尚所长的口里套出点儿啥来。

晚上吃饭的地儿,定在了北道门一家不起眼的小饭店里,名号叫"不打实",别看这家小馆子的门面不打实,做出的菜肴却是实打实,很招人待见。

下午下班以后,李蕾蕾先拐到了双龙巷,给她爹做好晚饭后,便去了"不打实"。

"不打实"确实很小,只有一个单间,李蕾蕾走进单间的时候,尚所长和派出所另外两个老警已经坐在那里恭候了。

李蕾蕾："不好意思,来晚了,让恁久等。"

"不晚,你啥时候来,啥时候都不晚。"尚所长说罢抓起桌上的茅台酒,问道,"咱今个喝这,中不中? 你要说不中,咱立马换酒。"

李蕾蕾："咱俩可是有言在先啊,你又不是不知,我不会喝酒。"

尚所长："俺平时也不咋喝酒,今个要不是请你,俺最多要俩凉菜,一人一碗捞面条,完事儿。"

李蕾蕾："快拉倒吧,装得怪像,这又不是白天在你办公桌上跳舞的宋朝少女,文文气气,骗别人中,你能骗得了我?"

尚所长嘎嘎嘎地大笑起来,随后说道:"李主任你随意喝,沾沾嘴皮都中,今个咱以说事儿为主。"

李蕾蕾："其实恁根本不用这么破费,咱都是自己人,我还不知恁,别看穿着老警服吆五喝六的,一掏兜,虚皮得很。"

尚所长叹道:"唉,为了今个请你李主任吃这顿饭,这瓶酒还是俺仨兑钱买的。"

李蕾蕾撇着嘴说道:"鬼才相信。"

尚所长和另外俩老警瞬间就哈哈大笑了起来。

酒过三巡之后,尚所长把自己酒杯里的酒满上,对李蕾蕾说到了今个晚上喝酒的正题:"李主任,咱都不外气,今个白天你在我办公室里,有的话我不能说,办公室人来人往的也说不成。你在北道门储蓄所干的年头也不少了,对俺所里的情况也略知一二,就像你刚才说的那样,别看俺平时吆五喝六,看上去光鲜靓丽,北道门的人谁见俺都想巴结巴结俺,可俺内心的苦又有谁能知? 俺又能告诉谁? 说句不该说的话,俺也是经常打碎牙往肚里咽。就拿这次全市公安系统评先进来说吧,俺北道门派出所干得也不孬,可为啥会被评个老末榷(倒数第一),你知不知?"

李蕾蕾:"为啥啊?"

尚所长:"咱先不说为啥,咱先做个比较,你看中不中?"

李蕾蕾:"做个啥比较啊?"

尚所长:"我问你,恁储蓄所每个人除每月的工资以外,奖金是多少?"

李蕾蕾:"二百来块钱吧。"

尚所长撇起嘴:"瞅瞅、瞅瞅,你猜猜俺每个月的工资拿多少钱?"

李蕾蕾:"跟俺的奖金差不多?"

尚所长:"跟恁奖金的一半差不多。"

李蕾蕾:"不会吧? 恁的工资就恁低吗?"

尚所长用嘴往坐在身边的俩老警努了努,说道:"你要不信,你问问他俩是不是。"

那俩老警一个劲儿地点着头。

李蕾蕾难以置信地:"这也太少了点儿吧?"

尚所长:"你以为俺光是工资不如恁啊,别的不说,瞅瞅恁的办公室,再瞅瞅俺的办公室,都是在为祥符人民工作,恁工作人员坐的椅子都是皮椅子,再瞅瞅俺,一水的木椅子不说,有的椅子坐上去还折折歪歪(不稳当）的，办公用品咱就不说了，还可以凑合着用，可有些东西凑合不成啊，比如说电话，瞅瞅恁每个办公桌上一人一部电话，再瞅瞅俺，全所只有一部电话。这一回全市公安系统评选先进，俺为啥评上个老末榷？就是辖区里有不少群众告状告到市局，说俺所的电话老是占线打不进去，人民群众在最需要人民公安帮助的时候得不到帮助，就凭这一条，"人民公安不为人民"的大帽子就扣在俺头上了，全市上百家派出所，俺评上个老末榷，你说我这个当所长的脸往哪儿搁，真是有个地缝我都想钻进去……"

李蕾蕾："中了，尚所长，你也别叫苦连天了，你就说，需要俺储蓄所弄啥吧，只要在我能力范围内，你发话，我照办就是。"

"李主任说话痛快！咱俩先干一杯。"尚所长说罢，抓起茅台酒瓶给李蕾蕾的酒杯里倒满后，说道，"跟你说实话，我想给俺所里每个办公室都装上一部电话，也不是啥难事儿，我只要张张嘴，愿意赞助俺的人也可多，西区那个枫桦西湖湾知道吧？"

李蕾蕾："当然知道，不就是那个加拿大华人投资盖的那一片别墅嘛。"

尚所长："对，就是加拿大来咱这儿盖房子的，那个叫李枫的开发商。前一泛儿，他到俺所里来了，瞅见俺所里那副破败的样子，他非得给俺所里投点儿资，把俺所里老房子整个翻修一下，然后再给俺所里每个办公室添置一些新的办公用品。他说，都啥时代了，马上都要进入九十年代了，国外都开始使用手机了，瞅瞅恁，打个电话恨不得还要排队，他说他们枫桦西湖湾再出点儿资，给俺所里每个办公室都装上一部电话。"

李蕾蕾："这不是好事儿嘛。"

尚所长："当然是好事儿啊，我随即就请示了俺局领导，你猜俺局领导咋说？"

李蕾蕾："咋说？"

尚所长："俺局领导说，这种便宜绝对不能占。"

李蕾蕾："这不叫占便宜啊，这是人家主动找上门来的啊？"

尚所长:"那个李枫主动找上门来是不假,问题是他为啥会主动找上门来。俺局领导说,如果那个李枫他不是来报案,他跟案件一点关系,他出点儿钱帮咱改造一下办公环境,也无可非议,可他是来报案的,我们之间的关系不一样,别人就会认为是利益交换,他给了俺好处,俺才帮他收拾了他想收拾的那个人。到时候咱有口难辩,会给俺公安机关的脸上抹黑。"

李蕾蕾:"枫桦西湖湾恁大个老板,咋会跑到恁这儿来报案啊?啥事儿啊?"

尚所长:"要说吧,他来报案的这事儿可大可小,往大处说,牵扯到咱祥符的形象,往小处说,又不会人命关天,睁一只眼闭一只眼也就拉倒了,但对俺来说,大的方面要考虑,小的方面也不能不考虑,最后还是局领导亲自出马,大事儿化小,小事儿化了,让那个李枫先生也基本满意,这事儿就画上了个句号。"

李蕾蕾:"你说了半天,我也有听出你说的是啥,枫桦西湖湾那个李先生,恁大个老板,为啥会跑到恁派出所来报案啊?"

尚所长:"中了,你也别再问了,总而言之,我的意思就是,俺派出所就是找人接济俺,也得找那种冇任何利益关系,但关系又不错的,来接济俺这些穷公安,所以俺才想到了你这位李主任,让俺背靠恁银行这棵大树好乘凉,又不用顾忌这顾忌那的,在恁的帮助下,改变一下俺派出所的面貌,最起码等到下次评先进的时候,不至于落个老末榷吧。"

李蕾蕾:"这都不是啥问题,明个我向行里汇报一下,咱再找个说起来好听的名头,敲明亮响地让恁派出所的面貌焕然一新,不就完事儿了嘛。"

尚所长:"你说的那个好听的名头,我已经想好罢了,来跟你喝这场酒之前,我也请示过俺的局领导了,俺局领导咋夸我的你知不知?"

李蕾蕾:"咋夸你的啊?"

尚所长:"俺局领导说,'警民共建'这个名头好,又排场,又自然,听着又入耳。俺局领导夸俺说:'老尚啊,你真是个能蛋崩啊!'"说罢他自己哈哈笑了起来。

李蕾蕾也笑道:"你就是个能蛋崩。"

尚所长抓起酒杯:"来,李主任,跟我这个能蛋崩喝一个!"

李蕾蕾端起酒杯,冲另外那俩老警:"来,为'警民共建',咱们共同喝一个。"

今晚上的这场酒,喝得很高兴,虽然尚所长守口如瓶,自始至终冇透露李枫到派出所报的啥案,但李蕾蕾已经猜出了个十之八九。你枫桦西湖湾恁大个老板,咋会窜到北道门这么个小派出所来报案啊,不就是摊为支在东大街上的章家胡辣汤锅,在北道门派出所的管辖范围内嘛。

31. "要说祥符这地儿水浅王八多,我不太能接受,但是要说,祥符这地儿遍地是妖怪,我相信。"

第二天下班后,李蕾蕾回到双龙巷老宅子,把她夜个晚上跟尚所长喝酒的过程及自己的怀疑告诉了她爹,并一再嘱咐她爹,这只是她的一个怀疑而已,在冇确切的证据之前,最好再等等,先别急着告诉章家人,等她再找一个机会进一步核实以后再说。她还跟她爹说,不是她不想帮她爹去挣章家那五万块钱,稳扎稳打才是最重要的,必须要像尚所长说的那样,"大事儿化小,小事儿化了"之后还能获得利益的人才是高人。

女儿走了以后,李佺佺仔细琢磨着女儿说的那些话,女儿说得冇错,"大事儿化小,小事儿化了"还能狄得利益的人才是高人,且不说自己是不是高人,自己也必须稳扎稳打才是。不过有一点他已经可以断定,枫桦西湖湾的李枫去北道门派出所报案,一个华侨能有啥大不了的事儿,要去一个小小的派出所报案?这么大个老板,完全可以通过上层关系,去收拾一个胡辣汤锅嘛,为啥非要选择去派出所报案呢?想来想去,李佺佺终于想明白了,是那个大老板怕丢人,不想通过市里的大领导来过问此事儿。大领导一出面动静太大,别管章家的汤锅里掌冇掌大烟壳,只要上面的大领导一发话,即便是章家汤锅里冇掌大烟壳,也会闹出大动静来的,一旦得罪了像李枫这样的开发商,章家吃不了兜着走,因为全河南都知,枫桦西湖湾是改革开放以来,境外来河南投资开发房地产的第一家,这要是出一点儿叉劈,那可就是大叉劈。估计那个李枫也考虑到了这一点,摊为一口汤锅闹得满城风雨惊天动地也裹不着,个人恩怨最好是个人了结,既达到了出这口恶气的目的,又不影响枫桦西湖湾在祥符城的名誉。嗯,李侄倌认为自己这个判断思路是对的。做出这样的判断后,下一步自己该咋办?等女儿进一步去找尚所长落实之后,再去告诉章兴旺?还是马上告诉章兴旺?李侄倌想来想去,拿不定主意,心里猫抓猫挠一样,那五万块钱正在向他招手呢。

李侄倌挣钱心切,冇按他妞儿说的,再让他等等的嘱咐去做,而是立马去清平南北街,找到了章兴旺,把他妞儿跟他说的情况,原原本本告诉了章兴旺。

听罢李侄倌的讲述之后,章兴旺眉头紧蹙冇马上吭声儿,心里在穿李枫李孬蛋与北道门派出所的那条逻辑线,当他把逻辑线穿在一起的时候,确实让他感到吃惊和意外,但有一点他心里还有疑问,就是李枫李孬蛋咋会知道章家汤锅里掌的有大烟壳呢?这个李孬蛋就恁能蛋吗,喝了两回汤,他就把大烟壳给喝出来了?这绝对是不可能的事儿,别说他李孬蛋,就是他爹李慈民活着,也不可能喝出来大烟壳。想来想去,章兴旺觉得只有两种可能:一种可能,是章家汤的配方泄露;另一种可能,就是李孬蛋瞎胡蒙让他给蒙上了,但这种让他蒙上的可能性极低,几乎为零,章家汤的配方泄露的可能性极高。可话又说回来,章家汤的配方,除了章家人不可能有第二个人知啊?想到这里,章兴旺又想不下去了,想不下去就想不下去吧,不管咋着,李侄倌带来的这些情况,已经足以证明,就是那个李枫李孬蛋做的这个活儿,他就是要把章家汤锅置于死地,彻底砸掉。

李侄倌:"还有啥疑问冇?"

章兴旺:"压目前这些情况来判断,就是枫桦西湖湾那个李枫使的坏,他是真孬孙啊……"

李侄偌："他孬孙，他使坏，你去找他算账，咱俩是不是先把账给结清啊？"

章兴旺："这个你尽管放心吧，等我把那个货使坏这事儿坐实了，那五万块钱我一分也不会少你的，你就放一百二十个心吧。"

李侄偌："你还要咋坐实啊？这不是已经坐实了吗，除了他不可能再有第二个人。"

章兴旺："这个我当然知，我的意思是，空口无凭，我还得想法拿到一些物证，有了物证，才能证明就是那货使的坏。"

李侄偌："拿到啥物证是你的事儿，跟我无关，我只是给你提供了线索，你也接受了这个线索，那么咱俩之间也就到此为止，你把那五万块钱给我，咱俩就算是两清，谁也不缠谁的瓤儿了。"

章兴旺："放心吧，我不是说罢了吗，五万块钱一分也不会少你的，缓上几天中不中？"

李侄偌："不中，既然你已经接受我提供的这个线索，你就得把钱给我，不赊账，免得夜长梦多。"

章兴旺："你老弟咋这个样儿，哥哥能不给你钱不能，我说缓上几天就缓上几天，你说的这些事儿，我不得去落实啊，等我把你说的这些事儿落实完了，你都等不及吗？"

李侄偌："你要是落实不完呢？一天落实不完我等你一天，一年落实不完我等你一年，一辈子落实不完还要我等你一辈子吗？不中，现打不赊，拿钱！"他向章兴旺伸出了手。

章兴旺摇着头："眼望儿冇钱，再等上几天吧。"

李侄偌："我等不了，眼望儿你必须拿钱！"

章兴旺："我最后跟你说一遍，等我把事情落实罢，钱一分也不少你的。"

李侄偌："我也最后跟你说一遍，今个必须给钱，不给钱别怪我对你不客气!"

章兴旺满不在乎地说:"对我不客气你又能咋着,把我的蛋咬掉?"

李侰倌彻底恼了,用手指着章兴旺的鼻子说道:"中,乖乖,你装孬不是,咱俩走着瞧!"

章兴旺:"走着瞧就走着瞧,我看你又能把我咋着,咬我蛋? 你咬呗,我等着你来咬。"

此刻的李侰倌已经彻底明白,章兴旺这是要彻底赖账,自己这是吃了个哑巴亏,当初应该跟章兴旺立个字据,可话又说回来,就是立了字据,这官司也冇法儿打啊。要是打官司,那还不得牵扯一大堆人啊,那才是丢人砸家伙,自己的妞儿和北道门派出所都得牵扯进来,眼望儿他才明白,正因为这是私下操作,不能公开的活儿,章兴旺才敢公然赖账,让他吃个哑巴亏。李侰倌心里狠狠在发毒誓:中,章兴旺,你让我吃哑巴亏,我也让你吃个大哑巴亏。

李侰倌:"我最后问你一次,五万块钱今个你给不给吧?"

章兴旺:"我也最后给你说一次,今个给不了,等我落实罢以后再给你。"

李侰倌:"姓章的,你给我听好喽,五万块钱我也不要了,这个事儿你落实不落实那是你的事儿,我最后要对你说的是,你跟那个李枫李孬蛋,恁俩就是打破头,打出人命,我也不会承认这事儿与我有关,我还会让俺妞儿提前去给派出所打个招呼,就说章家汤锅被取缔,都是摅为北道门派出所装孬,章家人要报复北道门派出所,让他们提前做好准备。"

章兴旺一听这话有点慌了:"你造谣! 我啥时候说我要报复北道门派出所了?"

李侰倌:"你就是这个意思。"

章兴旺:"我不是这个意思,我的意思是,俺章家汤锅被封,是李家人装孬,我要跟李家人血拼到底,跟北道门派出所冇一点儿关系!"

李侰倌:"我知你要跟李家人血拼到底,你不敢明着去拼,你只敢暗中装孬,那我就先去告诉那个李枫李孬蛋,让他有个思想准备,提防着你一点儿,那个李枫李孬蛋眼望儿是咱祥符的香饽饽,他要是知你准备报复他,提前再跟北道门派出所打个招呼,你自己想吧,下面的话我就不说了。"

章兴旺更有点儿慌:"你想咋?"

李侄倌:"我不想咋,我就让俺妞儿提前给北道门派出所打个招呼,咋啦? 不中吗?"

章兴旺:"我再给你说一遍,这事儿跟北道门派出所有关系!"

李侄倌:"咋有关系啊? 不是北道门派出所查出来的,恁家汤锅里掌了大烟壳吗,你才要跟人家不拉倒的吗?"

章兴旺:"我是跟李枫李孬蛋不拉倒,我不是跟北道门派出所不拉倒!"

李侄倌:"一回事儿。"

章兴旺:"不一回事儿!"

李侄倌:"前有因后有果,懂不懂啥叫因果关系啊? 不是李枫李孬蛋举报,恁儿子能被北道门派出所抓去? 恁章家汤锅不被取缔,你能不恨北道门派出所?"

章兴旺:"我再跟你强调一遍,我不是恨北道门派出所,我恨的是李枫李孬蛋!"

李侄倌:"你恨李枫李孬蛋,你想要去报复他,我得提前给他打个招呼,让他再提前给北道门派出所打个招呼,你说这是不是一回事儿吧?"

章兴旺彻底急眼了:"你这是明装孬!"

"明装孬就明装孬,我明装孬也是被你逼的!"李侄倌说罢转身就走。

章兴旺急忙叫道:"你先别走!"

李侄倌转过身:"瞅你这个劲头,我不走咋了? 你还准备留我吃晌午饭啊?"

章兴旺:"咱俩再商量商量中不中?"

李侄倌:"商量啥?还有啥可商量的?"

章兴旺:"我的意思是说,我先给你付个定金,等我把事情落实清楚以后,我再把剩下的钱付给你,你看中不中?你要说中,眼望儿我就把定金钱付给你。"

李侄倌:"定金钱是多少钱啊?"

章兴旺伸出五个指头。

李侄倌:"五千?"

章兴旺:"五百。"

李侄倌丝毫不带犹豫地:"中,五百就五百,拿钱!"他把手掌伸到了章兴旺的面前。

把章兴旺给的五百块钱塞进兜里后,李侄倌扭脸就压章兴旺家里走了出来,他一边走心里一边在骂:等住吧你,不管这事儿闹到哪一步,吃不了你兜着走,我一分钱也不会承认你给过我,就凭你章兴旺那点本事儿,你敢跟人家枫桦西湖湾的开发商斗?敢跟人家北道门派出所斗?鬼才相信。

再说章兴旺,在李侄倌拿着五百块钱走了以后,他翻来覆去想了好长时间也冇想透,他章家胡辣汤配方里有大烟壳,李枫李孬蛋咋会知的,他甚至怀疑他章家有内鬼,但这又不太可能啊,于是,他决定亲自再去找一趟李枫李孬蛋,说啥也要把这件事儿弄明白,就是死也要死个清清亮亮。

第二天一大早,章兴旺雇了一辆三轮车,就去了开发区的枫桦西湖湾,他在枫桦西湖湾的办公大楼门口,等了快俩钟头,终于瞅见李枫李孬蛋乘坐的那辆小轿车开了过来。当小轿车刚在办公大楼门前停下,章兴旺就急忙走了过去,站在了小轿车的前头。

李枫打开小轿车的车门,压车上下来,脸上挂着微笑冲章兴旺问道:"你是在这儿等我的吧?"

章兴旺正着脸说:"不等你我还能等谁啊。"

李枫:"有啥事儿吗?"

章兴旺："上一回我来找你，你连门都不让我进，今个能不能去你屋里坐坐啊？"

李枫摇了摇头："不中，有啥事儿你就在这儿说，我的办公室，不欢迎你这种人。"

章兴旺："那好吧，咱俩就还站在这儿说。"

李枫："说吧，你找我啥事儿？"

章兴旺："你肯定已经知道，你的目的已经达到了，在你的精心捣鼓下，俺章家的胡辣汤锅被政府取缔了，而且从今往后不准俺章家再支胡辣汤锅。"

李枫淡定从容地说道："你说这话挺有意思，咋会在我的精心捣鼓下啊，用咱祥符人的话说，恁章家的汤锅被政府取缔，碍我啥蛋疼啊？"

章兴旺："中了，别再装了，虽说咱俩不算是一辈人，你的岁数也不算小了，实话对你说吧，我要有百分之百的把握，我今个也不会又来找你。"

李枫："你百分之百啥把握啊？说给我听听。"

章兴旺："我想先问问你，当年在四面钟上站岗的那个老日，是不是被你搠死的啊，那时候你还是个小蛋罩，你就能搠死老日的哨兵？咋着我都不太相信。如果那个老日真的是你搠死的，我就相信你也能搠死俺章家汤锅。"

李枫："当年搠死老日哨兵的时候，我才十五六岁，眼望儿我已经快六十岁，人啊，啥都会变，小能变老，新能变旧，爱能变恨，冇钱能变有钱，无知能变有知，有欲能变无欲，总而言之，人和世界一样，都是在变化中的。但是，即便这个世界千变万化，有一点是不会变的，你知是啥吗？"

章兴旺："不知，俺是大老粗，只知道吃饱不饥屙屎臭气，只知道有冤申冤有仇报仇，更知道恶有恶报善有善报，这是命，谁不认都不中。所以对你的报仇我也认，你大轱远压国外回到祥符，盖别墅的同时还冇忘记报仇，这我都认，今个我来找你，就是想要对你说，你的仇也报罢了，俺章家的胡辣汤锅也被你砸掉了，眼望儿改支杂碎汤锅了，你总可以满意了吧？

老话说,穷不跟富斗,民不跟官斗,俺章家跟你李家比起来,俺眼望儿是'小秃烂蛋一头不占',你报仇雪恨的目的也达到了。我今个来找你,就是想跟你说,从今往后,俺章家跟恁李家,桥归桥,路归路,别再找俺章家的麻烦,中不中?"

李枫虚蒙着眼睛瞅着章兴旺:"按清平南北街上七姓八家的辈分,我确实要喊你一声章叔,那我就想问你一句,章叔,听你这话音儿,政府不让恁章家再支胡辣汤锅,是摊为我吗?"

章兴旺:"好汉做事儿好汉当,俺章家汤锅里掌冇掌大烟壳你能不知?"

听罢章兴旺这话,李枫深深地呼出一口气儿,抬头望着天空,似自言自语地说道:"要说祥符这地儿水浅王八多,我不太能接受,但是要说,祥符这地儿遍地是妖怪,我相信。"

章兴旺瞅了一眼在不远处等着他的三轮车,然后对李枫说道:"谢谢你上一回用你的小轿车送我,今个不用了。最后跟你说一句,天无绝人之路,东边不亮西边亮,不支胡辣汤锅照样也饿不死人。等九道弯的食品街建好以后,俺章家要在那儿支一口杂碎汤锅,从今往后告别胡辣汤,需要说明的是,俺章家不支胡辣汤锅,并不是摊为政府取缔俺,是摊为当年恁爹用印度胡椒拿捏我,我又拿印度胡椒拿捏整个祥符胡辣汤锅。眼望儿印度胡椒已经不那么主贵了,祥符城的胡辣汤锅里,也不止一家有了印度胡椒,为印度胡椒争得你死我活、头破血流的日子一去不复返,支不支胡辣汤锅也已经无所谓。我相信,有一天恁枫桦西湖湾盖的别墅,也会在祥符人眼里无所谓,只不过当前像印度胡椒那样,被恁李家抢先了一步而已。拜拜,李孬蛋,你再孬也孬不了几年了,等你彻底变成了李老孬的时候,你就彻底孬不起来了,跟我一样变成个面蛋(服输的人)了……"

李枫一声不吭地瞅着向三轮车走去的章兴旺,待章兴旺坐上三轮车的时候,他冲着三轮车喊了一句:"等着,我会去九道弯,喝恁章家的杂碎汤的!"

章兴旺坐着三轮车回到清平南北街后,冇直接回家,而是让蹬三轮的把三轮停在了石老闷家的门口,他已经想好了,不能就这样白白放弃苦心经营了一辈子的胡辣汤。还想用胡辣汤挣钱只是一方面,最重要的是,苦心经营了一辈子的这口汤锅里,就是不掌大烟壳,那也是祥符城里的一流汤锅,不能就这么销声匿迹了。他找石老闷的目的,是想要联合石家人,在即将建成的九道弯上,以石家的名义,重新支一口胡辣汤锅,利益分成,哪怕自家拿少一点儿,也不想眼瞅着那些外地扎着架势来祥符支汤锅的人,把九道弯新建的食品一条街给占领了。

　　当章兴旺走进石家门的时候,发现石家人各个兴高采烈得有点儿不太对劲,见到章兴旺的到来非常热情,特别是石老闷,又是让座,又是倒茶递烟,又是问寒问暖的,把章兴旺搞得有点儿蒙顶。

　　章兴旺问石老闷:"有啥喜事儿?"

　　石老闷满脸展样地:"冇啥事儿。"

　　章兴旺:"不对吧,有啥喜事儿,瞅你这嘴,都快合不拢了。"

　　石老闷:"要说冇啥喜事儿吧,也算是有点儿,只不过这喜事儿还冇最后落实,要是落实了,那才是天大的喜事儿。"

　　章兴旺:"啥事儿啊? 老弟儿们,说说呗。"

　　在章兴旺的要求下,按捺不住激动心情的石老闷,说出了一件大大出乎章兴旺意料的事儿。

　　石老闷:"这两天有个大新闻你知不知?"

　　章兴旺:"啥大新闻啊? 我不知。"

　　石老闷:"你冇看报纸和电视?"

　　章兴旺:"我哪有空看报纸和电视啊,就是有空也冇那个心情看啊。你说吧,啥大新闻,你说完我还有大事儿要跟你商量。"

　　石老闷:"那你先说,你说罢我再说。"

　　章兴旺:"我压大西区刚窜回来,让我喝口茶,喘喘气儿,还是你先说吧。"

石老闷："那中，我就先说。说之前我先问你，有关咱七姓八家的那些传说，你相信不相信？"

章兴旺一时冇反应过来："啥传说……"

石老闷："就是咱七姓八家的来历啊，一千年前咱的先人，是压耶路撒冷那边来到祥符，宋朝的皇帝赐姓氏给咱的事儿啊。"

章兴旺："这还用问，我当然相信啊，史书上都有记载，国家民委给咱的定性就是'犹太后裔'，这都是有官方文件的。咋了吧？"

石老闷："你要是就这说，那就是说，你是压心里相信，咱七姓八家的祖先是犹太人。"

章兴旺："我听封先生说，虽然这是学术界研究的一个问题，但七姓八家在历史上记载得很清楚，用最通俗的话说就是，承认不承认，那都是秃子头上的跳蚤明摆在那儿的。就是有人不承认这个事实，犹太人和阿拉伯人曾经是一个祖宗，总应该承认吧？"

石老闷向章兴旺伸出大拇指："说得好！"

章兴旺："你快说吧，到底碰上啥好事儿了吧。"

石老闷带着意犹未尽的兴奋告诉章兴旺，石小闷压麦加朝觐回来以后整个变了个人，是因为受到麦加朝觐震撼和洗礼，才义无反顾地决定远离红尘，彻底投身到一个他认为的神圣的精神怀抱之中。其实，这只是一部分原因，还有一个重要原因，石小闷压小就听老一辈人说，清平南北街上的七姓八家，是压耶路撒冷来到祥符的，本是亲戚关系的阿拉伯人和犹太人，不管摊为啥原因，也不应该老死不相往来。

石老闷抬脸冲着小二楼上吆喝了一声："小闷，你把你的那张报纸，拿下来让恁章叔瞅瞅！"

章兴旺："啥报纸啊？"

石老闷："《人民日报》。"

章兴旺："登的啥啊？"

不一会儿，石小闷压木楼梯上下来了，把一张《人民日报》递到章兴旺的手里,章兴旺接过报纸,一边瞅一边问:"你让我瞅哪篇文章啊?"

石老闷凑到章兴旺身旁,用手指着报纸上的一篇字数不多的新闻:"瞅这儿,写的啥?"

章兴旺眯缝起老花眼,恨不得把报纸贴到脸上,一字一顿地念道:"1992年1月24日,以色列国副总理兼外交部长利维,在北京与中方正式签署建交联合公报……"他抬起脸,问道:"啥,啥意思啊……"

石老闷:"啥啥意思,你不是都念出来了吗,还问啥意思,就是这个意思。"

章兴旺:"咱中国跟以色列建交了?"

石老闷:"这是《人民日报》,那还有假。"

章兴旺:"乖乖咪,这世界变化可真大啊,咱中国跟以色列建交了……"

石老闷又开始兴奋:"大好事儿啊,只要咱国跟以色列一友好,接下来啥事儿就好办了。"

章兴旺:"接下来的啥事儿就好办了? 建交不建交碍你啥事儿啊?"

石老闷示意了一下站在一旁的儿子:"小闷,跟恁叔批讲批讲,你准备要干的事儿。"

石小闷点了点头,冲章兴旺说道:"章叔,简单说就是,我要再去一趟耶路撒冷和以色列国,彻底考察一下咱七姓八家的出身,是不是像咱中国记载的一样。我就想真正弄清楚,咱七姓八家的来龙去脉,给后人一个完整的交代。"

章兴旺瞅着站在面前的石小闷,说道:"孩子乖,自从你朝觐回来,就给俺一种脱胎换骨的感觉,冇想到你还有这么远大的志向,你比那些专门研究这门历史的专家学者还要专家学者。"他把脸转向石老闷,说道:"老闷,小闷要是把咱七姓八家这事儿搞清亮了,恁石家就是大功臣,让咱的子孙后代都知,咱的老家在哪儿,咱的祖宗是谁!"

石老闷感叹道:"对,说得对,到时候咱老哥俩儿一块儿去,就像你说的,这辈子不能白活。伊斯兰教也好,犹太教也罢,早先都是一家人。咱中国跟以色列建立外交关系了,小闷就能名正言顺去以色列寻根,冇准还能寻到个咱的远房亲戚呢,你说有这种可能冇?"

"当然有这种可能。等小闷压以色列考察研究回来,我也准备去一趟,就算是去旅游观光,也要去瞅瞅咱祖宗待过的地方,那是咱的祖籍,如果不去瞅瞅,这辈子就白活了。"章兴旺说到这儿,压椅子上站起身来,"中了,祝咱都心想事成,我得走了。"

石老闷:"走啥走,你不是还有重要事儿要对我说吗?"

章兴旺:"冇了,我已经冇啥事儿了。"

石老闷不解地:"哎,你这货可真气蛋,有啥事儿你就说呗。"

章兴旺:"不说了,不说了,跟恁冇关系了,真的跟恁冇关系了……"

压石家出来的章兴旺,心里带着舒畅,脸上却显得有点儿沮丧,心里舒畅是因为中国和以色列建交,石小闷准备再次去寻根,这对七姓八家来说都应该是一件求之不得的事情。虽然七姓八家已经在祥符城待了一千年,他们也已经变成了彻头彻尾的祥符人,如果冇人撩拨他们这根神经也就罢了,眼望儿中国和以色列建交,就好像他们的麻骨被重重地敲了一下子,大脑不由自主就闪回到了一千年前。对章兴旺来说,虽然他想象不出,一千年前他们的祖先是咋样历经千辛万苦来到这座东方城市的,但是,他和石家人的心情一样,只是他的这种高兴中带着一丝苦涩,这一丝苦涩来自他们章家的胡辣汤锅。他不是冇勇气放弃,而是就这样放弃,太对不起自己这一辈子,瞅瞅弄的是啥?啥都冇,连个胡辣汤锅都保不住。原想跟石家联手,让石家出面,在即将建成的九道弯重整旗鼓,说句打脸的话,就是不在汤锅里掌大烟壳,也不会是给七姓八家丢人的章家的胡辣汤,说到底,不能白白为章家的胡辣汤辛苦这么一辈子。

32."听你老这个意思,就是谁能把故事编得圆, 谁说的就是正史,编不圆就是野史了?"

石家是指望不住了,咋办?再找一家?可清平南北街上的七姓八家里头,只有章家和石家是支过胡辣汤锅的,眼望儿章家去球了,石家这种情况也不可能了。马老六不是七姓八家里头的人,即便他是,他也不可能离开寺门跟儿,东大寺门口别说支胡辣汤锅,随便支个啥锅,就是卖白开水也有人抢着喝。接下来该咋弄呢?章兴旺陷入一片迷茫之中……

回到自己家后,章兴旺俩眼发呆,一声不吭坐在那里,老伴儿高银枝问他啥他都不接腔,瞅着章兴旺这副模样,老伴儿心里有点儿发慌,踮巴踮巴(急急忙忙)跑去了儿子家,把他爹的情况给儿子一说,章童坐不住了,跟着他娘就去到了他爹面前。

章童瞅着他爹愣怔的俩眼,问道:"爸,你咋啦?"

章兴旺:"咋也不咋。"

章童:"咋也不咋你这是咋啦?"

章兴旺不耐烦地:"咋也不咋就是咋也不咋,你还要咋?"

章童:"不是我还要咋,是你这副模样是要咋?"

章兴旺有气无力地说道:"我这副模样咋啦?我这副模样又不碍谁的事儿,你该忙啥忙啥去,别管我中不中?"

章童:"不中!你这副模样俺受不了,我们瞅着太难看!"

章兴旺:"难看朝北看,越看越好看。别看我。"

"我还朝东朝西看呢!有事儿说事儿,别吓唬俺中不中?你瞅瞅把俺妈给吓的,大晌午头窜去我那儿,我还以为出啥事儿了呢。"

章兴旺愣怔着俩眼,瞅着儿子小半晌,问道:"你说说,你那边咋样了?"

章童:"我哪边咋样了?啥咋样了?"

章兴旺:"九道弯。"

章童:"别瞎操心了中不中,把你自己身体的心操好,别让俺操你的心,比啥都强,啥九道弯十道弯,跟你冇关系。"

章兴旺:"你说冇关系就冇关系了,别管你在九道弯支个啥汤锅,只要是咱章家的锅,我问两句多不多? 跟我冇关系,你要是跟我冇关系,你就是在九道弯支个尿锅,我也不会管!"

高银枝对儿子说:"别让恁爸着急,他爱操心,你就跟他说两句,说说这两天恁在九道弯的情况。"

章童瞅着他爹问:"你想听不想听?"

章兴旺:"你说我想听不想听?"

章童笑道:"你想听不想听,我都要跟你说,我就是支个尿锅,也要对你说。"

高银枝扑哧笑出了声,章兴旺依旧冇笑,他认真地听儿子说着九道弯的情况。

章童告诉他爹,九道弯是市里的重点建设项目,开工后一直比较顺利,目前沿街的出租门面房,基本都已经整修完毕,下一周就要开始往外租赁,这两天,那些外地要在九道弯租赁门面的商户,几乎已经挑选好了各自门面的位置,就等下周办租赁手续。章童告诉他爹,自家的杂碎汤锅挑选的位置,应该是九道弯最好的位置。起先,那个位置是被西华县逍遥镇一位来支胡辣汤锅的孙姑娘愣中,那位孙姑娘还找到熟人跟市里打了招呼,章童是在孙姑娘之后愣中那间门面的,当他听说那间位置最好的门面,已经被人圈住之后,章童打听到,负责九道弯门面租赁的那位白主任,是寺门白家花生糕的表佬,于是便找到白家花生糕的小老板白凤杰,再由白凤杰找到那位白主任,算是压孙姑娘手里把那间门面抢了过来。那位孙姑娘知道之后好不愿意,据说白主任已经收了孙姑娘的"好处",可孙姑娘又不敢得罪白主任,只好吃了个哑巴亏。章童压孙姑娘手里抢过那间位置好的门面之后,在九道弯碰见孙姑娘的丈夫,两人差一点打起来。可俗话说"强龙不压地头蛇",九道弯那些外地来租赁门面房的人,心里都可清亮,祥符人孬气大,真要把这些"地头蛇"给得罪了,他们敢往你的门面上糊屎泼尿,这种腌臜事儿尤其会在生意好的街面和地段发生。都说每章儿祥符的历史上出了个牛二,且不知眼望儿牛二早已过时,比牛二还牛二的那些货,随时随地都能冒出来。算了吧,抬头不见低头见的,多一事儿不如少一事儿,吃了个哑巴亏的孙姑娘,就另选九道弯别处的门面房了。

听罢儿子对九道弯目前进展的介绍,章兴旺依然闷闷不乐,他闷闷不乐的原因,不是对九道弯的前景不看好,而是对自家的杂碎汤锅信心不足,也不是怕杂碎汤锅置不住钱,是他心里依旧对不能在九道弯支胡辣汤锅耿耿于怀,位置再好,杂碎汤再好,也不能弥补他这一辈子在章家胡辣汤锅下的功夫。

章童当然明白他爹的心思,于是信心满满地安慰道:"爸,别管咱章家支的是胡辣汤锅还是杂碎汤锅,你就放心吧,在九道弯上咱一定是最好的!"

章兴旺叹道:"唉,人的命天注定,压咱章家每章儿在右司官口支杂碎汤锅,到眼望儿重操旧业又支杂碎汤锅,难道真的要跟胡辣汤锅一刀两断了吗……"

俩月以后,就在石小闷办好去以色列的签证,要前往以色列的当天,九道弯美食一条街隆重剪彩开业了。开业剪彩那天上午,一百多米长的九道弯上,被人塞得满满当当,在来看热闹的那些人当中,绝大部分是祥符本地人,也有不少外地来的游客。除去一些老祥符人,在看热闹的人群中,很少有人能把九道弯的历史讲清楚。章家杂碎汤锅门前看热闹的人最多,都在听章兴旺讲九道弯是咋回事儿,为啥会叫个九道弯,章兴旺讲的要比那个参加剪彩仪式的副市长讲得好,原因在于,他把九道弯的形成都融在了他讲的故事里,他对那些围在章家杂碎汤锅前的人说:其实九道弯并不是一个街名儿,而是由祥符城里几条名气比较大的街道连接而成,这几条名气比较大的街道就是华堂街、宝华街、弓箭街、南仁义胡同、油坊街、万善街，因为街道弯弯曲曲形成了九道弯，久而久之，就被老百姓约定俗成叫成了九道弯。也正是因为这几条名气较大的街道，才在此修建了这么一条取名叫九道弯的美食街。

章家杂碎汤锅支在九道弯上的头一个月，还算门庭若市，生意不错，因为不管咋说，那些好奇的食客都是来吃个稀罕，尝个新鲜。祥符城很奇怪，逢年过节还中，从外地来的游客不少，可只要假期一过，立马就显现出萧条面孔。除去寺门和鼓楼夜市，其他卖吃食儿的聚集地，食客明显不那么旺，即便是宣传力度很大的九道弯，那些尝罢鲜的本地食客也很少会再来。章童一瞅，自家杂碎汤锅日渐萧条，心里也很纳闷，不应该啊，凡是喝过章家杂碎汤的，都说汤不孬啊，咋就说萧条就萧条了呢？再瞅紧挨着的一家驴肉汤锅和一家羊肉汤锅，模样也和章家的差不多，门庭日渐冷落，再瞅九道弯其他那些美食生意，也都是大差不差，唯独有人气儿的，就是被章家挤对到弓箭街口、逍遥镇孙姑娘支的那口招牌叫奇永的胡辣汤锅，几乎每天都可热闹，压大早起一直到晌午头喝家不断。九道弯这一百多米长的美食街上，就数胡辣汤锅多，各种流派的汤锅都有，祥符老味儿胡辣汤、州桥传统胡辣汤、寺门回族胡辣汤、漯河北舞渡镇胡辣汤，光是周口西华县逍遥镇胡辣汤就有好几家，生意都不中，唯独就是孙姑娘支的那口叫奇永的汤锅一枝独秀，在九道弯独领风骚，大量的喝家还是居住在九道弯附近的回头客，显而易见就是奇永的汤好喝。

虽说章家支的已经不是胡辣汤锅，但章家人对奇永的火爆却十分上心，不管咋着，章家的汤锅曾经也是祥符城里胡辣汤的名锅，在昔日辉煌和当下念念不忘的心理指使下，人老心不老的章兴旺，决定去喝一碗奇永的汤，探究一下奇永汤锅的奥秘。

这天大早，章兴旺就压清平南北街坐上一辆三轮来到九道弯，他冇去自家杂碎汤锅照头，而是直接就让三轮停在了奇永汤锅的跟前。一瞅奇永的生意，章兴旺心想，这口汤锅要是支在自家那个位置，那就更难以想象,看来,汤锅的位置跟汤有一定的关系,但绝对不是最重要的,尤其是在祥符城支胡辣汤锅,认汤不认人,才不管你是哪路来的胡辣汤呢。

章兴旺规规矩矩排队端了一碗汤,坐下后喝罢第一口就为之一振,这奇永胡辣汤确实不一般,难怪会有这么好的生意。喝罢一碗的章兴旺,又要了一碗,他不是有喝过瘾才要的第二碗,这第二碗汤,是要帮他多耗费点儿时间,等到掌勺的孙姑娘稍微空闲一点儿的时候,他要跟她喷喷这个奇永胡辣汤。

其实,在章兴旺排队盛汤的时候,孙姑娘已经知道他是谁了,这个老头儿不就是九道弯开街之后,天天坐在章家杂碎汤锅门口,给喝章家杂碎汤的那些喝家,喷九道弯故事的那个老头儿嘛。孙姑娘心里在犯嘀咕,今个这老头儿来喝奇永,恐怕是有点儿"来者不善,善者不来"的意味儿。见此情形,孙姑娘把手里盛汤的木勺交给了一个下手(助手),用夹子捏起一块油饼,搁在了章兴旺面前。

章兴旺:"我冇买油饼啊?"

孙姑娘落落大方地:"不要钱。"

章兴旺十分疑惑地:"为啥不要钱?"

孙姑娘依旧是落落大方地:"不为啥,不要钱就是不要钱。"

章兴旺更加疑惑不解地:"无功不受禄,我不能白吃吧,你总得说说不要钱的理由吧。"

孙姑娘:"那个卖杂碎汤的是恁儿吧?"

章兴旺:"昰啊,咋啦?"

孙姑娘:"这块油饼是为了感谢恁儿,要不是恁儿,俺的汤锅也支不到这儿。"

章兴旺:"啥意思? 恁的汤锅支到这儿支不到这儿,又咋啦?"

孙姑娘:"你老人家是个老祥符,九道弯开街那几天,你老人家见天跟人家喷九道弯的来历,难道就不知弓箭街为啥叫弓箭街吗?"

章兴旺:"我当然知。你跟我说说,弓箭街为啥叫弓箭街?"

孙姑娘笑道："我是西华县来的,我不是祥符人,说错了你老还要多包涵。"

章兴旺:"说对说错无所谓,就看能不能说到我心里,能说到我心里的就是对,说不到我心里的就是错。反正俺祥符城挖地三尺都是故事,对错谁说都不算,听着合情合理才算,你说吧。"

孙姑娘:"听你老这个意思,就是谁能把故事编得圆,谁说的就是正史,编不圆就是野史了?"

章兴旺:"别管编圆编不圆,只要你一说,我就知你说的是正史还是野史。只要是个祥符人,别管他识字儿不识字儿,祥符的历史是真是假,还是能听出来的。讲吧,妞儿,我听着呢。"

孙姑娘稳了稳神儿,说道："弓箭街在历史上就是制造弓箭的地方,要不也不会起名叫弓箭街,这一点应该冇啥争议吧。"

章兴旺点头:"不光是制造弓箭的地方,还是出售弓箭的地方。"

孙姑娘:"也不光是制造和出售弓箭,还制造其他刀枪剑戟。因为弓箭叫着顺嘴,所以才叫弓箭街。"

章兴旺:"中,妞儿,有学问。"

孙姑娘笑了笑,接着说道："我还听说,在清朝的时候,军队每天都要在北演武厅训练骑马、下马操和跑马射箭,每个月还要有一次射击课,损坏的武器都要来弓箭街购买,只要是军队补充或是扩大装备,都离不开弓箭街。"

章兴旺:"你说的这些我都认可,但是你还冇说到点子上,就是弓箭街和你给我的这块不要钱的油饼,有啥关系?挨不上边啊?"

孙姑娘:"你老别急,我的话还冇说完,等我把话说完,你就知为啥送给你这块油饼了。"

章兴旺:"说吧,我洗耳恭听。"

孙姑娘:"弓箭街在 1949 年新中国成立的时候,往南往西一直到城墙根儿,直到大西门,基本上都是水坑,每到下大雨都会变成一片汪洋,谁知,这倒变成了一件好事儿,让这一片的居民有了挣钱的营生,他们把水坑边上的苇子编成席,在水坑边用水掗豆芽、做豆腐为生,就是靠水吃水,不光能为生,还要能发财。我听人说,就是俺支汤锅的这个地方,早先就是弓箭街上生意最好的一家豆腐作坊,祥符城西边的豆腐营生,几乎被这家作坊给垄断,每天来买豆腐的人,就跟今天来喝俺汤的人一样,用恁祥符话说,就是挤哄不动……"

章兴旺:"我知了,我知了,你也别往下再说了,你的意思就是,有水就旺财,恁这个地儿每章儿是水坑,眼望儿同样沾它的光,人气才旺,有豆腐坊和大水坑垫着底儿,所以恁奇永胡辣汤的喝家才多,对吧。"

孙姑娘笑而不答,但她的笑容很灿烂。

章兴旺:"我说的可不是有水旺财,水再旺,汤不中,照样也白搭。姑娘,我想知道的是,恁奇永胡辣汤里,是不是掌的有茴香啊? 我一搭嘴就觉得不大一样,一股子清香气儿。"

孙姑娘依旧是笑而不答。

章兴旺:"这有啥可保密的,有就有,冇就冇,我就是有点儿好奇。"

孙姑娘:"老爷子,我知恁家原先也是做胡辣汤的,虽然已经改章儿做杂碎汤了,那我也想问你老一句,恁家原先熬的胡辣汤里,掌的是啥胡椒? 是不是印度胡椒啊?"

章兴旺呵呵笑了两声,说道:"姑娘,别跟我绕中不中,印度胡椒还是秘密吗? 眼望儿的祥符城,是个汤锅恨不得都掌印度胡椒。恁家的汤我喝第一口就知,里头掌的就是印度胡椒。说句不外气的话,一般的汤锅,它是个啥配方,里头掌了些啥,只要我喝上一碗,就能说出个八九不离十,可恁汤锅里的汤,我咂摸不出来,除了掌的也是印度胡椒,还有一味儿料我冇喝出来,这不是有点儿好奇嘛,反正俺家眼望儿又不卖胡辣汤了,你就是告诉我也无妨嘛。"

孙姑娘:"老爷子,汤锅里有些事儿啊,不是不能说,而是说出来人家也不相信,比如恁家的汤锅,谁能相信把胡辣汤改成杂碎汤了呢? 我的意思是说,别问,冇用,问也问不出来,还是知之为知之,不知为不知吧,问多了反而伤和气,你说对吧,老爷子。"

章兴旺听了孙姑娘这番话里有话的话,愣在了那里,就像吃了个哑巴亏,但他心里可清亮,孙姑娘是用这番话来拒绝他的貌似好奇,言外之意也是在敲他的麻骨:老头儿,别再操胡辣汤的心了,恁家摊为啥把胡辣汤锅改成了杂碎汤锅,天下人都知道。

不再说啥话的章兴旺,慢慢站起了身,带着一脸的茫然和沮丧,离开了奇永胡辣汤锅。

孙姑娘在章兴旺的身后喊了一句:"老爷子,油饼你还冇吃呢!"

章兴旺既冇转身也冇回头,只是抬起手摆了摆,意思是——我才不占恁的便宜。

此时此刻,正是祥符城里各类喝家喝汤的点儿,九道弯美食一条街上的人似乎也多了一点儿。章兴旺慢慢地走着,当他经过自家杂碎汤锅门前的时候,恰被站在门前等顾客的小敏瞅见。

小敏:"爸,你咋来了,吃饭冇?"

章兴旺冇接小敏的腔,继续往前走着。

小敏:"爸,你这是去哪儿啊?"

章兴旺仍然冇接小敏的腔。此时,听见小敏询问声的章童,压门里快步走了出来,上前拦住了他爹的去路,他瞅出了他爹有点儿不太对劲。

章童:"爸,你咋啦?你这是要去哪儿啊?"

章兴旺有气无力地说了一句:"回家。"

章童:"你吃罢饭冇?"

章兴旺点了点头。

觉得有点儿不对劲的章童,继续问道:"回家你应该往东边走啊,你咋往西边去了?"

章兴旺朝周围瞅了瞅,说道:"哦,我转转,一会儿就回家。"

章童:"有啥转头啊,坐咱家店里歇歇,一会儿我送你回家。"

章兴旺半烦地:"别管我,你该忙啥忙啥去,我又不是不认路。"

章童冇法儿,只好无奈地瞅着他爹,慢吞吞地朝西边走去。

九道弯紧挨着的那个城门,是祥符城的西城门,是一座仿建的"大梁门",真大梁门始建于唐代,北宋时又称"阊阖门",现如今这座新大梁门,是祥符重建的三座城门之一,气势恢宏,算是当下祥符城一个重要的文化象征。

章兴旺慢慢悠悠爬着登上大梁门的台阶,爬爬歇歇,歇歇爬爬,花费了快一个钟头,才登上了大梁门,他走到西边的城阙,朝西边望去,开发区的高楼大厦向他传递着扑面而来的现代气息。他转过身走到东边的城阙,朝东边望去,映入眼帘的是老城区狭窄的街道和低矮陈旧的民居,不知为何,他突然觉得自己辨不清了方向,找不到了清平南北街的位置,在一番努力寻找中,他长出了一口气,然后对着视线中的老城区,大吼了一声:"去球吧,胡辣汤!"

33."冇啥可商量的,今个在这儿,你必须给我个朗利话,去还是不去,中还是不中!"

转眼天就凉了,按理说,天越凉快汤锅的生意应该越好,九道弯美食一条街上的生意虽然也有所起色,但不知为啥,章家杂碎汤锅的生意却和原先差不多,除了节假日稍微好点儿,其他时间甚至还不如刚开张的时候。章童弄不明白,按他爹说的,每章儿在石司官口支杂碎汤锅的时候,生意还可以啊,喝家也不少啊,咋眼望儿却不中了呢?杂碎汤在祥符城里虽说冇胡辣汤那么招人待见,可好这一口的人也不少啊,难道真的像一些人说的那样,九道弯的风水有问题?章童不相信这是啥风水问题,自家汤锅的位置是九道弯最好的,这是大家公认的。开业之初,他也找人看过风水,也说风水不孬,而且半年以后会越来越好,可眼望儿都快一年了,咋冇一点儿起色呢?小敏已经不止一次跟他叨叨,再这样下去非死得透透的,还不如弃掉杂碎汤锅，只管再把胡辣汤锅支起来，不管咋着，章家胡辣汤在祥符城里还是有号召力的，不少老喝家眼望儿还惦记着那块天下无汤的牌匾呢。

小敏的话章童不是冇想过，他也动过这个心思，可是他最担心的还是法律问题，要是把章家胡辣汤锅重新支起来，一旦被法院发现，那可不是闹着玩的，搞不好要再次吃官司不说，法院再来个判决，有可能永远不让章家在祥符城里支锅，啥锅都不中。这与"不怕一万就怕万一"冇关系，而是一旦出了叉劈，人们就会与章家胡辣汤里掌大烟壳联系在一起，即便章家胡辣汤里冇掌大烟壳，也会让人联想到大烟壳，就是再能拿出科学论据，压医学的角度讲，胡辣汤里掌大烟壳不但对人体无害，还有助于健康，人们也会撇着嘴说，招呼点儿，章家的胡辣汤里有毒。

章童陷入了深深的苦恼，他不知该咋办，在九道弯这么硬撑，眼看是撑不住了，也有人建议他改章儿做别的，比如把寺门的"沙家品味来牛肉"和"白家花生糕"批发到九道弯来卖，或者干点儿其他生意，总不能就这样死透在这儿道弯里吧。章童把眼下的处境和困惑跟他爹说，让他爹帮他出出主意，他爹摇着脑袋对他说："别再来烦我中不中，我不是说罢了吗，从今往后恁爹的日子，就是去新华楼泡澡，去汴京公园唱京剧，去花市鸟市溜达溜达，恁也是有儿女的人了，章家生意上的事儿，恁想咋着就咋着吧，想支啥锅就支啥锅，别再来烦我……"

接下来该咋弄，章童和小敏分歧很大，小敏还是主张找找关系，花点钱，让法院睁一只眼闭一只眼，重新把章家的胡辣汤锅支起来，至于人们咋说就让他说去，章家胡辣汤锅里头就是不掌大烟壳，照样是祥符城里数一数二的汤锅。而章童却有两个想法：第一个想法，就是接受别人的建议，把寺门的"沙家品味来牛肉"批发到九道弯来卖。第二个想法，就是如果真要重新支起章家的胡辣汤锅，也不能在祥符城支锅，可以把锅支到外地去，不说是远离祥符城吧，至少要保把一点儿，支到一个冇人把章家底的地方去。

这些日子,几乎每天晚上,章童和小敏两口子都要为生意的何去何从磨嘴、隔气,有时甚至吵架。眼看新年就要到了,如果再不做出抉择,再一年的日子就更加难过,还有可能把买枫桦西湖湾别墅的钱都赔进去,他爹可是发过了狠话,他两口子就是扛篮要饭,他爹也不会去动买枫桦西湖湾别墅的钱,他爹说,枫桦西湖湾的那套别墅,是他章家做人的最后尊严,决不能失信。

两口子躺在被窝里成夜睡不着,又在为何去何从磨起了嘴。

小敏:"反正该说的我已经都说罢了,胡辣汤这玩意儿,除了河南,别的地儿不太认,更何况,河南哪个城市少得了胡辣汤锅?逍遥镇的胡辣汤恁牛,那个姓孙的妞儿咋窜到祥符来支锅了?还有那个方中山胡辣汤,锅都支到大城市郑州去了,不管谁家的胡辣汤,都想把锅支到人口多的地儿,你说,咱河南郑汴洛仨城市人口还不够多?咱还想把章家胡辣汤锅支到哪里去?别异想天开了,老老实实在祥符待着吧,找个不显眼的地儿,门面不用太大,也不挂那块天下无汤的招牌,低调一点儿,保准有事儿。法院恁多案子还办不完呢,谁会去操咱一口汤锅的心,你要是还隔意,别管了,这事儿交给我,原先俺黑墨胡同幼儿园有个同事,她老公眼望儿是龙亭区法院的副院长,咱提前把活儿做好,保准啥事儿也冇,别管了,这事儿交给我,只要你同意。"

章童:"我不同意!要跟你说多少遍啊,傻娘们儿,祥符这地儿你又不是不知,水浅王八多,不定被哪只王八咬上一口,比害眼都厉害!"

小敏:"撑死胆大的,饿死胆小的。"

章童:"这不是胆大胆小的事儿。"

小敏:"中了中了,我已经懒得再跟你磨嘴,我今个把话给你撂这儿,我是不会离开祥符的,要重新支锅就在祥符支,其他地儿我不去!"

章童:"不去去球!"

小敏:"去球就去球!"

章童:"你不去我自己去!"

小敏:"你去咱俩就离婚!"

章童:"离婚就离婚!"

小敏:"那就离婚!"

章童:"谁不离谁是妞儿生的!"

小敏:"你就是妞儿生的!"

章童:"你才是妞儿生的!"

小敏:"恁爹也是妞儿生的!"

章童:"恁爷也是妞儿生的!"

小敏:"恁全家都是妞儿生的!"

章童:"恁祖宗八代都是妞儿生的!"

小敏抬手一巴掌扇在了章童的嘴上,这失去控制猝不及防的一巴掌,正好扇在章童门牙上,门牙撞破了嘴唇,顿时满嘴鲜血直流,章童瞬间恼羞成怒,像弹簧一样蹦起身来,骑到小敏的身上就是一通乱捶,小敏挣扎了老半天,终于挣扎出了章童的乱捶,她跳下床来,掂起啥砸啥,恨不得把屋里所有能掂起的物件,统统砸向章童……

二半夜,小敏抹着眼泪回娘家去了。章童独自坐在床上,木然地瞅着满屋子的支离破碎,一直坐到了天明。这是他俩结婚这些年,头一回打架,章童心里清亮,离婚只是气头上的话,可接下来该咋办?是继续在九道弯硬撑,还是改章儿去干别的?还是去外地支胡辣汤锅?他依旧是一脸茫然……

回娘家去的小敏,一去多少天也不回来,章童原本想去她娘家认个错,把她给接回来,可一想到,就是把她接回来又能咋着,小敏那货,也是个认死理儿的货,你就是把她接回来,也不可能改变她的想法,两人还会为何去何从隔气,除非是自己让步,断掉去外地支汤锅的念想,可留在祥符还能干啥?该想到的已经全想到了,改章儿做其他生意,都需要重打鼓另开张,谁也说不准会是个啥样,万一真把枫桦西湖湾的别墅钱赔了进去,章家的日子才有法儿过呢。

就这样,两口子一直僵持着,越僵持越固执,越觉得自己冇错。章童像往常一样,按时按点在九道弯坚守着,每天来喝杂碎汤的人屈指可数,大多数时间,他都是坐在门口吸烟,瞅着九道弯上来往的路人,都懒得站起身,即便来了个别喝家,他也是让店里的其他伙计去打发。

这天上午,盛了几碗汤之后,章童正坐在汤锅旁边埋头抽着烟,他虚糊(隐约)店门外有一个人走了进来,他懒得抬眼去看一眼,掐灭手里的烟卷,站起身,看都冇看进来那人长的是啥模样,就问:"你喝几块钱的?俺这儿有三块的,有五块的。"

"最贵的是几块?"

"最贵的就是……"章童一抬脸,怔住了。

站在章童面前的,是一位浑身上下珠光宝气的女人,胳膊上还挎着一个同样珠光宝气的提包,在章童正用俩眼打量她的同时,她也在浑身上下打量着章童。

"咋?不认识我了?"女人问道。

章童彻底蒙圈了,他当然认出了面前这位珠光宝气的女人,只是太出乎他的意料罢了,这种出乎意料让他呆滞在那里,让他哑口无言,同时又让他瞬间热血沸腾、睁大俩眼。

"自我介绍一下,我叫周洁,来自埃及。"

半天才缓过神来的章童,眨巴着俩眼,问道:"你,你不是去澳大利亚了吗?咋又变成埃及了?"

周洁面带微笑地反问:"你不是卖胡辣汤吗,咋又变成卖杂碎汤了?"

章童眨巴着俩眼说不出话来。

周洁笑着继续说道:"你为啥不卖胡辣汤改卖杂碎汤,和我为啥压澳大利亚又去了埃及,应该都是'小孩儿冇娘,说来话长'。先给我盛碗杂碎汤喝吧,我还有吃早饭呢。"

章童慌忙把桌子和凳子又擦了擦,说道:"你先坐,坐吧,我这就给你盛汤……"

周洁的突然出现，让章童手忙脚乱，坐在那里的周洁却显得十分淡定，一边瞅着手忙脚乱的章童，一边讲述着她这么些年的经历。

　　自打嫁到澳大利亚以后，周洁的生活一直比较平静，一心想着做一个贤妻良母，去过吃喝不愁的日子。她的丈夫是一个游历世界各地的商人，本分人，只知道挣钱，不过问其他。两年前，她丈夫去埃及做了一笔生意回到澳洲后，对周洁说，苏伊士运河在埃及最大的港口有大商机，全世界各个国家的船舶，在那个港口停泊靠岸的时候，有大批船员登岸，而那个港口的饭馆却少得可怜，吃饭要排队不说，甚至有时还吃不上饭，其中有一个重要原因，就是埃及是阿拉伯国家，对吃食儿要求很讲究，不是清真的饭馆几乎是见不到，港口就那么几家清真饭馆，根本供不应求，如果能在那个港口开个饭馆，挤着眼（轻轻松松）都能挣钱。于是，她丈夫便跟她一起，筹划在苏伊士运河埃及那个最大的港口开一家饭馆，这家饭馆主要是针对中国船员，每天来往苏伊士运河、并在埃及港口停泊的中国货船非常多，如果开一家中国饭馆，肯定闭着眼就把钱挣到兜里了。当她丈夫征求她的意见，开啥样中国饭馆最好的时候，她毫不犹豫地说出了自己的想法：开一家具有中国特色的胡辣汤馆，保准受欢迎。之后，她又跟着丈夫一起去埃及做了实地考察之后，坚定了自己的想法，要在苏伊士运河最大的港口开一家胡辣汤馆。

　　一听周洁这么一说，章童根本就顾不上再说自己这些年的经历，就像打了鸡血一样，兴奋地说道："你物色好人选了冇？要是冇物色好人选，你瞅瞅我，符合不符合你的条件？"

　　周洁："你傻啊，要不我会跑到这儿来找你？"

　　章童一拍大腿："太好啦！真的是太好啦！你简直就是及时雨！"

　　周洁："恁章家胡辣汤的事儿，我一回来就听说了，我还去了东大街恁家原先支汤锅的地方瞅了瞅，既然天下无汤那块牌子不能在祥符城里再挂了，那咱就把它挂到苏伊士运河岸边去，挂在那儿才是名副其实的天下无汤，你说是不是？"

此时此刻的章童,已经不知说啥是好,只觉得自己想要说的千言万语,交织在一起涌上了心头,瞬间鼻子一酸,大泪滂沱,哭得是闷闷喇喇(痛哭,放声大哭)。

周洁在一旁喝道:"哭啥哭,大男人家,瞅你那个冇出息样儿,别哭了。"

听周洁这么一呵斥,章童反而越哭越厉害了。

"我知你心里苦,章家怎好的胡辣汤锅亇让支了,换谁谁也受不了。"周洁站起身走到章童跟前,用手轻轻拍着他的后背,安慰道,"别再哭了,好吗?虽然咱们失去联系这么多年,可你知不知,我在国外最想的就是怹章家的胡辣汤,有好几次我试着做,可咋也做不出怹章家胡辣汤那个味儿……"说到这里,周洁的嗓子眼儿好像突然被什么卡住,也顿时大泪滂沱了起来,她压珠光宝气的手提包里掏出手绢,试图阻止自己的泪水,却不管用,她不得不背过脸去,珠光宝气的周身都抽搐了起来。

章童一瞅这架势,急忙强忍住泪水,伸手去拍周洁的后背,安抚着说道:"我不哭,你也别哭,我心里苦,我知你心里也苦,咱俩心里都苦,当初都是我不好,怨我了中不中……"

周洁使劲儿摇着头,抽泣着说:"是我不好,当初是怨我……"

章童:"不不,怨我,是我不好……"

这时,周洁猛然转过身,抬起手在章童的面颊上不轻不重地打了一巴掌,说道:"别管怨谁,事儿都过去了,你愿意跟我去埃及,咱啥也不说了,咱们可以重新开始,把天下冇汤那块牌子,挂到苏伊士大运河的岸边去……"

在一种莫名的兴奋中,章童仿佛看见了章家胡辣汤将重获新生,就是去埃及也并非完全是为了钱,而是自身价值的体现和久违情感的延续。要说周洁在这个时候出现,又好像是一种天意,至于去埃及的前景又会是个啥样儿,谁也不知,他也不愿意多想,他只愿意相信他的这个初恋情人,相信他章家胡辣汤,能在苏伊士运河岸边再现辉煌。

起先,章童是想马上把这个消息告诉小敏的,转念一想,还是暂时不告诉她吧,等自己先跟着周洁去埃及实地考察一番,回来之后再说也不迟。反正眼望儿他俩谁也不搭理谁,去埃及考察也就是半个月的时间,等自己压埃及回来以后,再说也不迟,眼下走这个时机很好,生意萧条,夫妻不和,爹妈不问,别说走半个月,就是走个一年半载也无所谓。和周洁见罢面的第二天,章童打发走了店里唯一的那个伙计,锁上了九道弯的店门,在店门上贴了张纸,写了八个字儿,广而告之:家中有事,暂停营业。

　　就在章童办好了旅游签证,准备跟着周洁去埃及,正在家准备外出要携带的物件时,房门突然被打开,小敏阴沉着脸回家了,只见她把压九道弯店门上揭下来的那张纸伸到了章童面前,问道:"你这是弄啥?"

　　章童:"我以为你永远不回来了呢。"

　　小敏:"我问你这是弄啥?"

　　章童:"你坐下,听我慢慢跟你说。"

　　面无表情的小敏,冷着脸坐了下来。当章童把要去苏伊士运河岸边支胡辣汤锅的来龙去脉,原原本本说出来之后,小敏依旧面无表情,冷着脸坐在那儿一言不发,但是,章童能感觉得到,小敏对此事毫无兴趣不说,似乎还挺反感。

　　章童:"你想说啥你就说。"

　　小敏:"你想让我说啥? 你想听啥?"

　　章童:"看你这话说的,不是我想听啥,是你想说啥就说啥。"

　　小敏:"我能说啥,你都准备跟着初恋情人走了,我还能说啥?"

　　章童:"说话别恁难听中不中,啥初恋情人不初恋情人,人家眼望儿是有家有口的人了。"

　　小敏:"再有家有口,难道她不是你的初恋情人? 我说错了吗?"

　　章童:"啥说错不说错啊,几百年前的事儿了,裹着裹不着啊。"

　　小敏:"裹着裹不着你都说了,你心里最清亮裹着裹不着。"

　　章童:"咱别找事儿中不中,这么多天不回家,回家就一副寻事儿的脸,啥事儿就不能好说好商量吗？非得要这个样子。"

小敏："你这是倒打一耙！"

章童："我咋倒打一耙了？是你不愿意回家,又不是我把你撵走的,倒打一耙的不是我,是你！"

小敏："那好,我问你,那个娘们儿是不是你的初恋情人？"

章童："这跟我要去埃及支胡辣汤锅冇关系。"

小敏："你说冇关系就冇关系了,在别人看来就是有关系。"

章童："我再跟你说一遍,人家是有夫之妇,人家的丈夫也在埃及。"

小敏："有丈夫咋啦？背着丈夫搞破鞋的娘们儿还少吗？街口卖煎饼的那个娘们儿也有丈夫,咋被别人老婆泼了一脸硫酸啊？"

章童："你放心吧,我的脸光碾碾的,不会被别人泼硫酸。"

小敏："被人家泼硫酸就晚了,咱全家都跟你丢不起这个人！"

章童："你有啥话你就明说,别净往那腌七八臜的地儿想,我冇你想的那么腌臜。"

小敏："好,那我就跟你明说,我不同意你去埃及支汤锅,原因有两个,第一,挣钱不挣钱两说,第二,怕你跟那个娘们儿窜喽。"

章童："那我也跟你明说,挣钱不挣钱我都要去,跟那个娘们儿窜喽不可能！"

小敏："你铁了心要去？"

章童："对,铁了心要去。"

小敏："那中,咱俩离婚,离罢婚你想去哪儿去哪儿,你就是跟着那个娘们儿去月球上支汤锅,也不碍我蛋疼！"

章童："我要是不同意离婚呢？"

小敏："你同意不同意白搭,我会起诉离婚。"

章童满脸无奈地说："咱别这样中不中,孩儿都恁大了,你就不怕别人笑话咱？"

小敏："别人笑话的不是我,是你,丢下老婆孩子不管,跟着初恋情人跑到外国去支胡辣汤锅,谁信? 鬼才相信!"

章童懊丧地:"你这个娘儿们咋这个劲儿!"

"我就这个劲儿。中了,该说的话我说完了,该咋办你自己看着办。"小敏说罢,把一直攥在手里的那张纸往章童手里一塞,扭脸走出了家门。

懊丧之极的章童,嚓嚓几把将那张纸撕得粉碎。

晚上,章童把周洁约到一家新开张、名叫"牛百岁"的澳洲牛排店吃牛排,见面后周洁第一句话就说:"你还真会找地儿,你以为我在澳大利亚待过,我就喜欢吃牛排啊? 错。"

章童:"这大晚上的,总不能喝胡辣汤吧,再说也冇卖的啊。"

周洁:"谁说晚上冇卖胡辣汤的,鼓楼夜市就有,我瞅见了。"

章童:"早说啊,我要知你想去鼓楼夜市,咱就去那儿了,还省钱。"

周洁:"签证不是已经办好了吗?"

章童点头:"嗯,夜个就办好了。"

周洁:"那你把家里的事儿赶紧安排好,咱今个就把走的时间定下来,赶早不赶晚。"

章童冇接腔,低头不语。

周洁瞅着章童,蹙起眉问道:"咋啦? 有啥变化了吗? 要是有变化你得赶紧说,俺家那口子刚才还来电话问,咱俩啥时候能过去,他在埃及那边等得翘急。"

章童慢慢地抬起头,俩眼直勾勾地瞅着周洁。

周洁似乎已经感觉到了事情的变化,问道:"咋啦? 是不是恁家那口子不同意你去埃及?"

章童点了点头,说道:"我要跟你去埃及,她说她就跟我离婚。"

周洁沉默了一小会儿,问道:"我不想知她的态度,我只想知你是咋想的?"

章童神色暗淡地说:"我不知……"

周洁一下子恼了:"你这不是装孬吗,你不知? 你不知你欢实得跟啥一样,你不知你把护照都办好了。你不知? 眼望儿你说你不知了,早弄啥了,我已经让俺那口子,把埃及那边的店面都看好了,你不知? 你这不是装孬是啥? 你说!"

章童:"你先别急,咱俩这不是商量着来吗,我又冇说我不去。"

周洁:"冇啥可商量的,今个在这儿,你必须给我个朗利话,去还是不去,中还是不中!"

章童叹道:"咳,谁要不想去谁是个狗。"

周洁:"别狗啊猫啊的了,我就听你个朗利话。"

章童:"能不能让我再考虑考虑?"

周洁:"你考虑吧,我等着。"

两份牛排送来了,周洁抓起刀叉开始切吃牛排,看也不看章童一眼。

章童瞅着一言不发吃着牛排的周洁,不一小会儿,问道:"外国人为啥都喜欢吃牛排呢?"

周洁头也不抬地说:"外国人吃饭跟中国人不一样,外国人注重营养,不像中国,只注重口感。吃牛排能帮助人体补充充足的氨基酸,有利于人体增强力量和增长肌肉,使人体更加强壮有力,还能增强人的免疫力,补充维生素 B_6。"

章童:"胡辣汤的营养比牛排少吗?"

周洁:"当然也不少,只不过由于胡椒的用法,胡辣汤要比牛排更增食欲,除此之外,还能起到健胃祛风的作用。"

章童:"这不是既重视营养乂重视口感吗?"

周洁:"你不要断章取义,我又冇说中国的所有吃食儿都不如外国的吃食儿,胡辣汤就是中国吃食儿里最优秀的代表,要不我也不会戳哄着你跟我去埃及。"

章童:"你的意思是说,稳赚不赔?"

周洁:"何止是稳赚不赔,再夸张点说,是名利双收。何乐而不为? 别跟你老婆一样,鼠目寸光,头发长见识短。话又说回来,你就甘心守着那条九道弯,守着那口杂碎汤锅等死?"

章童沉默不语,瞅着搁在自己面前的牛排发愣。

周洁抬眼瞅了一眼愣怔在那里的章童,把自己手里的刀叉一放,说道:"你给个朗利话吧,去还是不去? 去,咱明个就走,不去,各回各家,各找各妈,我可冇空陪着你搭时间。祥符支汤锅的,挤住眼都能抓一大把,我另请高明去。"

章童慢慢抬起眼瞅着周洁,还是冇吭气儿。

周洁半烦地:"你瞅我弄啥? 不认识我啊?"

章童低声说道:"其实,说白了,俺那口子并不是不想让我去国外支汤锅挣钱,她是……"

周洁:"她是啥?"

章童:"她是隔意你……"

周洁:"隔意我啥? 咋? 她还担心咱俩再睡到一张床上去?"

章童微微点头:"有这个意思。"

周洁瞅着章童,反问了一句:"她有这个意思,你有冇这个意思?"

章童:"让说实话还是说瞎话?"

周洁:"想说实话说实话,想说瞎话说瞎话,都中,实话瞎话只要你一说,我就能听出来,你说吧。"

章童低着头,说道:"我,我是有这个贼心,冇这个贼胆……"

周洁沉默了一小会儿,说道:"不管你跟不跟我去埃及,我都把话给你搁这儿,要说咱俩冇感情,那是瞎话,毕竟你是我的初恋,人非草木,岂能无情。但,今个我可以明确告诉你,我也不怕你伤心,我压苏伊士河畔窜回到黄河边来找你,不是来跟你重叙旧情的,再说难听一点,我不是来找你的,我是来找天下无汤的!"说罢,她站起身,头也不回地就走了。

章童怔着俩眼,瞅着周洁走出了"牛百岁"的大门,他呆呆坐在那里,俩眼直勾勾地瞅着面前那盘一刀叉冇动的牛排,一直坐到他成为"牛百岁"里头的最后一位顾客……

章童很晚才回到自己家,他瞅见小敏俩眼直勾勾地瞅着房顶躺在被窝里,俩人谁也冇搭理谁。冇刷牙冇洗脚的章童,脱去衣服就上了床,他躺在小敏身边,同样也是俩眼直勾勾地瞅着房顶,俩人就这么躺在那里。突然,章童一个翻身把小敏压在了身下,用他的嘴在小敏的脸上胡乱猛亲着,俩手在小敏身上胡乱地摸着,小敏也冇拒绝,而是伸出一只手关掉了床头的台灯,接下来就是俩人汹涌的喘息声,在漆黑一片的屋里此起彼伏回荡着……

　　第二天早晨,小敏睁开眼,发现章童已经不在身边,她原以为章童是一早就去了九道弯,可当她起床后去到九道弯一瞅,店门关闭着,一张同样八个字儿的告示贴在门上——外出有事,暂停营业。

　　小敏上前一把扯掉那张纸,蹲在门口呜呜地大哭了起来……

34.“错,不是咱帮人家杭州西湖的光,而是杭州西湖帮咱的光。”

　　章童还是跟着周洁去埃及了,他这一走,章家在九道弯上的杂碎汤馆该何去何从全扔给了小敏。对小敏来说,只要冇离婚她还是章家的人,九道弯上的杂碎汤锅她就还得管,至于章家这口杂碎汤锅,是能继续支下去,还是改章儿干别的,便是小敏说了算,可小敏却不知该咋办。杂碎汤锅继续支下去吧,肯定不中,那是秃子头上的跳蚤明摆着的事儿,改章儿干别的吧,又不知能干啥。就在小敏前后左右都为难的时候,有好几家汤锅愣中了章家店面的这个位置,都来找小敏洽谈,给出的条件都不能让小敏满意。就在这个节骨眼儿上,一个出乎小敏意料的人出现了,这个人不是别人,正是枫桦西湖湾的大老板李枫。

　　李枫来九道弯那天是个星期天。大早,他并冇坐自己那辆高级小轿车来,也不是西装革履,而是穿着一身运动服,他说他每天早起,都要在汴西湖边跑步锻炼身体,今个跑完步,就直接到九道弯来了。

　　面对做着自我介绍的李枫,小敏有点儿不知所措,她知章家和李家那些恩恩怨怨,尤其是她老公公让她和章童跪在陈子丰老两口跟前,要买枫桦西湖湾的别墅送给陈子丰那一板,更让她对这个李枫印象极为深刻,今天李枫的突然出现,让猝不及防的小敏一下子乱了方寸,不知如何是好。

李枫做完自我介绍,然后四下里瞅了瞅,对小敏说道:"按年龄我比你大得多,按辈分咱俩却是平辈,咋?老妹儿,哥哥肚里还空着呢,也不给哥哥盛一碗杂碎汤喝?"

手忙脚乱的小敏,急忙给李枫盛上了一碗杂碎汤,问道:"老哥,你是吃饼,还是吃饼丝儿?"

李枫:"我啥也不吃,喝汤就中。"

小敏:"那能吃饱?"

李枫:"说实话,我今个来,也不是为了喝恁家的汤,我对杂碎汤不感兴趣。我今个来,是想跟恁章家谈谈合作。"

小敏睁大俩眼:"谈谈合作?"

李枫:"对啊,谈谈合作,不中吗?"

小敏:"谈,谈啥合作啊?"

李枫:"你要能当家,就咱俩谈,你要当不了家,就让能当家的来谈。不过据我了解,章家眼望儿男人说了不算,是女人说了算。"

小敏:"你恁大个老板,俺家的事儿你也知了?"

李枫:"老妹儿,你可别忘了,我是清平南北街上的老门老户。"

小敏:"我知,清平南北街的老一辈人都知,恁李家的胡辣汤,是最早掌印度胡椒的,还有人说,俺章家胡辣汤里的印度胡椒,是压恁李家偷的。"

听了小敏这句话,李枫哈哈大笑了起来,说道:"那些不愉快的往事儿,就让它过去吧,咱今个说点高兴事儿,中不?"

小敏:"啥高兴事儿啊?"

李枫:"你这个妞儿,是不是有点儿迷瞪啊,不是刚说罢,我是来谈合作的嘛。"

小敏:"老哥,我是说,你眼望儿是大老板,俺能跟你合作啥啊?"

李枫收起脸上的笑容,严肃地,一字一顿地说出三个字儿:"胡、辣、汤。"

小敏瞪大俩眼:"跟俺合作胡辣汤? 你不是开玩笑的吧?"

李枫:"你看我像是在开玩笑吗?"

小敏认真审视着李枫脸上的表情,她压李枫的眼睛里已经得出了判断和结论。

小敏:"老哥,你说吧,咋个合作法儿?"

李枫严肃地说道:"这种合作很简单,就是挂俺李家的招牌,卖恁章家的胡辣汤,所有费用开销归我,收益五五分成,咋样?"

彻底迷瞪过来的小敏,简直不敢相信自己的耳朵,但她已经明白了李枫的意图,就是用章家的胡辣汤来重振李家的招牌,除了一举两得不说,还全是章家的实惠,房租、水电、食材、雇人,所有开销都是人家出,卖汤赚的钱还是五五分成,这简直就是天上掉馅饼,但是,只有一点儿小敏拿不准,那就是挂李家胡辣汤的招牌,不过话又说回来,章家胡辣汤的招牌也不能挂啊,一挂就是违法啊。小敏心想,自己倒冇啥,便宜都让章家占完了,尽管是件大好事儿,可是挂李家招牌这事儿,对章家来说是件大事儿,其他的事儿自己可以当家,唯独挂李家招牌这事儿,自己当不了家。

李枫似乎也看出了小敏心里在想啥,于是说道:"换招牌这事儿,不是小事儿,要不,你回去请示一下恁老公公? 他要同意咱就签约,他要不同意也就拉倒,生意嘛,别管大小,都是愿打愿挨。"他很轻松地说罢后,喝起了小敏端给他的杂碎汤,一边喝一边摇头说了一句:"怪不得。"

小敏:"咋? 不好喝吗?"

李枫:"好喝不好喝是另外一回事儿,就像俺枫桦西湖湾盖的别墅,房子的户型和质量好不好是一回事儿,买起买不起则是另外一回事儿。"

…………

晌午头过罢,小敏就关上九道弯的店门,去找老公公章兴旺。老公公冇给家,婆婆高银枝说,这老头儿晌午头都冇回家吃饭,估计这会儿不是去新华楼泡澡,就是在汴京公园下棋,在汴京公园下棋的可能性大。最近这一泛儿,他跟一个爱唱京剧的老头儿较上劲,俩人谁也不服谁,经常是连晌午饭都不回家吃,窝在汴京公园的树荫里下棋,一下就是一整天。

听罢婆婆这么一说,小敏直接就奔去汴京公园,果不其然,真撞上老公公章兴旺在跟那个爱唱京剧的老头儿,摊为回棋,俩老头儿正脸红脖子粗、大声小气儿地争吵着,直到瞅见小敏站到棋盘跟儿,章兴旺才把手里的棋子往棋盘上一扔,站起身来冲着那个爱唱京剧的老头儿,大吼了一句:"臭棋篓子,还像个娘们儿,怪不得你爱唱青衣!"

小敏:"中了,爸,我找你有事儿。"

章兴旺跟着小敏走到一旁,问道:"找我有啥事儿啊?"

当小敏把李枫去九道弯的前前后后说了一遍之后,章兴旺面无表情地听罢,半晌冇吱声,他把昏花的老眼,投向了紧挨着汴京公园西边的那道城墙,久久地瞅着。

小敏:"爸,中不中你说句话,这是你当家的事儿,不是我能做主的事儿,你要是觉得中,我就跟他签合同,你要觉得不中,他该上哪儿上哪儿去,我就要你老发一句话。"

老眼昏花的章兴旺瞅着西边的城墙,似乎在寻找着什么。

小敏不解地:"爸,你瞅啥呢?"

章兴旺:"有一件事儿,我想了一辈子也冇想透。"

小敏:"啥事儿让你想了一辈子也冇想透啊?"

章兴旺:"咱清平南北街上的老人们都知,清朝的时候,祥符城发大水,为了抗洪救灾,不让祥符城被水淹没,沙义孩儿他爷爷沙金镖,拆下东大寺的一根殿梁,扛上了西边的这座城墙,我就纳闷,沙金镖有多大的排气量啊,能把恁大的一根殿梁,压东大寺扛到这座城墙上啊?"

小敏:"真的假的?"

章兴旺:"啥真的假的,东大寺拆殿梁抗洪救灾,都有文字记录,那还能假?"

小敏:"我也有说是假的啊,我问的意思是,把殿梁扛到城墙上,是沙家爷爷一个人,还是好几个人。瞅瞅,这城墙恁高,我约莫着,一个人力气再大也扛不上去,我是不太相信。"

章兴旺:"孩子乖,起先我也不相信,可我眼望儿相信了。"

小敏:"为啥?"

章兴旺:"这世上有许多事儿,不是咱不相信就不存在,就不会发生啊……"

小敏眨巴着眼睛,她似乎理解出了老公公话里的言外之意。

章兴旺接着又重重地叹息道:"唉! 人的命天注定,别管是谁,也不管是啥事儿,只要发生,那就是他的命,在劫难逃啊……去吧,妞儿,该干啥就干啥去吧,你认为可以干你就去干,别再问我。"说罢,他背膀着俩手,迈着老态龙钟的步子,朝汴京公园大门外走去。

小敏:"爸,你去哪儿? 回家是吧?"

章兴旺:"不回家,我去找个地儿喝碗汤。"

小敏:"这个点儿哪还有汤啊?"

章兴旺冇再接腔,摇摇晃晃地走远了。

第二天,九道弯章家杂碎汤店铺的门上,又出现了一张八个字儿的告示:家中有事,暂停营业。

小敏是一大早就窜去了枫桦西湖湾,她和夜个李枫去九道弯时一样,同样穿着一身运动服,李枫看见小敏这身打扮,笑了。

小敏:"你笑啥,李总?"

李枫:"似曾相识燕归来啊。"

小敏:"啥意思?"

李枫:"祥符城里曾经有一个叫晏殊的人,你知不知?"

小敏摇头:"不知,是干啥的?"

李枫:"晏殊是北宋时期的一位著名词人,虽然不是祥符人,但他在祥符做官。一千年前,他在祥符写了一首叫《浣溪沙》的词:'一曲新词酒一杯,去年天气旧亭台。夕阳西下几时回? 无可奈何花落去,似曾相识燕归来。小园香径独徘徊。''似曾相识燕归来'的前一句'无可奈何花落去',是不是和咱们眼望儿的情景有点儿像啊? 但是'似曾相识燕归来',看到燕子飞回来了,又增添了喜气儿。所以,晏殊悟出的人生道理,就是人的一生中,不可避免要失去很多东西,同时我们也可以得到很多东西。就像恁章家胡辣汤的配方,自从你老公公压俺爹手里得到,再失去,所以就不要摊为失去而伤心,或许这种失去还是一件好事儿,即便是重新挂上了俺李家的招牌,但也要更加珍惜眼前所得到的东西。这就是'无可奈何花落去,似曾相识燕归来',明白了吧?"

小敏冇吱声,虽然她嘴里说不出啥,也不知该说啥,但心里却透亮得明镜似的……

在枫桦西湖湾李枫宽敞明亮的办公室里,小敏跟李枫正式签了合同,小敏在合同上摁罢指头印之后,问道:"有一件事儿我不太清亮。"

李枫:"不清亮你就摁指头印啊? 出了啥问题你可别说是我摧你啊?"

小敏:"你别误会,我指的不是咱签的这份合同,我是有个其他的问题想问你。"

李枫:"你问。"

小敏:"恁盖的这一片别墅叫枫桦西湖湾我能理解,因为是盖在汴西湖边上,可是我始终不能理解,祥符在开发区挖了恁大一个坑,起个啥名儿不好,非得起个跟杭州西湖一样的名儿,为啥啊?"

一听这,李枫笑道:"这个问题问得好,祥符城不只是你一个人在给这个问题打问号。"

小敏:"是不是觉得杭州西湖名气大,咱沾沾人家的光啊?"

李枫:"错,不是咱帮人家杭州西湖的光,而是杭州西湖帮咱的光。"

小敏:"快拉倒吧,咱沾人家啥光啊,人家杭州是'上有天堂下有苏杭',咱能跟人家比?"

李枫收起脸上的笑容，说道："你问这个问题，那又要说到北宋一个叫林千的词人，当年金兵攻破咱祥符城的时候，抓走了徽宗、钦宗俩皇帝，赵构逃到了江南，在临安继位，建立了南宋，这个临安就是杭州，那些大批逃到杭州的官员和文人墨客，不甘心于北宋完蛋，又是哭又是闹，见天喝闷酒。那个叫林千的人，有一天喝高了，掂着毛笔在旅店的墙上，写了一首叫《题临安邸》的诗词，'山外青山楼外楼，西湖歌舞几时休？暖风熏得游人醉，直把杭州作汴州'，说白了，这个林千就是在怀念祥符城，把杭州西湖错当成了祥符水城，他是借着酒劲儿，在怀念北宋祥符城繁荣太平的景象，算是触景生情吧。每章儿的人能触景生情，眼望儿的人就不能触景生情吗？说句实在话，咱眼望儿的祥符真比不上人家杭州，咱挖这个西湖的目的，就是要让眼望儿的人瞅瞅，咱不比杭州差，俺盖这个枫桦西湖湾的别墅，同样是要让全中国和全世界瞅瞅，今天的祥符城可以'直把汴州作杭州'……"

"清亮了清凉了，我已经彻底清亮了。"小敏连声说，随后又对李枫说道，"你别管了，等咱两家合作我挣到了大钱，再来买恁几套别墅，让俺章家的子孙后代，都住到恁的枫桦西湖湾来！"

李枫："那你也别管了，我给你打个五折！"

小敏心里真是可清亮，这哪叫合作，这是不吃亏还占了个大便宜，啥都不用操心不用管，按月分账拿钱，唯一让小敏心里有点儿打鼓的就是，眼望儿这九道弯上的汤锅可不少，光道遥镇就有两家，北舞渡一家，许昌、南阳、汝州、鲁山，都在九道弯上支的有锅，就连一问卖得很硬，谁也不尿的祥符州桥胡辣汤，也在九道弯上开了分店。在这些店面的配方介绍中，印度胡椒都赫然在目，用李枫的话说，印度胡椒早已泛滥成灾，别管汤锅里掌的是不是印度胡椒，招牌介绍的文字里突出的都是印度胡椒。李枫说，俺的李家胡辣汤，要反其道而行之，突出的绝不是印度胡椒，也不是其他产地的胡椒，李家汤锅在自我介绍的招牌上，突出的是一个所有人费解的植物——枫叶。

枫桦胡辣汤的新招牌,在九道弯挂出来的第一天,那块有关汤锅文字介绍的牌匾前,围观的人就里三层外三层挤哄不动,在他们看到的文字介绍中,最打眼儿的文字就是枫叶,几乎所有看罢文字介绍的人都在挠头,枫叶?枫叶也能熬胡辣汤?

费解的人们看罢文字介绍,又站在那里听枫桦胡辣汤门前小喇叭里,飘出的一个优美动听女声,用标准优雅甜美的普通话,在对枫桦胡辣汤作着介绍——"在春天和夏天,地球上所有枫叶的颜色与其他树叶一样,也是绿色的,因为它里面含有大量的叶绿素,但是,枫叶除了叶绿素之外,还含有大量的胡萝卜素,而到了秋天,枫叶里面的叶绿素渐渐变少,胡萝卜素渐渐增多,枫叶的颜色,就会由原来的绿色变成美丽的红色,这种枫叶的红色,就是枫桦胡辣汤独树一帜的汤色,把枫叶作为我们枫桦胡辣汤配料中的一种,其色其味与其他配料相互融合,就能够熬成具有特色、清香入口的传统胡辣汤。这样的胡辣汤味道别致好喝,而且汤色美观、色泽靓丽,还能让食客们喝完之后,在热血沸腾中感到浪漫而又富有诗意……"

枫桦胡辣汤开张的第一天,恨不得惊动了半拉祥符城,不管是官方还是民间,送来的花篮多得冇地儿摆放,那些堆到大街上的花篮已经影响到交通。九道弯上卖其他吃食儿店面的老板们,各个半烦,有的站在自家店面门口,有的审过去围观,不管是站在自家店门口的,还是审到跟前去围观的,或者是凑到一堆的,他们的嘴里几乎都在骂骂咧咧。

卖桶子鸡的刘老板:"这个枫桦胡辣汤的排气量怪大啊,市政府都送花篮了,陈市长还亲自剪彩,真是小母牛掉进水缸里,牛逼死了……"

老味儿胡辣汤的杨老板:"恁大个老板,好好盖你的枫桦西湖湾呗,吃饱撑的,跑到这儿来支胡辣汤锅,跟俺争生意,这不是叫故意装孬吗……"

卖五香兔肉的郭老板:"枫桦胡辣汤,用枫叶熬胡辣汤,听着都可笑,你咋不用狗尾巴草熬胡辣汤啊,猪笼草也中啊。"

卖羊肉炕馍的黄老板:"对,猪笼草有毒,可以以毒攻毒。"

卖小笼包子的胡老板:"这一回卖杂碎汤的章家可得兜了,可抱住个大粗腿。"

在那些观望的各类人等当中,也有奇永胡辣汤的老板——那个孙姑娘,她始终一声不吭地站在奇永胡辣汤的店门前沉思着,不知为啥,自打她知道枫桦胡辣汤进入九道弯,在重新装修章家杂碎汤店面的时候,她就打听到支枫桦胡辣汤这口汤锅的人,是一个十分了得的大老板,且不管这口汤锅里的汤咋样,一个盖别墅的大老板跑到这里来支汤锅,对孙姑娘来说本身就充满了一种神秘感。与此同时,这位孙姑娘似乎已经隐隐约约感觉到,这个枫桦胡辣汤是来者不善,善者不来,会对她的奇永胡辣汤造成什么样的威胁还真不好说,当孙姑娘仔细听罢枫桦胡辣汤门前大喇叭里对自家胡辣汤的介绍之后,她更加迫切地想知道,这个用枫叶熬出的奇葩胡辣汤,它的奇葩之处到底在哪儿? 可以说,天下胡辣汤千千万,各种配料万万千,用枫叶当配料熬胡辣汤,别说她是头一回听说,就是打死所有熬胡辣汤的人,都是头一回听说,这种不可思议,更加强烈地促使这个孙姑娘,想去喝上一碗这个枫叶熬出来的胡辣汤。

…………

枫桦胡辣汤开业这天,小敏也来了,当她把自己送的花篮摆在店门口之后,对西装革履的李枫说了瞎话,她说这个花篮是老公公章兴旺让她送来的,她老公公章兴旺本想亲自过来道贺,可是这两天他的身体有点儿不太得劲,就委托她把花篮送过来了。李枫一听这就是瞎话,也有揭穿,只是笑着对小敏说:"回去给恁老公公捎个话,别管是李家的胡辣汤,还是章家的胡辣汤,原本应该是一口锅里的汤,因为咱这两家的汤,是祥符城里最早掌印度胡椒的汤,可眼望儿不是了,印度胡椒已经彻底不神秘了,祥符城里是口汤锅,里面掌的都是印度胡椒,可在俺枫桦胡辣汤的锅里,印度胡椒不算第一配料,俺枫桦胡辣汤的第一配料是枫树叶……"

小敏跟孙姑娘一样,急切地想知道枫叶熬出的胡辣汤到底是个啥味儿。在开业仪式结束以后,小敏随着蜂拥而至的喝家们,端到了一碗头锅汤,同样端到一碗头锅汤的自然还有那个孙姑娘。

端到头锅汤的小敏和孙姑娘，很自然就凑到了一起，小敏心里清亮，孙姑娘来喝头锅汤，和她来喝的用意一样，所以俩人相视一笑，却心领神会，又都是在九道弯低头不见抬头见的熟人，于是，俩人一边喝汤，一边扯着闲篇。

孙姑娘："好长时间有见你爱人了，他去哪儿了？"

小敏："杂碎汤卖不动，他烦，就出远门去走亲戚了。"

孙姑娘："哦，出远门了，那也好久有见恁家老掌柜了啊？"

小敏："你说的是俺老公公吧，他年纪大了，身体也不老好，不常出门。"

孙姑娘："今个应该让你老公公来，让他尝尝这个枫桦胡辣汤，他是行家。"

小敏："你也是行家啊，你说说，这个枫叶熬的胡辣汤，咋样啊？"

孙姑娘："说实话说瞎话？"

小敏："当然是说实话啊。"

孙姑娘不吭气儿了，一勺一勺喝着汤。

小敏催促道："你咋不说啊？"

孙姑娘笑了笑："我不想说。"

一听这话，小敏抿着嘴也笑了。

孙姑娘："你笑啥？"

小敏："你笑啥我就笑啥。"

孙姑娘："我笑他家这枫树叶熬的汤真是太好喝了。"

小敏："嗯，是太好喝了，我喝罢第一回，不想喝第二回。"

两人一起笑了。小敏收敛住笑容后，心里在想，乖乖，这枫桦胡辣汤大概是不想在九道弯混了，就这七不沾八不连的怪味儿，祥符人才不会认，胡辣汤料里掌枫树叶，咋想起来的，味道怪得已经不像胡辣汤了，别说挣钱，能不关门就算是烧高香了。

几乎所有喝枫桦胡辣汤开业头锅汤的人，喝罢后都在摇头，只有那些受邀前来捧场的人,昧着良心在说好喝。再看那个西装革履春风满面的李枫,他似乎根本就不在意那些喝罢汤摇着头走出店面的人,依旧在跟前来捧场的熟人们谈笑风生,打着招呼。

李枫瞅见了正在喝汤的小敏和孙姑娘,笑容满面地走到她俩跟前,说道:"二位女老板都是行家,评价一下,俺的枫桦胡辣汤咋样儿啊?"

小敏:"我不能评价,汤好汤孬,俺跟李老板都是合作伙伴,还是让奇永的孙老板说说吧。"

李枫把脸转向孙姑娘:"孙老板给评价评价,俺的枫桦胡辣汤咋样儿?"

孙姑娘的俩眼在店内四处游离着,所答非所问地夸奖着店内的装修,撇着嘴说道:"都说咱河南的胡辣汤不登大雅之堂,这不是大雅之堂这是啥,瞅瞅这大吊灯,人民大会堂也不过如此吧,再瞅瞅这些皮沙发,全河南的胡辣汤店,也找不着一家,喝汤能坐上皮沙发的,说句不好听的话,就是大城市郑州的高档餐厅,也不过如此吧。枫桦胡辣汤店真是大手笔,大手笔啊!"说罢她向李枫伸出了大拇指:"李老板不愧是大老板啊,衬钱(有钱)!"

李枫听罢孙姑娘这么一番夸奖,笑道:"我是想听听恁这些行家,评价一下俺家的汤。"

孙姑娘立马接话:"别管汤咋样儿,就凭恁这个高大上的环境,都想坐进来喝碗汤,舒坦。"

李枫:"坐着再舒坦,也不如汤喝着舒坦,我就想听听恁这些行家,对俺家汤的评价。"

孙姑娘急忙冲小敏说道:"让她说,她说中就是中,她是大行家。"

小敏:"评价汤咋样还得是顾客说,我不能说,我跟枫桦胡辣汤是合作关系,好孬我都不能说,这是规矩,我不能破规矩。"

"啥规矩不规矩啊,李老板恁俩既然是合作伙伴,那你才得实事求是,再说了,枫桦胡辣汤的汤咋样儿,直接牵扯到合作方的利益,别人说好有可能是客套话，恁自己心里得有数不是？"孙姑娘说到这里，拍了拍小敏的肩膀头，说道，"中了，汤俺也尝罢了，俺店里正忙着呢，我得先走一步。"

小敏瞅着走出店门的孙姑娘，扭脸对李枫说道："我也得走了，我得回去跟俺老公公说一声，他的花篮我送到了。"

李枫微笑着点了点头："既然咱是合作伙伴，欢迎你常来给枫桦胡辣汤指导指导工作。我比较忙，常来不了，谋事在人，成事在天。有一点儿你可以把心放进肚子里，枫桦胡辣汤别管是赚还是赔，我都不会让恁章家吃亏，谢谢恁老公公的花篮。"

…………

35."谁说我的筐里冇烂杏儿，我的筐里要真冇烂杏儿，
我也不会坐在这里。"

几乎所有来九道弯喝过枫桦胡辣汤的祥符人，对这家汤的评价都不高，开业头两周还凑合，来喝汤的喝家们都是来尝尝鲜儿，不少人是看了祥符日报和祥符电视台的广告，才知九道弯新开了一家具有"北欧风格"的胡辣汤，都是怀着十分好奇的心理来九道弯的。特别是广告词中那句"北欧风格的胡辣汤"，让所有看罢这条广告的祥符人蒙圈，难道北欧还有胡辣汤不成？可这"北欧风格的胡辣汤"确实不对祥符人的味儿，让你说不上来是个啥味儿，要是不说汤料里掌的是枫树叶，你还以为掌的是槐树叶、柳树叶、杨树叶呢，用奇永孙姑娘的话说，这家新开张的枫桦胡辣汤净瞎糊弄，再标新立异，也不能脱离胡辣汤的原本啊，胡辣汤的原本是啥？就是胡椒，你不以胡椒为主，那你还不如叫"枫叶汤"呢。

可是，令所有人都冇想到的是，在枫桦胡辣汤日渐萧条了一段日子之后，突然有一天，九道弯所有吃食儿的门店接到暂停营业一上午的通知，说是有重要人物要来喝枫桦胡辣汤，九道弯要戒严仨俩小时，这是个啥情况啊？啥重要人物非得要来喝枫桦胡辣汤啊？看这个架势，要来的这个

人物,至少也得是中央级的大领导。令人不解的是,九道弯上哪一家的胡辣汤都比枫桦胡辣汤好喝,为啥偏要来喝在喝家们眼里是九道弯上排行老末権的枫桦胡辣汤? 这是哪位领导安排的? 他是不懂胡辣汤还是有神经病? 九道弯上那些大为不解的商户,在纷纷摇头的同时,都想瞅瞅,这个要来喝枫桦胡辣汤的角儿,是个啥样的大人物。

第二天上午,大约八点来钟,在几辆警车保护之下,一辆中巴车缓缓进入了九道弯。此刻,在九道弯上的每一家店铺门前,都直愣愣地站立着一个警察,监视着那些翘首以待的观望者。

中巴车停在了枫桦胡辣汤馆的门前,压车上下来了七八个西装革履的黑人和中国人,其中一个短粗马武(矮胖)戴金丝眼镜的黑人,在众人的簇拥下,走进了戒备森严的枫桦胡辣汤馆店门。

远远观望的人都在纷纷议论着。

卖桶子鸡的刘老板:"也不知这是非洲哪个国家的领导人啊……"

老味儿胡辣汤的杨老板:"乖乖咪,幸亏这是白天,这要是黑间来,脸都瞅不清……"

卖五香兔肉的郭老板:"夜个晚上河南电视台好像播报了,非洲国家一位总统来咱河南访问了,搞不好就是这客吧……"

卖羊肉炕馍的黄老板:"瞅这阵仗,我还以为是美国总统来了呢……"

卖小笼包子的胡老板:"非洲人也喜欢喝胡辣汤? 非洲有胡辣汤冇啊……"

…………,

在各自门前的老板们你一言我一语的时候,只有奇永门店前站着的孙姑娘一言不发,虽然在她脸上同样充满了好奇,但她的内心最想知道的,不是那个非洲国家领导人喝罢胡辣汤之后的反应,她最想知道的,还是这个非洲国家领导人为啥非得来九道弯,又为啥非得喝胡辣汤,而且还是要喝九道弯上目前口碑最差的、最不招祥符人待见的枫桦胡辣汤。孙姑娘静静地站在自家店面门口等待着,即便她心里的那些问号冇人能告诉她,她也想压那个非洲国家领导人身上,找到她所需要的信息,哪怕是蛛丝马迹。

一帮子非洲贵宾,在枫桦胡辣汤馆里喝汤的情景和场面,谁也冇瞅见,谁也不知,那些好事儿的小老板,在自家店门前观望着,等候着,他们最想知道的就是,那个非洲国家领导人在喝汤时的场景,即便是看不到,他们也要等那帮非洲贵宾喝罢汤压枫桦胡辣汤馆里面出来之后,再压那一张张被祥符人称为"黑蛋皮"的面孔上,获得他们各自所需要的信息。

大约等了半个来钟头,不知谁突然喊了一声:"黑蛋皮们出来了!"

九道弯上所有店面门前的目光,全部投向了枫桦胡辣汤馆的门前。

卖桶子鸡的刘老板:"瞅瞅那客,忘带手绢了,用手抹头上的汗呢……"

老味儿胡辣汤的杨老板:"一个个龇牙咧嘴的,辣得劲了吧……"

卖五香兔肉的郭老板:"我咋觉得,那个矮胖子老黑的脸不老展样啊……"

卖羊肉炕馍的黄老板:"快看快看,那个高个老黑股蹲路边想唠呢……"

卖小笼包子的胡老板:"那个穿白布衫的是翻译吧,嘴里嘟嘟囔囔也不知说的啥,都冇人搭理他……"

…………

站在奇永店门前,始终一言不发的孙姑娘,瞅着中巴车和一辆辆警车开走之后,才长长地出了一口气,对站在店门前执勤的那个老警说了一句:"大早起站到眼望儿,也怪辛苦,进来喝碗汤吧。"

"他们应该来喝怹家的汤。"执勤的老警说罢这句话,扭脸走了。

孙姑娘和那些站在门前观望的小老板一样,对这帮老黑今个来喝汤,心里已经有了个八八九九的判断,她虽然嘴上冇说,心里却花搅了一句,"摧死人不偿命啊"。

冇错,确实有点儿"摧死人不偿命"的意思,这帮非洲贵宾,大早起压郑州大酒店的床上爬起来,坐了快一个钟头的中巴车,来到祥符喝这一碗枫桦胡辣汤,绝不是他们的自愿行为,更不是第二天《祥符晚报》头版大红标题所写的那样,"外国首脑大赞枫桦胡辣汤",说句不好听的话,这帮子老黑是被忽悠来的。被谁忽悠来的?除非是政府,别人根本就不可能,可谁也不知,这次把这帮子老黑忽悠到祥符来喝胡辣汤的,确实跟政府有一点儿关系。

三天前,第三世界十来个国家的领导人云集郑州,参加出世界农粮组织在中国郑州召开的一个有关农粮发展现代化的国际会议。来参加这个会议的领导人当中,有一位非洲某小国的首脑,这个货可能是因为国家太小,干不了啥大事儿,最大的事儿就是让国人能吃饱饭吧,于是,这位非洲某国家首脑,就亲自来郑州参加了这次会议。参加这次会议的所有嘉宾下榻在郑州一家高级五星级酒店,那位非洲某小国的首脑,在餐厅吃饭的时候,恰好被在同一餐厅吃饭的李枫碰见,对某小国首脑来说是无意碰见,对李枫来说却是有所蓄谋。

李枫此次到郑州,是参加一个建筑行业的高层论坛,也算是一个国际性的"经贸对话",正好跟农粮发展现代化的国际会议同住一家酒店。两个国际化会议同在一个餐厅用餐,当有人告诉李枫,那个短粗马武的黑胖子,是非洲某小国的首脑时,正在喝着海参汤的李枫,脑子里灵光一现,于是便走到那个短粗马武的某小国首脑跟前主动搭讪。他主动搭讪就是,想让这位某小国首脑能去一趟祥符,他便可以小题大做,给正在建设中的枫桦西湖湾造势,别管非洲某小国有多小,只要能把这位短粗马武的首脑请到祥符去,对祥符来说就是一件大事儿,麻雀虽小五脏俱全嘛,咋?牛和羊身上是肉,小鸡麻雀身上就不是肉了?

不服不中,李枫毕竟是吃过大盘荆芥的主儿,在他自如潇洒地跟那位短粗马武的非洲某小国首脑攀谈了一阵之后,那位短粗马武的非洲某小国首脑,便像个热粘皮一样黏住了李枫,随即就向会议主办方提出要去祥符瞅瞅,会议主办方问短粗马武的首脑为啥要去祥符时,短粗马武的首脑眉飞色舞地说:祥符有包公,有杨家将,有岳飞枪挑小梁王,还有穆桂英挂帅,眉飞色舞地一下子就把会议主办方给说蒙圈了。于是,会议主办方请示了上一级领导,上一级领导听罢很高兴,说这是好事儿,借此机会可以大力宣扬一下中原文化,把源远流长的中原历史文化带到非洲去。就这样,才有了这次九道弯喝枫桦胡辣汤的祥符之行第一站。

尽管非洲那位短粗马武的首脑对枫桦胡辣汤极不感冒,一边喝一边龇牙咧嘴,连连摇头,他说他压小到大就冇喝过这么辣的汤,更无法理解中国的河南人,咋会那么热衷吃这样的食物,用那位短粗马武首脑的话说,他们非洲人就是把野生动物搁在火上烤烤吃,不加任何作料,也比被辣得张不开嘴要强。

这位非洲首脑来祥符的目的,当然不是为了喝胡辣汤,他是为了那些源远流长的祥符历史文化,可这半个多小时因喝这碗胡辣汤而在九道弯的逗留,给了李枫一个大做文章的机会。尽管祥符市政府也在利用非洲某国首脑来祥符之际大做宣传文章,却都不如李枫的有备而来。这种有备而来,可以在第二天祥符各家媒体上得到充分体现,在所有媒体的报道中,首先都是压非洲某国首脑喝枫桦胡辣汤说起,然后是首脑在祥符城著名历史文化景点走马观花的排列,最后落在了对李枫来说是最最关键的枫桦西湖湾上。所有报道中都提到了,在祥符市主要领导的陪同之下,非洲某国首脑还参观了位于开发区的枫桦西湖湾,为了加强两国友好,枫桦西湖湾的董事长李枫先生表示,在建造好的枫桦西湖湾别墅群中,留出一栋别墅,并挂上牌子,作为中非友好的象征,这可把非洲某国那位短粗马武的首脑高兴毁了,说白了就是,这位非洲某国首脑,在中国祥符有自己的别墅住了。在送走短粗马武的某国首脑之后,有人问李枫,那栋中非友好别墅的产权归谁? 李枫一丝不苟地笑着说:产权归中华人民共和国。

哇,一夜之间,位于开发区的枫桦西湖湾别墅,和位于九道弯上的枫桦胡辣汤馆,一下子就成了祥符城家喻户晓街谈巷议的话题,不能不说李枫这货真是个能蛋,瞅瞅这广告做的,就花了一碗胡辣汤钱。

九道弯上的枫桦胡辣汤火了,别管好喝不好喝,外国首脑来祥符都要喝一碗枫桦胡辣汤,即便这碗胡辣汤并不对祥符人的胃口,但出于好奇心,祥符人也会蜂拥而至,跑到九道弯来尝一碗枫桦胡辣汤,对广大祥符人来说,枫桦西湖湾的别墅买不起,九道弯上的枫桦胡辣汤去喝上一碗才能花几个钱。好家伙,枫桦胡辣汤瞬间火得简直是一塌糊涂,每天早起汤锅前排大队不说,就连祥符城里一些老喝家,也失去了立场,跟着附庸风雅,夸枫桦胡辣汤的味道别有一番风味,别说在祥符,就是在河南和全中国的胡辣汤里,枫桦胡辣汤也独领风骚。

　　枫桦胡辣汤火了。李枫给小敏打了个电话,想跟她商量点事儿,小敏接到电话后,便去了枫桦大厦李枫的办公室。

　　小敏刚走进办公室,李枫就笑脸相迎,开门见山对小敏说道:"咱两家是合作关系,枫桦胡辣汤你可不能不管不问啊?"

　　小敏:"眼望儿全祥符城的喝家都往九道弯窜,枫桦胡辣汤恨不得成了全祥符胡辣汤的第一品牌,恁吃肉,俺喝汤,俺一点儿也不眼红。"

　　李枫笑道:"你当然不眼红,啥心也不操,利润对半分,换谁谁都不眼红,老妹儿,你可真是得了便宜还卖乖啊。"

　　小敏朝李枫伸出了大拇指:"李总真办事儿,真中,真的太厉害了,用咱祥符话夸你就是,不服不中,不服尿一裤。"

　　李枫放声大笑起来,笑罢之后,严肃认真地说道:"咱们是合作伙伴,今个我请你过来,是有重要的事情跟你商量。"

　　小敏:"你先别说,让我猜猜是啥重要的事情。"

　　李枫颇感意外地:"你能猜着我要跟你说啥事儿吗?"

　　小敏:"猜准猜不准另说,但我觉得能猜出个八九不离十吧。"

　　李枫:"你说,我听听。"

　　小敏俩眼盯着李枫,说道:"你是不是想请我出山啊?"

　　李枫朝小敏伸出了大拇指:"你真中,真办事儿,真厉害,不服不中……下面那句话我就不说了。"

小敏咯咯地笑了起来:"你是大老板,不能像俺这么粗俗。"

接下来,李枫就把自己的想法,原原本本讲了出来。他说,按枫桦胡辣汤目前这个势头,必须往大里做,他想把九道弯上挨着枫桦胡辣汤馆,那家生意不中的五香兔肉店的门面租下来,扩大枫桦胡辣汤馆的营业面积,这样一来,就需要一个懂行的人来经营管理,与其说另外招聘,不如让小敏出山,生意是两家的,章家人不能总袖手旁观,光得好处不操心吧。

听罢李枫这番话后,小敏有吱声,也正如自己所料,李枫今个找她就是要说这事儿,作为小敏来说,不是不想答应,只是她觉得心里有点儿别扭,说白了,这种别扭还是来自章家的那块招牌,虽说是两家合作,俺章家是只分钱不露面,恁李家打啥招牌也不碍章家啥事儿。但要是让章家人出面主事儿,就会引来闲话,虽说章家胡辣汤已经不让支锅了,可章家的人却来给李家的汤锅主事儿,这不是给章家找不得劲吗?不把底的人还好说,把底的人就不好说了,背后不定会说出啥邋撒话来呢,这些邋撒话要是传到老公公章兴旺耳朵里,非把他给气翻肚不可。别看老公爹成天泡澡下棋,澡堂了和那棋场都是翻嘴挑舌的好地方,再碰上个别有用心的人,故意在老公爹耳朵边说点啥,这不是自己给自己找不得劲嘛。

李枫似乎也看出了小敏内心的纠结,说道:"如果你觉得枫桦胡辣汤这块牌子有伤恁章家的自尊心,我也允许再挂一块恁章家的牌子。"

小敏:"天下无汤?"

李枫:"对,恁章家天下无汤的牌子,可以挂在俺枫桦胡辣汤的牌子下面,你觉得呢?"

听李枫这么一说,小敏又开始纠结,这一次她纠结的不是两家牌子能不能摆放在一起,而是章家那块天下无汤的牌子会不会带来麻烦,即便是时过境迁,一旦有人装孬,把天下无汤那块牌子再跟大烟壳联系到一起,岂不是会连累枫桦胡辣汤的牌子?祥符这个地儿水浅王八多,啥妖魔鬼怪都有,真要是有人装孬,不是说怕会带来多少麻烦,就是坏你的名声,坏你的情绪,还坏你的生意。

这一回李枫可猜不出小敏是咋想的了,问道:"咋? 俩牌子挂在一起,恁章家的人会不愿意?"

小敏摇了摇头:"也不是。"

李枫:"那是啥?"

小敏:"两块牌子挂在一起,我约莫着俺老公爹问题不大,就是得问问那个货同意不同意。"

李枫:"你是不是觉得,你说的那个货,已经把那块牌子挂到苏伊士运河边上了,他要是不同意,章家那块牌子就不能再挂到别处了,是吧?"

小敏惊讶地睁大俩眼瞅着李枫,问道:"你咋知那货把章家的牌子挂到埃及去了?"

李枫不屑地哼了一声,说道:"我啥不知啊,我只要想知的事儿,冇我不能知的,我还知,那货的合作伙伴,是他的初恋情人,我冇说错吧。"

小敏彻底被说蒙了,也彻底被说垮了,她已经不想再问李枫是咋知的,也不想再说自己目前和章童的情况,她只是觉得自己好苦,那些不想让外人知道的事情,不少外人早已经知道得清清亮亮。

这时,李枫在一旁感叹道:"人啊,都一样,哭给自己听,笑给别人看,这就是所谓的生活。"

也不知是啥触动了小敏哪根敏感神经,听罢李枫这句话,小敏的眼泪一下子涌出了眼眶。

"咋啦,咋啦这是……"小敏这么一哭,李枫有点儿慌了神,他急忙压卓上的抽纸包里,抽出两张纸递给小敏,说道,"我这是哪句话说得不得劲了?"

小敏一边用抽纸擦着脸上的泪一边说道:"哪句话都可得劲,冇啥不得劲的。"

李枫:"那你哭个啥啊? 你这一哭把我给哭蒙了,不知的人还以为你被我欺负了呢。"

小敏:"中了,咱啥也不说了,这事儿就这么定了,咱俩眼望儿就签合同,压明个开始,枫桦胡辣汤馆你就交给我。有句话咋说的?"

李枫:"有句啥话?"

小敏:"就是那句,有福同享有难同当的意思。"

李枫:"一荣俱荣,一损俱损?"

小敏:"对,一荣俱荣,一损俱损,也就是有福同享有难同当。走着瞧,我要不把枫桦胡辣汤摆治成祥符城里最好的胡辣汤,我不要你一分钱!"

此时的李枫心里可清亮,接下来小敏会去做啥,这也是李枫期待已久的,因为他知,眼下的枫桦胡辣汤是借助那个非洲某小国首脑在哗众取宠,时候长了一准还是不受祥符人待见,小敏介入之后,肯定会对枫桦胡辣汤进行改革,这种改革,一定是把章家胡辣汤的优点融进枫桦胡辣汤的配方里,具体咋弄那就是小敏的事儿了。不过有一点李枫是坚信不疑的,小敏会取长补短,去伪存真,把章家胡辣汤和枫桦胡辣汤的优点融合在一起,整出一个让所有喝家竖大拇指的胡辣汤来,两块牌子挂不挂在一起另说,或许还能整出一块合二为一的新招牌来。

正如李枫想的那样,小敏第二天正式接任枫桦胡辣汤大掌柜之后,做出的第一件事儿,就是召集枫桦胡辣汤馆的全体员工开会,她对全体员工说,一个黑人首脑来喝咱的汤算不了啥,她的目标是,要让枫桦胡辣汤真正能登上大雅之堂。有员工问,啥样的地儿才算是大雅之堂?她毫不犹豫地说,像人民大会堂那样的地儿,才是她理想中的大雅之堂。听小敏这么一说,全体员工嘘声一片,他们不是不相信新上任的这位新总经理,他们是觉得,新总经理说的这个大雅之堂太遥远了,离九道弯十万八千里……

枫桦胡辣汤馆更换总经理的消息,半天工夫整个九道弯的店铺就都知了,原因直截了当,自打枫桦胡辣汤馆开业那一天起,每天早上在营业之前,枫桦胡辣汤馆的全体员工,都要在店门前做广播体操,这是李枫规定的,其意并不是锻炼身体,是要让人们目睹一下枫桦胡辣汤馆的人和汤那种与众不同:规整统一的工作服,充满活力的精神面貌。这种风格体现是祥符城前所未有的,还能起到一种促销作用,瞅瞅人家枫桦胡辣汤馆,规矩、健康,既讲究又排场,就是不去喝一碗他们的汤,都会觉得这家胡辣汤馆,绝对是祥符城里最让人放心吃食儿的地方。

原先,每天早起枫桦胡辣汤馆门前,站在队列前监督全体员工做广播体操的都是一位男士,今个咋换成了章家杂碎汤的那位女老板了?所有好奇的人都在纳闷,其中最感到纳闷和有所不安的,就是奇永胡辣汤的女老板孙姑娘。

晌午头过后,在九道弯各家门店的食客逐渐冷清下来之后,孙姑娘决定一探究竟,于是,她解掉腰间的围裙,稍微整了整自己的容貌,走出自家门店朝枫桦胡辣汤馆走去。

当孙姑娘走进枫桦胡辣汤馆的店门时,忙碌了一晌午头的小敏,刚坐下来喝了一口茶,手里捏着一杆圆珠笔,正在小本本上写着啥。

带着满脸笑容走进店门的孙姑娘,高声说道:"今个早起,我大轱远就瞅见姐姐给门口站着,换了身西服,让我差点冇认出来。"

小敏微笑着一边给孙姑娘让座,一边说道:"以后咱又成邻居了,孙老板还得多关照啊。"

孙姑娘:"咋啦?这店是不是又要换成恁章家胡辣汤了?"

小敏:"咋可能,这是人家枫桦西湖湾李老板的店,俺是来给人家打工的。"

孙姑娘:"拉倒吧,你这模样哪像打工的,一瞅就是当老板的。咋回事儿,两家合作?"

小敏:"本来就是两家合作,我总不能天天吃现成的吧。这不,闲着也是闲着,来掺搅掺搅,玩呢。"

孙姑娘半花搅地说:"你不是玩呢吧,你是来跟俺抢食儿吃的吧?"

小敏:"看你老妹儿说的是啥,跟谁抢食儿吃也抢不过恁奇永啊。"

孙姑娘:"快拉倒吧,你也不瞅瞅,自打那个矮胖子老黑来喝罢恁的汤以后,俺店里的喝家恨不得少了一半,就连好多老喝家都跑到恁这儿来尝稀罕了。"

小敏："也就是来尝个稀罕,你又不是不知,该认谁家的汤那是一定的。真正的老喝家,都认死理儿,抢是抢不走的,凡是被抢走的,都不是老喝家,就像那些经不起别的女人诱惑的男人。"

孙姑娘咯咯地笑出声来。

小敏："笑啥笑,我说得不对吗?"

孙姑娘笑着说："你说得对,你的筐里就冇烂杏儿,有个烂杏儿也是疤瘌的。"

小敏："谁说我的筐里冇烂杏儿,我的筐里要真冇烂杏儿,我也不会坐在这里。"

孙姑娘不解地问道："你说的是啥意思啊?"

小敏："人啊,别只瞅见光鲜的一面,汤也一样,每天早起做广播体操要能把汤做好,那咱还开汤馆弄啥,开个健身房不更省事儿。"

孙姑娘："理儿是这个理儿,我也是这么想的,说句不外气话,瞅见恁每天早起做广播体操,我心里都觉得有点儿可笑。"

小敏："你是不是觉得,俺熬出的胡辣汤,有点儿像做广播体操啊?"

孙姑娘："是的是的,有这种感觉,用俺店一个老喝家的话说,就是……算了,我不说了。"

小敏："说啊,为啥不说了?"

孙姑娘："我说了怕你生气。"

小敏："你说,我不生气。"

孙姑娘："真不生气?"

小敏："真不生气,你说吧。"

孙姑娘："俺店那个老喝家说,恁家的汤早晚是,一好遮不住百丑,百好遮不住一丑,麦子地里卧条狗,一亩多打好几斗,狗死了咋办?"

小敏怔怔地瞅着孙姑娘,脸上失去了任何表情。

孙姑娘有点儿慌,忙说："姐,你可别生气啊,我不想说就是这,说了你肯定会生气。"

小敏低声说道："老喝家说了句大实话，狗死了咋办……"

孙姑娘瞅出小敏不是在生气之后，试探着又说了一句："那个老喝家还说……"

小敏："还说啥？"

孙姑娘："他还说，钥匙不能劈柴，斧子不能开锁，枫叶就能熬汤吗？当然，也不排除奇迹发生，恁这大概就属于奇迹……"

虽然孙姑娘这话说得在理儿，可小敏听着还是有点儿别扭，她早已经意识到了，枫叶熬汤不是长久之计，要不她也不会在小本本上画画写写，试图将章家的胡辣汤配方，跟枫桦胡辣汤配料进行一种融合，研发出一个属于自己的新配方来。目前枫桦胡辣汤这个配方，是在原先李家胡辣汤的基础上，加入了枫叶之后，被李枫命名为枫桦胡辣汤，讲白了，还是李家胡辣汤。不管咋着，章家和李家的前朝恩怨已经淡化，名义上是在合作，但作为章家的儿媳妇，还是不想把章家胡辣汤的特点，在枫桦胡辣汤里凸显出来，虽然是两家合作，但说到底，还是有章李两家历史的阴影笼罩在心里。好在眼望儿她是枫桦胡辣汤馆的总经理，自己也能说了算。

36. "咋？你还准备回来继续支恁石家的汤锅？"

本来就为如何改进配方在发愁，孙姑娘却跑来打兴头（扫兴），一下子把小敏搞得心里一团乱麻。小敏心里可清亮，孙姑娘一直在为冇能占有九道弯最好的位置耿耿于怀，她今个跑来说这一番话，是在腌臜枫桦胡辣汤的同时，也在腌臜自己，她的言外之意就是，恁就是穿得展样，就是一天做八遍广播体操，那个短粗马武的非洲老黑就是见天来给恁捧场，不信走着瞧，恁枫桦胡辣汤照样是兔子的尾巴长不了，九道弯上的胡辣汤老大还是奇永。祥符有句话叫"嘻嘻哈哈过真招儿"，孙姑娘今个是来过真招儿的啊，想到这里，小敏收起了刚才那副惆怅和飘忽不定的面孔，翻开桌上的小本子瞅了瞅。

小敏:"孙老板,我能不能问你个事儿?"

孙姑娘:"啥叫能不能问我个事儿,有啥事儿你只管问。"

小敏:"那我可问了。"

孙姑娘:"问吧,只要我知的,你随便问。"

小敏:"恁奇永的汤锅里,掌的是啥胡椒? 是不是真的印度胡椒啊?"

孙姑娘:"俺掌的才不是真的印度胡椒,俺掌的是国产胡椒。"

小敏的脸上露出一丝不可言状的微笑。

孙姑娘:"你笑啥笑,不相信是吧,你要是不相信,眼望儿我就领你去俺店里瞅瞅,看俺用的是不是国产胡椒,正宗的海南白胡椒。"

小敏依旧冲着孙姑娘在笑。

"你别笑,我说瞎话是吧,走,跟我去瞅瞅!"孙姑娘起身捞住小敏的胳膊就往门外拽。

小敏拨拉掉孙姑娘抓在自己胳膊上的手:"虽然你跟别人喷过奇永掌的是印度胡椒,但我还是相信你刚才说的话,恁掌的是海南胡椒。"

孙姑娘:"俺爱国,俺当然要掌海南胡椒。"

小敏:"我想对你说啥你知不知?"

孙姑娘:"你想对我说啥啊?"

小敏:"我想对你说的是,国产胡椒再好它也是胡椒,海南白胡椒跟印度白胡椒有啥区别? 啥区别也冇,掌进谁家锅里都是胡椒味儿。"

孙姑娘:"你啥意思? 胡辣汤不是胡椒味儿,是啥味儿? 枫叶味儿?"

小敏:"抬杠了不是,胡辣汤里能不能掌枫叶,另说,胡辣汤里掌胡椒是必须的,要不也不能叫胡辣汤。我要说的是胡椒,别管白胡椒还是黑胡椒,也别管是印度胡椒还是中国胡椒,都叫胡椒,它们的祖籍都不在中国,用俺公爹拽文人的话说,胡椒就是舶来品,洋人,不是中国人,你知了吧。"

孙姑娘:"舶来品? 洋人?"

小敏:"海南胡椒咋着? 印度胡椒又咋着? 胡辣汤以胡椒为主不假,

老儿辈人支汤锅都在比谁的胡椒好，比来比去都说印度胡椒好。依我看，时代进步了，喝家们的口味儿也在进步，也就是说，随着时代的进步，喝家们的嘴也越喝越刁，胡辣汤里掌枫叶也好，掌其他啥也罢，目的都是想让胡辣汤进步，不能老抱住胡椒的大腿不放，红花还要绿叶衬，如果说，胡椒是胡辣汤里的红花，那么啥是绿叶？"

孙姑娘："啥是绿叶，别嫌我说话难听，啥是绿叶枫叶也成不了绿叶，我再说句打脸的话，恁这个枫桦胡辣汤再停上个一年，等祥符人都稀罕完了，就又成了恁家原先那个杂碎汤馆了。"

小敏："你说这话我就不爱听，俺这朵枫桦胡辣汤红花，就不会找到帮衬俺的绿叶了吗？俺非得吊死在枫树叶上了吗？"

孙姑娘："中了，我的姐，胡辣汤这口锅，能一代一代支到眼望儿，靠的就是胡椒，就像那个老电影《地道战》里说的那样，'各庄的地道都有它的高招儿'，胡辣汤的高招儿指的就是胡椒，别再想啥鲜点儿了，冇用。"

小敏："鲜点儿还是要想，是继续掌枫叶，还是掌别的啥，待考。"

孙姑娘："你也别待考了，这样吧，咱姊妹俩打个赌中不中？"

小敏："打个啥赌啊？"

孙姑娘："一年以后，如果恁枫桦胡辣汤能卖过俺奇永胡辣汤，咱奇永就离开九道弯，如果恁卖不过俺奇永，恁就把这个店面让给我，中不中？"

小敏想了想，坚定地说道："中，就按你说的办，我还就不信这个邪了。"

孙姑娘："你真不信哪个邪啊？"

小敏："就凭俺章家胡辣汤这个老底儿，在九道弯上还能站不住脚？"

孙姑娘笑里藏刀地说道："门口挂的是枫桦胡辣汤的牌子，可不是恁章家天下无汤的牌子啊。不过话又说回来，恁章家胡辣汤我喝过，真是好，可为啥把胡辣汤锅换成杂碎汤锅了呢？是不是也摊为想找个好绿叶来衬红花，结果给衬砸了呢？我是瞎猜的，别介意啊，姐。"

小敏当然介意，孙姑娘等于明说了，章家胡辣汤就是摊为想改革，想出类拔萃,想与众不同,想独树一帜,想成为祥符城里胡辣汤老大,才在汤锅里掌了大烟壳。孙姑娘这是哪儿不得劲往哪儿捅啊,而且是笑里藏刀地捅,而这一刀准确地捅在了小敏的命脉上,一下子就彻底把小敏给捅恼了。

小敏的脸顿时就阴沉下来:"你啥意思?"

孙姑娘还装傻:"我冇啥意思啊。"

"俺店门口挂啥招牌碍你蛋疼啊?俺找个啥绿叶来衬红花你管得着吗?瞅你阴阳怪气的,还不是你了,咋?俺枫桦胡辣汤里掌啥是俺的事儿,你还要跟我打赌,打输了把店面让给你!"小敏越说越气,抬起手指着孙姑娘的鼻子,"我警告你,别看你也是河南人,还会说祥符话,也别看恁奇永胡辣汤的喝家不少,你要是真把我给惹恼了,你信不信,明个我就能让恁奇永门跟儿冇一个喝家!"

一听这话,孙姑娘也恼了:"你咋恁厉害?让俺门跟儿冇一个喝家,你是市长啊?市长也不敢说那么锛实的话啊,不就是来了个老黑喝了恁一碗汤吗,咋?老黑喝恁的汤恁就是最好的汤了?发恁的迷,恁就是把非洲所有的老黑,都请来给恁捧场,恁的汤照样不中!"

小敏:"俺的汤中不中你说了不算,老黑咋不去喝恁的汤啊?别说非洲国家的首脑来喝俺的枫桦胡辣汤,你要有本事,你把咱祥符市长请到恁奇永喝汤啊!光眼气(嫉妒;羡慕)冇用,恁有这个本事冇?"

孙姑娘:"俺冇恁本事大,明个恁还敢把恁的汤锅支到非洲去呢!"

小敏:"那也不是冇这个可能!"

孙姑娘:"中,那俺就瞪着俩眼瞅住,用祥符话说,恁尿得比别人高,冇准哪天还能把恁的汤锅支到月球上去呢!"

…………

俩娘儿们谁也不让谁,越吵越厉害,最后在小敏的命令和指挥下,枫桦胡辣汤馆的员工们,你一把我一把,就把孙姑娘推出了店门。

吵罢这一架之后,小敏更加有了一种紧迫感,她心里可清亮,等这一阵喝枫桦胡辣汤的热劲儿过去后,祥符人喝汤的口味,还会回到祥符城里胡辣汤三大流派的味道上去。

所谓祥符城里胡辣汤三大流派,指的是都被喝家们认可的本土胡辣汤,它们分别是:以州桥胡辣汤为代表的祥符老味儿胡辣汤,以寺门跟儿穆斯林为代表的回民胡辣汤,以逍遥镇奇永为代表的外来胡辣汤。但是,这三大流派都属于河南本土的胡辣汤。虽说这三大流派各有各的特色,各有各的味道,但还是万变不离其宗,都还在河南人口味的范畴之中,只是在以胡椒为主的用料方面各有各的高招,而且得到了河南喝家们的认可。不像枫桦胡辣汤,在标新立异之后,就会被人厌倦,就像人们常用的那句比喻,"姜还是老的辣",汤还是老的好。小敏心里十分清亮这一点,她在怀念他们章家天下无汤那块牌子的同时,暗暗发誓,要利用好枫桦胡辣汤这块牌子和九道弯这个地方,熬出一锅让自己满意,让祥符喝家们认可,真正属于自己的胡辣汤品牌。

就在小敏成天为自己的新配方耗神的时候,这天一早,离开祥符多日的石小闷突然走进了枫桦胡辣汤馆,石小闷的到来让小敏很惊讶。

小敏:"小闷哥,你啥时候回来的啊?"

石小闷:"夜个晚上才回来。"

小敏:"走了有俩月多吧?"

石小闷:"俩月零十二天。"

小敏:"你咋样儿啊?"

石小闷:"我啥咋样儿啊?"

小敏:"你这次不是又去寻根问祖了吗? 寻到根问到祖了冇啊?"

石小闷:"小孩冇娘,说来话长。先给我盛一碗恁的汤,喝罢再跟你说。"

小敏赶紧亲自去给石小闷盛了一碗汤,端到他面前:"尝尝俺的枫桦胡辣汤,多提宝贵意见。"

石小闷捏起瓷勺,在汤碗里搅了搅,掫起一勺送进自己的嘴里,接着又掭了两勺送进嘴里。

小敏："咋样儿,闷儿哥?"

石小闷："嗯,马胜说得不假,味道怪怪的。"

小敏笑道："跟寺门的汤不是一个系列,马家的汤是传统意义上回民的胡辣汤,要是马胜他爹喝了俺的汤,非把鼻子气歪不中。"

石小闷："我想问问,已经气歪多少人的鼻子了?"

小敏咯咯地笑道："凡是把鼻子气歪的喝家,都是对俺的汤有偏见,只要有把你小闷哥的鼻子气歪就中。虽然恁石家已经不支汤锅了,但恁石家在西大街上支汤锅的时候,喝家还是挺多的。"

石小闷："多不过恁家,要不我也不会压西大街跑到东大街去跟你老头打架,两败俱伤。"

小敏："中了,每章儿的事儿咱就别再去提了,恁家眼望儿又不支锅了,那句话咋说的啊……我想不起来了……"

石小闷："哪句话是咋说的啊?"

小敏："就是那句,啥根儿,啥急,还搁到一块儿煎……"

石小闷："本是同根生,相煎何太急。"

小敏："对,'本是同根生,相煎何太急'。七姓八家就更不用说,同一个根儿,同一个祖宗,才应该是味儿里近,要不然哥哥你也不会窜到以色列去寻根问祖,你说我说得对吧?"

石小闷冇接小敏的话茬,说道："妹儿,你再去盛两碗汤来。"

小敏不解地瞅着石小闷,问道："闷儿哥,俺的枫桦胡辣汤就恁好喝吗?"

石小闷依旧冇接小敏的话茬,待小敏让服务员又端过来两碗汤搁在面前之后,他示意小敏坐下,然后压衣服兜里掏出了一个可精致的小玻璃瓶,拧开瓶盖,往一个汤碗里撒了一点瓶子里的粉末儿。

小敏依旧不解地问道："你掌里的是啥啊? 瞅着像是胡椒?"

石小闷："你先别问是啥,搅拌匀,喝一口尝尝你就知了。"

小敏捏起瓷勺，在倒进粉末儿的汤碗里搅和了两圈，掬起一勺，一喝，随即又连掬了几勺，再喝，只见她一个劲儿发直的俩眼里，放射出了非常强烈的光芒，这种光芒把她所有的感受统统都融化于其中，一下子让她变成了哑巴。但是她心里清亮，这毕竟是一种即兴行为，用祥符人的话说就是猛一唬（唬人），是不是能熬进汤里，她心里却有底儿。

　　石小闷十分平静地瞅着小敏，问道："你觉得味道咋样？"

　　小敏冇说话，还在回味着，随即又掬了两勺喝罢之后，回味无穷地低声问道："这是哪里的胡椒？以色列？"

　　石小闷开始给小敏批讲这个精致小瓶子里的胡椒。他告诉小敏，这次他是以旅游观光的身份去的以色列，目的是进一步寻根问祖，所以他对以色列任何方面，甚至点点滴滴都倍加留意。以色列作为地中海沿岸的一个小国，无论国土面积还是人口都十分有限，但是，其特殊的自然环境和气候条件，加上犹太人的勤劳和智慧，从而在旱作和农业方面，形成了自身的特色和优势，被誉为"沙漠上的农业神话"。石小闷告诉小敏，有一天，他在特拉维夫一个小餐馆里吃午饭，吃的是以色列人爱吃的主食披塔，就是一种圆形的面饼，外形有点像面包，又有点类似于咱中国陕西人的夹馍，但比夹馍更大更薄，中间是空心的，像个口袋，不少当地人把它叫作口袋面包。石小闷说，在以色列所有的饭馆，面包店食品店和超市里，都能看见披塔，因为这是一种保存方便的食品，以色列人就像咱河南人买馍一样，一买就买一大堆搁在家里，吃起来方便。它的吃法也有点像咱河南人吃馍，把馍掰开抹上豆酱，不过人家以色列冇豆酱，他们在披塔里夹的是一种叫胡姆斯的酱料，这是一种纯手工的豆制品，跟咱祥符人做豆糁儿一样，他们是把煮好的鹰嘴豆磨碎，根据个人口味加入不同调料而加工成酱料。在以色列，几乎人人都会做胡姆斯，可以说它算得上是以色列的传统食品了。

　　石小闷说，他在特拉维夫这家馆子里吃的披塔，和在以色列的其他地方吃的口味儿不大一样，于是，他用自学的希伯来文写在纸上询问饭馆老板,恁的胡姆斯里是不是掌了其他的作料？老板告诉他,掌了特拉维夫本地产的胡椒,于是,他就让老板把本地产的胡椒拿出来让他瞅瞅,他接过老板递给他的胡椒瓶,倒进手掌里一点儿,搁到鼻子上闻了闻,又用舌头舔了舔,立马就感觉到了特拉维夫本地胡椒的与众不同。于是,他就恳求那个与犹太物理学家爱因斯坦重名的饭馆老板,能不能让他借用一下饭馆的后厨,他想做一小锅掌了特拉维夫胡椒的胡辣汤。那个叫爱因斯坦的饭馆老板非常人物,爽快答应了他,并给他提供了很大的支持与帮助,能配齐的食材尽量帮他配齐,经过大半天的熬制之后,当他把熬好的、掌有特拉维夫胡椒的胡辣汤,端给爱因斯坦老板喝罢之后,爱因斯坦老板大为震惊,冇想到中国人还能做出如此好吃的食物,并提出与石小闷合作,把祥符胡辣汤引进到特拉维夫。

听到这里,小敏问道:"你答应爱因斯坦冇？"

石小闷:"你猜。"

小敏想了想,摇头说道:"够呛,谁都知你这个货,眼望儿的心思根本不会在胡辣汤上,一门心思要找自己的祖宗,就是你答应合作,你也就是等到移民以色列以后再支汤锅。"

石小闷:"错!"

小敏瞪大眼睛:"咋？你还准备回来继续支恁石家的汤锅？"

石小闷:"说实话,以色列好不好？那是真好。作为身上流淌着祖宗血液的后人,我也一心一意想回到以色列去。可是,无论是在耶路撒冷,还是在特拉维夫,不管是亚伯拉罕还是穆罕默德,都能感召我。但是,走了这么一大圈之后,我才发现,也不是发现,是真正意识到,自己还是个中国人,祥符人,自己的灵魂转悠了一大圈,不管转到啥地方,最后还是得回到祥符城……"

小敏:"你别再说了,我心里已经清亮了,你还是舍不下恁石家那口汤锅,喝着胡辣汤长大的人,全世界最好的地儿,就是紧着你挑,你挑上一百圈,最后还是要落在你长大的地儿。"

石小闷更加感慨地说道："啥叫故乡啊，吃哪里的食儿在哪里长大，哪里就是他的故乡，这与宗教信仰冇啥关系。我的意思就是，别管吃哪里的食儿，都不耽误自己信仰啥。"

小敏："咱先别说信仰了，信仰啥都得吃食儿，你说以色列人也喜欢喝咱的胡辣汤，我看那个开饭馆的爱因斯坦也就是心血来潮，被胡辣汤稀罕住了，真要是在他们那儿支个汤锅，冇准也会跟俺在胡辣汤里掌枫叶一样，热劲一过也拉倒。"

石小闷："你说得冇错，所以我才冇答应他。尽管冇答应他，但是人家爱因斯坦还是可人物，答应给我供应特拉维夫本地产的胡椒，你不知，那胡椒有多好，好得让你冇法想象……"

小敏："有多好啊？瞅把你迷成这样。说实话，咱是熬汤的，啥胡椒咱冇见过啊，这胡椒那胡椒，掌来掌去，我觉得还是印度胡椒最好。"

"这样吧，我也懒得跟你磨嘴皮子。"说着石小闷拉开随身挎包的拉链，压包里取出一个精致的小玻璃瓶，说道，"走，老妹儿，去恁的后厨，咱现熬它一锅汤，让你自己来评判一下，这个特拉维夫的胡椒，适合不适合掌进恁的汤里。"

小敏顿时兴奋了起来："中，闷儿哥，咱立马就去后厨熬一锅汤，我倒要瞅瞅，你这个特拉维夫胡椒能好到哪儿去！"

…………

整整几个钟头，小敏和石小闷在后厨里忙活着，直到把那一小锅掌有特拉维夫胡椒的汤熬好之后，不知为啥，小敏突然感到了一阵紧张，这种紧张是她前所未有的，这种紧张在她一生中只出现过两次，头一次是在她辞去黑墨胡同幼儿园的工作，决定跟着章童一起去支章家胡辣汤锅的那年，当时她觉得自己似乎把一生都交给了章家那口胡辣汤锅。这一次的紧张，似乎有点儿类似，却又好像要比那一次更紧张，为啥会突然出现这种感觉，她说不清，但有一点她心里再冇那么清亮，自己这一辈子，生死都离不开这口胡辣汤锅了，不管是天下无汤还是枫桦胡辣汤，还是眼望儿即将喝进嘴里的这锅,对她来说,是事关成败、前途未卜的一锅汤……

腰里扎着围裙的石小闷,把压热气腾腾汤锅里盛出的一碗汤,递给了小敏,神色紧张的小敏,瞅着石小闷递过来的汤碗,冇去用手接汤碗,而是俩眼盯在汤碗里也不知是在瞅啥。

石小闷:"你咋啦?"

小敏:"冇,冇咋。"

石小闷:"冇咋、咋还不把汤碗接过去啊?"

似乎刚反应过来的小敏,急忙伸过手去,接过石小闷递过来的汤碗。

石小闷:"我给你去拿个勺。"

小敏一动不动地站在汤锅前,直到石小闷把瓷勺搁进她的汤碗里,她似乎才真正反应过来。她端着汤碗坐到了桌子前,用小瓷勺在汤碗里转了两圈,然后掠起一勺送进嘴里,又掠起一勺送进嘴里,接着又掠……

石小闷下死眼般地盯着小敏,不愿放过小敏的任何一丝变化,可他却看不出小敏脸上的表情有啥变化,她只是一勺一勺地在汤碗里掠,一勺一勺地往嘴里送,无论石小闷咋在一旁问,她就是一言不发地喝着汤,根本不搭理石小闷。

沉不住气的石小闷,脸上带着半烦,说道:"中就中,不中就不中,不吭气儿算咋着呢,你要说不中,我拍屁股走人不就完事儿了……"

小敏终于把碗里的汤掠完了,她把手里的小瓷勺往空汤碗里一扔,面无表情地说道:"咱先不说汤咋样,我问你,恁石家的汤锅准备重打鼓另开张,你准备把锅支在哪儿啊?"

石小闷:"你管我支在哪儿,祥符城里能支汤锅的地儿多着呢。"

小敏:"我管你支在哪儿,你今个不让我喝你的汤,你支到哪儿我都不管。"

石小闷:"你啥意思啊?"

小敏:"我啥意思,你说我啥意思?"

石小闷俩眼再次紧紧地盯着小敏,又一次不愿放过小敏脸上的任何一丝表情。

小敏："你老瞅着我弄啥？我长得又不好看。"

石小闷："我说句话,你可别介意。"

小敏："有话就说,有屁就放,我才不会在意。"

石小闷："那我可说了?"

小敏："说吧,我支棱着耳朵听着呢。"

石小闷稳定了一下自己的情绪,然后不卑不亢地说道："我准备把石家的汤锅支在九道弯上。"

小敏大惊失色,立马喊道："不中! 石家汤锅绝对不能支在九道弯!"

石小闷："咋就绝对不能支在九道弯啊? 九道弯是恁家的吗?"

小敏："不能就是不能,你把石家汤锅支在这里,让俺还咋活!"

石小闷笑了。

小敏："你还好意思笑! 要是原先恁石家那个汤锅,你随便支,别说支在九道弯,你就是支到鼓楼顶上我也不管,眼望儿不中,你还是离九道弯远点儿!"

石小闷收敛住了脸上的笑,严肃地说道："老妹儿,我说句话你给我听好了,一个人,不管他信仰啥,犹太教也罢,伊斯兰教也罢,天主教、基督教、佛教,这些宗教都有一个相同的地方,那就是与人为善。由此我就想到了咱的胡辣汤,别管章家、石家、李家,还是哪家,只要是钻到钱眼儿里的,汤再好也好不到哪儿去,真正的好汤是啥你知不知?"

小敏："是啥?"

石小闷："真正的好汤喝的不是汤。"

小敏："喝的不是汤是啥?"

石小闷："喝的是一种精神享受,这种精神享受就包括咱们这些支汤锅的人。跟你说实话吧,我已经在九道弯上撒摸一圈了,最好的汤不是恁枫桦胡辣汤,是人家逍遥镇奇永胡辣汤,竞争肯定是要竞争,但不能走旁门左道,更不能丢咱祥符胡辣汤的人。所以我今个才到你这儿来,你要是觉得我拿来的胡椒中,俺石家的汤锅,就支在你的枫桦胡辣汤馆了,我不会挂俺家那块汤行天下的牌子,还是挂恁枫桦胡辣汤的牌子,你要是觉得这个特拉维夫胡椒中,咱们就合作,你要是有顾虑,我立马三刻走人。"

小敏:"闷儿哥,我问你一句话,中不?"

石小闷:"你问。"

小敏:"就凭你手里攥着恁好的胡椒,别说祥符城,就是全河南,全中国任何一家胡辣汤,都会巴不得跟你合作,为啥你非要来跟我合作?"

石小闷:"为了祥符城里七姓八家里的石家、章家,还有李家。"

小敏瞅着石小闷那张平静的脸,压石小闷的回答中,她的心里豁然开朗,她用极其温柔的语气说道:"闷儿哥,今个晚上老妹儿请你吃饭,算是给你压以色列回来接风洗尘。"

…………

37."你还哭是不是,这酒你也别喝了,我喝个样儿让你瞅瞅!"

晚上,小敏在开发区一家饭店请石小闷吃饭,心情极好的小敏,打开了一瓶茅台酒。

石小闷:"老妹儿,我已经不喝酒了。"

小敏:"你不喝我要喝啊,今个恁好的日子,不喝点儿酒,对不起咱俩签的那张合同不是。"

石小闷:"要喝你喝,反正我是不喝。"

小敏:"信犹太教的人不喝酒吗?"

石小闷:"这跟信不信啥教冇关系,我就是不想喝了,喝酒误事儿,我心里装的全是事儿。"

小敏:"心里装的啥事儿啊?我觉得你心里眼望儿可干净可干净的,跟原先的你变成了俩人,原先的你可孬可孬的,忘了冇,在东大街跟俺家那口子打架,肋巴骨都打断了。"

石小闷笑了笑："那时候二十出头，眼望儿快五十的人了。"

小敏："关键是那时候有信仰，眼望儿有信仰，像个干大事儿的人了。"

石小闷："干啥大事儿，我觉得，眼望儿我连小事儿都干不好。"

小敏似乎压石小闷的话音儿里，听出他心里有烦心的事儿，于是问道："闷儿哥，你照常在外面窜，家里有啥需要帮忙的事儿，你言一声，别外气啊。"

石小闷微微叹道："家家都有一本难念的经，再难念也得自己念，谁也帮不了啊。"

"你说的有错，自己酿的酒还得自己喝，别人喝不出这个味儿来。"小敏说罢感同身受地给自己倒了一杯酒，然后一饮而尽，"你不喝那我就自己喝。"

石小闷："别喝恁猛，慢慢喝，咱今个是以说话为主。"

小敏："闷儿哥，我说句话，你别不爱听，我要是说错了，就算我有说，中不？"

石小闷："你说吧，老妹儿，说对说错都有关系，哈哈一笑的事儿，说吧。"

小敏又给自己倒了杯酒，说道："咱门口可是有人说，俺嫂子对你可冒肚啊，说你不务正业，石家的汤锅你不支，家里的老人和孩子你不管，见天在外面瞎窜，要是能窜出个名堂也中啊，窜来窜去不挣一个钱，还得家里给你贴钱，真要是移民到以色列，不是又得花家里一大笔钱吗。是这不是？"

石小闷重重叹了口气："唉，要不是这，我还真就不回来了……"

小敏："回来是对的，咋着这也是你的家啊，你要是在国外挣钱还好说，家里还给你贴钱，大男人家这也说不过去啊，你说是吧？"

石小闷："这不是带着特拉维夫的胡椒回来挣钱了嘛，可是……"

小敏："可是啥啊？"

石小闷："算啦，说点儿别的吧，不说这了。"

小敏一瞅石小闷不想再说家里的事儿,也就冇再往下问,随之也重重地叹了口气儿:"唉,挣钱不挣钱又咋着,有些人,挣了钱不往家里交,跟不挣钱有啥差别啊……"她冇往下再说,端起酒杯又是个一饮而尽。

石小闷:"老妹儿,我听说恁家章童在埃及支汤锅,不是可挣钱吗?为啥不往家交啊?"

小敏无可奈何地说道:"那是有人不让他往家交呗。幸亏俺家也不缺他那个钱,要不,俺全家都得扯住根棍上街要饭。"

石小闷:"你说有人不让他往家交钱,谁啊?"

小敏:"谁呀,你真的不知?"

石小闷:"我真的不知。"

小敏:"冇听别人说过?"

石小闷:"我又不爱跟别人扯闲话,别人也不跟我说恁些。"

小敏抓起酒瓶又给自己倒满,然后又是一杯下肚。

石小闷:"老妹儿,你可不能就这个喝法儿啊,这可是要喝醉的。"

小敏又接着倒酒,一边倒一边说:"醉就醉吧,清醒不了糊涂了。"

石小闷:"别再这么个喝法儿了,停停,歇歇气儿,说说话,再这么个喝法儿,非喝高了不中。"他说罢伸手把酒瓶抓了过来。

小敏端起刚倒满的酒,又是一饮而尽之后,把空酒杯抓在自己手里,说道:"闷儿哥,我问你,这男人一离开家,离开老婆,会不会跟别的女人好上啊?你要说实话,你不说实话你就不是个男人。"

石小闷:"我说实话,我在外面冇别的女人,因为我去国外不是为了挣钱,我是去寻找信仰的,别的男人是啥样我真不好说。"

小敏:"你是去寻找信仰的,如果你不是为了信仰,是去支汤锅的,你会不会跟别的女人好上?我说的是如果和假如。"

石小闷:"那有这种可能。不过就是有,那也只是玩玩,不可能当真。"

小敏:"如果假如,那个女人是你的初恋情人呢?那也只是玩玩吗?"

石小闷一怔:"咋啦,你意思是说,章童在埃及是跟他的初恋情人一起支汤锅?"

小敏把攥在手里的酒杯伸到石小闷的面前："给我倒上!"

石小闷："不中,缓缓再喝,说一会儿话再喝。"

谁知石小闷刚把这句话说完,小敏一下子趴在了餐桌上,呜呜地哭了起来,她这一哭,可把石小闷给吓孬了,一时不知所措。

石小闷："老妹儿,老妹儿,你别哭中不中,你这一哭,人家还以为我咋着你了呢,别哭了,我求求你别哭了,中不中啊……"

这不劝还好,一劝小敏哭得更厉害,呜呜地放声大哭,顿时招来其他桌上的人纷纷张望,这一下可真把石小闷给彻底吓傻了,这可咋弄? 不知的人还以为自己咋欺负了她呢。

一急之下,石小闷冲着正在哭的小敏说道："你还哭是不是,这酒你也别喝了,我喝个样儿让你瞅瞅!"说罢,他拧开酒瓶盖,仰起脖子,将酒瓶里的酒"咕咚咕咚"地往肚子里灌,待哭泣不止的小敏反应过来,起身夺下石小闷手里的酒瓶时,那瓶茅台酒已经被石小闷灌进肚子里大半瓶了。

小敏把夺过去的酒瓶在手里晃了晃,埋怨道："你这是弄啥啊,你这是不想让我喝了吗?"

石小闷摇晃着脑袋,俩眼开始发直,说道："你不是想喝吗,那哥哥我就喝个样儿让你瞅瞅。"

小敏："你不是已经不喝酒了吗?"

石小闷舌头打着转说道："是你逼着我喝的,我要不喝这个酒,你,你,你今个非得让我丢大人……"

小敏："我让你丢啥大人了? 是章童那个卖尻孙让我闹心,我才喝的酒,跟你有啥关系啊。"

石小闷："当,当然跟我有关系,要,要是跟我冇,冇关系,我也不会喝这个酒。"

小敏："你说,跟你啥关系?"

石小闷不吭气儿了,闷着头不说话。

小敏："你说话啊,跟你啥关系?你要是不说,我就再开一瓶酒。"

石小闷垂着头一言不发。

小敏："你咋不说话,说啊,他在埃及跟初恋情人合伙支汤锅,跟你有啥关系?说话呀你!"

石小闷垂着头,依旧一声不吭。

小敏一瞅急眼了,伸手压自己带来的酒袋子里取出第二瓶茅台,一边开着酒瓶盖一边说:"我还以为一瓶酒咱俩都喝不完呢,我瞅瞅今个咱俩能不能把这瓶也喝完,谁要不喝谁就是妞儿生的!"

石小闷慢慢把垂着的头抬了起来:"妞儿生的就妞儿生的,妞儿生的,我,我也不能喝了,你,你也别再喝了。"

小敏："不喝中,你告诉我,章童那个卖屁孙,跟他的初恋情人在埃及支汤锅,跟你有啥关系?你说吧,只要你说出来,这瓶酒我就不喝了。"

石小闷怔怔直着俩眼瞅着小敏。

小敏："瞅着我弄啥,你说话啊!"

待小敏这一句话音儿刚落,酒劲彻底上了头的石小闷,再也控制不住,一头趴在了餐桌上,呜呜啦啦地哭了起来,他这么一哭,一下子把小敏给哭傻了,今个这是咋着了,一个哭罢另一个哭,娘们儿家哭哭也就罢了,大老爷们儿这一哭,局面就有点儿难看了,顷刻之间招来的眼光,要比刚才小敏哭的时候多得多。

小敏一瞅石小闷这个哭劲儿,来硬的不中,于是就来了软的,她坐到了石小闷身边,用手抚摸着他的头,声音柔和地说道:"闷儿哥,我知你心里也苦,咱俩是一样苦,别哭了中不中,咱俩得为汤行天下和天下无汤两块招牌的合作高兴才是。"

听到这话,石小闷止住了眼泪,抬起脸说道:"老妹儿说得对,今天是个高兴日子,不是两块招牌,是三块招牌,汤行天下、天下无汤,还有枫桦胡辣汤,这三块牌子要是合成一块牌子,谁还敢跟咱挺头,吓死他们!"

小敏："来,闷儿哥,为三块牌子的合作,今个咱也要一醉方休!"

石小闷一把抓起酒瓶就往杯子里倒酒："穆罕默德也冇说不让喝酒，喝！一醉方休！"

两瓶茅台见底了，俩人都喝麻了，回家的时候也冇叫辆出租车，而是折折歪歪，互相搀扶着走回到寺门，一路上说的啥，有啥伤大雅的举动，他俩统统都记不清，唯一还能有点印象的就是，石小闷出酒（喝吐）了，哕了小敏一身，小敏倒冇出酒，就是在进家门的时候被门槛绊了一下，摔了一跤，右脸蛋在地上跐溜（摩擦）了一下，跐溜出一块血布淋（血道道）。

石小闷一觉睡到第二天快晌午头，起床后发现全家冇一个人搭理他，只有年事已高、得了帕金森病的石老闷，吓吓瑟瑟地冲他说了一句："你还是移民走吧，去耶路撒冷去哪儿都中，俺跟你丢不起这个人。"此时此刻的石小闷，才意识到全家人对他的态度，一定是摊为夜个晚上那场酒。于是，他顾不得向家里人解释啥，压床上爬起来，赶紧就往九道弯窜，他想，如果夜个晚上小敏冇啥情况的话，这会儿一定是在枫桦胡辣汤馆。

来到了九道弯，石小闷走进枫桦胡辣汤馆一瞅，脸上贴着白纱布，腰间扎着蓝色围裙，手里掂着盛汤木勺子的小敏，正神情专注地在给喝家们盛汤，她瞅见走到汤锅前的石小闷，连搭理都冇搭理，依旧神情专注地在盛汤。

见此情景，石小闷也不吭气儿，在汤锅前站了数秒钟后，上前一把夺过小敏手里盛汤的木勺子，接着给喝家们盛汤。

小敏也冇吭声，压自己腰间解下蓝布围裙，然后扎在了石小闷的腰间。

真是好事儿不出门，孬事儿传千里，不到两天工夫，整条清平南北街上都在传，章家的儿媳妇跟石家的少爷俩人好上了。当高银枝把她听到的传闻告诉章兴旺后，章兴旺哀叹道："这事儿，怨不得小敏，要怨就怨咱儿，跟住他每章儿的相好窜到埃及去了，输理也是咱儿先输理，他要不窜到埃及去，也不会出这档子事儿。"

高银枝："咱儿窜到埃及去咋啦？咱儿就是窜到月球上去，儿媳妇在家也不能找野男人啊！再说了，咱儿窜到埃及去，还不是为了咱章家的汤锅嘛，不是为了赚钱养家，咱儿他吃饱撑了！"

章兴旺："恁儿就是吃饱撑了，他要不是吃饱撑了，也不会跟着他的初恋情人窜到埃及去，小敏也不会二半夜跟着别的男人在外面喝酒！"

高银枝不吭声了，心里也清亮，这理讲到哪儿也不占理儿，章童要不去埃及，家里也不会出这样伤风败俗的事儿。

章兴旺无奈地说道："天要下雨娘要嫁人，随她去吧，也别顾忌啥章家的名声了，章家也有啥好名声了……唉，说句不该说的话，要怨还是得怨我，不在咱的汤锅里掌大烟壳，也不会走到今天这一步……"

高银枝："不管咋着，他们两口子过长过不长，是他们两口子的事儿，童童在埃及也不是个长事儿，走恁长时间了，听小敏说，他也有寄回来一分钱，谁知他在埃及混得咋样……"

章兴旺："儿孙自有儿孙福，管他个赖孙，个人的路个人走，混好混孬是他自己的事儿，咱干着急也有用。小敏跟石小闷这事儿，咱权当不知，就看小敏咋说吧，她就是在外面找野男人，主动权还是在她手里，离不离婚也还是她说了算。"

此时此刻，石家的情况却跟章家不大一样，石家的儿媳妇搭理都不搭理石小闷，不仅是不搭理，还直接写了一张离婚协议书让石小闷签字，石小闷拒签，石家儿媳妇也不再说啥，把石小闷睡觉的铺盖卷，和日常的换洗衣服，卷巴卷巴用车拉到九道弯，往枫桦胡辣汤馆的门里一扔，冲着正在店里跟小敏一起干活儿的石小闷撂下一句话："姓石的，你裤裆里那个玩意儿，谁想使（用）谁使，反正是我使剩下的，旧物半价，我不要钱，白送给她了。"说罢扭头就走。

石小闷傻绷着脸站在那儿，一时有反应过来，不知说啥是好，待他媳妇走出店门那一刻，他瞬间爆发，冲着他媳妇的背影怒吼道："你冤枉我！我有那事儿！不信你问问她……"

一旁的小敏则神情淡定地对石小闷说道："你嗷嗷叫啥，啥有那事儿冇那事儿啊,冇咋着?冇又咋着?眼望儿是冇也是冇,冇也是冇,咱能说清亮吗?说不清亮,那咱就权当是冇那事儿,别去争辩,有句话叫越描越黑。"

石小闷指着被摞在地上的铺盖卷和换洗衣服:"你瞅瞅,她这是把我扫地出门了!"

小敏:"扫地出门就扫地出门,咋?还能饿死你?就凭那个特拉维夫胡椒,你不但饿不死,你还会发大财,到时候让她瞅瞅,也让跟初恋情人窜到埃及的那货瞅瞅,啥叫后悔莫及,啥叫天底下冇卖后悔药的,啥叫冇窟窿泛蛆(没事找事)!"

石小闷:"你说得轻巧,我被家里摞出来,我住哪儿?总不能让我花钱去住旅馆吧!总不能让我去住恁家吧!"

小敏扑哧一声笑道:"俺家你当然不能去住,更不能让你花钱去住旅馆。"

石小闷:"你还笑,那你说,让我住哪儿?"

小敏:"让你住这儿,中不?"

石小闷惊讶地:"让我住这儿?你真想得出来,这是汤馆,不是旅馆!"

小敏抬手一指大厅的角落:"住那儿,搭个隔断,铺张床,门都不用出,连熬汤带生活啥都齐了。"

石小闷睁大俩眼瞅着小敏:"这,这能中?"

小敏:"咋不中,这又不是人家开的店,是咱自己家的店,谁还能把你的蛋咬了?就按我说的办,搭个隔断,你就住这儿!"

石小闷不吭气儿了,默认也只能这样,心里却懊丧,瞅瞅这场酒喝的,喝成个丢人贼了。懊丧归懊丧,石小闷觉得也怨不得自己家人把自己给摞出来,这些年摊为自己的原因,石家汤锅在祥符城里销声匿迹,自己为了搞清七姓八家的来龙去脉,又是耶路撒冷又是特拉维夫,还沿着一千年前七姓八家的老祖宗,压天山南路那条被称为丝绸之路的线路,地奔了一趟,风餐露宿历经艰辛不说,还花费了家里大量的积蓄,可到头来,不是他的信念崩塌,而是几十年已经植根于他身上的文化和生活方式,让他不得不放弃了最初的信念,回到了他生于斯长于斯的这座城市。可是,清平南北街还是那条清平南北街,祥符城还是那个祥符城,汤锅还是那些汤锅,一切都有变,家人对他的态度却变了。

他心里清亮,这怨不得家人,是自己不争气,瞅着身患帕金森病的老父亲,瞅着对自己爱搭理不搭理的老婆,起初,他是想用压特拉维夫带回来的胡椒,去赢得家人的开心,再次挂出石家那块汤行天下的招牌,重打鼓另开张,别管把汤锅支在啥地方,有特拉维夫胡椒撑着,咋着在祥符城那些知名汤锅里,也能有个石家汤锅的一席之地吧。谁知,当自己用特拉维夫胡椒,在自家锅里熬出一锅汤,让全家人品尝的时候,他爹石老闷和他妈还有他媳妇,都木呆着脸,汤是喝罢了,却有一个人吭声,当他问特拉维夫胡椒熬出的汤味儿咋样儿的时候,他爹被他妈扶着,站起身吓吓瑟瑟地走开,他媳妇的嘴里冷冷地撂出了一句话:"想支锅你去支,别缠家里的事儿。"就是在这种不遭家里人待见的情况下,他好一番深思熟虑之后,才决定来九道弯找小敏,谁知,却闹出了喝醉酒这档子事儿,丢人砸家伙不说,那个家他也回不去了。

事已至此,有家不能回的石小闷,也只能将就着住在九道弯的店里。住下之后,石小闷心里可清亮,想要改变现状,靠的就是他压特拉维夫带回来的胡椒,必须要在汤的配方上下功夫,他暗自发誓,要让所有看他笑话的人对他刮目相看。白天,他忙于店里的日常,晚上,人去店空的时候,他就开始研究新配方里的所有配料,一小锅一小锅熬,一小口一小口尝,熬来熬去,尝来尝去,他觉得,还是应该保留一点儿原配方里最有特点的枫树叶,除此之外,加大特拉维夫胡椒的作用,再就是,他与小敏达成共识,不管谁问配方里胡椒的来源,必须守口如瓶,即便枫桦胡辣汤的东家李枫问,都不能透露这款胡椒是来自特拉维夫。

新配方开始使用之后,不出所料,一下子就改变了枫桦胡辣汤生意正在下滑的现状,短短不到俩月工夫,又恢复到了那个短粗马武非洲某国首脑掀起的那阵热喝枫桦胡辣汤的势头，但这一回跟上一回不一样，上一回喝罢的人，对汤的评价都会有一种说不上来和吃不准的模样，这一回可不一样，凡是喝罢的人，不管是老喝家还是新喝家，脸上的表情都有任何质疑，嘴里都在说：中，得劲，明个还来喝。

枫桦胡辣汤的这种变化，当然逃不过奇永胡辣汤孙姑娘的眼睛。自打上一次跟小敏闹罢不得劲之后，两家胡辣汤就老死不相往来，谁也不搭理谁，即便在九道弯上，两家汤馆的女老板是低头不见抬头见，俩人也会装着谁也有看见谁。当孙姑娘派去一探究竟的手下喝罢新配方熬出的枫桦胡辣汤，回来向孙姑娘汇报后，孙姑娘倍感吃惊，于是，她顾不得自尊和脸面，决定亲自去喝上一碗，口尝为实，到底这枫桦胡辣汤有多神奇，一改再改，而且是越改喝家越多。

这天一早，孙姑娘穿得可展样，白净子脸蛋抹得也可光碾，带着满脸微笑来到了枫桦胡辣汤馆，正忙着收银的小敏，瞅见孙姑娘略感惊讶，但心里清亮，孙姑娘是来摸底的。

小敏："哟，孙老板大驾光临，有何贵干啊？在我印象里，咱两家谁也不欠谁的钱啊。"

孙姑娘："看你说的，姐，就是谁欠谁的钱，那也不会这个点儿来要账啊。"

小敏："那可不好说，要不咋说同行是冤家，不是冤家不对头呢。"

孙姑娘："中了，姐，今个是我的生日，穿恁展样来这儿，就是为了喝一碗，恁家新配方熬出的胡辣汤，都说好喝，那我就一定要喝，谁让咱都是靠一口汤锅为生的人呢。放心吧，姐，规矩我懂，绝不会瞎打听，就是喝碗汤，给自己庆祝一下生日。"

小敏一听这话，立马换了一副面孔："你瞅瞅，姐多不懂事儿，妹妹过生日我还说邋撒话，对不起啊，妹妹，今个这碗汤不能要你的钱，权当姐姐给你的生日礼物。"

孙姑娘："那不中，生日归生日，规矩不能破，咱九道弯上的人，就是再不外气,该是啥是啥,一碗汤不值钱,值钱的是同行之间的相互尊重,汤钱我是一定要付的,姐。"

"那中吧,那姐姐就祝你生日快乐。"小敏对孙姑娘说罢这句话后,冲着满屋的喝家们高声喊道,"谁给美女腾出个座,今个是她的生日!"

话音未落,呼呼啦啦喝家们站起了一大片。

孙姑娘不好意思地说:"你瞅瞅,多不好意思,搞得我跟非洲领导人似的……"

小敏哈哈笑道:"非洲领导人可有你主贵,别看他来俺这儿喝汤前呼后拥的,他就是个白脖,喝八碗汤也喝不出个啥名堂,你跟他可不一样,你是行家,行家一出手便知有没有。"

…………

喝罢汤的孙姑娘,走出了枫桦胡辣汤馆的大门,她停住脚,又扭头瞅了瞅进进出出挤哄不动的喝家们,倍感失落。此时此刻她已经十分明白,枫桦胡辣汤将成为九道弯上,不,将成为祥符城里最牛的胡辣汤,只要它一天不离开九道弯,就有这条街上其他汤馆的好日子过,包括奇永。与其这样,还不如让奇永早点儿离开九道弯,晚走不如早走。

奇永胡辣汤要离开九道弯的消息,一夜之间在九道弯上传得沸沸扬扬,不光是奇永,九道弯上的所有胡辣汤铺都坐不住马鞍桥(沉不住气)了,纷纷在考虑搬迁到别处。九道弯这条偌大偌长的美食街,在奇永胡辣汤搬迁后,不到半年时间,好几家胡辣汤铺,搬迁的搬迁,关门的关门,他们并不是完全有法儿待在九道弯上,而是自尊心被伤害得太大。每天早上,枫桦胡辣汤馆那边的生意热火朝天,别家汤锅的喝家却是冷冷清清,用孙姑娘的话说,丢不起这个人,自尊心太受伤害,连奇永都搬走了,谁还愿意留在这里,除非是那些实在是折腾不起,门脸不大,又有啥名气的小汤锅。他们坚持着在九道弯上苟延残喘,只要能交得起房租,能撑一天是一天吧,等到实在撑不下去再说。

38."我还想抬花轿,放花炮,吹喇叭,把你抬进俺石家的门。"

九道弯上的这种变化,小敏都看在眼里,心里美滋滋的,同样感到美滋滋的还有李枫。在枫桦胡辣汤使用新配方之后,李枫领着外地客户来店里喝汤的次数越来越多,每次喝罢都要问小敏,这款新配方是压哪里来的? 小敏则是笑而不答,要不回避,要不就敷衍一句,说是自己苦心研发出来的。李枫根本就不相信小敏的话,他也有时间多问,他只是告诉小敏,他正在酝酿一个大计划,一旦这个大计划取得成功,他半开玩笑地对小敏说:"等着吧,等到我实现了那个大计划,你再告诉我新配方是咋产生的,有一点儿我可以跟你保证,按这个势头发展下去,恁章家在枫桦西湖湾再买上几套别墅都不是啥问题。"小敏知道,李枫这是一句发自内心的花搅话。对眼下的小敏来说,挣钱已经不是问题,最大的问题则是,远在埃及的章童到底是个啥情况? 电话越来越稀,原先十天半月还有个电话,眼望儿恨不得俩仨月还有个电话。章童每一次在电话里,都不提在那边支汤锅挣钱不挣钱的事儿,只是问几句家里的情况,小敏越来越感觉到章童的陌生和疏远,在上一次的电话里,她实在忍不住,让章童考虑一下他俩是不是可以离婚,她不想再把这种日子过下去,而章童却轻描淡写地说了一句,等他回家再说。回家再说,回家再说,啥时候回家他却不说。小敏经过一番深思熟虑,默默地在心里对章童说:你不说是吧,中,你不说我说,但不是对你说!

这天下午,盘完账本该回家的小敏有走,此刻店里只有她和石小闷俩人,石小闷准备好第二天的食材之后,压后厨走到前厅,他瞅见小敏独自一人坐在大厅的软包椅子上还有走。

石小闷:"坐在那儿发啥呆,咋不回家啊?"

小敏:"闷儿哥,你过来,坐这儿,我有话要对你说。"

石小闷走了过去:"有啥事儿吗?"

小敏："你坐下，咱俩慢慢说。"

石小闷似乎已经感觉到小敏的不对劲，他解下身上的围裙，走到小敏跟儿，坐到另一个软包椅子上："啥事儿，说吧。"

小敏用眼睛环视着枫桦胡辣汤馆的大厅，说道："闷儿哥，祥符城里找不出第二家，有咱这种气派的胡辣汤馆了吧？"

石小闷："你净说废话，别说祥符城，就是全河南，全中国，也难心找着有咱这种派头的胡辣汤馆。反正我是冇见过。"

小敏："李枫说了，他正在酝酿一个大计划，啥大计划他冇说，但我能感觉到，他说的这个大计划跟咱的枫桦胡辣汤有关。听他的口气，这个大计划一旦成功，那就是发大财。"

石小闷带着不屑的口气说道："发大财，能发多大的财啊，能盘下他的枫桦西湖湾？还是能盘下半拉祥符城？发迷，胡辣汤就是再好，那也是一碗一碗卖出来的，就是能发大财，那也是猴年马月的事儿，别听他给咱画饼。"

小敏叹道："唉，我眼望儿想的不是发啥大财，我想的是，我该咋办？"

石小闷："你该啥咋办啊，你这不是好好的吗？咋啦，出啥事儿了？"

小敏："闷儿哥，我先问你个事儿。"

石小闷："啥事儿？问吧。"

小敏低头想了想，然后抬起头，说道："你是不是准备跟嫂子就这样挺下去啊？"

石小闷："你问这弄啥？"

小敏："别管我问这弄啥，你就跟我实话实说。"

石小闷："实话实说，我也不知。"

小敏："你是咋想的吗？"

石小闷："啥咋想的，我眼望儿的想法可简单，就是等到年底咱分罢了账，我去枫桦西湖湾分期付款买套房，让老李给我打个折，得得劲劲自己过自己的小日子。"

小敏:"自己过自己的小日子,咋啦? 想通了? 准备跟嫂子离婚?"

石小闷:"离婚不离婚我说了算,她说了不算,她光想呢。"

小敏:"她光想,你不想?"

石小闷:"我不是不想,我只是觉得对家里亏欠太多,在外面蹿怎些年,俺石家的汤锅也毁在我手里了。我是想,等我啥时候把欠家里的这笔债还清了,我再考虑离不离婚的事儿。"

小敏:"别说得怎好听,把亏欠家里的债还清了,再考虑离不离婚的事儿。年底咱分罢账,你把钱给她不妥了。"

石小闷:"看你说的,我不先买房我住哪儿啊? 总不能让我在汤馆里住一辈子吧。"

小敏:"你把年底分罢账的钱都给嫂子,你也不用再住在汤馆里,到时候我给你找个地方去住,找个能让你住一辈子的地方。"

石小闷:"你找地方让我住? 住一辈子?"

小敏:"对,保准能让你住一辈子。"

石小闷:"哪儿啊?"

小敏:"俺家。"

当石小闷压小敏嘴里听到"俺家"俩字儿后,顿时傻脸,他已经明白了小敏的意思,但他依旧不太相信自己的耳朵。

石小闷:"恁家……你今个有喝酒吧……"

小敏:"咋啦? 你又想喝酒了?"

石小闷:"老妹儿,你可别吓唬我啊?"

小敏:"吓唬你弄啥啊,我说的是真心话,你听我跟你说,想听吗?"

石小闷有吭声,俩眼直勾勾地瞅着小敏,他张了张嘴,想说啥又有说出来,随后就不知自己该说啥了。

小敏的眼睛里带着憧憬,说道:"夜个晚上,我想了一夜,啥都想好了,也想透了,咱俩结婚,在枫桦西湖湾买套房子,咱有咱的生意,咱缺的不是钱,咱缺的是,你说的那种得得劲劲的小日子,咱也这把岁数了,也要为自己想想了，不能再这么不死不活地耗着。章童那个赖孙是咋想的我不管，他初恋情人是他的妌头也好，还是他俩以后要结婚也好，反正我已经拿定主意要跟他离婚。你老婆就更不用说，她已经多次提出要跟你离婚了，那这一回你就成全了她，咱们这是各取所需，是两好合一好，我说的冇错吧。这就是我的想法，又实际，又现实，你说我说得对不对？"

石小闷已经被小敏的话给说蒙了，他万万冇料到小敏会说出这样的话来，即便上一次俩人喝蒙，在大马路上搂搂抱抱，造成了恶劣影响，搞得清平南北街上的街坊四邻都知，虽然那次喝酒让他很后悔，可不管咋说，自己心里是干净的，也从来冇往那上面想过啊。今个小敏等于是敲明亮响地把话说出来了，赤板板（赤裸裸）地把要和他结婚的事儿摆在了他面前，太猝不及防了，该如何面对他却不知。

小敏："哑巴了？你说话呀。"

石小闷："我说啥？我不知我该说啥。"

小敏："该说啥说啥，你心里是咋想的，你觉得我刚才说得中不中，你就给个朗利话，中就中，不中就不中。如果你觉得中，咱俩回家各自离婚，如果你觉得不中，不中就不中，那就去球。"

石小闷闷头不吭，他就是不吭，小敏也知他心里是咋想的，无非就是他觉得，自己在外面窜了恁些年，花了不少家里的钱，到头来还是一事无成，心里很歉疚，觉得自己对不住一家老小而已。

小敏接着说道："凡事都要想开一点儿，想长远一点儿。说句难听话，你就是不离婚，日子就能好过了吗？你老婆就会原谅你吗？倒不如快刀斩乱麻，去过自己新的生活，咱俩也都是快五十岁的人了，再不让自己的日子舒坦一点儿，这辈子不就是白活了吗？你瞅瞅你眼望儿有家不能回的这副砸锅样儿（倒霉样儿），我都替你揪心！"

石小闷还是不吭声，闷头抽着烟，那模样越发是一副砸锅样儿。

小敏："你不说话不是？不说就不说吧，不说就代表你不同意。不同意就不同意吧，强扭的瓜不甜，权当我冇说中了吧。"说罢站起身就走。

石小闷:"等等。"

已经走出几步的小敏停住了脚,转身问道:"咋啦,你还想说啥?"

石小闷用手指了指软包椅子:"你坐着,坐着。"

小敏:"坐啥坐,还有啥必要坐吗?"

石小闷:"当然有必要坐。"

小敏回身又坐回到刚才坐的软包椅子上,一声不吭地瞅着还在闷头抽烟的石小闷。

石小闷用手里吸到头的烟蒂又接上了一支烟,抽了一大口后,抬起眼盯着小敏。

小敏:"瞅啥瞅,不认识啊,有话就说,有屁就放,我还有事儿,可冇闲工夫坐在这儿跟你扯闲篇。"

石小闷:"我先问你一个问题。"

小敏:"你问吧,啥问题?"

石小闷:"如果咱俩结婚了,能不能把店门口挂的这块牌子换掉?"

小敏有些不解:"换牌子?"

石小闷:"对,换牌子。"

小敏:"换成啥?"

石小闷:"换成俺石家的汤行天下。"

小敏万分惊讶地:"为啥?"

石小闷:"那我就实话实说,离婚不是不可以,只要我同意离,立马三刻就能离掉。我之所以不愿意离婚的原因,你也知,就是觉得有点儿对不住家里。其实,我真正对不住的,除了老婆孩子和俺爹俺妈之外,就是石家那块汤行天下的牌子。婚离了可以再结,老婆冇了可以再找,可招牌要是冇了,对俺石家人来说就啥都冇了。俺爹吓吓瑟瑟已经冇了让石家汤锅东山再起的想法,他嘴上不吭,但我心里可清亮,俺石家那块牌子对他有多重要,那就是他的命。俺爹已经时日不多了,我想在他老人家活着的时候,能让他重新瞅见,祥符城里又挂起了俺石家胡辣汤的招牌,这对我来说,比离婚结婚更重要,别的我就不多说了。"

石小闷这是给小敏出了一个大大的难题,把枫桦胡辣汤馆的牌子换成石家的汤行天下?用祥符话说,这不是明装孬吗,咋可能?且不说自己这一关都过不去,李枫就更不用说。当初把章家杂碎汤馆改成枫桦胡辣汤馆的时候,她就曾有过一个想法,把章家天下无汤的招牌一起挂上,后来考虑到会出现法律上的问题就放弃了。咋了,眼望儿不挂天下无汤挂汤行天下?这不是在扇自己的脸嘛。别看石家汤里冇搁大烟壳,但同样有法律问题存在,即便李枫同意挂上汤行天下招牌,作为枫桦胡辣汤馆的老板,她也不会同意,因为这毕竟牵扯到章家。一旦挂上了汤行天下的招牌,不管离婚还是结婚,章家人肯定都不干。小敏觉得,换招牌跟离婚结婚冇啥关系,唯一有关系的,就是石小闷带来的特拉维夫胡椒。

小敏:"我要是不同意挂石家汤行天下的招牌呢?"

石小闷:"为啥不同意?"

小敏:"是咱俩结婚,又不是招牌结婚。"

石小闷:"你咋就不明白我的意思呢?"

小敏:"我明白你是啥意思,但我可以明确地告诉你,换招牌这事儿,此路不通。"

石小闷:"那就无路可走了。"

小敏:"不是无路可走,是有路可走你不走,非咬着屎橛儿打提溜(较真)。就这吧,该说的话我都说了,咱俩也冇啥可以遮遮掩掩的,结婚就是一起搭帮过日子,合适了就过,不合适就拉倒,这跟在哪儿干活是一个道理,能干就干,不能干就走人,无所谓。"

石小闷:"你这是要撵我走吗?"

小敏:"我可冇说要撵你走,我只是打个比方。"

石小闷:"你不用打这种比方,我走可以,特拉维夫胡椒跟我一起走!"

小敏笑了笑,说道:"你这个人啊,是个好人,就是爱冲动,你要是不爱冲动,也不至于落到今天这一步。你想走当然中,可特拉维夫胡椒你可带不走。"

石小闷梗起脖子："我带来的胡椒,我为啥带不走啊?"

小敏:"你当然带不走啊。"

石小闷:"冇这个道理!"

小敏:"那我就给你讲讲这个道理。结婚要结婚证吧? 离婚要离婚证吧? 这是少不了的法律文书,你别忘了,你掂着特拉维夫胡椒来跟我合作,咱俩是签过法律文书的,你说走就走了? 退一万步说,你就是走了,我照样可以去特拉维夫,把那里的胡椒弄回来啊,你说是不是? 我的闷儿哥。"

一听这话,石小闷顿时就像泄气的皮球,嘴里"扑哧"一声,声音瘫软地说道:"老妹儿,你这是要把哥哥给逼死啊……"

小敏:"我可冇逼你,结婚和离婚还不大一样,结婚是两相情愿的多,离婚是一相情愿的多,你说是不是啊?"

石小闷哭丧着脸:"是不是你都说了。"

小敏:"那你就按我说的办,先一相情愿,再两相情愿,中不中?"

石小闷起身上前,一把将小敏抱在了怀里,上口就去亲小敏的嘴,被小敏躲开。

石小闷:"咋啦? 不是两厢情愿吗?"

小敏用手指了指店门,小声问道:"门锁好冇? 别再让人瞅见。"

石小闷撒开小敏,朝店门走去:"我眼望儿就去把它反锁上,保准让谁都进不来!"

店门被锁牢稳之后,石小闷走到小敏跟儿,一把将她抱起来,就向自己睡觉的隔断走去,小敏在石小闷的怀里轻声问道:"你多少天冇干那事儿了?"

石小闷:"你多少天冇干那事儿了,我就多少天冇干那事儿了。"

小敏:"那咱俩今个就把那事儿干得劲。"

石小闷:"中!"

整整一下午,阳光在慢慢消失,石小闷和小敏俩人在隔断里,犹如干柴烈火,云山雾罩,昏天黑地。都是四五十岁的人了,碰撞在一起冒出的火花照样很灿烂耀眼,汤馆安静的大厅里,回荡着肆无忌惮的叫喊声,这种人性的叫喊,似乎是这两人在向同一个世界发出同一个最完美的声音——合作愉快!

…………

石小闷和老婆离婚了,朗朗利利。不过俩人在离婚之前达成了一个共识,先不告诉身患帕金森病的石老闷,离罢婚后,老婆还在石家住,该咋过日子还咋过日子,一切照旧,反正在外面上技工学校的儿子也大了,有啥可操心的,等儿子毕业后找一家工厂上班就完事儿了,家里就剩下一个吓吓瑟瑟的老头儿和一个老娘,俩老人该照顾还咋照顾,能让老头儿多活上几年,别让他知这个家已经名存实亡。

很奇怪的是,有离婚之前,石小闷只要回家,两口子几乎有一次不磨嘴斗气,离罢婚之后,石小闷只要回家,俩人却相互彬彬有礼,说话和干活儿都有眼色,还能相互休谅,问寒问暖,用石小闷对小敏的话说:"真气蛋,这也不吵不闹了,说话也客气了,也懂得互相谦让了,你说气蛋不气蛋。"

听石小闷这么一说,小敏醋醋地说:"那恁俩再合婚吧,反正我还有离婚呢。"

石小闷:"装孬了不是? 你信不信,俺俩要是一合婚,比以前吵得更凶。"

小敏:"那为啥离罢婚就不吵了呢?"

石小闷:"贱呗。"

小敏:"还不是一般贱。"

石小闷:"你别说我贱不贱了,我是把婚离掉了,你啥时候能离掉啊?"

只要一说到这儿,小敏就哑语,这种被叨住麻骨的滋味很不好受。是啊,别管石小闷离罢婚后咋样儿,但在俩人发生那种关系之后,人家说到做到,并且在第一时间就把离婚证亮在她的面前,以示言而有信,说到做到,而自己却还是遥遥无期。

小敏半烦地说:"我给那货已经打了好几次电话,那货冇说不离,也冇说离,就说等他回来再说,我有啥法儿,总不能让我窜到埃及去找他离婚吧。"

石小闷:"事儿不大,你看着办,反正眼望儿亲戚朋友都知我已经离罢婚了,就等着跟你结婚,再这样拖下去,我总觉得是夜长梦多。"

小敏:"夜长梦多个啥?你是不是觉得,我是那种说话不算话的人?"

石小闷:"这倒不是。"

小敏:"那是啥?"

石小闷:"等得翘急。"

小敏:"翘急啥翘急,谁不知咱俩好,就连李枫都知道咱俩的事儿了。"

石小闷:"谁知道都白搭,你拿不到那个离婚的小本本,咱俩就不能敞明亮响地在一起过日子。"

小敏:"眼望儿咱俩也冇偷偷摸摸的啊,你去俺家恁多回,不是还让俺公爹碰见过嘛,他不是都睁只眼闭只眼了嘛。"

石小闷:"章兴旺睁只眼闭只眼,是他觉得他儿输理,他章家亏欠你。"

小敏:"这不妥了嘛,你还想咋着?"

石小闷:"我还想抬花轿、放花炮、吹喇叭,把你抬进俺石家的门。"

小敏:"快拉你的倒吧,抬花轿,放花炮,我才不会这么庸俗。"

石小闷:"你还准备多高雅啊?"

小敏眼睛里带着憧憬说道:"我要把咱俩结婚的新房安在枫桦西湖湾,推开高大明亮的窗户,面对西湖的美景,喝着茅台酒,听着关灵凤唱的祥符调,那才叫小美她娘老美……"

石小闷斜着眼,咂着嘴说道:"啧啧啧,还小美她娘老美,你知不知,那货再不压埃及回来恁俩把婚离掉,咱俩就是小丑他娘老丑!"

听到石小闷这话,小敏眼睛里的憧憬一扫而光,她心里清亮亮的,这事儿确实不能再这样无休无止耗下去了，再这样耗下去，真就像石小闷说的——小丑他娘老丑。虽然外人不会当着她的面说啥，可是她已经压不少人的眼光里，察觉到了对她人格的鄙视。不久前，章兴旺想吃沙家牛肉老汤煮出来的面条，她去沙家作坊盛煮牛肉老汤的时候，沙义孩儿就带玩不玩(开玩笑)地对她说，以后再来盛沙家煮肉的老汤，她就不能白盛了。她问为啥？沙义孩儿说，她已经快不是章家的人了。虽然沙义孩儿在说这话的时候脸上带着笑容，但这笑容里明显夹枪带棒地带着一种暗喻：她已经不是章家的人了。

小敏阴沉着脸对石小闷说："我已经想好罢了，这事儿很快就会见分晓，你就放心吧，我要让所有人瞅见一个小鸡叨米。"

石小闷："你准备咋？再给那货打电话？"

小敏微微点了点头，语气暗淡而又坚定地说："我这次要在电话里明确告诉那货，再不回来，我就去埃及找他……"

说话算话的小敏，当天晚上就给埃及打了长途电话，她在电话里，干脆朗利地向章童说出了自己的决定，并发出最后通牒，如果章童在接到这个电话后十天之内不回祥符，她就办护照去埃及，她就是硬拉也得把章童拉回祥符办离婚手续，说到做到。

接到小敏电话后的章童，彻底坐不住马鞍桥了，第二天买上机票就飞回了祥符。

当在家坐等章童回来的小敏，第一眼瞅见带着满身疲惫走进家门的章童时，暗自吃惊。眼前这个几年未见的丈夫模样大变，头发花白，满脸皱纹，骨瘦如柴，身上穿着一件阿拉伯式样的双排扣西装，冇打领带的西装上油渍斑斑，再瞅他脚上穿的那双皮鞋，就像从来冇擦过鞋油一样，上面沾满了尘土。

小敏上上下下把章童审视了一遍，问道："你咋变成这副德行？瘦得冇人样了？"

章童冇回答小敏惊讶的疑问，而是站在那里四处张望着，似乎也不认识自己的家了。

小敏:"我问你话呢,你是咋回事儿啊?"

章童还是冇正面回答小敏的疑问,而是把自己的家浏览了一遍后,问道:"咱爸咱妈呢?"

小敏:"恁爹去汴京公园下棋了,恁娘在街边跟一帮老婆儿喷空呢。"

章童:"他俩身体还好吧?"

小敏:"都比你好,油红似白的,最起码不像你这样,瘦得像条狗。"

章童冇去在意小敏的讽刺,说道:"我一天冇吃饭,能不能给我下碗鸡蛋番茄捞面条。"

小敏:"飞机上冇饭吗?"

章童:"有饭,我不想吃,单门儿留着肚子回来,吃你做的鸡蛋番茄捞面条。"

小敏向厨房走去:"你等住吧。"

在小敏在厨房做鸡蛋捞面条的时候,章童压这间屋走到那间屋,又压那间屋走到这间屋,神情暗淡地察看着自己家的变化。其实,家里的变化不大,只是他已经感到陌生。当他在小敏住的房间里,瞅见挂在墙上的那张儿子与他两口的合影照片时,眼圈有点儿发红,他伸出手去,轻轻抚摸了两下那张照片,随后轻轻地叹了口气,自言自语地说了一句:"放着排场不排场,非得混到丢人上……"

一大碗鸡蛋番茄捞面条端到了饭桌上,章童急忙坐下,抄起筷子,呼呼啦啦冇一小会儿,满满一碗捞面条就见了碗底,他舒坦地用手抹了一把嘴,嘴里挤出了一句:"得劲。"

小敏:"在埃及就吃不上捞面条了?"

章童:"也吃,自己做,捞面条,卤面,炸油馍头,炸麻叶,可咋做也不是咱这边的味儿。"

小敏:"恁熬的胡辣汤呢? 是咱这边的味儿不?"

章童:"胡辣汤冇考究,一个地儿一个味儿,在中国就是中国胡辣汤,在埃及就是埃及胡辣汤,百味儿对百客,跟咱的捞面条不一样,捞面条只有祥符人能吃懂,外地人吃不懂。"

小敏:"生意咋样儿?"

章童:"啥咋样儿?"

小敏:"你的胡辣汤生意咋样儿啊?"

章童低下头不吭声了。

小敏:"我问你话呢,你咋不吭气儿啊?"

章童慢慢抬起头,说道:"这些年,我有给家里寄一分钱,并不是因为章家胡辣汤在埃及的生意不中,而是……"他不再往下说了。

小敏催促道:"你说啊? 而是啥?"

章童是做好充分的思想准备回来的,他心里可清亮,只要回来,就不可能再把自己在埃及的情况隐瞒下去,这也是他始终不愿意回来的原因。他坐在那儿,重新稳定和调整好自己的情绪之后,慢慢开始叙述他在埃及这些年的情况。

39. "不是打算,是一定要离婚,就凭你做的这些事儿, 咱俩还能在一起过吗?"

章家天下无汤那块招牌,就挂在苏伊士运河边的港口,距离运河不到二百米。坐在章家的汤馆里喝汤,能观赏到来来往往进出港口的各国货船,来章家汤馆喝汤的,大多是中国船员。只要有中国货船进港,生意就火爆,中国货船不多的时候,生意相对冷清一些,总的来说,虽然有周洁之前说得那么好,但确定是个稳赚不赔的营生。

周洁那个澳大利亚丈夫叫戴维斯,是个做袋鼠皮货的生意人,常年在世界各地营销澳大利亚的袋鼠皮货,在埃及苏伊士运河边支汤锅,戴维斯基本不管,全权交给了周洁。要说这个戴维斯,不清楚周洁和章童的关系那是不可能的,这种关系,不管是中国男人还是外国男人,只要不是个傻屎,搭眼一瞅就知了。但是与中国男人不同的是,外国男人根本不去计较这种关系,不但不计较,每次压埃及临走之前,仨人在一起喝酒吃饭的时候,戴维斯还会端起酒杯,诚恳委托章童要对周洁多多关照,在丈夫走后,周洁会笑着对章童说,谁关照谁啊。明明是她在关照章童,除了会熬汤,章童嘴里那几句常用的英语单词,还都是带着祥符调,每一次,当章童用祥符调的英语单词,与外国喝家们交流的时候,周洁都会在一旁捂住嘴笑。

情感就不用说了,有能成为一家人的俩初恋情人在一起,自然是和谐美好如初。大半年过去以后,章童惊讶地发现,在埃及卖半年胡辣汤,要比在祥符卖半年胡辣汤挣钱多,周洁笑着对他说,人民币结账和英镑美元结账能是一码事儿吗,章童心想,章家汤锅就按这样状态在埃及支下去,两三年之后,别说买两套枫桦西湖湾的房子,就是再买两套也不在话下,想到这儿,章童更加提劲儿,心想,只要能大把大把地挣钱,回到祥符以后,小敏对他肯定既往不咎。周洁当然能看出章童心里的小九九,为鼓励章童能在埃及好好干,周洁又给他加码,只要好好干,就有挣不完的钱。她鼓动章童,先把头半年挣到手的钱,买一辆好轿车,外国和中国一样,开啥样的车是一种身份的象征,不管走到哪儿都会让人高看一眼,尤其在埃及,有钱人太多,轿车能代表自己是在哪一个阶层。于是乎,章童一狠心,就把原本想寄回家的钱,买了一辆法拉利轿车,而且还是最贵的那款法拉利跑车。埃及是一个非常适合开跑车的地方,到处是沙漠公路,人烟稀少,可以敞开胸怀,撒着欢儿地开车。

万万冇想到的是,就在章童把头半年挣到手里的钱,买了一辆法拉利跑车的第一天,由于太过于兴奋,他开着跑车去撒欢儿,在一处沙漠公路上,一下撞上了两个骑骆驼的孩子。按理儿说,那两个孩子骑在一头骆驼背上,本应该行走在公路旁边的沙地上,可那俩货不知为啥,骑着骆驼上了公路,或许是那头骆驼被法拉利跑车飞奔时发出的巨响给吓住,瞬间在公路上就惊了,一下子与跑车撞在一起,这下可好,车毁人亡,两个骑骆驼的男孩儿在骆驼被撞之后压骆驼上掉下来,与急刹车的法拉利相撞,当场毙命。

冇啥可说的,接下来就是吃官司吧,虽说埃及人冇祥符人那么难缠,但人家冇不看僧面看佛面之说,那俩男孩儿毕竟是埃及人,你章童毕竟是外国人,而且还是个来埃及做生意的外国人,即便主要责任不在章童,冇把你抓起来就算对你开恩,经济上的赔付却一分也不能少。法庭做出判决之后,好家伙,这赔付的钱数可不小,至少是买七八套枫桦西湖湾房子的钱。章童傻眼了,在当地法庭判决书下来之后,那就分期付款吧,用一碗一碗卖出的汤钱往里填吧,啥时候把这个坑填满啥时候拉倒。一看这个情况,周洁不出手相助不中了,于是,她就打电话向丈夫戴维斯求助,本以为在这个关键时刻,那个平日里温文尔雅、知情达理的戴维斯会出手相助,冇料到,那个戴维斯在电话里义正词严地对周洁说:他是你的初恋情人,又是你把他请到埃及来一起支汤锅的,咱们亲是亲钱上分,你们用支汤锅赚来的钱慢慢赔付吧……就这,那个戴维斯断了章童的念想,尽管周洁在摔掉手里的电话后,愤愤地骂戴维斯不是个玩意儿,是个抠门孙,可她也冇其他办法,只得用支汤锅的钱,让章童慢慢去填这个窟窿。毕竟是初恋情人嘛,总不能见死不救。

人啊,别管是啥关系,就是亲娘老子,时间短还中,时间一长,谁也架不住这种只赔不赚的生意,每天辛辛苦苦,起早贪黑,一碗汤一碗汤这么卖,银子都赔进这无休无止的辛苦里了,日子越过越紧巴,心情越来越糟糕。初恋情人开始磨嘴吵架,周洁喋喋不休地埋怨章童越来越不像话,越来越舍不得往汤锅里下料,为了省几个钱,今个不掌黄花菜,明个少掌黑木耳。章童在周洁面前时不时就甩手,说自己就不该到埃及来,在祥符就是支杂碎汤锅,也不至于这样暗无天日……

终于有这么一天,周洁在接罢戴维斯的电话之后对章童说,戴维斯让她回澳大利亚,说是新成立了一家袋鼠制品公司,让她去负责,其实章童心里清亮,啥新成立了一家袋鼠制品公司,这就是在甩包袱。天要下雨娘要嫁人,初恋情人又能咋着,就是两口子,照样是夫妻本是同林鸟,大难临头了各自飞。就这,章童啥也冇说,眼巴巴地瞅着周洁飞回了澳大利亚,在机场与周洁告别的时候,周洁对章童说,咱俩还是冇缘分,下辈子也成不了夫妻。章童却说,下辈子他一定要跟周洁成为夫妻。周洁问为啥,章童咬着牙说:让她夫债妻还。

周洁走了,章童可走不了啊,啥时候把法庭判决的钱付清,他啥时候才能离开埃及。汤锅他是支不下去了,连个打下手的人都雇不起,根本就不中,于是,他关掉了汤馆,去码头上打工,干装卸、当搬运、卖苦力,钱虽然冇开汤锅挣得那么多,但还是可以慢慢去填那个窟窿的。独自一人在埃及,为了早日能把钱赔付完,他省吃俭用,还经常去打扫港口内外的公共厕所,能去挣的钱他都去挣,他掰着指头算钱和数日子,身体在这种计算中日益消瘦。几年过去,终于在钱数和日子达成一致的第二天,便接到了小敏的电话,原先他计划在赔付完成后,调整一下自己的身体,恢复个十天半月,起码再挣俩小钱,买一身像样的衣服穿上回祥符吧,可是,当他在电话里一听小敏要来埃及,他慌了神儿,不得不立马买了回国的机票,回到了祥符。

就是冇小敏那个最后通牒的电话,章童回到祥符后,也会如实把他这些年在埃及的经历告诉小敏。他心里清亮,瞒是瞒不住的,去埃及支汤锅这些年,一分钱冇挣着,混成个丢人贼回来了,他在小敏面前失去了所有的尊严。

讲述完在埃及的经历之后,章童垂头坐在那里,就像个罪犯在等待判决。

听罢章童的讲述,小敏一言不发,她已经被章童在埃及的经历,虐得没有眼泪也没有悲伤。自打进了章家的门,这些年为了这个家,可以说她拼尽了全力,到头来这个家却变成今天这个德行。瞅着眼前这个丢人砸家伙的丈夫,她无话可说。

屋里很安静,墙上的挂钟滴答滴答一分一秒地走着,这时,外面的街上传来熟悉的叫卖声,"羊肚羊肺咸羊肝……羊头肉,热的……"这叫卖声不知触动了章童的哪根神经,他双手捧住脸,呜呜地哭了起来。

小敏的鼻子也在发酸,不管咋说,章童就是再不是个好鸟,俩人冇离婚之前,还得有福同享有难同当,毕竟上有老下有小,打也罢骂也罢,打罢骂罢又有啥用? 实际问题不是还要靠自己来解决吗。小敏心里哀叹着:唉,瞅瞅这俩男人,石小闷那个货是被老婆撵出家门了,章童这个货是被情人抛弃在异国他乡了,都混成个丢人贼了,唉……

小敏:"中了,哭有啥用,能把钱哭出来? 别哭了,噤住吧,说说下面该咋办吧。"

章童抹了抹脸上的眼泪,说道:"你说咋办就咋办,我全听你的。"

小敏:"不是我说咋办就咋办,你这一回来,自己就不想想下一步该咋办? 是再支个汤锅,还是干点别的啥? 总不能在家啃老吧,恁爹恁妈都是快九十岁的人了,你也不能靠恁爹恁妈养活着吧。再说了,恁爹妈眼望儿也冇啥钱了,恁爹妈的钱,已经买了枫桦西湖湾的房子,送给陈子丰了。"

章童:"真买枫桦西湖湾的房子了?"

小敏:"那还能儿戏? 恁爹领着咱俩去陈子丰家下过跪,你都忘了?"

章童:"陈子丰已经搬到枫桦西湖湾去住了吗?"

小敏:"住冇住我不知,反正房子已经给他们了。"

章童轻叹了一声:"唉,那就冇戏了。"

小敏:"冇啥戏了?"

章童:"原先我想,不管回来干啥,要想东山再起的话,先借用一下咱爸给陈子丰买房子的钱。"

小敏:"中了,别再打恁爹的主意了,恁爹这辈子不欠谁的了,眼望儿只剩下你欠我的了。"

章童:"我知,我欠你的很多,你才打算要跟我离婚……"

小敏:"不是打算,是一定要离婚,就凭你做的这些事儿,咱俩还能在一起过吗?"

章童默默地点着头,说道:"我知,咱俩离婚是冇跑了,我只是想……"他冇往下再说,像是心有余悸,又把头低了下去。

小敏:"说啊,你只是想啥啊?"

章童慢慢将头抬起来,说道:"我,我是想让你借一点儿钱给我。"

小敏:"借一点儿钱给你弄啥? 你再找个地儿支口汤锅?"

章童摇了摇头。

小敏:"不支汤锅你还能弄啥?"

章童:"我要是说出来,怕你不借给我钱。"

小敏:"借不借给你钱,咱先不说,你就先说说,下一步你准备弄啥。说吧。"

"那我可就说了。"章童挪了挪屁股,坐正了身体,一副汇报工作的模样,说道,"虽然这一回我在埃及丢了大人,但也不是冇一点儿收获,我发现了一个商机,如果在咱这儿做这样的生意,保准可以挣钱,我要是说出来,你可不要骂我。"

小敏:"你还冇说出来,我骂你啥? 说吧,啥商机? 啥生意?"

章童:"虽然这一回我在埃及吃了大亏,但我压那个叫戴维斯的男人那儿,发现了一个大商机。"

小敏:"就是那个你姘头的丈夫?"

章童带着怯气点点头:"嗯。"

小敏冷冷地问:"在你姘头的丈夫那儿,发现了个啥大商机啊?"

章童开始讲周洁的丈夫戴维斯。那个戴维斯在澳大利亚有个朋友,是一位旅居澳洲多年的华人皮具工艺师,有着一手精湛的技艺,于是,戴维斯就决定利用这位华人工艺师的精湛技艺,把澳大利亚取之不尽、用之不竭的袋鼠皮制作成商品,销往全世界。两人合作以后,果不出所料,用袋鼠皮制作出来的女式皮包,深受欧美市场欢迎,供不应求。周洁身上背的那个包,就是袋鼠皮制成的,那是真叫一个好看。除此之外,还可以制作成眼望儿正在全世界流行的拉杆箱,戴维斯每次去埃及,手里拉的就是袋鼠皮制作的拉杆箱,那叫一个真时髦。周洁走后,章童在港口干搬运的时候,不止一次想过,有朝一日回到祥符,不是不可以考虑做这种袋鼠皮制品的生意。不管咋说,中国别的地方有没有人做他不知,祥符城肯定冇人做这种生意。章童说,眼望儿时代变了,尤其是女人,追求美已经到了标新立异的程度,他在埃及港口做苦力的时候,经常就能见到各种穿戴时尚的女人,在她们走下船来的时候,最打眼儿的,就是她们身上的挎包,与此同时他脑子里就闪现出了这个念头,回祥符后有冇可能做袋鼠皮女包的生意,女人的钱好赚嘛。

听罢章童这一番话,小敏一动不动地坐在那儿,俩眼轻描淡写地瞅着章童,冇吭气儿。

章童:"我只是说说自己的想法,你掂量掂量,看中不中,你要是觉得中,你就借我点钱,我在祥符开个卖袋鼠皮女式提包的商店,你要是觉得不中,那就拉倒,我就去干点儿别的生意,反正汤锅我是不想再支了,够够的。"

小敏:"生意是门不孬的生意,怪另类,祥符城也冇人做。"

章童:"我说得对吧,就是冇人做的生意,我去做,才稳赚不赔。"

小敏:"还准备跟初恋情人联手?"

章童:"不是跟她联手,是跟她男人联手。"

小敏:"这样吧,如果你想做这门生意,我可以借给你钱,但有个前提你必须答应。"

章童:"你说,啥前提。"

小敏:"让你的初恋情人跟她丈夫离婚,恁俩结婚,名正言顺来做这门生意,你看咋样?"

章童睁大了俩眼,满脸不解地说道:"这不是要拆散人家的家庭吗?"

小敏:"她已经拆散了我的家庭,我成全恁俩不是件好事儿吗?"

章童:"咋?你真的要跟我离婚啊?"

小敏:"不是我真的要跟你离婚,这么说吧,压你背着我,悄摸偷审到埃及那一天起,咱俩的婚姻已经名存实亡了。你就是不去做这个袋鼠皮女包生意,咱俩肯定也要离婚,更何况,我眼望儿也已经有相好的了,咱俩一离婚,你去跟初恋情人结婚,我去跟我相好的结婚,这不又是两好合一好嘛。"

章童更加惊讶,瞪大了俩眼问道:"你不是揣我的吧?"

小敏:"我揣你啥了?"

章童:"你真的有相好的了?"

小敏:"我跟你说这瞎话弄啥,明人不做暗事儿,俺俩相好也有一段日子了,就等着你回来离婚,跟你婚一离,俺俩就结婚。"

章童彻底蒙了,他相信小敏这话是真的,尽管是自己出轨在先,对不住小敏,可小敏也找了情人,他却无法接受这个现实。可是,无法接受又能咋着呢,他心里明镜似的,自己跟小敏已经不可能在一起生活了,想到这儿,他懊丧到了极点,又有一点儿办法。

沉默许久,章童低声问了一句:"你的那个相好是干啥的?"

小敏平静地说了一句:"你认识。"

章童再次惊讶:"我认识? 谁呀?"

小敏:"恁俩还打过架。"

"俺俩还打过架?"章童仔细回忆着,似乎是想不起来了。

小敏依旧平静地说道:"你忘了,他的肋巴骨是你打断的。"

章童顿时瞪大眼张大嘴:"石小闷?"

小敏:"对呀,就是石小闷。咋啦,你还准备去把他的肋巴骨再打断两根?"

章童:"你不是跟我闹着玩吧?"

小敏:"我哪有闲工夫跟你闹着玩,我相好的真是石小闷,你的发小,石家汤锅的继承人。眼望儿跟你一样,也是压国外窜回来,他放弃了石家汤锅,你放弃了章家汤锅,但有一点他比你强,不管咋着,虽然他放弃了石家汤锅,可他还在跟胡辣汤打交道,是我的合作伙伴。"

此时此刻的章童，已经彻底蔫儿了，瘫坐在那里，眼睛里似乎已经看不到任何光芒，就像一条被打得半死不活的狗，只会喘息，不会站立。

这时，小敏压椅子上站起身，说道："中了，我要去九道弯了，小闷还在店里等着我呢。你长途跋涉回来不容易，今个先歇歇，一会儿你爸妈回来了，你跟他们说说话，明个咱俩就去民政局办离婚。"

表情呆滞、瘫坐在那儿的章童，对小敏说的话冇任何反应，待小敏走出家门把房门关上之后，章童突然像被电击中，压椅子上蹦了起来，像充满电的电池一样，冲进了小敏住的房间，一把压墙上扯下了他们一家三口的合影镜框，狠狠摔在了地上。

木已成舟，不离婚恐怕是不中了。

章童压埃及回来冇几天，在小敏的催促下，俩人便去街道办事处，办了协议离婚的手续。跟石小闷离婚不一样，石小闷是瞒着父母净身出户，章童不敢瞒着爹妈的原因，是小敏多次在公公婆婆跟前表示，只要章童回来就一定要跟他离婚，章兴旺和老伴儿高银枝都不敢吭气儿。老两口清亮，儿子跟着初恋情人窜了是件输理儿的事儿，万般无奈的老两口，只好同意俩人离婚。

婚是离罢了，下一步该咋办，身无分文的章童还是得找爹妈商量，说是商量，其实就是借钱，不管下一步干啥，冇钱啥都别说。

当章童把做袋鼠皮制品的想法告诉爹妈后，高银枝抹着眼泪说："瞅瞅，这弄的是啥，窜到外面恁些年，啥也不啥，做啥袋鼠皮生意啊，隔意人，不就是大老鼠皮吗……"

章兴旺冲着老伴儿翻着眼睛说道："懂啥，不懂别瞎胡说，啥大老鼠皮啊，还小老鼠皮呢。"

高银枝："我咋不懂啊，不就是大老鼠怀里还兜个小老鼠吗，用它来做提包，不是就得把它杀了吗，多残忍啊，小老鼠冇了大老鼠，咋活？"

章兴旺："这都不是你操心的事儿，你还是多想想恁儿咋活吧！"

高银枝："要想牢稳，还是支汤锅，别管挣多挣少，撑不死也饿不着。"

章童一旁说道："汤锅我是不会再支了,要不是为了支汤锅,我也混不到这一步。"

高银枝:"那也不能怨你,要怨就怨恁爹。"

章兴旺把眼睛一瞪:"怨我啥?我又冇让他窜到埃及支汤锅!"

高银枝:"你冇让他去埃及不假,可是咱把话说回来,当年你要是不把大烟壳子掌进汤锅里,就凭咱章家的胡辣汤,再不咋着,咱章家在祥符城里,也不缺吃不缺喝,照样混个肚圆,可你非得要当祥符城里胡辣汤的头牌、老大,你以为挂上个天下无汤的牌子,天下就真的冇汤了?眼望儿倒好,满天下都是汤,就咱章家的汤冇了……"

章兴旺恼了,冲老伴儿骂道:"闭住你的臭嘴中不中,哪壶不开提哪壶,你不说这种话能死不能?"

高银枝:"我说哪种话了?我说瞎话了?八十多岁的人了,还跟个蛋罩一样,说翻脸就翻脸,只能听好话,不能听孬话,这天底下,你能听见多少好话?又有多少人说好话让你听?"

章兴旺:"我就冇听见你对我说过多少好话!"

高银枝:"我听见你对我说过多少好话冇?"

章童:"中了中了,恁老两口别再吵了,咱说正事儿中不中?"

章兴旺不吭气儿了。

高银枝又开始抹眼泪,对儿子说道:"瞅你皮包骨头瘦成这个样儿,心疼人,这都是日子不顺造成的,赶紧让你的日子顺起来吧。"

章童:"所以啊,我得赶紧挣钱,一挣钱啥都有了,立马就会胖起来。"

"唉——"章兴旺深深地叹了口气儿,说道,"不管挣啥钱,汤锅的钱是挣不到手了……"

章童:"我就冇想过指望汤锅挣钱,别管是啥汤锅,胡辣汤也好,杂碎汤也罢,我已经够够的了。"

高银枝:"不支汤锅又能干啥啊?"

章童:"干啥我不是已经说了嘛,做个独门生意。"

章兴旺一边思考一边对儿子说:"你说的那个袋鼠皮生意,是独门生意不假,我只是担心咱祥符人不太能接受。"

高银枝对章童说:"恁爸说得有道理,旁门左道的生意,也许能火上一阵,过了那个劲儿就难说了,就像九道弯小敏他们那个汤锅,一开始想鲜点儿,胡辣汤里掌枫叶,时间一长就冇人认了,不是还得在胡椒上想点儿吗,你再看眼望儿,自打掌了那个谁压以色列带回来的胡椒以后……"

"中了,闭住你的嘴,咱眼望儿在说童童的事儿,扯枫桦胡辣汤弄啥!"章兴旺一脸半烦地打断了老伴儿的话。

高银枝噘住不吭了。

章童:"爸,你不用担心,就让我试试袋鼠皮制品的生意吧,规模不用太大,在马道街或寺后街或鼓楼街上,开个小门面就中,就是赔也赔不到哪儿去。"

高银枝瞅见章兴旺在默默点头,似乎在认可儿子说的话,低声说道:"别管开个大门面还是小门面,钱呢?"

章童:"咱家冇钱了吗?"

高银枝:"你问恁爹,咱家还有钱冇,都花到送陈子丰那个别墅上了。"

章兴旺又开始半烦:"又开始叨叨,别老是觉得吃亏中不中,说句难听话,那是花大钱免大灾,也叫一举两得,你也不想想,要不是那套别墅,枫桦西湖湾那个李枫能跟咱拉倒? 他不给咱整个家破人亡那才叫怪!"

章童:"中了,爸,那事儿就别再说了,就说说咱家还有多少钱吧,够不够开个小门面。"

章兴旺把脸一背:"问恁妈。"

章童:"妈,咱家还有多少钱?"

高银枝嘴里嘟囔道:"咱家还有多少钱恁爸不知吗? 还让问我,问恁爸。"

老两口都不吭声了。这时,章童也看得出,老两口那副难以启齿的样子,已经在告诉他,家里剩下的钱,肯定不够再让他开个小门面了。

仨人在短暂的缄默之后,章童说道:"中吧,钱的事儿我再想想办法吧,反正我已经认准这门生意了。"

…………

40."听见冇,人家都不怕,你还担心个啥,你就放心吧,我已经冇能力再打断他几根肋巴骨了。"

章童是这么想的,他爹辛辛苦苦一辈子,把支汤锅挣来的钱,以知恩图报和破财免灾的方式,给陈子丰送了一套祥符城最好的房子,可他压小敏嘴里听说,陈子丰并冇搬到枫桦西湖湾去住,陈子丰为啥不去住的原因他不知,但有一点可以说明,陈子丰不差这个钱,或者说是不敢去住。原因是摊为他是个老革命,怕被人知道后晚节不保,如果是这样,不妨去找陈子丰借钱。陈子丰是老革命,对自己的名声一定可在意,再在老人家面前诉诉苦,说点儿高尚的好听话感动一下老人,冇准老革命陈子丰就会把那套房子还给章家,这样不就啥都有了。

准备去碰碰运气的章童,去到寺门沙家卖牛肉的亭子,掂了两块肘子肉,又买了一兜双麻火烧和花生糕,就奔市委家属院去了。

陈子丰、于倩倩老两口见到章童挺高兴,尤其是于倩倩,见到章童提来的两大块肘子牛肉,跑进厨房,用菜刀先拉下一块塞进了嘴里,一边嚼着肉一边说着话压厨房里走出来:"真好吃,我就爱吃沙家品味来的牛肉,吃了一辈子也冇吃烦。"

章童:"我知于姨喜欢吃沙家牛肉,所以别的啥也冇拿。"

陈子丰:"不是还拿了双麻火烧和花生糕了嘛,这个我爱吃。"

于倩倩瞅见章童,说道:"孩子乖,好些年冇见,你咋瘦成这样了?"

陈子丰:"就是,瘦得都脱形了,好像变了个人似的。"

章童:"陈叔,于姨,我这些年的情况,恁二老还不知了吧?"

于倩倩:"我听小敏说,你不是去国外支汤锅了吗?"

章童点头说道："我要不去国外支汤锅,也不会瘦成这样儿。"

于倩倩:"咋回事儿啊? 乖,快说说。"

于是,章童就把这些年他去埃及支汤锅的前前后后,但不是原原本本地告诉了陈子丰和于倩倩老两口。所谓不是原原本本,就是他省略掉了与初恋情人合作那一板儿,之所以赔了个屌蛋精光,就是摊为老外们不爱喝胡辣汤,他是受了别人的误导,才窜到埃及去支这个汤锅的。

听罢章童的述说之后,于倩倩叹息道:"唉,老话说,一方水土养一方人,一点儿也不假,还是回来好,在祥符城随便支个锅也饿不着啊。"

陈子丰:"回来了,下一步准备干点儿啥啊?"

章童:"想干的事儿不少,就是……"

于倩倩:"就是啥啊?"

章童不说话了,眼一湿,嘴一撇,俩手一捂脸,呜呜地哭出了声。

于倩倩急忙问道:"咋啦,孩子乖,哭啥啊,别哭别哭,有啥跟恁叔俺俩说说。"

不劝还好,于倩倩这一劝,章童反而越哭越厉害了。

陈子丰:"哭也不解决问题啊,别哭了,有啥困难跟恁姨俺俩说,看俺能不能帮你解决。"

于倩倩:"就是,有啥需要恁叔俺俩帮忙的,你只管说,别看恁叔已经不在位了,可不管到哪儿,说句话人家还是能给恁叔一点面子的,说吧,孩子乖,有啥困难?"

章童止住了哭声,抹了抹脸上的眼泪,说道:"叔,姨,我也不想瞒恁二老,要不是到万不得已无路可走,我也不会来麻烦恁二老的。"

于倩倩:"有啥事儿你就说,只要俺能帮忙就一定帮你,我不是说了嘛,别看恁叔已经退休不在位了,可不管到哪儿,只要发句话,人家还都给恁叔一点面子,说吧,孩子乖。"

章童:"我就是想问问,枫桦西湖湾那个房子,恁二老是不是不准备搬进去住了啊?"

听到这话,陈子丰和于倩倩同时愣怔了一下,又同时互相瞅了一眼。

于倩倩:"孩子乖,你问这是啥意思啊?"

章童:"冇啥意思,我就是随便问问,于姨。"

于倩倩:"不是随便问问吧? 你都哭成这样,还能是随便问问?"

陈子丰:"是啊,我也觉得你不是随便问问,你既然是为房子来的,你就敞开窗户说亮话,有啥说啥,直截了当一点儿。"

章童:"那好吧,有啥我就说啥吧,就是说得不对,恁二老也多包涵。"

在陈子丰和于倩倩的注视之下,章童把自己的想法说了出来,说罢之后,他一再强调,这只是自己的一个想法,不代表他爹,他也是背着他爹妈来的,并且还一再强调,中就中,不中权当他冇说,主动权在老两口手里,千万不要认为,他今个来是为了想要回那套房子的,也千万不敢让他爹妈知道今个他到这里来这件事儿。

听罢章童这一番实话实说,老两口都沉默不语,脸上的表情有点儿说不来的复杂。

章童:"叔,姨,恁不说话就不说吧,我也明白是啥意思了,还是那句话,这事儿权当我冇说,恁二老千万别往心里去。恁二老多多保重身体,小侄儿我就先告辞了。"说罢他起身要走。

陈子丰:"坐下,你说罢了,我还冇说,听我把话说完你再走。"

章童瞅着表情严肃的陈子丰,又坐了下来。

陈子丰:"孩子乖,恁叔我来祥符也算是一辈子了,虽然祥符话还说不标准,但说的还是祥符话,祥符人爱说,'有货货到,冇货话到',祥符人还爱说,'见书生说书,见屠夫说猪'。有货货到,冇货话到,恁爹送给俺的房子就是货,房子已经收到,今个话也必须到,'见书生说书,见屠夫说猪',你不是书生,但也不是屠夫,你是个支汤锅的,那我就跟你见锅说锅。恁章家送给俺那套枫桦西湖湾的房子,我已经以恁章家汤锅的名义,捐赠给了祥符市的老干部活动中心,冇告诉恁章家的人,是怕恁爹生气,怕恁爹胡想:咋? 俺章家送给你的房子,你用它来给你自己脸上贴金? 恁爹要是摊为这再想不开,出点儿啥事儿,那可不是闹着玩的。原先,市老干部活动中心想搞个隆重的捐赠仪式,被我制止了,我跟他们扯了个谎,就说恁章家很低调,怕这个事儿被媒体宣扬出去,会被祥符人认为恁这些支汤锅的钱多,是在用钱给恁的汤锅树碑立传,所以,我跟恁姨俺俩一商量,决定先不告诉恁爹,等到一个合适的时机再告诉他。这不,市老干部活动中心捐赠的荣誉证书还在我这儿搁着呢。"

说到这儿,陈子丰向于倩倩做了一个示意,于倩倩急忙起身去另一间屋里取出了一个大红本本,递到了章童眼前,章童接过大红本本掀开一瞅,上面赫然写着:章兴旺同志,感谢您对祥符市老干部活动中心建设与发展的大力支持,您所捐赠的枫桦西湖湾别墅一栋,将按照您的意愿进行使用,特颁此证,谨致谢忱,祥符市老干部活动中心,2000年10月2日。

章童把大红本本慢慢合起,向陈子丰递了过去,陈子丰冇伸手去接,而是说道:"孩子乖,这个荣誉证书,是先搁在我这儿呢,还是你拿走呢?"

俩眼直勾勾瞅着大红本本的章童,此时脑子里一片空白,他做梦也想不到,送给陈子丰的那栋别墅,会是个这样的结果,当陈子丰再次问了他一遍之后,他才瘛症过来。

章童:"还是我拿走吧。"

陈子丰笑道:"对,我也认为物归原主比较好,搁在俺这儿,俺的心里总不踏实,都快成心病了。这下好了,你把它拿走,至于你觉得啥时候合适,你啥时候再告诉恁爹,不管恁爹会咋想,俺老两口算是了结一个大心事儿。"

于倩倩在一旁用安慰的语气说道:"孩子乖,你有啥事儿只管跟恁叔说,能帮忙的俺一定会帮忙,千万不要外气。"

章童抬眼瞅了瞅于倩倩,又瞅了瞅陈子丰,轻轻说道:"我冇啥事儿了。"

陈子丰半信半疑地:"真的冇啥事儿了?"

章童:"真的冇啥事儿了。陈叔,于姨,我走了,有空我再来看恁二老……"

离开了市委家属院的章童,抱着个大红本本,他并有回家,而是蹬着自行车,去到了开发区的汴西湖,他把自行车停在了湖边一个离枫桦西湖湾不远的地方,俩眼呆呆地眺望着那一片漂亮的房子。许久,他把紧紧抱在怀里的那个大红本本掀开,又看了一眼之后,抬起手,使尽全身的力气,把那个大红本本抛进了汴西湖里……

离开了汴西湖的章童,摇摇晃晃地蹬着自行车,去到了九道弯。

章童走进枫桦胡辣汤馆的时候,正在各自忙碌着的小敏和石小闷,并有发现拥挤在熙熙攘攘喝家们当中的章童,当章童随着排队的喝家们排到盛汤的大瓦缸跟前时,手里掂着木勺正在埋头盛汤的石小闷,头也有抬地问道:"你喝几块的?"

章童:"恁这儿都有几块的?"

石小闷:"两块的,三块的,还有五块的。"

章童:"咋恁贵啊?"

石小闷:"有便宜的,出门朝右拐,出九道弯,全是便……"

"便宜"的"宜"还有说出口的石小闷,这时才抬眼瞅见了章童,顿时吓愣在那里。

章童用平常的口气冲石小闷说道:"咋不盛汤啊,你给我盛汤啊。"

石小闷丢下手里的木勺,扭头就窜。

章童大声冲石小闷喊道:"你这货,弄啥啊?窜啥窜?中,你不给我盛,我自己盛。"他说罢伸手抓起了石小闷扔下的木勺,瞅了瞅几口大瓦缸里的汤,一眼就鉴别出来哪口缸里是几块的汤,然后熟练地用木勺在那口最贵的缸里,拣稠的捞,毫不外气地给自己盛了满满一碗汤。

章童端着汤刚找了一个位置坐下,只见腰里扎着蓝围裙的小敏,神色紧张地走到了他的面前。

小敏:"你咋来了?"

"我咋不能来啊。"章童用小瓷勺掂了一勺汤送进嘴里,咂巴了一下嘴,"嗯,中,不孬,恁这里掌的是啥胡椒啊?"

此时的小敏,已经稳住了神儿,用平常口气说道:"特拉维夫胡椒。"

章童脸上的表情带着回味,说道:"特,拉,维,夫,胡,椒。"

小敏:"特拉维夫胡椒咋啦? 不中吗?"

章童:"中,可中,我就是冲着这个特拉维夫胡椒来的。"

小敏:"你到底想弄啥?"

章童:"不想弄啥啊,这不是来喝汤吗? 咋啦,恁这儿喝汤还挑喝家是谁吗?"

小敏:"当然要看喝家是谁,对那些邋不邋撒不撒(不干不净;不正经)的喝家,俺这儿不欢迎。"

章童:"你看我是那种邋不邋撒不撒的喝家吗?"

小敏:"我看着像。"

章童:"那中,恁要是隔意,这汤我可以不喝,但我今个必须要跟石小闷同志说上两句话。"

小敏:"你跟他有啥话说,赶紧走! 有啥话咱俩回家说。"

章童:"那不中,我今个就是冲着他来的。"

小敏严厉地:"你可别在这儿寻事儿啊。"

章童不再搭理小敏,站起身,冲着在不远处观望的石小闷大声吆喝道:"石老板,你过来一下,我有话要对你说!"

小敏有点儿急眼:"你想弄啥啊你,赶紧回家中不中,非得让我跟你翻脸吗?"

章童依然不理睬小敏,接着冲石小闷吆喝道:"石老板,咱俩去门外说,别影响到恁的生意!"

听到喊声的石小闷,心里清亮,今个这个章童就是冲自己来的,回避是回避不了的,如果不跟他去门外,他有可能就会在店内制造更大的麻烦,反而会造成更大的不良影响。于是,石小闷很识相地解掉身上的围裙,朝大门外走去。

小敏冲着石小闷制止道："你弄啥？别去，安生盛你的汤！"

此时的石小闷心里比啥都清亮，自己要不去大门外与章童正面较量一下，接下来还不知会发生啥事儿，章童今个就是冲着自己来的，不达目的他誓不罢休。石小闷已经拿定了主意，不管发生啥事儿，哪怕被章童再打断两根肋骨，也不能让他在店里耍叉（胡闹）。

小敏冲着石小闷喊："石小闷，你回来！听见冇？回来……"

章童则冲着小敏说道："啧啧，瞅瞅，咱俩刚离婚，你都护成这个样子了。"他说罢也朝大门外走去。

这一下小敏真慌了神，她知这两个货的脾气都不咋好，为了一个女人还不定会发生啥样的流血事件，不论谁是谁非，谁打伤谁，后果都要由她来承担，真要是出了人命，那就彻底完蛋，真要是吃了官司，连这个枫桦胡辣汤馆都得搭进去。必须制止这俩货发生流血冲突。想到这儿，小敏顾不上那么多看热闹的人，紧跟在章童的身后，去到了大门外面。与此同时，汤馆内那些看热闹的喝家，纷纷丢下汤碗也拥到了大门外。

一瞅这个架势，章童冲着看热闹的人说道："去喝恁的汤呗，有啥好看的，俺俩又不是要打架，说点儿家务事儿恁也要听吗？"

章童越这么说，那些看热闹的人越不走。

小敏对章童说："你说是家务事儿，那咱回家说中不中？"

石小闷对章童说道："要不，咱俩另外找个地方说中不中，在这儿确实影响俺的生意。"

章童："中啊，听你的，你说去哪儿咱就去哪儿，你说吧。"

石小闷："你说。"

章童向四周瞅了瞅，抬手一指不远处的大梁门："那咱就去城墙上面说。"

石小闷爽快地答应道："中，就去那儿。"

小敏："不中，不能去那儿！"

章童："为啥不能去那儿？"

小敏："不能去就是不能去！"

石小闷："冇事儿，去哪儿都中，这口气你不让他撒出来，早晚都是个事儿。"

小敏："不中，我说不中就是不中！"

石小闷安慰着小敏："放心吧，冇事儿，就是打架我也不会动手，再说，又不是年轻的时候了，真要是动起手来，就他眼望儿这个身子骨，一刮风都能压城墙上刮下来，再打也打不断我的肋巴骨了。"

章童随即对小敏说道："哎，他这句话说得可照，俺俩今个就是动手，就我这小身板，也不可能是他的对手，你还有啥不放心的，放心吧，绝对不会耽误恁俩拜天地。"

石小闷："你也别说这种邋不邋撒不撒的话，今个咱俩把啥话都说朗利，该咋着咋着，你就是真还有能力打断我几根肋巴骨，别管了，我认，保准不让你掏一分钱的医疗费。"

章童转向小敏："听见冇，人家都不怕，你还担心个啥，你就放心吧，我已经冇能力再打断他几根肋巴骨了。"

石小闷对小敏说道："你放一百二十个心，我说冇事儿就冇事儿，你该干啥干啥，招呼着店里的生意，我一会儿就回来。"

面对两个男人一样的态度，小敏无可奈何地说了一句："恁俩要真是个男人，说话都要算话，谁要是不算话，别怪我跟他真翻脸。"

俩男人走了，一前一后登上了大梁门……

回到店内招呼生意的小敏，魂不守舍地等着她的俩男人回来。等啊等，等了快俩钟头也冇见俩人回来，这俩钟头，她脑海里显现出各种可怕的想法，与此同时她也做了最坏的准备，因为她心里清亮，这俩货压小就不是省油的灯，别的不中，就是打架斗殴中，虽说眼望儿已经不是打架斗殴的年龄，她担心的是狗改不了吃屎，毕竟他俩是在同一个生存环境里长大，跟他们的父辈有同样的生活习性，讲不通道理的时候，就一定会用拳头分出个高下，在清平南北街上生活的男人，哪个都不是瓢茌（软蛋）。

晌午过罢,店里的喝家渐渐稀少,惶惶不安的小敏实在是等不下去了,决定去大梁门上瞅瞅,是不是有她担心的意外发生。就在小敏摘掉身上的围裙,准备去大梁门一瞅究竟的时候,那俩货一前一后,满脸展展样样地走进了店门。

小敏瞅着来到跟前的俩人,有点蒙顶(不解),这是咋啦,瞅俩货的模样,咋都跟打麻将赢了钱似的? 到底是个啥情况啊?

俩货站到小敏面前。

章童用胳膊碰了一下石小闷:"你跟她说吧。"

石小闷用胳膊碰了一下章童:"你跟她说吧。"

章童:"你说。"

石小闷:"你说。"

章童:"还是你说。"

石小闷:"还是你说。"

"恁俩咋啦? 干了啥丢人事儿,都不敢说?"小敏瞅瞅这个,又瞅瞅那个,然后抬手一指大厅一角的隔断,"走,咱仨去那儿,恁俩一起说。"

小敏说罢这句话后,就朝隔断走去,这俩货尾随其后,跟着小敏进到了隔断里头……

大约过了一个多钟头,仨人的脸上带着同样的展样压隔断里走了出来。店内那些还冇下班的员工,瞅见有说有笑的仨人,全蒙顶了。

小敏随即把那些正准备下班的员工叫到了一起,然后把章童拽到员工们面前,大声宣布诮:"压明个起,这位姓章名童的同志,就是咱枫桦胡辣汤馆负责配料的主管,大家热烈欢迎……"

小敏带头鼓起了掌,那些还蒙着顶的员工,迷瞪了老半天,才下意识地跟随着小敏鼓起了掌,他们脸上的表情依然还是那么蒙顶……

第二天,章童扎上蓝围裙,正式来枫桦胡辣汤馆上班了。

事情的原委是这样的:昨天那俩货登上大梁门,找了一处城墙站住脚后,章童不卑不亢地对石小闷摊牌,他说小敏他俩的夫妻关系已经到头,也不可挽回了，石小闷他俩结婚，他照样会祝贺会随礼，原因是这一切怨不得小敏，都是自己自食其果。当初扔下家庭跟着初恋情人窜到埃及，混了个屌蛋精光，灰溜溜地回到祥符，想另谋一条生路吧，又冇这种可能，哪怕就是再支上个杂碎汤锅的钱都冇，借钱又借不来，加上自己身体的原因，他也不想再重打鼓另开张了，再四处为生存奔波，不如摒弃前嫌，投奔枫桦胡辣汤馆，在熬汤上他轻车熟路不说，过上个安稳日子还不在话下。不管咋着，作为小敏的前夫，作为一个熬了半辈子胡辣汤的熟手，只会给枫桦胡辣汤添彩，不会给枫桦胡辣汤丢人，更重要的是，他想把快被祥符人遗忘的章家胡辣汤，以改头换面的形式，在枫桦胡辣汤馆获得新生，这对枫桦胡辣汤馆来说也应该是件好事儿。

面对章童的肺腑之言，石小闷被打动，尤其是章童在小敏和石小闷新夫妻关系上的表态，那种真诚确实让人感动。不计前嫌，重新生活，何止是章童啊，也是石小闷的一种渴望。当这个最让他心里隔意的情敌，在他面前说出这番话之后，他是完全相信的，毕竟就像那句祥符人爱说的谚语，"一个坑里洗过澡，谁冇见过谁的屌"，一条街上长大，熟悉得不能再熟悉，了解得不能再了解，章童是个男人，也是条汉子，吐一口吐沫能在地上砸个坑，与其说成为敌人，不如把从小到老这种义气进行到底。在章童一番真诚的表态之后，石小闷向章童做出了表态，如果小敏不同意章童来枫桦胡辣汤馆上班，他石小闷也不会再来上班，并且还让以色列那边的供应商断掉特拉维夫胡椒的供应，也就是说，小敏同意也得同意，不同意也得同意。

小敏哪能不同意，她不可能不同意，一个前夫，一个现任，一个章家胡辣汤，一个石家胡辣汤，肉烂在锅里岂不是一件天大的好事儿。最关键的是，枫桦胡辣汤又是李家胡辣汤的后人创办，这不就是三锅合一，那绝对是祥符城里最牛的胡辣汤，也绝对是河南乃至全中国最好的胡辣汤。就是这，才让小敏面带兴奋地向全体员工宣布，章童成为枫桦胡辣汤的新配料师和主管。

41."你还想打人？你打个人试试,你以为这是你们祥符啊, 这是郑州!"

章童来九道弯有几天,头发花白、老态龙钟的李枫,领着一个五十岁左右的中年男人,来九道弯喝汤了。那个中年男人长得可齐整(帅气),眉清目秀,皮肤还可白,个头也可高,穿着一身质地很好的休闲装,那模样很打眼儿。当这一老一少走进枫桦胡辣汤馆的时候,被小敏一眼瞅见,紧忙迎上前去。

小敏:"董事长今个这是要喝头锅汤啊,这么一大早就来了。"

李枫用手轻轻拉了一把身边的中年男人,操着浓重的祥符话对小敏说道:"这个是俺儿,夜个黑才压加拿大过来,他压小就不爱喝胡辣汤,一直到眼望儿还是不能接受,不接受不中啊,他来祥符上班,不喝胡辣汤能中? 这不,大早起我就把他赫捞(拉)起来,来喝咱的汤。"

小敏颇带惊讶地:"他来祥符上班?"

李枫:"是啊,接我的班,以后恁就是合作伙伴,枫桦西湖湾和枫桦胡辣汤,继续在一个锅里捞稀稠,用眼望儿全中国时髦的话说,就是共同致富。"

"董事长,俺跟恁可不能比啊,俺一个小小的胡辣汤馆,是背靠恁这棵大树好乘凉,用咱祥符话说就是,俺抱着恁的大粗腿呢。"小敏一边说着,一边打量着站在李枫身边的帅男,问道,"董事长,恁儿按恁的班是啥意思啊?"

李枫对小敏说道:"按辈分,咱俩是同辈人,俺爹李慈民在清平南北街上,跟石老闷和章兴旺是一辈人,可他俩的年纪比俺爹要小一点儿,但辈分不论年纪,要是论年纪,咱们就不是一辈人,可是不中啊,这儿是祥符,不是加拿大,入乡就得随俗。"说到这儿,他对身边的帅男说:"儿子,记住,这是你小敏姨,以后见面你得管她叫姨,辈分不能乱。"

帅男对着小敏彬彬有礼地叫了一声："小敏姨好。"

受宠若惊的小敏应了一声之后，急忙招呼着给李枫爷俩安排座位，待他爷俩坐下来后，李枫一边喝汤，一边把自己让位给儿子的过程告诉给小敏。

李枫十分感慨地说，当年老日占领祥符的时候他才十六岁，啥也不懂，憨大胆，跟着清平南北街上的艾三叔，一起把在四面钟站岗的老日哨兵给搦死了，后来又跟着他参李慈民窜到了国外，几十年后，中国改革开放，他回到祥符开发房地产，不管咋着，枫桦西湖湾也算是他对家乡做出的一点儿贡献。眼望儿他老了，实在是干不动了，就把他儿子压加拿大叫来接他的班，起初，他这个儿子根本就不愿意来祥符，可不来也不中啊，不能眼瞅着他好不容易建成的枫桦西湖湾冇人管啊，就这，在他的逼迫下，他儿子放弃了在加拿大某大学里的任教工作，来祥符接了他的班。他说，他这个儿子压小就不爱喝胡辣汤，他参李慈民冇死的时候，还总爱在家里熬胡辣汤喝，每逢喝胡辣汤的时候，爷孙俩就磨嘴，再磨嘴，爷爷还是逼着孙子把一碗汤喝进肚里。

说到这儿，小敏问坐在李枫身旁的帅男："咱家这个汤，你喝着咋样儿啊？"

帅男笑而不答。李枫却大加赞赏地说道："中，今个我喝这汤，咋觉着又有改进了，在特拉维夫胡椒的味道之外，好像又有不同。"

小敏向李枫伸出大拇指，夸道："老喝家就是老喝家，啥也逃不过老喝家这张嘴。"

当小敏把章童进店告诉了李枫之后，老李枫感慨万千地说道："齐枚（齐了）！祥符城三大流派的胡辣汤，章家、石家、李家，汇集九道弯一口汤锅里，我下面的事儿就更好办了！"

小敏："老哥，你下面啥事儿就更好办了？"

李枫："老妹儿，你忘了？我跟你说过。"

小敏仔细地回忆着："你跟我说过……我咋想不起来了，你啥时候跟我说过啊?"

李枫:"再仔细想想。"

小敏边想边摇头:"记不得了……"

李枫进一步提示道:"就是在那个货来喝罢咱的汤以后,质疑声不少,咱就又把咱的汤改进了。"

小敏认真地回想着:"在哪个货来喝罢咱的汤以后啊……"

李枫搁下手里的小瓷勺,用俩手在自己腰间比画了一圈:"就是那个货。"

小敏恍然大悟:"那个短粗马武的货吧?"

李枫笑了,捏起小瓷勺继续喝汤。

小敏:"我想起来了,有一次你领着外地客人来喝咱改进过的汤,你说你在酝酿一个大计划,你说的就是那个大计划吧?"

李枫信心满满地说道:"我把枫桦西湖湾那一摊子交给儿子,我就可以专心致志去实现那个我说的大计划了。"

小敏:"到底是啥大计划啊?"

李枫:"咱枫桦胡辣汤的大计划啊。"

小敏:"咋? 还准备让咱的枫桦胡辣汤走出国门,推向世界?"

李枫:"也对也不对。"

小敏:"啥叫也对也不对啊?"

李枫:"也对就是,还是要努力让胡辣汤走出国门,也不对就是,走出走不出国门无所谓,占领制高点就是咱最大的成功。"

小敏:"占领啥制高点啊?"

李枫:"就是在咱中国最牛的地方,也能喝上咱的枫桦胡辣汤,那个地方就是制高点。"

小敏有所悟地:"中国最牛的地方那不是北京吗? 可是据我所知,咱河南有不少人在北京支胡辣汤锅啊,那个制高点早就被咱河南人占领了。咋? 你的意思是,要在北京支口大锅? 门面就像北京全聚德烤鸭店那样的规模?"

李枫摇着头说道:"全聚德太小。"

小敏惊讶地:"啊?全聚德还太小?"

李枫:"太小,我说的那个规模,至少一轮能有上百个喝家。"

小敏更加惊讶了,瞪大了俩眼:"一轮能有上百个喝家?那得多大的地儿啊?"

李枫:"对,至少二百个喝家以上。"

小敏彻底无语了,半天冇回过神儿来,待她回过神儿之后,瞅着埋头正在津津有味喝汤的李枫,问道:"老哥哥,你不是在说胡话吧?一轮至少能容纳二百个喝家的地儿,只有人民大会堂啊……"

李枫把手里的小瓷勺往汤碗里一扔:"让你说对了,就是人民大会堂!"

…………

那天,小敏是在一种呆滞的状态下,听完李枫所讲出的想法。李枫说,儿子接手了枫桦西湖湾,他这辈子最后一个心愿,就是要把胡辣汤锅支到人民大会堂的宴会厅里去。按他的话说,那里才是中国最大规模、最高规格的吃食儿的地方。只要能把汤锅支到那里,中国的喝家、外国的喝家,而且还都是有身份的喝家,都能喝到咱祥符的胡辣汤。别管咱的胡辣汤在喝家们嘴里中还是不中,只要人民大会堂的宴会厅里有咱的汤,那就是全中国最牛的胡辣汤,谁眼气也冇用,恁的汤好,恁咋不进人民大会堂的宴会厅啊?牛逼不是吹的,泰山不是垒的,咱祥符的胡辣汤咋就进了人民大会堂呢?有朝一日,等咱这辈熬汤的人都死罢之后,再过一百年,再过一千年,冇人能记住咱是谁,但一定有人会说,中国最好的胡辣汤在祥符城。

当小敏把李枫说的这些话,说给章童和石小闷听之后,这俩货听得是热血沸腾,摩拳擦掌,李枫的这些话是这俩货做梦也想不到的。胡辣汤进人民大会堂对这俩货来说,就好像是金榜题名,皇上登基,那还了得,耀祖光宗的大事儿啊。

章童在小敏面前踱步转圈,兴奋地说道:"这一下我可有事儿干了,我要在配料上再下功夫,让咱的汤更上一层楼。"

小敏花搅道:"别学恁爹,悄摸偷把大烟壳掌进汤锅里啊。"

章童:"瞅你说的啥话,俺章家天下无汤的牌子,又不是靠大烟壳打出名声的。"

石小闷闷头大口抽着烟说道:"不管咋着,就是咱的汤里不掌特拉维夫胡椒,俺石家汤行天下的那块牌子又能瞅见影儿啦。俺爹一辈子冇去过北京,真要能实现这个愿望,我得把俺那个吓吓瑟瑟的爹,背也要背到北京去,说啥也要在人民大会堂大门口,给他拍张照片……"

小敏:"恁俩先别说了,尽管老李枫这样说,我对他说的还是有点儿怀疑。"

章童:"你怀疑啥?"

小敏:"他一个八十岁的老头儿家,虽说跟咱是同辈儿,可年龄跟恁俩的爹都差不了多少,他有啥能力把咱的胡辣汤弄到人民大会堂里头去啊?"

石小闷:"你这就是瞎操心,鸡鸭尿尿,各有便道,他既然把话撂出来了,你不想想,他要是冇这个能力,他敢说这样的大话吗?"

章童:"就是。咱混的是啥人?他混的是啥人?他是做啥生意的,咱是做啥生意的?开玩笑,他混的都是像外国首脑那样的大人物,咱连个祥符城里的小处长都难混上。再瞅瞅人家的枫桦西湖湾,那是啥生意,咱的胡辣汤锅能比吗?根本不能相提并论。"

石小闷:"就是。别管他多大岁数,既然把这话说出来了,他就不会撂地上。那老哥哥可不是凡人,能耐大着呢,也不想想,他十六岁的时候就敢搠死日本兵,眼望儿他都八十岁了,弄碗胡辣汤进人民大会堂算个啥,你净咸吃萝卜淡操心。"

章童:"就是。再说了,他儿子已经接他的班了,他不是跟你说了嘛,他余生最大的心愿,就是要证明咱祥符的胡辣汤,才是河南正宗的胡辣汤,只要能把咱祥符的胡辣汤弄进人民大会堂,全天下的喝家们,都得认咱这个账。"

小敏:"恁俩说得都对,可不知为啥,我总有一种感觉,这事儿不是咱想象的那么简单……"

石小闷:"也冇那么复杂,退一万步说,就是咱的汤进不了人民大会堂,又能咋着,咱不照样是祥符城里最好的汤吗? 咱不照样该咋着咋着吗? 只要咱自己把心态放好,无所谓,荣誉给咱咱就要,荣誉不给咱咱也不眼气别人,还是那句老话,大年三十打只兔,有它冇它都过年。"

章童:"对,只要咱的汤好,天天都是过年!"

小敏:"话是这样说,能不能进人民大会堂还是不一样……"

冇错,这事儿就是冇想象的那么简单。就在小敏一心一意想着枫桦胡辣汤进人民大会堂的时候,忽然有一天接到一个通知,让枫桦胡辣汤参加河南省首届胡辣汤大赛,此次大赛的主办单位是河南省餐饮协会,比赛地点在省会郑州。起初,小敏不太想参加,原因倒不是讨厌还要交参赛费,而是她觉得这类比赛冇太大的意思。谁家的汤好,谁家的汤孬,又不是几个评委能决定的,汤好汤孬是广大的喝家说了算,几个评委说好说孬白搭。再说,如果那些评委有私心,根本就评不出个好孬来,到时候净跟着生气,于是,小敏把不想参加的意思跟那俩货一说,那俩货一同表示反对,说一定要参加,能不能得冠军另说,是要让省会那些所谓的评委见识见识,啥样的胡辣汤才是能代表祥符的胡辣汤。小敏一想,也是,当不了河南省的冠军,当个祥符的头牌也中,不管咋着,这是官方主办的活动,能当个祥符的头牌,最起码是一种认可。枫桦胡辣汤馆的墙壁上,再多出一块荣誉的招牌也不孬。

报罢名后冇几天,小敏、章童、石小闷仁人,带着几个手下,就前往省会郑州参加比赛。到了郑州,一瞅参赛名单,顿时把他仁人都镇住了,乖乖咦,简直是高手如云,几乎本省所有名气大的胡辣汤全部到齐,名单如下：

北舞渡胡辣汤

逍遥镇胡辣汤

信阳胡辣汤

祥符胡辣汤

南阳胡辣汤

荥阳胡辣汤

汝州胡辣汤

鲁山胡辣汤

周口胡辣汤

淮阳胡辣汤

驻马店胡辣汤

这十一个参赛的胡辣汤，都是河南省大名鼎鼎的胡辣汤，而在每个地方参赛的名单中，还有分类的汤锅，更让他仨人吃惊的是，在逍遥镇参赛名单里，竟然出现了奇永胡辣汤。

小敏严肃了起来，用手指着逍遥镇胡辣汤名单里的奇永胡辣汤，对那俩货说道："这个孙姑娘，来者不善啊。"

在开赛的前一天晚上，所有参赛的汤锅在准备食材的时候，他仨人在参赛所在地的后厨间里，碰见了奇永胡辣汤的掌门人孙姑娘。

小敏率先花搅道："哟，真是冤家路窄啊，名单上瞅见恁也来比赛，差一点把俺给吓尿，这咋办啊，'奇永'都来啦，俺'枫桦'不是找死吗？"

孙姑娘满脸带笑地说："咋啦，姐，兴恁来就不兴俺来吗？"

小敏："恁当然能来，只是我有一事儿冇弄明白，想请教一下孙姑娘。"

孙姑娘："啥事儿不明白，你说，姐。"

小敏："我觉得，你这次来参加比赛，不应该代表逍遥镇，应该代表祥符才对啊,恁的汤锅可是支在俺祥符城的啊。"

孙姑娘:"姐,我咋觉得你问这话可可笑啊。"

小敏:"咋可可笑啊?我说得不对吗?"

孙姑娘:"姐,我冇记错的话,你跟我说过,恁老家是在安徽,恁爷爷是压安徽到祥符来的,是吧?"

小敏:"是啊,咋啦?"

孙姑娘:"要是按你这个逻辑,你也不该代表祥符来参赛,你应该代表安徽胡辣汤去安徽参赛才正宗。还有,恁枫桦胡辣汤是加拿大人创办的,恁大老板是地地道道的祥符人,按你这个逻辑和说法,应该是恁大老板亲自来参赛才对,不应该让你个安徽人来啊?"

小敏:"我跟你不一样,我嫁到了祥符,按照嫁鸡随鸡嫁狗随狗的说法,我就是祥符人,你把汤锅支在祥符,靠祥符的喝家们挣钱吃饭,也应该算是半拉祥符人,既然汤锅支在祥符,就是代表祥符来参赛,也是理所应当的啊,总不能一马双跨,小鸡站在门槛上两边叨食儿吧。"

孙姑娘:"我的姐,这你可是说错了。"

小敏:"我咋说错了啊?"

孙姑娘:"俺奇永不代表祥符来参赛,我主要是替你考虑,你应该领情才是。"

小敏:"哦,我明白了,你是怕奇永的汤比俺的汤好,呛了俺的茬儿,是吧?"

孙姑娘:"姐,你真是个聪明人。"

小敏连连点着头说道:"好人,妹妹绝对是个大好人,担心恁奇永的汤呛了俺的茬儿,懂礼数,不伤和气,才代表逍遥镇来参赛的。"

孙姑娘:"姐,你只说对了一半。"

小敏:"咋才说对了一半,那另一半是啥?"

孙姑娘:"姐,我要把另一半说出来,你可别生气啊?"

小敏:"我不生气,也冇啥气可生的,说吧,那另一半是啥。"

孙姑娘:"那另一半就是,俺奇永的汤比恁枫桦的汤要好,俺就是奔着这次大赛冠军来的。"

小敏嘎嘎地笑了起来。

孙姑娘:"你笑啥啊,姐,我说的都是实话啊。"

小敏收敛住笑声,说道:"那我问你一句话,中不中?"

孙姑娘:"中,你问吧,姐。"

小敏:"恁奇永的汤比俺枫桦的汤好,为啥恁要离开九道弯呢?"

孙姑娘愣在那里,张嘴说不出话来。

自古以来,中国民间喜欢把各种比赛称为"斗",中国人爱斗,啥都喜欢斗,还特别上瘾,民间不计其数的各种斗,有斗鸡、斗狗、斗牛、斗蟋蟀、斗酒、斗茶、斗油、斗诗、斗歌、斗舞、斗花……种种斗,有人说各种斗是为了各种利益,也有人说是吃饱了有事儿干,找点儿刺激,更是有人把斗变成了民间顺口溜:一斗穷,二斗富,三斗四斗开当铺,五斗说媒,六斗当贼,七斗八斗离家出走,九斗十斗越斗越有。讲白了,这次胡辣汤大赛,就是斗汤,这好像在国内还是头一次。当小敏他们发现奇永也在参赛名单之列,也不知为啥,他仁无形之中有一种感觉和压力,此次"斗汤",枫桦胡辣汤的最大对手,很可能就是来自与他们同城的奇永。士别三日当刮目相看,奇永压九道弯搬到开发区已经有些日子了,时而也有他们的信息,听到好些喝家说,奇永在开发区那个新店的生意很火,就连李枫也提到过开发区的奇永,还说哪天要去尝尝奇永的汤。

再说奇永的孙姑娘,可以说这次"斗汤"她是有备而来,小敏他们不知的是,此次"斗汤",孙姑娘她是朝里有人,所谓的朝里有人,就是那个斗汤评委组的组长也姓孙,算是她孙家一个本家亲戚,在省城里上班,还是个官员。虽说官不大,摊为对胡辣汤情有独钟,还在《河南日报》上写过有关河南胡辣汤的文章,被省餐饮协会认为是河南的胡辣汤专家,于是才当上了此次大赛的评委组长。当孙姑娘打听出此人跟自己家是拐弯抹角的亲戚之后,早早地提着礼物去省城登门拜访,这位孙组长却严肃地对孙姑娘说了一番不能任人唯亲的大道理,此次大赛是本省头一次,虽说是本省的汤锅在斗汤,但全中国的胡辣汤喝家们都十分关注,还是要凭真本事的。孙组长话是这么说,在心里却还是与本家这位远房亲戚拉近了距离。

斗汤正式开始那天,现场围满了人,大厅里摆放着一口口保温汤锅,这一锅锅汤都是大早起熬好的,各自的汤锅前摆放着各自汤锅的牌子。六个评委坐在评委席上,他们各自座位上,除了摆放做记录的小本子和圆珠笔,还摆放着一瓶纯净水和一只玻璃杯,各自的座位下面,还摆放着一只塑料桶,当他们每喝罢一口汤锅里的汤后,就要用纯净水漱漱口,然后再去喝另一口汤锅的汤,这个过程看上去有点儿烦琐,但是很有必要,这样可以准确给自己一个判断,避免串味儿。

虽然六位评委喝汤的举动很平常,却给围观的人们一种气氛紧张的感觉,这些围观者都是来自各个地区,他们不是来看热闹的,他们来此的目的都很明确,就是希望他们地区的胡辣汤能夺冠。

小敏他仨人瞅见,六位评委在喝每一口不同地区的汤的时候,脸上除了品味汤品那种严肃认真的表情,几乎冇其他表情,给人一种一丝不苟做判断的态度,越是这样,越让人有一种肃杀的感觉。

这时,手持话筒的主持人大声说道:"下一个参赛胡辣汤是,祥符市九道弯的枫桦胡辣汤!"

随着主持人的话音,六个服装统一的工作人员,压石小闷和章童手里,分别接过六碗汤,齐刷刷地端到六位评委的面前,六位评委端起汤碗,开始严肃认真地品尝,表情和品尝其他汤锅的表情一样,根本就看不出他们对汤的满意与否。

在围观人堆里站着的小敏,在注视六位评委的同时,扫了一眼站在不远处同样在观望的孙姑娘,也不知是巧合还是心领神会,孙姑娘也在同一时刻扫了小敏一眼,两人的目光在空中相遇的那一刻,都流露一种要打败对方的自信,她俩目光中的潜台词就是——骑驴看唱本,咱走着瞧。

压早起八点,一直到晌午快十二点,本次斗汤终于算是落下大幕。六位评委围在了一堆,嘀嘀咕咕交流了十几分钟之后,围观者们的目光全都盯在了那位主持人身上。

主持人手持六位评委共同讨论、评判后得出的结果,走到大厅中央,大声宣布道:"现在我宣布,河南省首届胡辣汤大赛,冠军是——"大厅里鸦雀无声,都等着主持人说出最后冠军花落谁家,可那位主持人故意拿架儿来制造紧张氛围,数秒钟之后,手持名单的主持人,才压嘴里大声吼出了:"祥符市,北道门街的味道好素胡辣汤!"

大厅里围观的人们全蒙了,尤其是那些满怀必胜信心的汤锅主人,最蒙的就是小敏他仁人和孙姑娘。这个结果对他们来说,简直就是晴天霹雳,在祥符城的参赛名单上,一共来了三家,北道门这家味道好素胡辣汤,在他们眼里就是个打酱油的,别说在全省有一点儿名气,就是在祥符城里,也有几个人知北道门还有个味道好素胡辣汤锅。在参赛名单上瞅见"味道好"的时候,不管是小敏他仁还是孙姑娘,可以说是一点儿也有把它放在眼里,用小敏的话说,这就是一个不知死活的家伙,也不掂掂自己几斤几两,寺门的马家胡辣汤都有敢来挤这个场,这家味道好纯属就是交参赛费花钱来蹭热度的,却有想到,冠军的王冠却落在了它的头上。

在人们一片质疑声中,吆喝声音最大的就是石小闯和章童。

石小闯冲着即将离场的六个评委怒吼道:"不怕不识货,就怕货比货,恁这些评委都是些啥货?有听过驴叫,还有见过驴跑吗?俺祥符就有汤锅了吗?恁去祥符打听打听,啥味道好素胡辣汤,它给俺提鞋都不带来!还能当上全省胡辣汤冠军?恁还口口声声喊公平,公平个屌啊!"

主持人操着普通话呵斥道:"这位先生,你嘴里干净点儿,不要骂人!"

章童:"骂人?骂恁算是轻的,我还想打人呢!"

主持人怒斥道:"你还想打人?你打个人试试,你以为这是你们祥符啊,这是郑州!"

石小闯:"郑州咋啦?郑州就比人家尿得高啊?郑州就可以明装孬吗?郑州就能颠倒黑白,睁着眼说瞎话?我告诉恁,郑州算个屁!要不是把省会压俺祥符挪到恁郑州,恁郑州屁都不算!"

主持人年轻,也是个火暴脾气,此时此刻也彻底恼怒了,他嘴里的普通话改成了郑州话:"俺郑州是屁都不算,恁祥符算个屁中了吧,恁要不算个屁,一千年前也不会让金兵把恁的俩皇帝逮走,恁祥符要不算个屁,省会也不会挪到郑州来。说句恁不愿意听的话,恁祥符才算个屁,一个大臭屁!"

石小闷和章童几乎是同时骂出同一句话,向主持人扑了过去:"我打你个孬孙!"

小敏想拦也冇拦住,石小闷和章童同仇敌忾地扑向了那位主持人……

整个大厅一片喧嚣混乱,打成了一锅胡辣汤,主持人一方的郑州人也不少,如虎群般冲上来,双方实力却有差距,毕竟是在人家的门口,俩人咋可能打过一群人啊,最后的结果可想而知,石小闷和章童双双被打倒在地。郑州一方的人一通乱拳乱脚,把这俩货打得鼻青脸肿,吓得小敏在一旁嗷嗷乱叫:"打死人啦……"

再看此时的孙姑娘,股蹲在一旁抱膝痛哭,一边哭嘴里一边骂道:"装孬孙,说好的公平公正,一个祥符啥都不是的胡辣汤,能得冠军,呜呜呜……"

警察来了,不由分说,就把鼻青脸肿的石小闷和章童带去了派出所。

一直到晚上,民警才向守候在派出所门外的小敏宣布了处理结果:拘留不说还要交罚款。小敏与民警商量,能不能不拘留多交一点罚款,民警说当然可以,于是,小敏掏出了身上携带的千把块钱,通通交了罚款,才算把那俩货压派出所里领了出来。

这趟郑州之行,赔了夫人又折兵,还弄了一身腌臜,用小敏的话说就是,腌臜他娘哭腌臜,腌臜死了……

章童咬牙切齿地说:"这事儿不算拉倒,里头肯定有猫腻,不中,这个亏不能白吃!"

小敏："不白吃咱又能咋着？"

章童："咋着？我非得弄个水落石出不中！"

石小闷："对，咱不能当这个冤大头，就是死也要死个明白！"

小敏一瞅这两货是上了别筋（认死理），也有法儿，只得由这两货去吧。

于是，这两货开始分头行动，石小闷去市里的餐饮协会，了解这家味道好的基本情况，以及是如何报名参赛的。章童去了北道门农业银行那个储蓄所，找李老鳖一侸佪的那个女儿摸摸情况，那家味道好素胡辣汤，就紧挨着储蓄所，是左右邻居。

42．"乖乖哝，祥符地面真邪啊，不定谁跟谁就撞上了。"

先说石小闷，当他见到市餐饮协会张主任的时候，张主任告诉他，这家味道好素胡辣汤，原本并不是市餐饮协会的会员，摊为要报名参加这次省里的胡辣汤大赛，才主动找到市餐饮协会。味道好加入协会的目的就是为了去省里参加大赛。张主任说，当时他也很奇怪，这次大赛祥符报名参赛的，满共才三家，不是祥符城其他胡辣汤不想参加，而是听说枫桦胡辣汤要参加，其他店就不愿意再报名，谁都知，就是报名了也白报，行家们都知，枫桦胡辣汤目前是祥符口碑最好的汤，确实技高一筹。大家都有自知之明，只要枫桦报名参赛，基本上就冇其他汤啥事儿了。味道好素胡辣汤要报名参赛，确实有点儿出乎张主任的意料，这家味道好素胡辣汤的老板叫赵森，原先在一家工厂上班。九十年代以后，大多国营企业不太中了，年纪轻轻的赵森压那家工厂辞职后，自己做起了生意，啥都做过，啥都不中，后来就在北道门开了这家味道好素胡辣汤店。别管汤的味道咋样儿，生意还中的原因就是人们对素胡辣汤的稀罕。至于这个赵森为啥日急慌忙加入餐饮协会，然后报名去省里参加大赛，张主任摇着头说具体情况他也不太清楚。对石小闷来说，一个在祥符城无名鼠辈的汤馆，咋就不知天高地厚、非要参加这次全省名汤云集的大赛，这才应该是问题的关键。

再说章童，他去找李老鳖一那个侄馆的女儿，是为了压另一个方面摸摸味道好的底儿。毕竟味道好是农行储蓄所的邻居，咋着也能把一点儿底吧，看看能不能打听出一点儿这家味道好的社会关系。谁心里都清亮，冇强硬的社会关系，就凭这个连祥符人都很少知道的汤馆，咋就可能当上全省的冠军，你就是把全祥符的人都打死也冇人相信啊。所以，了解一下味道好的社会关系就显得尤为重要。

自打章家胡辣汤掌大烟壳，章童被抓到北道门派出所，已经过去了恁些年，章童都冇再来过北道门。不过他听沙义孩儿说，李老鳖一那个侄馆已经得病死罢了，李老鳖一双龙巷的那个老宅子，眼望儿就是李侄馆的女儿在住。于是，章童先跑到北道门的储蓄所，找那个李侄馆的女儿李蕾蕾，谁知，储蓄所的人告诉他，李蕾蕾已经不在北道门当主任了，高升到总行去管贷款了。于是，章童向北道门储蓄所的人要来总行的电话，在储蓄所里给李蕾蕾打了个电话，俩人约好，等李蕾蕾下班之后，俩人在双龙巷的李家老宅见面。

临近黄昏的时候，章童去到双龙巷的李家老宅。眼下这座李家老宅早已跟前些年不一样了，所有的临街的老宅院统统翻修完毕，面貌复古，青砖砌墙，石板铺路，给人以耳目一新的感觉。翻修过后的李家老宅，更凸显气魄，在双龙巷这条街上显得十分扎眼。

章童走进李家老宅，见到李蕾蕾时说的第一句话就是："你知不知，你们李家的来历啊？"

李蕾蕾："俺李家啥来历啊？"

章童："冇听恁爹说过吗？"

李蕾蕾："俺爹爱叨叨那些事儿，我不爱听，稍微知道一点儿，不太多。"

章童："妹妹，你知我今个为啥要来找你吗？"

李蕾蕾:"你不是在电话里说,想跟我打听点事儿吗,啥事儿啊?"

章童:"要是换别人,我也不会来找你,更不会向你打听事儿,正因为咱两家的关系,跟别人不大一样,所以我才来找你打听这事儿。"

李蕾蕾:"咱两家的关系咋跟别人不一样啊? 你找我要打听啥事儿啊?"

章童:"我问你,妹妹,你知不知七姓八家?"

李蕾蕾:"啥七姓八家啊?"

章童颇带惊讶:"你真不知?"

李蕾蕾:"我真不知。"

章童:"恁爹一点儿也冇跟你说过吗?"

李蕾蕾:"我从来不爱听俺爹说那些前三皇后五帝的事儿,一听就烦,所以他也很少跟我说。"

章童:"我跟你一样,以前俺爹跟我说的时候,我也可烦,后来听他说罢以后,我就不烦了,不但不烦,还肃然起敬。妹妹,你就是再烦,今个你也要听我把七姓八家的事儿讲完。恁爹眼望儿已经不在了,我再不告诉你,我就对不起咱的老祖宗……"

话既然说到这儿,李蕾蕾只有听章童先说老祖宗的事儿了。

其实,章童说的都是实话,原先他爹章兴旺跟他说老祖宗的事儿,他也很半烦,但是他不敢像李蕾蕾那样一口拒绝,后来他爹说得多了,他不但不那么反感,闲暇之时,出于好奇,他还跑到市图书馆查阅了一些有关这方面的资料,再后来,他也变得跟他爹一样,只要有这种跟别人喷自己老祖宗的机会,他就会跟别人喷七姓八家的来龙去脉。而今天,他可不是闲喷,他是带着目的在喷。谁知道,今个他这一喷,还真是把李蕾蕾给喷住了,喷迷瞪了。

李蕾蕾:"可我咋看不出来,你哪里长得像犹太人啊?"

章童:"我也看不出你哪里长得像犹太人。"

李蕾蕾:"压宋朝到眼望儿,多少代人了,咱身上已经冇一点儿老祖宗的基因了。"

章童："基因还是有，只不过，就跟猴变成人一样，一代一代翻新。可不管咋翻新，人身上还是能看到猴的影子，只不过把翻新过的猴叫成了人而已。就像咱七姓八家，把原先的姓都改成了汉姓。"

李蕾蕾："原先咱姓啥啊？"

章童："咱老祖宗来祥符以后，七姓八家里除了赵姓是皇帝赐的姓，其余都是自己改的姓。"

李蕾蕾："你是说，俺李家的姓是自己改的？"

章童："对啊，恁李家祖宗原先的名儿叫'列维'，清平南北街艾家祖宗的名儿叫'亚当'，石老闷石家祖宗的名儿叫'示巴'……其他我记不清了。"

李蕾蕾眼睛里飘起了雾，喃喃自语道："俺李家原先叫'列维'……为啥叫'列维'啊……"

章童："别琢磨为啥叫'列维'了，总而言之，咱七姓八家的老祖宗是犹太人，要不妹妹你咋恁聪明能干，咋会压一个小小的北道门储蓄所，高升到总行去管贷款了呢，就是摊为你的基因比别人好。"

李蕾蕾在默默地点着头，她似乎是在认可章童的说法，又似乎在想其他与此无关的事儿，想着想着，她把自己的思绪拉了回来，瞅着章童问道："哥，今个你找我有啥事儿，说吧。"

于是，章童开始了言归正传。

章童："妹，我想问问你，紧挨着恁北道门储蓄所的那家味道好素胡辣汤是谁开的？"

李蕾蕾："咋啦？你问这弄啥？"

章童："不弄啥，我就是随便问问。"

李蕾蕾："不会是随便问问吧，你要是随便问问，能专门来找我吗？说吧，既然咱都是一个祖宗，都是七姓八家里的人，就别外气，要不，你跟我说七姓八家有啥意义，你说是不是。"

章童已经越来越感觉到，李蕾蕾不是个凡人，要不也不会压北道门一个小小的储蓄所调到总行去管贷款。别跟她绕，对这样聪明的女人，就应该实话实说。

当李蕾蕾听章童讲述完郑州胡辣汤大赛的全部情况之后，抿住嘴笑了起来。

章童大为不解地瞅着李蕾蕾问道："你笑啥，我不知这有啥好笑的，你这一笑，我咋觉得你冇一点同情心啊？"

李蕾蕾依旧在笑，一边笑一边说道："不是我冇同情心，是我太同情你了。"

章童："啥意思？你太同情我了，此话咋讲啊？笑能代表同情心？那哭能代表啥啊？"

李蕾蕾越笑越厉害，笑得有点儿控制不住自己，连话都快说不出来了。

章童算是彻底被李蕾蕾笑蒙了，笑得他已经不知说啥是好，傻愣愣地瞅着李蕾蕾，似乎在说：笑吧，我等你笑足笑够，笑不出来以后咱再往下说。

李蕾蕾笑够了，平静了一下，恢复了原状态，说道："别在意，哥，我实在是憋不住，所以才笑，你知不知我为啥要笑？"

章童："是不是我哪句话说滑丝（不着调）了？我仔细想想，我冇哪句话说滑丝啊？"

李蕾蕾："不是你哪句话说滑丝了，是我自己滑丝了。"

章童："你咋滑丝了？"

李蕾蕾停顿了一下，想了想，说道："以前，我只是知道一点点七姓八家的事儿，并不关心，也不在意，甚至俺爹在世的时候，只要说起七姓八家这个话茬儿，我就不太爱听。啥七姓八家不七姓八家，一千年前的事儿，说那些有啥意思，谁要问我是哪里人，我会毫不犹豫地说我是中国人、祥符人，可今个我觉得有意思了。有意思的并不是我已经能接受自己的祖上是一千年前来到这里的,而是我的这种接受是发自内心的。当然,这也不是我觉得可笑的原因。"

章童:"你觉得可笑的原因是啥?"

李蕾蕾:"你想知吗?"

章童:"你都快把我给笑蒙了,我当然想知。说吧,你为啥会笑成这样儿?"

李蕾蕾:"我笑成这样儿的原因,就是你今个来要打听的那个味道好素胡辣汤。"

章童:"咱说七姓八家的事儿,跟味道好素胡辣汤有啥关系吗?"

李蕾蕾:"原本是冇啥关系,今个你一说就有关系了,而且关系还不小。"

章童又蒙了,俩眼又直勾勾地瞅着李蕾蕾,等待着下文。

李蕾蕾开始给章童讲述北道门那家味道好素胡辣汤的前世今生。

支味道好那口汤锅的人叫金顺成,早些年跟章童一样,是个小学教师,在和平东街小学教音乐,后来嫌小学老师工资太低,忖着一个大男人家教小孩儿们唱歌,有点儿丢身份。在九十年代下海做生意的风潮影响下,主动辞职去了南方,啥都干过,搞过服装批发,卖过装修材料,时兴手机以后,又倒腾过走私手机,后来摊为倒腾走私手机被抓,被执法机关罚款罚了个屌蛋精光,不得不空着俩手回到了祥符。他还想回和平东街小学教孩子们唱歌,结果被学校领导一通腌臜,不得不彻底放弃回到体制内的想法。摊为有过做生意跑单帮失败的教训,他不想再去吃二茬苦,遭二茬罪。在征求了不少亲朋好友的建议之后,认为还是支个汤锅最保把,于是,他就决定支一口汤锅,过那种饿不死也撑不着、小富即安的生活。

这个金顺成的爷爷,跟李老鳖一是姨表亲,虽说两家来往不多,老一辈人也都不在世了,但毕竟两家有这么一道,于是,想支汤锅又身无分文的金顺成,就来到了双龙巷,请李蕾蕾帮忙在农行贷上一点儿款。恰好此时的农行正在搞扶贫贷款,可是扶贫贷款的对象是在农村而不是城市,尽管违反政策规定,李蕾蕾还是想出个拐弯抹角的办法,把扶贫贷款落实到了金顺成的名下。虽说靠扶贫贷款可以支汤锅,但这口汤锅必须支在祥符城里才能挣上钱。支到乡里不是不可以挣钱,而是在农村支汤锅的价格不能比城里高,城里每碗汤三块钱的话,乡里只能收一块半钱,整整要比城里少了一半。另外就是,把汤锅支在乡里,每天来回跑太麻烦,乡里的生活条件不如城里,用金顺成的话说,尿个泡随便找个冇人的地儿就能尿,且不说文明不文明,最起码要讲究卫生吧,支汤锅不比干别的,其他行当腌臜一点儿就腌臜一点儿吧,可卖吃食儿的人,总不能尿个泡连个洗手的地儿都找不着,还得压做汤用的水缸里搲一勺水洗手吧。其实讲不讲卫生都是次要,最主要是,在乡里支汤锅,费时费力挣钱还太慢。

金顺成不愿意把汤锅支在乡里,不支在乡里就不支在乡里吧,就是支在城里也必须打着乡里的旗号,因为这是用的扶贫贷款。于是,李蕾蕾通过农行在乡里营业所的关系,让金顺成去给乡长塞了点儿钱,让乡里睁一只眼闭一只眼,他好把汤锅支在城里。路子是买通了,可把汤锅支在城里啥地儿却又是个问题,支汤锅的位置直接关系到汤锅的生意,特别是那些还冇名气的汤锅。在祥符城,汤锅的名气有两种:一种是汤好不怕巷子深的汤锅,一种是有众所周知的地标位置的汤锅,就怕是"小秃烂蛋一头不占",那就是非死不中。

最终还是李蕾蕾给金顺成出了个点儿。农行北道门储蓄所紧挨着的是一家名叫"刀刀美"的木刻小店,就是那种专门制作牌匾和招牌的作坊,主人是弟儿俩,生意还中,门里门外摆放的全是正在刻制和已经刻制好的各种牌匾。摊为街道上的卫生检查,储蓄所跟那弟儿俩经常发生口角,刀刀美经常打扫不干净门口那些木渣木屑,有时为了省事儿,在打扫卫生时,顺手就把残留在门口的木渣木屑,划拉到储蓄所这边来,街道办事处在检查卫生的时候,储蓄所经常受牵连遭到批评,所以两家关系不太融洽。李蕾蕾在任储蓄所主任的时候,就动过把刀刀美撵窜的念头,后来她高升离开了北道门,也就不说事儿了。如果能想法把刀刀美撵走,让金顺成把汤锅支在那儿，岂不是两全其美，一来不会再为打扫卫生磨嘴，二来储蓄所的兄弟姐妹喝汤不用跑远了。

当李蕾蕾向金顺成说出了这个想法之后，金顺成拍着胸脯说，把刀刀美撵走这事儿交给他了。金顺成心里可清亮，北道门就是那种众所周知的地标性支汤锅的位置。你别说，金顺成在外地混不中，在祥符混还能算上个混家，他找到北道门一个地头蛇去到刀刀美，可朗利，冇出几天那家刀刀美木刻店就搬离了北道门，之后李蕾蕾问金顺成，为啥会这么朗利，金顺成告诉她，那个地头蛇的表哥，就是北道门派出所已经退休的尚所长。

说到这儿，章童惊讶中颇带感慨地说道："乖乖咮，祥符地面真邪啊，不定谁跟谁就撞上了。"

接着李蕾蕾往下又说，刀刀美是被撵窜了，金顺成味道好的汤锅也支上了，可问题又来了，这个问题就是，位置再好，如果汤好那就是好上加好。汤锅支上了小半年后，生意平平，不赔不赚，这可让金顺成开始挠头，要就这个样子下去，这跟去乡里支锅冇多大差别啊，如果再能把汤的质量跟上去，让"味道好"成为真正的味道好，那才能高枕无忧。金顺成下决心要让"味道好"成为名副其实的味道好。

一天大早，味道好来了一个七八十岁老婆儿喝家，这个穿戴干干净净、耳朵上挂着金耳环、指头上戴着金镏子的老太太，喝罢汤后对金顺成说，她家有个汤料方子，是她爹留下来的，如果味道好能换成她家那个配方，保准生意会大有改观。起初，金顺成还半信半疑，当老太太说，如果她那个料方不赚钱，她就把耳朵上挂的金耳环和手指上戴的金镏子送给金顺成。金顺成问，如果赚钱了呢？老太太说，如果赚钱了，就让金顺成收养她家的几只猫。金顺成问为啥？老太太说她老了，身体又不太好，不定哪天说不中就不中了，家里又冇别的人，只有那几只猫，万一哪天她死了，那几只猫就会成为流浪猫。金顺成细问才知，老太太是孤寡老人，一辈子冇结过婚，她父亲是西华县人，她母亲死得早，新中国成立初期，她父亲带着她来到祥符,起先在北道门支了一个汤锅,后来政府不让支汤锅了。"文化大革命"的时候,摊为家庭成分不好,她父亲在街道上挨批斗,一气之下得病死了。她一辈子冇嫁人,不是她不想嫁,而是她压小就喜欢猫,家里就冇断过猫,最少五六只,最多的时候她养过十来只,如果她嫁人了,家里这些猫咋办?曾经有人给她介绍过对象,就摊为男方说,结罢婚后家里不允许养猫,一下刺激住她了,压那以后,她就与婚姻无缘。如今她已经八十多岁了,她对自己这一辈子的总结就是,跟人打交道不如跟猫打交道,人会说瞎话,猫不会,人会嫌弃她,猫却离不开她,在她死之前只要有人答应抚养她的猫,她就把自己所有的遗产统统白送,在她那些遗产当中,最主贵的就是她爹留下的那个胡辣汤配方和她的猫,还有就是她耳朵上挂的金耳环和手指头上戴的金镏子。

金顺成被那个老太太感动了,对老太太说,如果她家的那个胡辣汤配方真的很好,别管了,他保证老太太家里那些猫成不了流浪猫。听罢金顺成这么一说,老太太第二天就用她爹留下的配方,自己在家熬了一小锅汤,搁在一个小推车上推到了味道好,金顺成把小锅里的汤盛进碗里这么一尝,可把他给惊住了,对这个汤味儿,他冇一点似曾相识的味道。虽说胡椒还是主导成分,但除了胡椒的味道之外,似乎还有一种利口的清香,这种清香绝不像枫桦胡辣汤中掌枫叶的那种猛一唬的清香,而是一种散发着新鲜素菜的清香。于是,他用勺子在汤碗里捞了捞,顿时明白,这是一碗不掌肉的素胡辣汤,但喝起来却有肉的味道不说,甚至还要比掌肉更有香味儿。

见到金顺成一边喝汤一边频频点头,老太太就把她老父亲自制素胡辣汤的历史告诉了金顺成。老太太说,早年她老父亲在西华县的时候,那里家家户户都爱熬胡辣汤,而且是比着熬,看谁家熬的汤更好喝,她老父亲自然也就随大流,想着各种法儿想让自家的汤高人一筹。摊为熬汤,老父亲甚至宰杀光了家里的牛和羊,熬出的汤还是不被人家认可。有一年到年根儿,眼瞅着要过春节,过年了,人家吃大鱼大肉,咱总得有口汤喝吧。大年三十那天，她老父亲就跑到亲戚家，寻了一锅人家熬剩下的骨头汤，回家后，就用这锅骨头汤，添上水，掌上干粉条、豆皮、海带、葱、鸡蛋、黄花菜、花生米、小磨油和醋，熬出一锅有肉的素胡辣汤。大年三十晚上，全家人一喝这素胡辣汤，都非常惊讶，这素胡辣汤喝着咋跟肉胡辣汤有啥差别啊？最让人意外的是，这素胡辣汤里还透着一股子清香，这股子清香是压哪儿来的？汤里掌的那些食材会产生香味儿，但似乎产生不了这样别致的清香。

此时此刻，金顺成已经有点按捺不住，他也同样纳闷，他迫不及待地问老太太，这素胡辣汤里别致的清香，是压哪种食材里产生的啊？老太太翻了金顺成一眼，回答得可朗利，她说，在有签字画押之前，她不可能向金顺成泄露这个秘密。于是，金顺成立马找来纸和笔，当即就跟老太太签下了契约，老太太百年之后，收养她养的那几只猫，并对老太太说，如果她还不放心，可以把这份签字画押的契约交给北道门派出所，让派出所实施监督。

就这，心满意足的老太太，把签好的契约塞进兜里后，笑着用轻松的口气，把素胡辣汤里那股子别致清香是压哪儿来的，告诉了金顺成。

听到这里，章童也有点按捺不住，问道："那股子别致清香是压哪里来的啊？"

李蕾蕾："你就恁想知道吗？"

章童："可想知道。"

李蕾蕾："那我是先告诉你，别致清香是压哪儿来的，还是先告诉你我为啥要笑啊？"

章童："中了，我的妹，你就别拿糖（摆架子）了，一起告诉我中不中？"

李蕾蕾："说句实话，我可以啥都不告诉你，但是，你今个告诉了我，七姓八家里的李家原本不姓李，姓'列维'，这个就像你想知道素胡辣汤为啥有别致清香一样，算是个等价交换，我就告诉你吧……"

当李蕾蕾用一句话把素胡辣汤为啥会有别致的清香告诉了章童之

后,章童也笑了,他笑得是,神神秘秘了这么一大圈,原来就是一捅就破的一层纸。素胡辣汤的醋啥时候掌,掌早了不中,掌晚了也不中,需要在汤出锅前三分钟之内,把醋掌进汤锅里,掌早和掌晚都不会产生那种别致清香,必须恰到好处。

听罢李蕾蕾这么一说,章童顿悟地一拍脑门:"真是屁松……"

李蕾蕾:"屁松?这世界上很多成功,往往都是被人们认为是屁松的事儿,看似简单,有些人弄了一辈子也不呛(不一定)能弄成,而有的人却是手到擒来,可别小看你说的这个屁松。"

章童急忙解释:"我说的屁松不是看不起那个老太太的老父亲,能把那锅不被人看好的素胡辣汤熬成精品,我觉得那是一种天意,让别人熬,可能一辈子也熬不出来。"

李蕾蕾:"金顺成也是这么说的。"

"冇随随便便的成功,这句话真是不假啊……"章童感慨万千地说罢这句话后,不由联想到了那场胡辣汤大赛,六个评委一致认同味道好是冠军,并不是有啥不可见人的猫腻,一定是他们认为"味道好"的汤确实是味道好,是一种与众不同的味道好……

李蕾蕾:"你想啥呢,咋不说话了?"

章童癔症了一下,顺嘴说道:"哦,我,我在想一件事儿。"

李蕾蕾:"啥事儿?"

章童:"还是在想你刚才为啥笑成那个样子。"

李蕾蕾一听,又忍不住笑了。

章童:"说吧,说说你为啥笑的事儿吧。"

李蕾蕾:"不知咋的,我又不想说了。"

章童:"为啥又不想说了?"

李蕾蕾:"我也不知为啥。"

章童:"那不中,你必须说,你不能把枕头扔给我,让我抱着个枕头回家吧?说,你要不说,我今个就赖在这儿不走了。"

李蕾蕾:"中啊,你赖在这儿不走,我才不怯,反正我就我自己。你赖在这儿不走,让你老婆知了,你一夜不归,你就是编瞎话,恁老婆都会不信。"

章童随口说道:"我冇老婆。"

李蕾蕾吃惊地瞅着章童:"你冇老婆? 你咋会冇老婆?"

章童:"离罢了。"

李蕾蕾:"离婚了?"

章童:"这有啥大惊小怪的。"

李蕾蕾:"为啥离婚啊?"

章童沉思了片刻,说道:"为了胡辣汤。"

李蕾蕾:"为胡辣汤? 到底咋回事儿? 咋为胡辣汤离婚啊?"

章童:"你别问了中不中,还是说说,刚才你为啥笑成那样吧。"

李蕾蕾似乎已经看出了章童的难言之隐,也就不再往下问,开始讲自己刚才为啥会笑成那副样子。

话又回到了那个味道好的金顺成身上。金顺成的爷爷跟李蕾蕾的爷爷是姨表亲,也就是说,李老鳖一的一早去世的那个老婆,和金顺成的奶奶是亲姊妹,金顺成的奶奶姓高,早年在南挑筋胡同住,是个大户人家的小姐。据说她爹,也就是金顺成的祖爷爷,在清朝当过祥符的府衙,金顺成的奶奶嫁给金顺成的爷爷,就是因为双方的父母认为他们两家是同根同种,都是一千年前来到祥符的七姓八家。

一听这,章童俩眼都直立起来:"啥……"

李蕾蕾:"啥啥啊,瞅你那个样儿,我问你,七姓八家里头有姓金和姓石的冇?"

章童依旧冇回过来神儿,俩眼直勾勾地瞅着李蕾蕾。

李蕾蕾:"我问你,知不知挑筋胡同?"

章童:"咋不知挑筋胡同啊,离清平南北街不是太远。"

李蕾蕾摇着头:"我不知,俺爷在世的时候,经常听他念叨,我冇去过,你给我讲讲挑筋胡同呗。"

章童:"你就恁想听吗?"

李蕾蕾:"原先不感兴趣,今个突然感兴趣了。"

章童压李蕾蕾的眼睛里,看到了一种渴望的光芒,这种光芒似乎不是针对挑筋胡同,而是别的,似乎是一种蓦然而至的情感,既模糊又具象,而且还能感染到坐在她面前的章童。于是,立马把目光挪向别处的章童,开始讲述他压自己父辈那里听到的那些关于挑筋胡同的说法。

挑筋胡同在祥符城的东部偏北,是一条东西走向的小街,一千年前来到祥符的犹太人,基本上都居住在这条街上。这条街取名叫挑筋胡同,是因为吃牛羊肉的犹太人在屠宰牛羊时,必须将牛羊的脚筋挑断,挑筋胡同由此得名。冯玉祥督豫的时候,不知为何把挑筋胡同改名为教经胡同,或许是他认为挑筋胡同冇教经胡同听起来文明吧,但不管这条胡同改成啥名,千年来,这条胡同里居住的全是犹太后裔,约有上千人之多,他们家家户户都留有祖上留下的犹太特色的物件。至于当年他们的祖宗为啥要到祥符来,就是他们自己也说法不一,有的说是摊为古犹太国崩溃,有的说是专门跑到祥符来做生意,不管是啥说法,他们在这条街上繁衍生息到了今天,嘴里操着地道的祥符话,成了纯粹的祥符人。

用李老鳖一的话说,金顺成爷爷奶奶的联姻,是金家和石家还是想让自己的血脉纯正一点儿,谁知,金顺成的爷爷好色不争气,又娶了一个汉人二房做了小老婆,金顺成他爹就是那个二房生的,金顺成他爹也与一个汉族女人结了婚,生下了金顺成,用金顺成他爹嘴里的祥符话说,管他个孬孙,就是金顺成再娶个汉人做儿媳妇,再生个孙子,他们身上的血管里,亚伯拉罕的基因照样在流动着,汉人咋?犹太人又咋?不是同样去喝寺门的汤,吃沙家的牛肉。

当章童讲完了他所了解的挑筋胡同后,李蕾蕾对章童说道:"你明白了吧,我为啥会笑成那样,别管是恁九道弯的枫桦胡辣汤,还是北道门的味道好素胡辣汤,说白了,都是七姓八家的胡辣汤。别以为我不知,恁在郑州为争个第一名,打成了一锅粥,金顺成回来以后全对我说了,所以我才可笑,我可笑的是,大水冲了龙王庙,恁是一家人不识一家人,咋不可笑啊,一想我就还想笑。"

听罢李蕾蕾说的话,章童笑了,但却是一种苦笑,他这种苦笑里包含着两个意思:一是那个金顺成的身上同样有着闪米特人的基因,二是金顺成这个货真是走了狗屎运,压一个孤寡老人手里,得到了一个素胡辣汤配方,最让他感到疑惑不解和意外的是,素胡辣汤最早就是穷人喝的咸汤,已经被那些一个劲儿往胡辣汤精品上努力发展的熬汤族群所不屑,却不料这个金顺成竟然敢用素胡辣汤参加全省的胡辣汤大赛,反其道而行之,一枝独秀地出了一支奇兵,把六个评委全给喝蒙不说,还一举拿下了全省大赛的冠军。真是有点儿太奇葩了,而能做出这种奇葩事儿的,恰恰又是七姓八家里的金家。

章童默默地摇着头说道:"服,我服,我真服了,不服尿一裤。"

李蕾蕾扑哧又笑出了声。

43."你别误会中不中,他说的不是咱俩睡,
他说的是他跟别的娘们儿已经睡上了。"

那天晚上,章童在双龙巷李蕾蕾家喝醉了酒,李蕾蕾非要留章童吃饭,并且还打电话叫来了金顺成,俩人一见面,不是仇人相见分外眼红,而是像久别的亲人一样拥抱在一起,相互道歉,相互问候,问寒问暖,越套近乎关系越近,这个是那个的朋友,那个是这个的亲戚,七大姑八大姨全能扯到一个大关系网里。金顺成端着酒杯对章童和李蕾蕾说:"别管祥符城里有多少亲朋好友,绕一圈还是咱最近,不管咋着,咱有血缘关系,咱是七姓八家,味道好拿下全省胡辣汤大赛的冠军,是咱祥符的光荣,更是咱七姓八家的光荣!"

仨人在喝酒的时候,说到各自的家庭状况,章童才知,李蕾蕾也是个

离婚茬儿,丈夫有了外遇,已经离婚好些年,孩子在祥符最好的求实中学就读,住校,每星期六才回家一次。当金顺成知道章童也是个离婚茬儿之后,有点故意装孬,一个劲儿地灌章童酒,还故意说一些邋不邋撒不撒的话,有意把章童和李蕾蕾往一块儿扯,总而言之他的意思就是"肥水不流外人田",要是章童和李蕾蕾能成一家,再好不过。

李蕾蕾和章童表面上都在指责金顺成不要胡说,心里却已经都在盘算,虽然有许多合适,也有许多不合适,但都冇真正去排斥金顺成说的话。酒喝得差不多了,金顺成一瞅章童说话时已经舌头打卷,找了个借口,说去院子里的茅厕解个小手,窜罢却不再照头。不照头就不照头吧,屋里的俩人还接着喝酒,当然是章童喝得多,李蕾蕾喝得少,酒喝完了,章童起身要走,两只脚却不当家,像踩上了棉花,一看章童这个劲头,李蕾蕾担心,他这副模样就是走了,万一在路上出点儿叉劈,那可不是闹着玩儿的,于是就把章童扶到了她爹原先睡过的那张床上。章童倒头大睡,一觉睡到了大天明,睁开眼睛一瞅,才知自己睡错了地方,急忙爬起身压床上下来,走到外屋一瞅,李蕾蕾已经把早饭摆在了桌子上。

章童急忙说道:"你瞅瞅,你瞅瞅,多不得劲,怨我了,怨我了,夜个晚上不该喝恁多酒……"

李蕾蕾冇搭理章童一个劲儿的道歉,而是冲着桌子说道:"吃早饭吧,这是我压味道好端来的素胡辣汤。"

俩人在吃早饭的时候,章童试探着问李蕾蕾,他夜个晚上喝多以后,有没有说啥不得体的话?李蕾蕾正着脸告诉章童,他不但说了不得体的话,还做了不得体的事儿。

章童大惊失色地瞅着李蕾蕾,问道:"真的吗?夜个晚上的事儿,我一点儿也记不住了"

李蕾蕾:"真的假不了,假的真不了。"

章童搁下手里的汤勺,狠狠在自己脸上扇了一巴掌:"冇出息孙!"

李蕾蕾依旧正着脸,说道:"你说咋办吧?"

章童："啥,啥咋办啊?"

李蕾蕾："你还问啥咋办啊,你夜不归宿,睡在了俺家,让我有嘴说不清,你说咋办啊?"

章童想了想,说道："我要是不承认呢?"

李蕾蕾："不承认好办啊,夜个晚上你睡的是俺爹的床,那张床俺爷爷也睡过,你不承认,我就让他俩今个晚上去找你,你看他俩会不会……"

章童急忙制止道："别别,你别让他俩今个晚上去找我,今个晚上我还睡他俩那张床中不?"

李蕾蕾一本正经地："中,你说话要算话啊。"

章童："谁要不算话谁是妞儿生的。"

李蕾蕾扑哧一声笑了。

就这样,摊为味道好素胡辣汤,章童跟李蕾蕾俩人好上了,这种好既在情理之中,又在意料之外,不是单身男女干柴烈火那种好,是那种一见如故彼此信赖的好。

章童回到九道弯,当小敏和石小闷听说,北道门味道好素胡辣汤的老板是七姓八家里的金家后,顿时也有了脾气,虽说心里依旧不服,可不服又能咋着,人家味道好这叫出奇制胜,一锅素胡辣汤打败了所有肉胡辣汤,味道好是不是河南最好的胡辣汤还两说,他仨有一个共识,能代表河南胡辣汤的还是喝家们爱喝的肉胡辣汤,靠出奇制胜,你味道好可以拿下全省冠军,但不一定能代表河南胡辣汤的水平,素胡辣汤与肉胡辣汤相比,还属于小众,想登上大雅之堂,似乎是不太可能。

小敏对石小闷和章童说："中了,在郑州走麦城那事儿咱就不再说了。夜个李老头儿给我打电话说他身体不适,要去北京住医院,顺便办办咱的事儿。听说人民大会堂宴会厅的那个厨师长,是咱河南长垣人,那个厨师长他老父亲,曾经跟老李头儿是熟人。他父亲年轻时候在祥符开过饭馆,后来饭馆倒闭,离开祥符回长垣去了。"

章童："乖乖,老子英雄儿好汉啊,他爹就是干厨子的,门里出身,自会三分,怪不得他还能混到人民大会堂当厨师长,那可不是一般人啊。"

石小闷:"啥一般人二般人啊,李老头儿不是盖房子的,不照样能把枫桦西湖湾盖成祥符最好的房子。眼望儿这个社会,不在于你的小出身,而在于你会的玩意儿,只要你的玩意儿中,不管到哪儿,都是一招鲜吃遍天。"

章童:"你说这冇人跟你抬杠,我的意思是,人民大会堂可不是个容易摆平的地儿,李老头儿有这个把握吗?要是冇这个把握,就老老实实在北京住院看病,别再为胡辣汤的事儿把身体累着了,裹不着。"

小敏:"啥裹着裹不着,你懂啥,李老头儿为啥要来咱祥符开发房地产?说白了,不就是为了他李家那口汤锅吗,不管咋着,咱枫桦胡辣汤的底儿,就是人家李家的,冇人家李老头儿,咱也走不到今天,再说高尚一点儿,只要咱枫桦胡辣汤的一碗汤能端到人民大会堂的餐桌上,那可不是李家、章家、石家的荣耀,那是整个祥符和整个河南的光荣,这也是李老头儿最大的愿望,就是让他把命搭上,他也死得其所。这话可不是我说的,是李老头儿夜个在电话里跟我说的。"

章童和石小闷相互瞅了一眼,两人同时伸出了大拇指。

小敏蹙起了眉头又说道:"据我所知,也有人在打人民大会堂的主意。"

"谁?"章童和石小闷同时问道。

小敏·"谁?远在天边近在眼前,那个想跟咱争夺这块肥肉的人,就在祥符城。"

章童:"祥符城里的汤锅多呢,说句难听话,别看味道好得了全省大赛的冠军,那跟把汤锅支到人民大会堂是两码事儿。"

石小闷:"冇错,人民大会堂那个瓷器活儿,可不是一般二般的金刚钻能拿下的。"

小敏鼻子里轻轻哼了一声,说道:"就有人认为他们手里的那个金刚钻,能拿下人民大会堂这个瓷器活儿。"

章童迫不及待地："到底是谁啊？快说！"

小敏："是谁在全省大赛的时候，骨蹲在那儿抱头痛哭的？就是那个人。"

石小闷惊讶地："奇永胡辣汤？"

章童大为不解地："真的假的？"

小敏眼睛里充满不屑一顾地说道："真的假不了，假的真不了，就是那个奇永胡辣汤。"

石小闷："你是压哪儿得到这个消息的？我咋冇听你说啊？"

章童："就是，冇听你说过啊。"

小敏："我知好几天了，一直冇对恁俩说，是我也在怀疑这个消息的真实性，直到夜个，李老头儿在电话里告诉我，我才相信这是真的。"

石小闷："李老头儿咋知道的啊？"

小敏："我不是说了嘛，李老头儿那个晚辈，就是人民大会堂里的厨师长，他告诉李老头儿的，要不李老头儿也不会日急慌忙地要去北京看病。那个长垣老乡告诉说，已经有人在李老头儿之前找过他了，想把祥符的奇永胡辣汤锅支进人民大会堂。"

章童瞪起眼说道："奇永哪是祥符的胡辣汤，它是逍遥镇的！"

石小闷："就是，逍遥镇跟咱祥符是两回事儿。"

小敏："话是这么说，咱祥符的名头不是比逍遥镇大吗，再说了，长垣跟咱祥符又有不解之缘，我听章童他爹说过，祥符城里的长垣人最多，祥符城里名头大的厨子，差不多都是长垣人。"

章童："是这，我也听俺爹说过，长垣出厨子，有位国家领导人，谁我记不清了，就喜欢吃长垣厨子做的饭。"

石小闷："别管叫啥来的，反正有这事儿，这就说明，长垣厨子的手艺好，要不也不会到人民大会堂当厨师长。"

小敏点了点头，认可了石小闷和章童的说法，面色严峻地说道："要是这么说，李老头儿和孙姑娘找的是同一个人，那就要看谁的关系更硬了。"

石小闷:"关系硬是一方面,最关键还是要看谁的汤好。"

章童:"别恁幼稚了,谁的汤好有考究,关系硬了,孬汤也能说成好汤,关系不硬,好汤照样能说成孬汤。老话不是还说,熟人多吃四两豆腐,啥好孬啊,拼的就是关系。"

石小闷:"你这说的不对,你也不瞅瞅,人民大会堂是啥地儿啊,那是北京,不是祥符,关系再好也要讲原则的。"

章童满脸不屑地说道:"快拉倒吧你,这又不是选国家主席,要大家投票,一碗胡辣汤,咋?还要搞一次全国胡辣汤大赛吗?"

石小闷:"搞就搞,搞全国胡辣汤大赛咱也是第一名。"

章童更加半烦:"搞蛋吧你,你以为咱的汤里有特拉维夫胡椒,咱就是老大啊?还全国胡辣汤大赛,全省胡辣汤大赛咱都有拿上第一名!"

石小闷:"那是特殊情况,味道好得冠军是旁门左道!"

章童:"中了,你别咬着屎橛打提溜了,旁门左道也罢,正门正道也罢,这年头,不管啥道,只要能达到目的,就是好道!根本不在你汤里掌的是啥胡椒,别以为咱有特拉维夫胡椒就了不起,人民大会堂才不管你掌的是啥胡椒……"

石小闷上了别筋:"你说这种话就是抬杠,照你这么说,这个世界上就有是非曲直了吗?特拉维夫胡椒要是不受欢迎,奇永能压九道弯灰溜溜地搬走?发你的迷!"

章童:"还是发你的迷吧,枫桦胡辣汤要是有俺章家胡辣汤垫底儿,特拉维夫胡椒算个球!"

石小闷:"恁章家的汤锅咋不支了呢?恁章家的胡辣汤恁贴(厉害),咋就让政府给取缔了呢?支啊,继续支恁章家的汤锅啊!"

小敏急忙冲石小闷制止道:"别哪壶不开提哪壶,少说两句谁也不能把你当哑巴。"

石小闷上了别筋:"你咋不听听他说的啥!是他先说特拉维夫胡椒算个球的!"

章童："那你也不能哪壶不开提哪壶啊！"

石小闷："我说的是不是事实，恁章家汤锅里要不掌大烟壳，能被政府取缔吗？你能跑到九道弯来找俺吗？要不是看在小敏的面子上，我才不同意你来俺枫桦胡辣汤，有本事自己去支锅……"

小敏急了，冲石小闷吼道："中了！别说了！少说两句能把你当哑巴卖了?!"

石小闷也冲着小敏吼道："你冲我嗷嗷叫啥，你咋不冲他嗷嗷叫啊！"

小敏："你是俺男人，我当然要冲你！"

石小闷："他就不是你男人了？"

小敏："石小闷，你装孬是不是？"

石小闷："我冇装孬，他就是当过你男人！"

小敏："我眼望儿的男人不是他，是你！"

石小闷："是我咋着，是我你就可以冲我嗷嗷叫？是我你就要护着他?!"

"你……"小敏指着石小闷，气得不知说啥好了。

早已忍无可忍的章童，冲石小闷怒吼了一声："我打你个孬孙……"

小敏一把将扑向石小闷的章童抱住："弄啥啊，你这是……"

章童在小敏的双臂中继续吼叫着："士可杀不可辱！我今个非打他个孬孙不中！"

石小闷指着章童嘲讽道："就你这个小身板儿，你不去埃及还中，咱俩还有一拼，眼望儿我也不是吹，我打你俩，不信咱就试试！"

"试试就试试，今个咱俩谁打死谁都刚好！"怒不可遏的章童奋力挣脱了小敏的搂抱，冲上前就与石小闷扭打在一起。

小敏一瞅，伸手抓起身边料桌上那个装着特拉维夫胡椒的青花瓷罐，大吼道："恁俩都给我撒手，再不撒手我就不客气了！"

此时，扭打在一起的俩人根本不理睬小敏，继续扭打着。

再看小敏，她高高举起手里那个装着特拉维夫胡椒的青花瓷罐，她冇将那只瓷罐砸向那俩货,而是将那只瓷罐狠狠地砸在了自己头上,只听咣当一声,青花瓷罐落地,小敏身子一晃荡,随后满头鲜血也随之倒在了地上。

随着小敏的倒地,那俩货瞬间就撒开了手,同时扑向躺倒在地上的小敏。

这时,店里的员工纷纷围上前,都在不停地吆喝:"赶紧打120啊,瞅瞅这血流的……"

120急救车响着刺耳的警报声开进了九道弯……

得劲了,痛快了,撒气了,啥都不说了。在急救中心的急救室里,医生们在给小敏清理、包扎头上的伤口。急救室的门外,那俩货垂头丧气一言不发,从头到脚瞅不见一点儿孬气,就像两只泄气的皮球。

还是章童先打破了沉默的僵局,他带着歉意和沮丧说道:"怨我了,闷儿弟,是我一时冲动。"

石小闷闷声闷气地自责道:"怨我,不怨你,我不该说那些伤你的话。"

章童:"不,不怨你,怨我,是我心里不平衡。"

石小闷:"是我心理不平衡,不该哪壶不开提哪壶,不该提埃及的事儿,更不该拿恁家汤锅说事儿。"

章童:"责任还是在我,小敏恁俩结婚,我心里有点儿不得劲,其实冇这个必要,我眼望儿也已经有娘们儿了。"

石小闷一怔:"啊?你已经找到娘们儿了?"

章童:"嗯,找到了。"

石小闷:"找到个啥娘们儿了啊?中不中啊?"

章童:"中,可不错个娘们儿。"

石小闷:"是干啥的啊?"

章童:"也是咱七姓八家里的人。"

石小闷更加好奇,接着问道:"也是咱七姓八家的人,姓啥?在哪儿住?"

章童："我一说你就笑了。"

石小闷："你说说呗,让我笑笑。"

章童："姓李,在双龙巷住。"

石小闷大惊："在双龙巷住,我知了,你说的是李老鳖一的孙女吧?"

章童点了点头。

石小闷："中啊你,是不是找她去问味道好的事儿,恁俩勾搭上的?"

章童："你换个词儿中不中,勾搭上多难听,她是独身,我是单挑,俺俩是自由恋爱。"

石小闷："那个娘们儿我见过,在北道门派出所对面的农行储蓄所上班,好像还是个小头头。"

章童得意了起来,说道："眼望儿不是小头头了,调到总行管贷款,是大头头了。"

石小闷用羡慕的口气说道："中,你真办事儿,还能勾搭上管贷款的,这辈子有花不完的钱,还熬啥胡辣汤啊。"

章童："管贷款就有花不完的钱啊,那是公家的钱,又不是她的钱。"

石小闷花搅道："啥公家私家的钱,悄摸偷都是恁家的钱。"

章童："搞蛋吧你,都是俺家的钱,等我跟她结罢婚还差不多。"

俩货同时笑了起来。

这时,急救室的门打开了,头上缠满纱布的小敏压里头走了出来,她被眼前的景象给镇住了,这俩货咋还有说有笑的? 让她大为不解。

小敏用手轻轻捂着缠满纱布的头,问道："恁俩在这儿说啥呢?"

石小闷向章童努了一下嘴："你说。"

章童向石小闷努了一下嘴："你说。"

石小闷："还是你自己说好。"

章童："我不知咋说。"

石小闷："该咋说咋说。"

章童："我有点儿不好意思。"

石小闷："搞蛋吧，睡都把人家睡了，还有啥不好意思。"

小敏误解道："你说啥，小闷，他跟我睡那也是每章儿的事儿，眼望儿是咱俩睡，要不是摊为这，我也不会把自己的头打烂。"

石小闷急忙解释道："你别误会中不中，他说的不是咱俩睡，他说的是他跟别的娘们儿已经睡上了。"

小敏："别的娘们儿，谁啊？"

石小闷又冲章童努了一下嘴："你说。"

章童又冲石小闷努了一下嘴："你说。"

石小闷："我说就我说！"

…………

小敏得知章童跟李老鳖一孙女好上之后，并有十分惊讶，但心里却不太舒服，原因是，她把自己跟李蕾蕾做了一个比较，觉得李蕾蕾的个人条件要比自己高出一大截，章童算是撞上了大运，一个支汤锅的，年纪也不算小了，还能勾搭上一个在银行上班的富婆。

压医院回到九道弯的店里以后，满头缠着纱布的小敏，闭着眼睛坐在那里，看上去是在养神，心里却是五味杂陈。虽说小敏是闭着眼睛，腰里扎上围裙又开始干活的章童，却能猜出此时此刻小敏的心情，于是，章童丢下手里的活儿，走到了小敏跟前。

章童："咋啦？头还疼吗？"

小敏的眼睛依旧闭着，冇吭气儿。

章童："要不，你先回家歇着吧。"

小敏还是冇吭气儿。

章童故意问道："是不是我又找了个娘们儿，你心里不舒服啊？"

小敏把眼睛睁开，瞅着章童问道："你准备啥时候离开九道弯啊？"

章童："把手里的活儿干完才能下班啊。"

小敏："我是问你，啥时候想离开九道弯。"

章童："我不是说了嘛，把手里的活儿干完，明个的食材备齐了我就走,小闷不是去拉食材了嘛。"

小敏半烦地:"我问的不是这。"

章童:"那你问的是啥啊?"

小敏:"我是问你,准备啥时候辞职。"

章童:"咋啦? 你想开除我? 不想让我在枫桦干了吗?"

小敏:"你这个人咋恁不知好歹啊,不是我不想让你在枫桦干了。你不是找了个富婆能养着你吗? 天天起早贪黑地熬汤,不符合你的身份啊。"

章童点了点头,说道:"哦,我明白了,你是想让我吃软饭啊。"

小敏:"吃软饭有啥不好吗? 我要是个男人,要能找着一个富婆,我就愿意吃软饭,省心,不累,有吃有喝有钱花,多美啊。"

章童:"实话对你说,我的确也是这样想,可眼望儿不中,还得等等。"

小敏:"等啥等,不就是个结婚手续嘛,早一天晚一天的事儿,就是冇结婚证,也不耽误恁俩睡在一个被窝里啊,你说是不是。"

章童:"是,你说的冇错,今个晚上俺俩还要睡在一个被窝里。"

小敏:"那你还不摘掉围裙走人?"

章童:"不用你撵,我也会走的,但不是今天。"

小敏:"不是今天是哪天啊? 明天?"

章童:"哪天说不准,这不是我能当家的事儿。"

小敏哑巴着嘴说道:"啧啧,瞅你那点儿出息,啥时候结婚都当不了家,就是结了婚,我看也是个当孙子的命。"

章童笑了。

小敏:"你笑啥? 我说的不对吗?"

章童:"你说的不对。实话对你说,我跟她啥时候结婚,我说了算,我说啥时候领证就啥时候领证,只是我觉得,眼望儿还不到领证的时候。"

小敏:"那你觉得,啥时候才是时候啊?"

章童:"我要把那件大事儿办完,只要办完了那件大事儿,立马我就跟她领证。"

小敏不解地瞅着章童:"哪件大事儿啊？啥大事儿啊？"

章童指着小敏缠满纱布的头,说道:"自己把自己脑袋砸坏了吧？你想想,啥大事儿。"

小敏抬手又捂着缠满纱布的头,认真想了想之后,说道:"不知,我想不出你还有啥大事儿,等咱孩儿找到媳妇？"

章童:"等不到那时候,我说的这件大事儿,可快,就在这十天半月。"

小敏:"别让我猜你的心思了,有话就说,有屁就放,朗利点儿。"

章童:"我问你,老李头儿去北京弄啥去了？"

小敏:"看病啊。"

章童:"除了看病呢？"

小敏恍然大悟,说道:"你的意思是说,等咱的胡辣汤进了人民大会堂……"

章童:"嗯,你的脑袋还冇被自己砸坏。"

小敏:"你要是这么说,如果咱的胡辣汤进不了人民大会堂咋办？你就不领证了？"

章童信心满满地:"咱的胡辣汤不可能进不了人民大会堂,我也不可能不结婚!"

小敏:"你说话可别恁口满。"

章童:"我就恁口满。"

小敏:"咱的胡辣汤能不能进人民大会堂,跟你想不想领证结婚可不一样,你随便找个娘们儿就可以领证结婚,胡辣汤进人民大会堂,可比找娘们儿结婚难得太多了……"

章童依旧信心满满地说道:"我有一个预感,不信咱走着瞧,李老头儿这次去北京,保准一枪十坏,咱的枫桦胡辣汤一定能进人民大会堂。"

小敏:"你咋那么肯定？"

章童:"你想想,咱的枫桦胡辣汤,是咱章家、石家、李家三家汤锅的汤,经过那么些年风风雨雨、悲欢离合,最后融合进了一个汤锅,就凭这一点儿,这口锅里的汤就有任何汤锅能比,就凭这一点,它也是全中国独此一家的汤锅,是不是最好的汤锅我不敢说,但至少在进人民大会堂这件事儿上,咱是有绝对优势的。奇永的孙姑娘,她就是再认识人民大会堂那个长垣厨师长,最后还是要拿汤来说话。只要李老头儿把咱这三家胡辣汤的经历告诉那个长垣厨师长,只要那个长垣厨师长还有点儿良心,他就绝对会把咱的胡辣汤作为最优先考虑的胡辣汤,原因就是,咱的胡辣汤里的故事是最能代表河南的故事,再往高处说,也是最能代表中华民族的故事!"

小敏被章童的话给打蒙了:"最能代表中华民族的故事? 你撂得也太大了吧?"

章童:"一点儿也不大,你不信咱就走着瞧,只要李老头儿把咱三家的故事讲给长垣厨师长听,百分之百就是咱的汤进人民大会堂。这叫啥你知不知?"

小敏:"这叫啥啊?"

章童:"你呀,就是不读书不看报,这叫讲政治。在咱中国,啥都要讲政治,包括吃喝拉撒,你以为胡辣汤进人民大会堂,就跟咱去省里参加胡辣汤大赛一样啊,那你可就大错特错了!"

小敏瞅着章童那副十拿九稳的脸,说道:"乖乖,我才发现,你还是个文化人啊。"

章童:"我当然是文化人,不管咋着,我当过小学老师吧,再翻翻你的简历,撑死当过幼儿园老师,错着级别呢。"

小敏:"搞你的蛋吧,要不是摊为你,我咋会混到熬胡辣汤这一步。"

"唉!"章童重重地叹了一口气,说道:"谁也有长前后眼啊,啥都不说了,枫桦胡辣汤能进人民大会堂,就算是对咱的人生错误最大的弥补吧……"

小敏带着同感说道:"是啊,成败就看李枫那个老头儿了……"

44."那条路我执着地走了恁些年,到头来才发现, 自己当初的那些想法是错误的,那条路根本就走不通。"

就在小敏的脑袋日益见好、拆掉纱布的当天晚上,李枫压北京打过来电话,这老头儿也是豁出去了,为了能让枫桦胡辣汤进人民大会堂,他拖着病残的身体,在人民大会堂的宴会厅里摆了几桌,请来了首都的各大媒体,就连中央电视台都请来了。不少媒体在对他进行专访的时候,正如章童猜的那样,李老头儿讲述了枫桦胡辣汤里三口汤锅融为一锅的历史。李老头儿在电话里对小敏说,眼望儿是万事俱备只欠东风,那个长垣厨师长告诉他,枫桦胡辣汤进人民大会堂的程序已经基本走完,就等最后一个程序,由北京餐饮界的专家们评议罢就完成,也就是说,胜利的红旗已经在向他们招手,李老头儿让小敏耐心等待,估计就在最近这几天了。

挂断李枫的电话,小敏急忙就给章童打电话,可是无论咋打也打不通,章童的电话始终处在占线的状态,小敏索性就不打这个电话了,等第二天早起去九道弯熬汤的时候,再告诉他不迟。

可是,第二天早起章童冇来熬汤,左等右等也冇见到他的影子,汤锅早起都比较忙,小敏不歇气儿地忙到快晌午头,喝家们稀少之后,才给章童又把电话打过去,电话通了就是冇人接,反复打了好几次,依然是冇人接。小敏的心一沉,觉得章童那边一定出啥事儿了,于是,她交代了石小闷几句后,摘掉围裙,就直奔清平南北街去了。

到了章家,冇见章童的影儿,前婆婆高银枝告诉她,自打章童跟李蕾蕾俩人好上以后,晚上就冇回过家,都是在双龙巷过夜。高银枝告诉她,李老鳖一那个孙女可不错,可懂事儿,还可大方,头一次来章家就给他们老两口送上了一台大电视机,看电视跟看电影的感觉一样,可得劲可得劲的。高银枝还故意话里有话地对小敏说,有钱人就是有钱人,头一次来家就送大电视机不说,还非得拉着他们全家,去龙亭新建的铂尔曼五星级大酒店吃饭,好家伙,那一顿饭就花掉好几千块,李老鳖一那个孙女咋恁有钱啊?听章童说,李老鳖一那个孙女要不了多久,就又要提拔成农行的副行长,高银枝感叹道:"童童个小鳖孙,这一回可掉进富窝里了。"

压章家出来,小敏就直奔双龙巷而去,不知咋的,当高银枝在她跟前一个劲儿谝那个即将过门的新儿媳妇时,她心里那种不祥的预感就越来越重,这种预感从何而来她也说不清。

小敏刚进双龙巷西口,大轱远就瞅见章童在朝街口这边走来。

"章童!"小敏吆喝了一声,疾步走了过去。

章童:"你咋来这儿了?"

小敏:"这不是来找你吗?"

章童:"找我有事儿?"

小敏:"压夜个打电话打到眼望儿你也不接,出啥事儿了?"

章童满脸疲惫地:"冇事儿。"

小敏盯着章童的脸:"冇事儿?"

章童:"冇事儿。"

小敏:"真的冇事儿?"

章童:"你别问了,与你无关。"

小敏:"与我无关,与你有关?"

章童不吭气儿了。

小敏追问着:"到底出啥事儿?"

章童:"我还有吃食儿,得先去喝碗汤。"

小敏:"走吧,拐弯就是北道门,我也冇吃呢,咱俩去喝味道好。"

章童默认地点了点头。

两人出了双龙巷西口,向北一拐,冇走几步就来到了味道好。正在忙活着的金顺成,见到章童和小敏十分惊讶。

金顺成:"老表,恁咋来了?"

章童:"给我盛碗汤。"

金顺成凑到章童跟前,小声说道:"小蕾出事儿了恁知不知?"

章童:"给我盛碗汤。"

金顺成以为章童冇听清他说的话,抬高音量又重复了一遍:"小蕾出事儿,你不知吗?"

章童也抬高了音量:"给我盛碗汤!"

这一下金顺成明白了,急忙说道:"中中,眼望儿就去盛……"他急忙给章童和小敏找了张桌子坐下,亲自盛了两碗汤端到了桌子上。

小敏冲金顺成问道:"小蕾出啥事儿了?"

金顺成拉过一个凳子,挨着俩人坐下,他瞅了一眼章童,似乎有些犹豫。

小敏:"冇事儿,你说吧,小蕾出啥事儿了?"

金顺成把目光又转向章童,似乎还有些犹豫,不知该说还是不该说。

章童半烦地:"你瞅我弄啥,该说你就说呗。"

小敏催促道:"快说,小蕾出啥事儿了?"

在小敏的一再催促下,金顺成就把李蕾蕾的事情说了出来。

自打李蕾蕾调到农行负责贷款业务以来,在主管贷款一个副行长的指使下,多次收取高额回扣与那个副行长私分,她深知这是违法,起初,由于她又不敢得罪那个主管副行长,每一次的回扣都如数交给那个副行长,时间一长,那个副行长为了自身安全,非要将非法所得与李蕾蕾平分,不要还不中,如果不要,那个副行长说了,一旦出事儿责任全由李蕾蕾承担,副行长不会认这个账,就这,李蕾蕾被拉下了水。人性的本质是很难改变的,在金钱和利益面前,很少有人能抵挡得住,久而久之,李蕾蕾由起初的害怕,转变成理所当然、顺理成章,并且越来越毫无顾忌。在调入总行的这几年中,靠吃贷款回扣她就装进自己腰包一百多万。这回出事儿,是摊为杞县一个姓郜的民营企业家,那货是做化肥生意的,却把做化肥生意的贷款用在了房地产上,结果,杞县主管房地产的副县长出事儿被抓,交代出合谋者郜某,郜某被抓后,成疙瘩连蛋交代出了各种违法违规的犯罪行为。贷款回扣这事儿，其实不交代也罢，可是，只要人被抓进去，为了戴罪立功，在坦白从宽抗拒从严的感召之下，都会把所有七不沾八不连的那些事儿，竹筒倒豆子一样全部倒出来，这下可好，李蕾蕾这颗豆子也被倒了出来，别管事儿大事儿小，只要被警察带走调查，在金融系统里就是大事儿，更何况是一个银行负责贷款的女人。

李蕾蕾是压家里被警察抓走的，警察抓人都喜欢在二半夜人睡得正香时来抓人，当警察敲响双龙巷李家房门的时候，章童和李蕾蕾在床上睡得正香，警察敲开门进到屋里，问李蕾蕾床上那个男人是谁，李蕾蕾说是自己的老公，警察说，据了解嫌疑人离罢婚后冇再婚啊？李蕾蕾嘴硬，说他也冇娶我也冇嫁，俺俩睡在一起又不犯法，你们警察难道还有捉奸的义务吗？当警察说明来意，不是为捉奸，而是为贷款的事儿要带走她的时候，李蕾蕾顿时被吓傻，知道事儿沉，在她被带走临出房门的时候，她嘱咐章童，帮她看住双龙巷的房子，先不要把这事儿告诉她的家人，最后还嘱咐章童，不要等她，再去找个合适的女人……

小敏："你啥时候知道她被抓走的啊？"

金顺成说道："今个一早，对门派出所的人来喝汤，人是他们抓的，我能不知吗？"

小敏："你冇问问他们，她的事儿严重不严重？"

冇等金顺成说话，章童开口说道："瞅瞅你问的这话，一听就是个白脖，警察只负责抓人，至十有没有罪，多大的罪，检察院法院说了算，她有没有罪，多大的罪，要等检察院和法院调查完才能说事儿。"

小敏："要不，去检察院和法院找找熟人？"

章童："一会儿我去找沙义孩儿，他跟公检法的人比较熟，我让他帮我去问问。"

金顺成感叹道："唉，听罢派出所的人一说，我心里可难受，说句心里话，俺这个七姓八家里的老姊妹儿，她可是俺味道好的大恩人啊，要不是她帮俺把汤锅支到北道门，俺也不会获得全省胡辣汤大赛的冠军，更不会有今天这么好的生意……"

小敏蹙了蹙眉头,冲金顺成说道:"你就别再提你那个冠军了,要不是恁那个七姓八家的老姊妹儿,俺还不会跟你拉倒呢。"

金顺成大惑不解地问道:"为啥啊?为啥不会跟俺拉倒啊?俺素胡辣汤也有把谁的孩儿扔井里。"

小敏还要说啥,被章童制止说道:"都别吭了,烦不烦?眼望儿是把人捞出来要紧?还是争谁家的汤好孬要紧,人捞不出来,谁就是当世界冠军都是白搭,辱(没用)的!"

一瞅章童要恼,金顺成和小敏都不敢再说啥了。

章童一拍桌子站起身来,说道:"走了,我去找沙义孩儿!"

小敏跟着章童站起身来,俩人一起朝店门外走去。

金顺成瞅了一眼桌子上的两碗汤,冲着小敏和章童喊道:"恁俩的汤一口还有喝呢……"

走出味道好之后,章童让小敏先回九道弯去,他自己去寺门找沙义孩儿。

俩人分手后,小敏回了九道弯,她正要进店门的时候,刚好碰见石小闷匆匆忙忙地压店里出来,她问石小闷这么匆忙是要去弄啥?石小闷告诉她,家里有点急事儿,得回家一趟。小敏问他家里有啥急事儿,他有点儿支支吾吾,然后对小敏说,回来再对她说,小敏的心思还在李蕾蕾的事儿上,也就有多问。当她回到店里后,才听店里的员工告诉她,刚才石小闷在接他女儿的电话时冲着电话嗷嗷叫,骂他女儿瞎胡整,有他的同意,他女儿要是擅自做主,他就要打断他女儿的腿。小敏问是啥事儿让石小闷恁恼,还要打断他女儿的腿,店员说不太清楚,反正是把石小闷气得不轻。

再说石小闷,他女儿刚才给他打的那个电话,是告诉了一件让他十分震惊的事儿,他女儿背着他和另外四个七姓八家有犹太血统的女孩儿,准备向以色列政府申请移民到以色列。

石小闷有俩孩子，一儿一女，儿子还在读初中，女儿名字叫石珍，高中毕业后冇考上大学，工作又不好找，就在家帮着她娘做家务的同时，一直在自学希伯来语和犹太教的知识，这一点也许是受她爹的影响比较大，想要弄清楚自己的祖上是咋来到祥符城的。在石小闷前往以色列寻根的时候，石珍一直满怀希望，有朝一日她爹能带着全家移民到以色列，却冇想到她爹还是舍弃了初衷，灰溜溜地回到了祥符。尽管她爹这段失败的人生对她打击很大，但石珍却下定了认祖归宗的决心，要重走她爹那条寻根之路，与她爹不同的是，石珍比她爹当年更加有备而来，无论是年龄还是对犹太民族的了解，与她爹相比，她都有新的角度和新的认识。

就在石珍下决心，为实现愿望默默努力的时候，在学习希伯来语的过程中，她又结识了四个与自己同龄的女孩儿。这四个女孩儿中有两个的姓氏虽然不在七姓八家之中，但她们身上同样流淌着七姓八家的血液，正如有句话说的那样，"不管你在世界任何一个地方，只要你唱起'国际歌'，就能找到你的同志和战友"，何况在这个不是大城市的祥符城，学习希伯来语的人很快就能走到一起，她们都是为了一个共同的"革命目标"，结成了认祖归宗重归祖籍的小团体。

对于自己女儿石珍决心归祖这件事儿，石小闷一直被蒙在鼓里，他只知道石珍受他的影响比较大，喜欢看一些有关犹太文化的书籍，闲聊的时候问一些七姓八家的过往，并不了解女儿为达到目的所做的准备。石珍刚才给他打电话，告诉了一个让他十分震惊的消息，以色列大使馆已经通知石珍和那四个姑娘，让她们去北京的以色列大使馆接受面试。一直被蒙在鼓里的石小闷，在女儿打电话向他要钱去北京时，才恍然大悟，女儿石珍这个功课已经做完，就等着以色列大使馆给她打钩了。他咋能不着急，咋能不发脾气，你这个当妞儿的，眼睛里还有俺这个当爹的冇？最重要的是，石小闷觉得女儿石珍做的那些功课都是纸上谈兵，根本就不了解什么是真正的犹太文化，就像冇喝过河南胡辣汤的人一样，只听说好喝，咋个好喝法儿却很难说出个道道来。不管咋说，以色列他去过，并非理想中的那样,你以为你是犹太后裔,人家以色列就得认你?发你的迷,别说你去以色列,你就是去北京,兜里不装钱,你看谁能搭理你。理想是理想,生活是生活,根本就是两码事儿。

石珍这妞儿可聪明,她给她爹打电话的时候,约她爹在龙亭湖边市图书馆的大门口见面,就是跟她爹吵架,也不能在家里吵。只要说服了她爹,一切也就迎刃而解,家里其他人也就不会给她制造太大的麻烦。

龙亭湖边市图书馆的大门口,爷俩刚一见面就火药味儿十足。

石小闷带着极大的不满问道:"为啥不回家,非把我约到这儿?"

石珍:"我来图书馆还书。"

石小闷:"还啥书?"

石珍:"《塔木德经》。"

石小闷:"啥《塔木德经》?"

石珍:"犹太人首屈一指的经书你都不知?"

石小闷:"不知!"

石珍:"亏你还是个犹太后裔。"

石小闷瞪起俩眼:"犹太后裔咋啦?犹太后裔就非得知啥《塔木德经》吗?"

石珍:"当然了,犹太人承认《圣经旧约》,不承认《圣经新约》,在犹太人的经书里,他们最承认的就是《塔木德经》,亏你还是去过耶路撒冷的人。"

石小闷:"去过耶路撒冷咋啦?我去过耶路撒冷就得啥都知道?你读过《塔木德经》,你知不知居住在耶路撒冷的以色列人最爱吃啥?"

石珍:"最爱吃披塔面包呗。"

石小闷:"又是压市图书馆的图书上看的吧?错!居住在耶路撒冷的犹太人,最爱吃的是'法拉费',你知啥是'法拉费'吗?"

石珍迷瞪着脸瞅着她爹说不出话来。

石小闷:"'法拉费'是以色列老百姓最爱吃的,就像咱祥符人爱吃的炸丸子一样,它是用鹰嘴豆做成的小丸子,炸成金黄色,外头焦里头嫩,可以把它夹在你说的披塔面包里,再夹上一些新鲜蔬菜,黄瓜片、洋葱、番茄之类的,再配上色拉、橄榄一些酱料,吃法就跟吃汉堡差不多,非常好吃,别管你在教不在教,都可以吃,因为这个'法拉费'都是豆制品和蔬菜做成的,你明白了吗?"

石珍点头:"明白了。"

石小闷:"你明白个屁,光是压书上看以色列人咋生活,那不中,别以为你去了以色列你就是犹太人了,恁爹我去了恁长时间,原以为自己能变成犹太人,不中,咱还是祥符人!"

石珍:"你是你,我是我,你去了不适应那儿的生活,不代表我去了不适应。"

石小闷一挥手:"快拉倒吧,我告诉你,一个人的生活习惯,特别是饮食习惯,九岁就已经形成了,别说去国外,就是国内也一样。南方人爱吃米,北方人爱吃馍,不管到哪儿,南方人还是南方人,北方人还是北方人,这跟我去以色列一样,就是摊为想吃咱祥符的豆豉夹馍,我才不想待在以色列的。"

石珍:"还是那句话,你是你,我是我,我们这代人和你们那代人不一样,你想回以色列,只是想认祖归宗,而我不是。"

石小闷:"你能豆儿,你不是,你是吃'法拉费'长大的?快拉你的倒吧,你和恁爹我一样,是吃豆豉夹馍,吃捞面条,喝胡辣汤长大的!一个人的饮食习惯九岁以前形成可不是我说的,是专家说的,人活着不是为了吃不假,但要是吃不习惯,直接会影响一个人的生活和你的信仰,懂啥啊你……"

石珍:"我说了,我要回以色列,跟你最大的不同就是,你是为了认祖归宗,我除了认祖归宗之外,是为了找到自己的灵魂,认清自己的灵魂,就像弗洛伊德、扎克伯格和爱因斯坦。"

石小闷哑巴着嘴:"啧啧啧,还弗洛伊德,还爱因斯坦,你以为你是谁啊？你就是个中国祥符的小妞儿,冇工作咱找工作,找不着工作咱嫁人,该弄啥弄啥,安生过你的日子吧,真不中,去九道弯跟恁爹我一起支汤锅,别想鲜点儿,实话告诉你,要钱去以色列我不给,要钱在祥符好好过日子,你别管了,只要恁爹力所能及,我统统给! 听清亮了冇?"

石珍无奈地摇着头,说道:"爸,你真固执,一点儿也不像希伯来人的后代……"

石小闷:"你说的一点儿也不假,我去以色列转了一大圈之后我才知,我根本就不是希伯来人的后代,我是地地道道祥符人的后代,你也是!"

石珍啥也不再说,转身就往市图书馆大门里走去,也不再搭理她爹了。

石小闷:"你去哪儿?"

石珍头也不回地说道:"我再把那本《塔木德经》借回来!"

石小闷枯绌着脸回到九道弯,小敏发现他不对劲,就把他拉到一边问咋回事儿? 石小闷就把石珍执意要移民的事儿告诉了小敏。

小敏感叹着对石小闷说道:"唉,让我咋说呢,我都不知该咋说,不说吧,瞅着你这个难受样儿,说吧,又怕你多心……"

石小闷:"说呗,我有啥心可多啊,我就是觉得有点突然,让我冇一点儿思想准备。"

小敏:"一点儿都不突然,冰冻三尺非一日之寒,这个道理你不懂吗?"

石小闷:"啥道理? 她执意要走,我有啥法儿。"

小敏:"你有啥法儿? 依我看责任就是在你。"

石小闷:"咋会在我? 她眼望儿已经是成年人了,有她的想法,她想要干啥我能挡得住?"

小敏:"我问你,当初你去耶路撒冷的时候,珍珍有多大?"

石小闷:"刚上小学。"

小敏:"那已经有记忆了。在她成长的过程中,你们的家庭给她留下的记忆,全是犹太后裔的那些事儿,你又三番两次往外面蹿,你也不想想,对任何一个孩子影响最大的就是家长,所以,随着珍珍长大成人,自然而然就会受你的影响,今天她想走你的老路,认祖归宗回以色列去,一点儿也不奇怪。"

石小闷:"可是那条路走不通,那条路我执着地走了恁些年,到头来才发现,自己当初的那些想法是错误的,那条路根本就走不通。"

小敏:"那我问你,那条路为啥走不通啊?"

石小闷:"这个问题你问过我可多遍了,那条路为啥走不通,你心里跟我一样清亮。"

小敏笑道:"所以啊,一个年龄阶段说一个年龄阶段的事儿,眼望儿你跟她说有一点儿用,就像当初,你丢下石家的汤锅,非得要走一样,谁也有法儿,谁说啥你也听不进去,非得等你自己觉悟才中。珍珍眼望儿跟你每章儿那会儿一样儿,你就是变成一头牛,也拉不回来她。"

石小闷:"那我也不能眼瞅着她往坑里跳啊?"

小敏:"恁爹当年不是也眼瞅着你往坑里跳的吗?"

石小闷不吭声了,依旧是满脸枯绌。

小敏:"中了,孩儿大不由爹,咱就给她准备些银子,让她窜吧。"

石小闷赌气地:"不给,我不能眼瞅着她搭钱。"

小敏:"你不给我给,中了吧。"

石小闷:"你知不知,那些年我在外面窜,花费了多少钱,那些钱是多少锅汤的钱啊,你就不心疼?"

小敏:"心疼啥,谁让我是她后妈呢。"

听到小敏这话,石小闷哑巴了,闷头坐在那里,重重地叹了口气儿,随后又轻声叹了一声,自言自语说了一句:"这事儿怨我了,我不该……"

小敏:"你不该啥啊?"

石小闷:"我不该做那件事儿,有想到还真是灵验……"

小敏:"你不该做哪件事儿啊? 灵验啥啊?"

石小闷告诉小敏,他那次去耶路撒冷,在哭墙的墙缝里塞了一张祷告纸条,祈求能够让自己回以色列,即便是他这一辈人回不去,他的下一辈人也要回去,这下可好,还真是有这种可能,他的女儿比他的决心似乎还要更大……

45.“你说吧,咱该咋办? 反正这个哑巴亏咱是坚决不能吃!”

转眼又到了秋天,石珍真的要去以色列了,这个女孩儿之所以能得到以色列大使馆的认可,就是因为她通过自学,已经熟练地掌握了犹太文化和犹太人的核心价值观,这一点是她爹石小闷所不具备的。虽然皈依犹太教并不是一件很容易的事儿,但石小闷还是相信,有朝一日他的女儿还会和他当年一样,回到养育她的祥符。当石小闷把自己这个预言,跟即将去以色列的女儿说出来的时候,石珍平静地对她爹说,一千年前,居住在祥符的犹太人口,最多的时候近五千人,而今天,经过那么多个世纪的同化以及和异族通婚,现如今祥符城里的犹太后裔,已经不足一千人,在这不足一千人当中,还能遵守着犹太人习俗的,又能有多少人呢,正因为她是坚守者之一,她才会有这种回归的决心。听罢女儿这话,石小闷无言以对,但他仍旧相信,信仰在现实面前会产生动摇……

石珍临离开祥符那天早上,石小闷拉着女儿来到九道弯,亲手给女儿盛上了一碗胡辣汤,石珍当然明白她爹的用意,一边夸汤好喝,一边看着坐在身边瞅着她喝汤的爹。

石小闷:“喝你的汤呗,瞅我弄啥?”

石珍:“瞅你长得好帅。”

石小闷:“临走还要花揽恁爹不是?”

石珍:“爸,我在想,如果有一天我像你一样,压以色列又窜回来了,咋办?”

石小闷:“凉拌。”

石珍笑道:“凉拌就凉拌,就是走到天边我也是你的妞儿,永远不会忘记这碗胡辣汤的。"

…………

就在石小闷送走女儿的第二天,压枫桦西湖湾李枫儿子那边传来消息,一直在北京住院的李枫突然病危,他儿子说,原本他爹的病情已经好转,就是摊为不听大夫的话,有空就窜出医院,去忙活枫桦胡辣汤进人民大会堂的那些事儿,才导致他的病情加重,昏迷不醒被抢救过来之后,还对赶到北京去的儿子说,枫桦胡辣汤一定要进人民大会堂,否则自己死不瞑目。

听到这个沉重的消息,仨人经过一番商量,决定让章童作为代表立马前往北京探望。

当天晚上,章童就赶到了北京的协和医院,可还是晚了一步,李枫老头儿就在章童赶到北京的前半个钟头,永远闭上了眼睛。李枫的儿子告诉章童,他爹临终前一个劲儿张嘴,想说啥却说不出来,但他儿子明白他爹的意思,他爹想说的是——要回祥符。

李枫老头儿是在北京火化的,骨灰装进小盒子里后,由他儿子抱着,在章童的陪同下一起回了祥符。在回祥符的路上,他儿子拿出了李枫生前早就写好的一张遗嘱让章童看,遗嘱上写着,死后他不要墓地,将他的骨灰撒在紧临枫桦西湖湾的汴西湖里,他要在汴西湖畔守候着他的枫桦西湖湾,守候着他叶落归根的祥符城……

尽管李枫老头儿留下了遗嘱,但他的安葬还是一件比较麻烦的事儿。根据犹太教的教义,作为上帝耶和华的造物,人的生死是一种自然循环,死亡只是一个人生命另一阶段的开始,因此相对于其他一些民族,犹太人的葬礼就相对较为简单,也就是迅速下葬,一般不超过二十四小时,葬礼上还不允许举行任何献祭,只能祈祷和诵经。

李枫老头儿的下葬不超过二十四小时是不太可能了,压北京回到祥符路程虽不占太多时间,但即便是葬礼再简单,也得稍加准备吧,这是其一。其二就是,不能完全按照犹太人葬礼的习俗,因为犹太人反对火葬,李枫老头儿已经火化罢装进了小盒子里,已成了事实。再就是,李枫老头儿在遗嘱里明明白白写着,要求将骨灰撒进汴西湖,这又与犹太教安葬有较大的出入。经过几个主事人一番商量之后,决定在传统的基础上"移风易俗""中西结合",传统就是,按照正统教派的风俗,葬礼上既不允许有鲜花,也不允许有音乐,不像祥符人的葬礼那样又吹响器又放鞭炮。犹太人认为那些做法是对死者的不尊重,与哀悼的气氛不相符。

在李枫老头儿骨灰到达祥符的第二天早上,被通知到的祥符七姓八家中的犹太人后裔,和枫桦西湖湾的所有员工,在紧临枫桦西湖湾的汴西湖畔,给李枫老头儿举行了骨灰入湖的下葬仪式。

李枫老头儿的儿子站在湖边的礁石上,面对宽阔的湖面,一把一把撒着小盒子里的骨灰,嘴里默诵着《希伯来圣经》:"亚伯拉罕所信的,是那叫死人复活使无变为有的神,他在主面前做我们世人的父,如经上所记,'我已经立你做多国的父'……"

汴西湖的湖面上安静祥和,偶尔能听见天鹅的叫声,瞭望湖的东岸,那林林总总的现代化住宅,像一幅画卷覆盖了这座古老的祥符城,一条宽敞的大道通向大城市郑州,给清晨的祥符一种年轻的模样。

此时此刻,站在汴西湖边的小敏在想,老人已经走了,如何完成他的心愿,把祥符的胡辣汤端进人民大会堂,才算是真正告慰这个在汴西湖里满怀希望和信心的祥符犹太老头儿……

送走李枫老头儿之后,有一个多月的时间里,北京方面不断有消息传来,人民大会堂那边一切进展顺利,由长垣厨师长组织的专家论证即将开始,而且那位长垣厨师长还给小敏打来了电话,说让她放心,一切都在长垣厨师长的掌控之中,只要专家们有三分之二的票数投给枫桦胡辣汤,那就大功告成。时间不会太长,也就是这两天了。

小敏一直在焦虑地等待北京那边的消息,章童和石小闯那俩货似乎比小敏还焦急,按长垣厨师长说的那个意思,也就是这两天了,可又过了快一个星期,北京那边还是一点儿音讯都冇。小敏实在受不住这种煎熬,她决定主动给长垣厨师长把电话打过去，连续拨了两遍对方都冇接，或许是对方正忙着呢？小敏想了想，人家是人民大会堂的厨师长，一定是日理万机，还是再等等吧，这一等就又是两天。

就在小敏像热锅上的蚂蚁般焦虑的时候，这天早上，她和石小闷刚到九道弯，还冇跨进店门，就瞅见章童在店门口站着。

小敏："你不去干活儿，站在这儿弄啥？"

"这不是在等恁俩嘛。"章童紧接着就说，"刚才我一进店里，那个刚压奇永跳槽到咱这儿来的炸油馍头的小王就问我，夜个晚上看冇看中央电视台的7频道……"

小敏："7频道，啥意思？"

石小闷："中央电视台的7频道，就是农村频道。"

章童："对，就是农村频道。"

小敏："农村频道咋了吗？"

章童面色难看地："还农村频道咋了吗，咱的胡辣汤被淘汰了！"

小敏瞪大眼睛："淘汰了？"

章童："央视7频道播的。"

小敏迫不及待地："咋说的呀？"

于是，章童就把那个压奇永跳槽到枫桦来的小王，大早起告诉他的话，原原本本学给了小敏和石小闷。那个小王是个农村孩子，平时下班冇啥业余生活，就是看电视，别的频道很少看，就喜欢看中央电视台的农村频道，夜个晚上，小王在农村频道看新闻的时候，看到了河南胡辣汤进人民大会堂的新闻，内容是"河南农家饭登上了大雅之堂"，祥符胡辣汤在人民大会堂如何受到欢迎，成了人民大会堂宴会厅的一大亮点，但这个祥符胡辣汤不是枫桦胡辣汤，而是孙姑娘的奇永胡辣汤。

听完章童的描述，简直就是晴天霹雳，小敏和石小闷全蒙了。只见石小闷冲进店内，大声冲正在炸油馍头的小王喊道："小王，你过来一下！"

小王急忙把手里的活儿交给其他人，来到了店门口。

石小闷冲小王厉声问道:"夜个晚上你看到的那条新闻,千真万确说的就是奇永吗?"

小王点头:"千真万确,就是奇永。"

石小闷:"到底是咋说的?"

小王:"说河南农民饭进了人民大会堂,受到国家领导人和广大人民群众欢迎,就连国际友人都说胡辣汤好喝,中央电视台的记者还采访那个谁……"

石小闷:"那个谁啊? 说!"

小王:"就是我那个前东家……"

小敏:"孙姑娘?"

小王点了点头。

小敏:"她咋说的?"

小王:"她说,奇永胡辣汤是最受祥符老百姓欢迎的胡辣汤,奇永胡辣汤能进到人民大会堂,是祥符的光荣,更是河南的光荣……"

章童瞪大眼睛:"要脸不要,河南胡辣汤轮八圈也轮不到奇永啊,还祥符的光荣,祥符胡辣汤的光荣是枫桦,不是奇永!"

石小闷:"就是,让中央电视台的记者来祥符瞅瞅,看看到底是奇永的喝家多,还是咱枫桦的喝家多!"

小敏问小王:"你看到中央电视台的记者,是不是到奇永胡辣汤店进行的采访?"

小王点头:"是的。"

小敏:"你能确定?"

小王:"我在奇永炸了恁多天油馍头,那能看错? 孙经理就是在奇永胡辣汤的店门口,接受中央电视台记者采访的。"

章童:"不管她在哪儿接受采访,也不能代表咱祥符胡辣汤啊,奇永胡辣汤是逍遥镇来的,她这不是胡说八道吗!"

石小闷:"就是!"

小敏："祥符也好,逍遥镇也罢,在我看来,这都是次要的,主要的是,咱为啥会被蒙在鼓里? 明明是说好的事儿,却把咱甩到了八股道上……"

章童："这不是明摆着,是奇永在背后做的活儿嘛。"

石小闷："肯定是奇永做的活儿,那个孙姑娘窜到北京,把人民大会堂那个厨师长给买通了呗。"

小敏冇再吭气儿,还在仔细琢磨着。

炸油馍头的小王火上浇油地说道："我了解俺那个前老板,走后门是她的拿手活儿……"

"中了,你先去干活儿吧。"小敏打发走了小王之后,对那俩货说,"这事儿咱不能就这么算拉倒,咱就是死也要死个明白,要不咱也对不起李枫老爷子的在天之灵。"

章童："你说吧,咱该咋办? 反正这个哑巴亏咱是坚决不能吃!"

石小闷："对! 说啥也不能吃这个哑巴亏,要不咱以后在祥符冇法儿混。你想吧,中央电视台给奇永做了恁大个广告,喝家们都跑到奇永去了,咱咋办? 丢不起这个人啊!"

那俩货你一言我一语,不停地在说,在骂,就是小敏不再吭声,但是,她心里已经拿定了主意。尽管已经既成事实,这个哑巴亏也坚决不能白吃,必须去找孙姑娘讨一个说法,否则这口恶气就出不来,至于咋去讨这个说法,她还冇想好。

小敏对那俩货说道："这事儿恁俩先别说了,等我了解清楚之后再说……"

整整两天,小敏在无比的失落中,被如何去了解事情真相困扰着,时而冲动,时而理智。让她冲动的原因是,事情已经造成了连锁反应,祥符的地方媒体已经开始大肆宣传,奇永胡辣汤代表祥符进入人民大会堂,祥符市的主要领导们,几乎全部去奇永喝汤了,并且还给奇永送了锦旗和挂了牌牌,让奇永胡辣汤一夜之间,成了祥符胡辣汤的标志不说,省餐饮协会,也就是省胡辣汤大赛的那帮子评委,也坐着大巴车来到祥符,给奇永赠送了一个超大的景泰蓝奖杯，上面刻着四个醒目的大字"金汤奇永"。这些纷至沓来的荣誉，也不得不让小敏考虑，用啥样的方法去出这口恶气，不能鲁莽，更不能去搞阴谋诡计，奇永已经不是当初搬离九道弯的那个奇永了，已经是官商相依的奇永，也是喝家们嘴里叨叨最多的奇永……

夜晚，躺在床上睡不着的小敏，又想起那个长垣厨师长，她在想，此人一定是罪魁祸首，不见到此人，根本就不可能了解到内情，想到这里，小敏翻身压床上坐起，管他三七二十一，还要给那个厨师长打电话，你不让我好过，我也不让你好过，不管咋着，不能当冤死鬼，要让那个厨师长说出真相，他要是不说，就骂他个狗血淋头，反正事已至此，有挽回的余地，先出出这口恶气再说。

在拨电话之前，小敏瞅了一眼卧室墙上的挂钟，时间是凌晨一点二十分，小敏一边拨着电话，心里一边在骂：卖尻孙，我看你接不接。

电话接通响了几十秒钟后，长垣厨师长果然接了，可小敏刚"喂"了一声，电话那头就传来一声梦呓般的长垣话音儿："瞌睡，有啥事儿明个早起再说。"

小敏刚想开口骂，对方就把电话给挂了，接着再打就是对方已经关机，小敏学着男人们的腔调，对着手机恶狠狠地骂了一句："中，卖尻孙！你等住，明个还给你打，只要你敢接，我张口就骂你个卖尻孙！"

由于睡得太晚，第二天早上小敏睁开眼，一瞅墙上的挂钟，娘吔，都快七点了，她急忙爬起来，顾不上洗脸梳头就往九道弯跑，这个点儿是最忙的时间，石小闷这个闷孙儿咋也不叫一声啊，昨天夜里她打电话的时候，石小闷像往常一样，呼噜打得震天响，早起她醒了，他个闷孙却不吭不哈窜了。不过她也明白，石小闷知她这两天很焦虑，睡眠不太好，是想让她多睡一会儿，所以才有叫她。这么些年，这是她头一次有按点儿起床，虽然情有可原，但对他们这些熬汤的人来说，就是天上下刀子，也应该按时按点起床。

小敏赶到九道弯的时候，店里已经挤满了喝家，她一进店门，就听见有店员对她喊道:"经理,那个穿白布衫的人找你!"她顺着店员指的方向一瞅,角落里的一张桌子旁边,坐着一个正在喝汤的中年男人,于是,她走到那个中年男人跟前。

小敏:"是你找我啊?"

中年男人抬脸瞅着小敏,问道:"你是枫桦胡辣汤的经理?"

小敏:"是我。"

中年男人急忙站起身,用一口长垣话自我介绍道:"我是压北京人民大会堂来的,昨天夜里咱俩通过电话……"

小敏打量着中年男人,脸上表情平淡地说道:"你一张口我就知你是谁了,长垣人说话,大舌头,跑风,还合不拢嘴。"

中年男人:"是嘞是嘞,俺长垣人说话就是这个特点儿。"

小敏打量着面前这个中年男人,花搅道:"恁长垣人不光说话有特点儿,办事儿还有特点,说了不算,算了不说,用俺祥符话就是,净推。"

中年男人:"经理,你先别生气,我是专门为胡辣汤的事儿压北京跑来,有些事儿,电话里说不清楚,也会造成误会,必须当面给你说,要不我也不会压北京跑到祥符来。"

小敏随手拉过一个凳子,往中年男人跟儿一坐:"说吧,怪有诚心,还专门压北京编好瞎话窜来,不容易,一定是个能感动人的瞎话,说吧,让我听听,能不能感动我,再上当受骗一回。"

中年男人:"如果我跑到祥符来,是专门为说这个瞎话,你不觉得我这个瞎话的成本有点大吗?还坐了一夜卧铺,本想在火车上睡一觉,却又被你的电话吵醒,到了祥符城,还得自己花钱喝恁一碗汤,还得看你的脸色,听你的挖苦,你说我图个啥?"

小敏一琢磨,觉得好像是这个理儿,于是缓和了一些口气,说道:"你怪辛苦,大远压北京窜过来,还熬夜,说吧,不管你说啥,我都听完,中了吧?"

中年男人端起喝了一半的汤碗:"我先把这碗汤喝完,胡辣汤就是要热着喝,凉了就不是这个味儿了。恁的汤确实好喝。"

"你喝吧,趁热喝,不急,我等住,不管你这次来是啥目的,是不是编一个能打动我的故事,我都会认认真真地听完。"说罢,小敏把脸转向正在忙碌着的石小闷和章童,喊道:"恁俩也过来,咱们一起听听这位压北京来的老乡咋说。"

长垣厨师长的述说,是压他自己的家庭开始的,如果说这个世上真有缘分之说的话,他的父亲也是在1938年蒋介石扒开花园口的时候,随着一群难民逃到祥符城来的。长垣是个出厨子的地方,那个地方的厨子也喜欢去凹腰村买羊,也可以说,当年他父亲被水淹得暂时回不去长垣,只得跟随那些往东边逃命的人来到了祥符,起先在西大街的福聚楼饭馆当学徒,后来自立门户开了个小饭馆,再之后,摊为得罪了一个经常来小饭馆里吃白食儿的祥符混混,不得不离开祥符回到了长垣。这位长垣厨师长,压小就经常听他父亲唠叨祥符城,尤其是爱唠叨祥符城里的胡辣汤,用他父亲的话说,祥符留给他最美好的回忆就是胡辣汤。再后来,他的父亲参加了人民解放军,在第四野战军里当了一名炊事兵,1949年第四野战军奉命接管北京防务,偶然一个机会,刘亚楼下连队吃饭,正赶上喝胡辣汤,这下可好,他爹熬的胡辣汤打住了刘亚楼的嘴,再之后,刘亚楼当上了空军司令,他父亲就被调到空军司令部的食堂,一直到刘亚楼去世,他父亲才转业回到了长垣。

长垣厨师长告诉小敏,由于他父亲这层关系,那年人民大会堂建立三十周年,面向全国招聘优秀厨师的时候,正好他毕业于河南省轻工业学校的烹饪专业,又根正苗红,再加上他父亲在北京的老关系,他就顺理成章进入了人民大会堂,一步步混到厨师长的位置。他与李枫老爷子认识还是离不开胡辣汤,李枫老头儿回国投资枫桦西湖湾的当年,被评为优秀外资企业家去人民大会堂开会,用餐时与他结识,无意之中说起了胡辣汤,并建议人民大会堂的宴会厅把胡辣汤纳入食谱,被他欣然接受。在李枫老头儿强烈推荐之下,经主管领导同意,才有了之后的那番运作,本以为,有李枫老头儿的推荐,有长垣厨师长的内线,祥符胡辣汤进入人民大会堂是一件顺理成章的事情,谁料想,人民大会堂宴会厅可不是祥符城的第一楼,增加任何食谱都不是厨师长说了算,必须经过行政领导和专家们"三国四方"的集体审核,于是才有了李枫老头儿不安心住医院,为枫桦胡辣汤四处奔波,最后把老命搁在了北京的事。尽管李枫老头儿丢掉了性命,长垣厨师长对祥符胡辣汤进人民大会堂还是信心十足,可是让他冇想到的是,在十多家汤锅的专家评选中,脱颖而出的却是来自同城的奇永胡辣汤。起先,包括长垣厨师长都怀疑奇永走了人脉关系,后来再一想专家评议的过程,根本不太可能有后门可走,北京是啥地方? 是首都,全国政治文化的中心,大官云集,什么处长、局长、厅长,就是个部长退了休照样提着菜篮子上街买菜,就凭一个连省大赛都找不到硬关系的奇永,能拿下人民大会堂? 那简直就是天方夜谭。

确实是这样,专家评选结束以后,长垣厨师长私下询问了几位专家,他们共同认为,奇永胡辣汤之所以取胜,并不完全是胡椒在汤里的作用,而是奇永胡辣汤配方里中草药的成分,这才是取胜之关键,其养生作用要大于呼声很高的枫桦胡辣汤。虽然枫桦胡辣汤配料中也有少许中草药成分,但与奇永胡辣汤配料相比,显然在对人体的健康方面,枫桦胡辣汤要比奇永胡辣汤略逊一筹,这就是枫桦胡辣汤最终冇进入人民大会堂的真正原因。当长垣厨师长相信了这个原因以后,他为已经仙逝的李枫老头儿倍感难受,又想把评选实情在电话里告诉小敏,他冇主动给小敏打电话的主要原因,是他太了解河南人了,讲义气,认死理儿,认老乡,老乡见老乡两眼泪汪汪,总而言之就是一个字——亲!

于是,这位长垣厨师长才决定亲自来一趟祥符,当面把话说清亮,才能取得李枫老头儿晚辈们的谅解。

仨人听罢长垣厨师长的述说,都沉默不语,他们都相信这位长垣厨师长冇说瞎话,也不可能说瞎话,正因为北京大城市的喝家们对汤的要求,除了口感之外更重视对身体的保养,才有了这样的结果。面对这样的结果,仨人无话可说,不认也得认。

在沉默好长时间之后,石小闷先开口说话了。

石小闷:"我有个疑问,可以问吗?"

长垣厨师长:"你说。"

石小闷:"这次奇永胡辣汤进人民大会堂,是代表祥符? 还是代表逍遥镇?"

长垣厨师长:"你认为这个很重要吗?"

冇等石小闷开口,章童抢先说道:"当然很重要。"

长垣厨师长:"你说说,咋个重要法儿?"

章童:"不管咋说,俺枫桦胡辣汤说到底,是李家、石家、章家三家合成的一家汤锅,也是规规矩矩、地地道道的正宗祥符胡辣汤,如果这次是俺的枫桦胡辣汤端进了人民大会堂的餐桌上,俺就能代表正宗的祥符胡辣汤。奇永胡辣汤锅虽然支在祥符城里,但奇永这块牌子毕竟来自逍遥镇,就像一个外乡女人嫁到了祥符一样,只能说是祥符的媳妇,不能算是真正意义上的祥符人吧? 所以我想给恁人民大会堂提个建议,你看中不中?"

长垣厨师长:"啥建议,你说吧。"

章童:"以后恁在对外宣传人民大会堂胡辣汤的时候,别说奇永是祥符的胡辣汤,还说是逍遥镇的胡辣汤,这样是不是更准确一点儿。"

石小闷点头:"是这个理儿。"

长垣厨师长沉默了片刻,说道:"刚才恁打的那个比方有点儿意思,外乡女人嫁到祥符,她也不是正宗的祥符人,那我想问,啥是正宗的祥符人? 宋朝的时候,王安石、苏东坡、李清照、张择端,还有很多名人住在祥符,他们都是正宗的祥符人吗? 在这些名人中,最有代表性的就是张择端,因为他了一幅画叫《清明上河图》,这幅画画的就是祥符城,他要对祥符这座城不了解、冇感情,他能画出这样一幅让祥符人引以为豪的画吗? 难道不是正宗的祥符人,就不能代表祥符了吗? 要说正宗的祥符人,恁掰着指头查查,祥符这座城里有几个是正宗的祥符人,远的不说,咱就说恁这口枫桦胡辣汤的汤锅,别管是几家合为一家的,它的创始人李枫老爷子是正宗的祥符人吗?要说正宗,李枫老爷子应该算是哪儿的人,不用我再说了吧?"

听到长垣厨师长这么一说,石小闷和章童互相瞅了瞅,不再说话了。

长垣厨师长:"所以让我说,别管是哪里人,只要生活在中国,就是中国人,只要在咱们祥符一代一代繁衍生息,就是咱祥符人,胡辣汤同样是这个道理,别管是周口西华县逍遥镇,还是漯河舞阳县北舞渡镇,还是祥符城李家章家石家,都是咱河南的胡辣汤,哪怕是有朝一日把胡辣汤锅支到了联合国里,它也是咱河南的胡辣汤,恁说是这个理儿不是?"

小敏大声说道:"是这个理儿!"

长垣厨师长冲小敏竖起了大拇指:"清亮人。"

小敏深深地舒了一口气,对长垣厨师长说道:"老兄,你今个给俺上了一堂胡辣汤课,这堂课的内容俺会记住的,俺也会告诉喜欢俺枫桦胡辣汤的喝家们,胡辣汤有啥谁好谁孬,再好再孬都是河南的汤。"

话说到这儿,长垣厨师长站起身来:"中了,我这次不虚此行,该走了,明个人民大会堂要开一个重要会议,我得赶回去熬上一锅咱河南的胡辣汤。"

小敏:"你瞅瞅,来去匆匆的,我还想去寺门买几斤沙家品味来牛肉让你带走呢。"

长垣厨师长一拍脑门:"你不说我还忘了,我这次来,还给你们枫桦胡辣汤带了一件礼物呢。"

小敏好奇地:"给俺还带礼物了?啥礼物啊?"

长垣厨师长压身边随身带着的挎包里,取出一个印有人民大会堂字样的大信封,压大信封里取出一张书法软片,展开后让章童和石小闷一人捏住一个角。

小敏:"这是你写的?"

长垣厨师长:"我要有这水平,我就不干厨子了。这是中国最著名的书法家写的,都知祥符人喜欢书法,大街上随便捞住个人都能写上两笔,所以我不敢含糊,请了中国书法家协会主席写了这幅字儿,先申明一下,内容是我压互联网上瞅见的,我觉得不错,就请名家原封不动照写出来了。"

小敏瞅着展现在她面前的这幅字儿,嘴里喃喃地念道:

河南特色久名扬
历史渊源可溯唐
万变不离剔骨煮
千尝皆具辣酸香
面筋木耳黄花菜
米醋胡辣肉桂姜
多味天然中草药
胃开气顺暖心肠

小敏一字一顿把这首七律胡辣汤念完之后,长垣厨师长问道:"中不中啊?"

冇等小敏回答,所有站在一旁围观的喝家和枫桦胡辣汤的职工,异口同声地齐声吆喝道:"中!"

2022 年 11 月 29 日,于开封汴西湖畔金瓦刀工作室

中

绘中原人底色
喝一碗胡辣汤

扫/码/品/味

走近王少华
了解作者，
发现创作故事。

中华文化谈
穿越千年，
探寻华夏之源。

中原美食汇
带你开启，
中原美食之旅。

天下胡辣汤
只为勾起，
舌尖上的乡愁